王玉珠 著

当代陕西文学民间叙事研究

中国社会科学出版社

图书在版编目(CIP)数据

当代陕西文学民间叙事研究/王玉珠著. —北京：中国社会科学出版社，2023.9
ISBN 978-7-5227-2439-3

Ⅰ.①当… Ⅱ.①王… Ⅲ.①民间文学—文学研究—陕西—当代 Ⅳ.①I207.7

中国国家版本馆CIP数据核字(2023)第154450号

出 版 人	赵剑英
责任编辑	张 玥
责任校对	刘 娟
责任印制	戴 宽

出　　版	中国社会科学出版社
社　　址	北京鼓楼西大街甲158号
邮　　编	100720
网　　址	http://www.csspw.cn
发 行 部	010-84083685
门 市 部	010-84029450
经　　销	新华书店及其他书店
印　　刷	北京明恒达印务有限公司
装　　订	廊坊市广阳区广增装订厂
版　　次	2023年9月第1版
印　　次	2023年9月第1次印刷
开　　本	710×1000　1/16
印　　张	22.25
插　　页	2
字　　数	323千字
定　　价	119.00元

凡购买中国社会科学出版社图书，如有质量问题请与本社营销中心联系调换
电话：010-84083683
版权所有　侵权必究

目　录

序 …………………………………………………………（1）

绪论 ………………………………………………………（1）
　　一　界定：民间叙事的内涵及其形态 …………………（2）
　　二　百年来文学民间叙事的演进历程 …………………（6）
　　三　当代陕西作家民间叙事的整体面相 ………………（15）

第一章　农裔身份与民间文脉 …………………………（23）
　第一节　农裔身份与秦地本土家园文化 …………………（23）
　　一　柳青：守土创作与"扎根皇甫" ……………………（25）
　　二　"陕西三大家"的乡土家园意识 ……………………（29）
　第二节　民间文脉与延安文艺传统 ………………………（41）
　　一　走向民间的延安文艺运动 …………………………（41）
　　二　延安文艺传统的秦地本土承传 ……………………（45）

第二章　《创业史》：主流话语的民间性向度 …………（55）
　第一节　作为主流话语的典范性文本 ……………………（56）
　　一　主题意旨与情节结构的政治高度 …………………（56）
　　二　梁生宝："党的忠实儿子" …………………………（62）
　第二节　超越政治视界的民间性向度 ……………………（65）

一　从作品问世之初的论争说起 …………………… (66)
　　二　民间叙事语态下的梁三老汉 …………………… (68)
　　三　梁生宝形象的民间内涵与特质 ………………… (71)
　　四　关中民间日常生活与伦理图景 ………………… (78)

第三章　路遥与陕北民间文化 ……………………………… (83)
第一节　故土情结与民间写作立场 ……………………… (84)
　　一　扎根民间的情感意识与价值理性 ……………… (85)
　　二　单极性民间立场与平民化意识 ………………… (91)

第二节　"照亮"陕北民间世界 ………………………… (96)
　　一　拂去民间之上的政治性想象 …………………… (96)
　　二　诗意风物与民间生命能量 ……………………… (100)
　　三　民间能人的文化人格及生存智慧 ……………… (105)
　　四　信天游：陕北民间的诗性表达 ………………… (108)

第三节　民间审美的限度与困境 ………………………… (112)
　　一　囿于道德尺度之下的爱情书写 ………………… (113)
　　二　出走的无望与民间的裹挟 ……………………… (118)
　　三　现代性突围中的价值悖反 ……………………… (121)

第四章　陈忠实与关中民间社会 …………………………… (127)
第一节　关中对于陈忠实的多维意义 …………………… (128)
　　一　关中文化的特质及其功能 ……………………… (129)
　　二　文化心理结构中的关中底色 …………………… (133)

第二节　中短篇中的民间生存与伦理书写 ……………… (138)
　　一　革命叙述陈规对民间的遮蔽 …………………… (139)
　　二　关中民间家庭伦理的本真状貌 ………………… (141)
　　三　传统与现代冲突中的农民世界 ………………… (146)
　　四　民间伦理文化宰制下的生命悲剧 ……………… (152)

第三节　民间价值立场与民族秘史《白鹿原》……… (157)

一　从现实到历史:文化立场的转换 …………………………(158)
　　二　常规自足的白鹿原民间生活景观 ………………………(162)
　　三　民间价值系统中的人物形象塑造 ………………………(165)
　　四　民间道德视野中的现代革命历史 ………………………(169)
　　五　民间话语霸权在叙事高度上的有限性 …………………(172)

第五章　贾平凹与商州民间世界 …………………………………(175)
　第一节　商州民间伦理的时代变迁 ……………………………(177)
　　一　闭合性空间中的古朴伦理生态 …………………………(178)
　　二　改革浪潮中的精神躁动与价值裂变 ……………………(182)
　　三　民间传统的衰败与乡土精神的消亡 ……………………(187)
　第二节　商州尺度下的城市生活本相 …………………………(194)
　　一　"从商州看西安":内置的乡土性视角 …………………(194)
　　二　城市知识者的生存之痛与精神迷遁 ……………………(197)
　　三　底层拾荒者的生存困厄与心灵蜕变 ……………………(204)
　第三节　村镇历史叙事中的民间意识形态 ……………………(208)
　　一　《老生》其一:唱师民间话语地位的确立 ………………(209)
　　二　《老生》其二:"燕处超然"的叙述声音 …………………(214)
　　三　《山本》其一:民间本位的革命历史叙述 ………………(216)
　　四　《山本》其二:"一地瓷"的民间生存世相 ………………(220)

第六章　红柯:西部骑手的民间理想主义 ………………………(229)
　第一节　驰骋于大漠瀚海的西部骑手 …………………………(229)
　　一　与西域大漠审美关系的缔结 ……………………………(230)
　　二　对西域民间生命大美的认同 ……………………………(233)
　第二节　"天山系列"中的诗性生命形式 ………………………(236)
　　一　草原与大漠生命世界的丰饶神性 ………………………(236)
　　二　西域诗性生命背后的陕西影子 …………………………(239)
　第三节　"太阳深处的火焰"煅烧下的生命救赎 ………………(243)

一 "大漠红柳"映照下关中民间的晦暗生命············(244)
　　二 关中民间文化土壤中的生命寻根及其向度············(248)
　　三 "一路向西"与母体文化因子的重新码放············(251)

第七章　其他陕西作家的民间叙事范式············(257)

第一节　叶广芩对陕南乡镇历史的探寻············(258)
　　一 皇亲贵胄与陕南民间的关系建构············(258)
　　二 对青木川历史的多声部叙述············(261)
　　三 现代意识与倚重民间话语资源············(264)

第二节　冯积岐对裂变时代民间生活的录记············(268)
　　一 "地主娃"的创伤性体验及叙述视角············(269)
　　二 苦难而压抑的"松陵村"及其裂变············(272)
　　三 民间道德价值的陨落与乡村命运隐忧············(277)

第三节　杨争光对民间生存本相的裸呈············(282)
　　一 与黄土地故乡人事之间的情感距离············(282)
　　二 "生存为大"的民间逻辑及其解构意义············(286)
　　三 以"食""性"为中心的灰暗生命视像············(291)
　　四 困厄中的生存意志与生命韧性············(295)

第八章　当代陕西文学民间叙事的成就、局限与前景············(300)
　　一 文学"陕军"民间叙事的功能意义及成就············(301)
　　二 民间叙事的话语属性及其局限············(310)
　　三 文化全球化语境中民间叙事的前景展望············(320)

参考文献············(333)

后记············(342)

序

中国新文学中的"民间"意识，在五四时期就有"自觉"，至今已过百年；虽然"民间文学"在学科目录中地位尴尬，但它在中国文学从古典向现代转型的过程中从未缺席，只是在不同时期起落沉浮迂回曲折，走出了自己的路，其发展轨迹和学术史已经得到学界认可。作为理论视域和批评视角的"民间"概念和理论，在当代，特别是新时期有了长足的发展，而作为中国当代文学的研究范式之一，"民间叙事研究"已取得不少成果，也存在一些需要探讨的问题，其利弊得失见仁见智，或许到了反思和总结经验、深化和提高水平的新阶段。王玉珠博士的新著《当代陕西文学民间叙事研究》的出版正逢其时。

王玉珠曾是兰州大学文学院博士生，民间叙事研究是她毕业、获得学位后拓展的新研究领域，作为她的导师，我能在她的新著出版时读到书稿，感触颇深。玉珠嘱托为书做序，责无旁贷；"序"有多种写法，通读书稿之后谈谈阅读体会和个人评价也算其一吧。

本书研究的是当代陕西文学的民间叙事，探讨的则是中国当代文学民间叙事研究和批评中的普遍现象和核心问题，其特点是穿越了地域性阈限而获得全局性意义，且带有对当代文学"民间"理论探讨与批评实践进行总结反思的意味。可以说，这是该领域新阶段的重要创获之一，也具有一定的标识性。

第一，重新理解"民间""广场"与"主流"的关系。本书依据"在最普遍的意义上，一切叙事都是话语"的观点，对当代陕西叙事文学从"民间"角度进行了系统研究，在我看来，其首要的价值是在这一研究过程中发现了"民间"叙事的复杂性和批评实践中存在的问题，并从理论上进行了新的阐释。比如，在对于"民间"概念及其形态的界定和学术史回顾时，作者揭示了民间叙事批评中长期存在的一个习焉不察的问题，就是对"民间""广场""庙堂"三者关系的误解，将它们对立起来，并在一定程度上成为批评的"范式"。她指出："在论述逻辑上，研究者多局限于对'民间''广场'和'庙堂'的'势力范围'划分，过于强化三者之间无法圆通、相互冲突的隔裂关系和分化状态，尤其过于强调民间形态作为边缘性价值系统载体与主流文学话语的对立性和冲突性，因而忽视了它在被压抑和遮蔽状态下所显示出的对于主流文学建构所具有的强大话语力量。"玉珠的这一看法，触到了当代民间叙事研究中的一个痛点，就是一些民间叙事研究和批评，为了突出"民间"的特殊性和重要性，自觉不自觉地将所谓"主流"话语作为"民间"的对立面，以彰显"民间"叙事的优势和价值。这种两相比较的研究思路不是没有一点道理，但如果变成一种二元对立的思维模式和研究范式，就可能将中国当代文学叙事话语的复杂性简单化，既无助于作品解读和作家研究的深化，也"妨害了这一理论不断走向丰富和突破"。就以本书研究的陕西作家来说，柳青的《创业史》、陈忠实的《白鹿原》、路遥的《平凡的世界》、贾平凹及其他作家的创作，其中很难截然区分出"民间"与"主流""庙堂"的成分，而常常浑然一体。单是"民间"就含义不少，不仅有民间故事、民间视角、民间话语、民间表达方式，更有民间精神、民间立场、民间价值评价，等等。在这些层面，同样有民间与主流的混融。作者指出，"作家民间立场的选择本身已经构成对自身立场的解构意义，在与民间的平等对话中，作家无不感受到民间话语的支配力量与自身现代意识表达之间的碰撞，因此一方面是基于在价值原点上对于现代立场的坚守，另一方面则是对民间立场的着意倾斜以及对民间文化精神的价值认同，加之他们显然无法真正回避民间社会藏污纳垢的形态特征，因此也就纷纷陷入到自身精神理念与价值立场的困惑、混乱与迷茫"。这样说，不是否定"民间叙事研究"的价值，恰恰是为了更好认识它的不可替代性。不是择其一端，而是理解主流话语与民间话语的微妙关系和丰富张力："在逻辑上不再强调民间叙事作为边缘性价值系统载体与主流文学话语之间的对立与冲突，而是回到不同阶段主流文学话语建构的文学史语境中，考察知识分子是如何自觉或不自觉地站在民间叙事立场上去贴近民间基本的生存和生命层面，呈现民间文化空间与审美形态，又是如何实现民间话语与主流文学话语在价值立场上的平等对话，从而实现民间叙事在参与主流文学话语建构中所显示的功能意义的。"这些见解，是民间文学叙事研究的理论新收获，也是民间叙事研究有望突破的前提。这种问题意识和理论思考，奠定了本书不止于现象描述而具有理论穿透力，其立意和主旨保证了创新意识的贯穿和相当高的学术水准。

第二，重新认识"地域性"民间叙事批评的视角和研究向度。当代陕西叙事文学在当代中国叙事文学中具有举足轻重的地位，一定意义上可以说是当代中国叙事文学的标杆。柳青、陈忠实、路遥和贾平凹是中国当代叙事文学具有标志性的人物，其作品在不同时期达到了"高峰"，而其他一大批实力派作家依然笔耕不辍继续向高峰攀登，当代中国叙事文学中的"陕军"，其体量和实力在地域文学中无出其右。所以，从新的维度对陕西叙事文学进行真正具有创新性的研究，将会获得普遍的理论意义，选择对陕西文学民间叙事进行研究，可能获得举一反三的效果，推进叙事研究的深化。基于这样的认识，作者关注的是"当代陕西作家创作中的知识分子话语与民间叙事话语的关系问题、民间叙事的话语属性以及它在当代陕西文学乃至整个现当代文学话语格局中的地位问题、民间叙事在当代陕西文学乃至整个中国现当代文学话语体系建构中的功能意义及其局限问题、全球化语境下民间叙事话语的可能性前景问题等"，认为这些问题应该得到阶段性的总结与进一步的深入研究。这样一种试图超越对象本身的研究目标，落实起来有相当的难度，这不仅因为几个层面与维度的裹缠，还因为陕西文学具有多维度研究的潜质，民间叙事只是其中之一角度，而以往对陕西叙事文学的研究已经经过多年的"精耕细作",弄得不好,就会重复已有结论。也就是说,这个选题有一定的"风险"。直白点说,它要回答:陕西文学与民间叙事有多大关系?"民间"在多大程度上助推了或者限制了陕西作家走向文学高峰?那么,玉珠是怎样处理这些难题的呢?她会有新的发现吗?我想,这是读者对本书的阅读期待,也是王玉珠在确定这一选题时不能回避的核心问题。对此她有自己的思考:"我们论述的落脚点将是当代陕西文学中以知识分子为叙事主体的民间叙事","将尝试在话语层面对当代陕西文学中民间叙事的文艺景观进行整体性的观照和考察,对数代文学'陕军'民间叙事的传统缘起、文化身份等进行分析和阐释,重点考察在当代陕西文学发展的各个历史阶段,柳青、陈忠实、路遥、贾平凹、红柯、叶广芩、冯积岐、杨争光等数代文学'陕军'民间叙事的话语特征。"可以看出,系统性和点面结合是本著的另一个特点,既避免简单化和片面性,也突出重点并向深度掘进;而倚重陕西作家又要超越陕西地域局限,从地方性民间叙事批评和研究中获得新的普遍性理论启示是其主要学术价值之一。

第三,正视民间叙事的复杂性和调整研究的着力点。相对于其他研究,民间叙事研究有自己的观照视域、表达领域和核心问题区域,这反映在本书章节设置和题目中:"农裔身份与民间文脉""民间文脉与延安文艺传统""主流话语的民间性向度""超越政治视界的民间性向度""扎根民间的情感意识与价值理性""单极性民间立场与平民化意识""故土情结与民间写作立场""民间审美的限度与困境",等等。从这些视角发现陕西文学民间叙事的特殊性,也触及到了陕西作家创作中的深层内容,包括深刻的思想和深刻的矛盾,如柳青的主流话语、民间情感与超越政治视界的民间性向度,陈忠实对传统文化的纠结,路遥深刻的个人体验和社会理想的民间性关系,贾平凹的民间智慧和民间表达方式,红柯西域诗性生命背后的陕西影子,叶广芩皇亲贵胄与陕南民间的关系建构,冯积岐对民间道德价值陨落与乡村命运隐忧的思考,杨争光对民间生存本相的裸呈,等等。从中看出本书作者对复杂学术问题的思考及处理能力。比如她注意道："柳青的《创业史》在民间的视野之中挖掘梁生宝的草根英雄气度与世俗特质，使其呈现出契合民间社会英雄崇拜心理的传奇性和种种光辉品格，但同时，梁生宝加之于素芳身上的深重的道德歧视，也意味着作家对这一新式农民英雄的塑造受到了民间残酷的贞洁观念和落后的伦理道德的制约，因此，柳青不自觉的民间性立场既使其在一定程度上超越政治视界，但同时也使其囿于民间伦理的精神高度，失却了知识分子应有的现代意识。如果说柳青的特殊性在于在'庙堂'宏大叙事的统摄之下，其知识分子视野与民间性话语都被压抑而极度收缩，因而并不构成明显的对立和冲突，那么进入新时期以后，文学'陕军'在现代意识与民间立场之间的价值困惑与混乱则有着更为突出的体现"。这些见解，可以使读者感知到，同样的文本和创作现象，从民间叙事批评和研究的角度切入，确实会有新的学术发现，如果把握适度，可以切中肯綮，深度体会作品的意蕴和作者的精神世界。

  本书其他方面的特点读者可以明辨，不再赘述。玉珠能在吸收前人研究成果的基础上，站在新的基点上接着说、继续走，提出自己的见解，富于创新，积极探索，是个人的发展，也是学术的进步，期待玉珠有新的创获。

  一些体会，一己之见，是为序。

程金城

2021 年 8 月 19 日

绪　　论

在中国当代文学史上，数代文学"陕军"以其辉煌的创作业绩享誉文坛，成为中国当代文学研究的重要对象，对其展开的探讨长时期以来呈现繁荣态势。由于当代陕西文学在很大程度上传承了十分认可民间叙事话语的延安文艺传统，加之数代文学"陕军"多为农裔作家或是对农民生活有着深入体验，与农民情感上的天然联系使其特别重视对于民间生活与民间文化形态的挖掘与表现，民间叙事也因此成为文学"陕军"创作中的重要叙事形态和十分彰显的特质，并受到了广泛的关注，尤其是在20世纪90年代中期学者陈思和"民间"理论的提出进一步推动"民间"成为中国现当代文学研究的热门话题之后，当代陕西文学中的民间叙事得到了更多的观照。不过在整体上，"民间"视角的当代陕西文学研究在取得进展的同时也存在一定的缺失之处。一是研究较为零散而缺乏系统性与整合性，较多地集中于对单一作家作品所开拓的民间审美空间的审视，较多地停留于对作家作品中带有民间元素的生活故事、民间神话传说、民间信仰等进行阐释；二是在视域上侧重于"呈现了怎样的民间"，而较多地忽视了对于"怎样呈现民间"的探讨，也就是侧重于阐释民间文化形态及其特征，而未能从话语层面对于作家如何进入、如何观照、如何呈现民间予以充分的研究。同时，当代陕西作家创作中的知识分子话语与民间叙事话语的关系问题、民间叙事的话语属性以及它在当代陕西文学乃至整个现当代文学话语格局中的地位问题、功能意义及其局限问题、全球化语境下民间叙事话语的可能性前景问题等,也未能得到较为深入的阐释和论证,而这些问题显然应该得到阶段性的总结与进一步的深入研究。

按照"在最普遍的意义上,一切叙事都是话语"①的观点,文学"陕军"创作中的民间叙事以自身方式参与当代陕西文学话语格局的建构与嬗递,并且在新时期以来显示出不断提升的活跃态势,在整个中国文坛展现出引人瞩目的、独特鲜明的地方色彩,取得了强劲有力的"现象级"的创作实绩。而当代陕西文学之所以形成突出的民间叙事、达到相当的文学史高度,是与整个中国现当代文学中民间叙事话语的重现与开掘密切关联在一起的,自"五四"以来百年间民间叙事话语的流变与演进成为了当代陕西文学民间叙事的宏观话语背景,对这一话语背景的观照和梳理则首先有赖于对民间叙事这一话语形态做出合理、恰切的界定。

一 界定: 民间叙事的内涵及其形态

民间叙事是叙事学中的一个重要概念,也是近年来民间文化研究的热门话题。与叙事早已不再仅仅局限于文学、叙事研究早已有着宏阔的视界相一致,民间叙事也不只是和民间文学相关,实际上它首先指向的是社会学、历史学的内容,并几乎涉及了民间生活的各个方面。在文化研究或民俗文化研究中,民间叙事是指发生在非官方的、同时也是非文人的这样一种社会性空间中的民众活动,是"生活于社会底层的平民百姓的叙事活动",是"民间意识形态的集中体现"。② 在这个意义上,正如符号学大师罗兰·巴特所指出的:"用以叙事的各种样式数量惊人,这些样式本身分布在不同物质之中,就好像任何材料都可以用来讲故事"③,因此民间叙事的内容要素、形式、意义以及功能显然也不是民间文学以至文学本身所能单独承载的。但不可否认的

---

① [美]华莱士·马丁:《当代叙事学》,伍晓明译,北京大学出版社1990年版,第126页。
② 柯玲:《民间叙事界定》,《上海文化》2007年第2期。
③ [美]阿瑟·阿萨·伯格:《通俗文化、媒介和日常生活中的叙事》,姚媛译,南京大学出版社2006年版,第16页。

是，作为人类思想和精神重要载体的文学作品又在相当程度上反映着与民众社会生活的密切联系，体现着民众的信仰、道德、伦理等民间精神文化与民间意识形态，以至完整地呈现着非官方的、同时也是非文人的民间文化空间。并且，文学层面的民间叙事绝不仅仅规限于以社会底层民众为叙事主体、以表演或口头创作、流传为主要样式的民间文学领域，在以知识分子为叙事主体的文学创作中，"民间"作为"一种非权力形态也非知识分子精英文化形态的文化视界和空间，渗透在作家的写作立场、价值取向、审美风格等方面"①。在百年来现代中国文学的发展历程中，一些作家自身的人格养成、知识储备与民间有着密切的联系，他们自觉不自觉地以民间作为艺术生命的源泉，择取民间形式书写独特而丰富的民间世界，并以民间视角或者站在民间立场上呈现民间审美文化空间与民间信仰价值系统，这使得民间话语显示出独特的功能意义，在价值立场上实现了与官方意识形态话语或知识分子自身精英话语的平等对话，因而其作品呈现出明显的民间性价值向度与审美意味。

实际上，在中国现当代文学领域，"民间"并不是一个陌生的话题。从"五四"初期"平民文学"的倡导到"左联"时期的文艺大众化运动，再到抗战文学时期关于"民族形式"的论争，都形成了对于民间的讨论，也显示了"民间"在新文学传统的形成和生长中从未缺席的事实。如果说这些论争作为文学史的组成部分本身就该纳入文学研究的视界和对象领域、因而并不在一般的意义上对当下文坛产生较大的研究影响，那么随着20世纪90年代以来当代文学创作中民间走向的凸显，以及作家的民间叙事收获备受关注的巨大文学成就，"民间"逐渐成为了文学研究中的热门话题，这其中，学者陈思和"民间"理论的提出起到了较大的推动作用。在《民间的浮沉——从抗战到"文革"文学史的一个尝试性解释》②一文中，作者从民间视角重

---

① 陈思和、何清：《理想主义与民间立场》，《中山大学学报》（社会科学版）1999年第5期。
② 陈思和：《民间的浮沉——从抗战到"文革"文学史的一个尝试性解释》，《上海文学》1994年第1期。

新阐释了延安文学以来到"文化大革命"时期的文学话语,对民间文化形态在当代文学史上地位的确立、它与政治意识形态的关系以及作品中藏匿这一文化形态的民间隐形结构进行了论证和阐述。接着在《民间的还原——"文革"后文学史某种走向的解释》① 中,陈思和将民间视角延伸到了对于新时期文学的考察之中,指出民间形态作为新时期文学最初形成的两个源头之一,在新时期文学初期被知识分子重建"广场"的精英话语所遮蔽,以至重归大地深处,但随着精英意识形态在与现实政治意识形态的激烈撞击中走向式微,民间形态在20世纪80年代中后期重新浮出了历史的地表,并作为当代知识分子一种新的价值定位和价值取向,在寻根文学中初显端倪,在新写实小说以及新历史小说中逐渐形成,最终实现了自身的还原和重新接续。以上述两篇文章为中心,加上数篇具体探讨当代小说文本民间叙事的文章,②以及《中国当代文学史教程》③ 对于"民间"理论的运用与发挥,陈思和形成了对于"民间"的较为系统的阐述,并产生了较大的学术影响。他所建构的"民间"理论几乎成为后来者观照现当代文学民间元素所无法绕开的理论资源,对这一理论本身的解读也一度形成热潮。

毫无疑问,陈思和的"民间"理论已经成为现当代文学研究的范式之一,但同时,正是由于运用"民间"理论驾驭自身论述的批评现象频繁出现,愈发使得这一理论屏障成为难以逾越的限制,极少遭遇质疑的声音也使得已有研究出现了画地为牢的倾向。在观照视界上,虽然陈思和的"民间"理论认为民间自"五四"时期起已正式进入社会文化领域,但已有研究多摈弃了对于"五四"时期以来至延安文学时期民间叙事的开掘,即使有所涉及,也总是在那些游离于时代主流

---

① 陈思和:《民间的还原——"文革"后文学史某种走向的解释》,《文艺争鸣》1994年第1期。
② 参见陈思和《来自民间的土地之歌——评50年代农村题材的文学创作》,《福建论坛》(文史哲版)1999年第3期;陈思和、何清《理想主义与民间立场》,《中山大学学报》(社会科学版)1999年第5期;陈思和等《余华:由"先锋"写作转向民间之后》,《文艺争鸣》2000年第1期。
③ 陈思和:《中国当代文学史教程》,复旦大学出版社1999年版。

文学话语之外的边缘性作家笔下去寻求民间话语的身影,总体上来看,其研究视域拘泥于自延安时期文学开始考察作家作品中的民间形态。在论述逻辑上,研究者多局限于对"民间""广场"和"庙堂"的"势力范围"划分,过于强化三者之间无法圆通、相互冲突的隔裂关系和分化状态,尤其过于强调民间形态作为边缘性价值系统载体与主流文学话语的对立性和冲突性,因而忽视了它在被压抑和遮蔽状态下所显示出的对于主流文学建构所具有的强大话语力量。因此,已有研究对陈思和"民间"理论的不断运用虽然促使该理论逐渐被学界所认可,但上述研究倾向也妨害了这一理论不断走向丰富和突破。

这里,我们对于当代陕西文学民间叙事的研究依然要援引和借用陈思和有关"民间"的基本理论阐发,即"民间"是这样一种文化形态:"它有意回避了政治意识形态的思维定式,用民间的眼光来看待生活现实,更多的注意表达下层社会,尤其是农村宗族社会形态下的生活面貌。它拥有来自民间的伦理道德信仰审美等文化传统,……它不但具有浓厚的自由色彩,而且带有强烈的自在的原始形态。"① 并且,应在两个层面上理解"当代文学里的民间概念":"第一是指根据民间自在的生活方式的向度,即来自中国传统农村的村落文化的方式和来自现代经济社会的世俗文化的方式来观察生活、表达生活、描述生活的文学创作视界;第二是指作家虽然站在知识分子的传统立场上说话,但所表现的却是民间自在的生活状态和民间审美趣味,由于作家注意到民间这一客体世界的存在并采取尊重的平等对话而不是霸权态度,使这些文学创作中充满了民间的意味。"② 从这一"民间"概念出发,我们的论述将落脚于当代陕西文学中以知识分子为叙事主体的民间叙事。并且,由于与其他文体相比,小说最大限度地融会了来自民间的文化艺术因素,也容纳了更多的民间叙事精神以及文化审美价

---

① 陈思和:《民间的浮沉——从抗战到"文革"文学史的一个尝试性解释》,《上海文学》1994年第1期。
② 陈思和:《民间的还原——"文革"后文学史某种走向的解释》,《文艺争鸣》1994年第1期。

值取向，而且小说写作从叙事开始、并以叙事为己任，作家选择了民间立场，也就选择了民间叙事，因此我们论述的对象将是以小说创作为基本领地的当代陕西作家的民间叙事。不过，这里援引陈思和"民间"概念以观照当代陕西文学中的民间叙事，将尝试在以下向度上有所延展和深入：一方面是在探讨具体作家作品的民间叙事之前，跳出已有研究对中国现当代文学中民间叙事的梳理始于抗战或延安文学时期的视域局限，将论述延伸至整个现当代文学的历史进程中，从而为民间叙事研究提供更为完整的宏观话语背景；另一方面则是在逻辑上不再强调民间叙事作为边缘性价值系统载体与主流文学话语之间的对立与冲突，而是回到不同阶段主流文学话语建构的文学史语境中，考察知识分子作家是如何自觉或不自觉地站在民间叙事立场上去贴近民间基本的生存和生命层面，呈现民间文化空间与审美形态，又是如何实现民间话语与主流文学话语在价值立场上的平等对话，从而实现民间叙事在参与主流文学话语建构中所显示的功能意义的。在此基础上，将尝试在话语层面对民间叙事的文艺景观进行整体性的观照和考察，对数代文学"陕军"民间叙事的传统缘起、文化身份等进行分析和阐释，重点考察在当代陕西文学发展的各个历史阶段，柳青、路遥、陈忠实、贾平凹、红柯、叶广芩、冯积岐、杨争光等文学"陕军"民间叙事的话语特征。在对作家作品进行深入分析和论述的基础上，将对当代陕西文学民间叙事话语的功能意义与成就，尤其是在 20 世纪 90 年代以来多元化的话语格局中所达到的文学史高度做出评衡和总结，同时对当代陕西文学乃至整个中国当代文学民间叙事的"前现代性"本质属性及由此带有的话语局限，以及在当下文化全球化语境中民间叙事的发展路向与前景做出一种有效的探讨。

二 百年来文学民间叙事的演进历程

跳出已有研究多始于延安文学时期的视域局限，将民间叙事放置在"五四"以降百年来中国现当代文学的整个发展历程中，我们看到，在不同文学史时期特定的社会文化空间中，无论是被遮蔽压抑还是被张扬凸显，它都显示了在主流文学话语建构中强大的功能意义。从"五四"到20世纪80年代中后期，民间叙事始终参与了由知识分子话语或意识形态话语交替递嬗而成的主流文学话语的建构，作家以民间叙事创造了独特自在的民间审美文化空间，并且与主流话语形成了平等对话的关系，显示了其参与建构的独立意义。而在20世纪90年代以来无主流、多元化的话语格局中，以先锋小说家集体性的民间转向为标志，民间叙事更形成了自身演进历程中最为活跃和突出的阶段。在整体上，民间叙事话语百年来的流变与演进也成为了我们探讨文学"陕军"民间叙事的宏观话语背景。中国现当代文学中的民间叙事与当代陕西文学的民间叙事构成了整体与部分的关系，在新文学史发展的整体性视野中对"部分"性质的文学"陕军"民间叙事进行考察，将厘清民间叙事演变与递嬗的源流，梳理出当代陕西文学之所以形成突出的民间叙事的重要资源与传统，同时也将更为准确地把握文学"陕军"民间叙事这一突出的"局部的发展"对于当代以来民间叙事"整体"的重要推动作用。

随着中国现当代文学历史进程的开启，民间话语也同步地进入社会文化领域，但在相当长一段时间内，相对于知识分子话语与政治意识形态话语，民间话语始终处于弱势地位，它以弱者的姿态存在和发展，同时又以平等对话的姿态参与到中国现当代文学不同阶段主流话语的建构中。需要说明的是，这里的"主流话语"是指文学创作中表达了某一历史时期的宏大主题与时代精神、能对该时期文学走向产生主导作用因而居于主流地位的文学话语。结合中国现当代文学话语的流变来看，在"庙堂""广场"与"民间"三者鼎足而立的话语政治图景中，"民间"显然长期地处于弱势位置，而主流文学话语也并不始终指认为公开的意识形态话语或知识分子话语，而是在二者之间必居其一又不断转换。在"五四"时期，军阀混战使得国家意识形态并未在思想文艺领域形成具有统摄性影响力的价值体系和权力话语；而知识分子则借助西方文化在"庙堂"和"民间"之间建构起自身的文化空间和以启蒙为内核的话语体系，并引导了这一阶段文学的主流动向，因此启蒙话语成为"五四"时期的主流文学话语。到了现代文学第二个十年时期，政治革命成为时代中心命题，文学潮流也随着整个社会的变革而走向空前政治化，左翼所倡导的无产阶级革命文学运动最终成为文学主潮，因此政治意识形态色彩浓厚的革命话语成为这一时期的主流文学话语，并形成了对"五四"时期以来启蒙话语的压制。当然，中心权力话语与边缘权力话语之间并不是单纯的对抗关系，在二者交错演化的进程中也会有相互的认同与化解，在战争的特殊历史环境中，知识分子与政治意识形态实现了结盟，"救亡"成为二者共同言说的主流话语。而一旦抵御外侮的历史使命完结，知识分子话语与政治意识形态话语的对抗关系随即凸显出来，后者以主流话语身份决定了此后二三十年文学的基本面貌。随着"文化大革命"的结束，长时间被压制的知识分子启蒙话语终于重新觉醒，并以异常的热情与强劲的势头迅速占据文坛的主流，但是与现实政治的紧密配合必然使得精英意识形态与政治意识形态发生激烈碰撞。随着20世纪90年代以来社会文化空间的日益开放和多元价值取向的生成，"多元化"成为此期文学话语格局的本质特征。

对于中国现当代主流文学话语演变与递嬗线索的梳理实际上也展示了不同文学史时期民间叙事所依存的社会文化空间样态，从"五四"时期至20世纪80年代中后期，尽管民间叙事相对于知识分子话语与政治意识形态话语始终处于弱势地位，但它依然以自身方式存在和发展着，并参与到了中国现当代主流文学话语的建构中。"五四"时期，民间话语作为封建文化传统的遗毒是主流启蒙话语批判的直接对象，知识分子与民间构成明确的对立关系。在启蒙话语的建构过程中，它以压倒性的优势将民间话语挤压至话语格局的边缘位置，然而，有权力就必然有反抗，处于边缘的民间话语因其边缘性反而获得了某种冲击中心的力量，这在鲁迅所开创的"五四"时期乡土小说写作中较为突出。作家民间叙事的主观意图是在于提供启蒙话语批判的对象，但民间话语本身也反过来构成了对于现代性启蒙话语的审视与批判。在鲁迅的《祝福》中，来自乡土民间愚昧麻木的祥林嫂首先是被批判和被启蒙的对象，但同时她与作为启蒙知识者的"我"之间也构成了平等而有效的对话关系。在"我"与祥林嫂有关"魂灵"的对话中,祥林嫂扮演了灵魂审问者的角色,而"我"却以一句含糊其词的"说不清"来应付祥林嫂的一再追问,昭示了现代知识分子无法直视和解决乡土现实生存困境的浅薄与软弱,因此,作为鲁镇文化牺牲品的"祥林嫂"在无意中完成了对于"我"所代表的现代知识分子群体的灵魂审判,并由此推动"我"对于自我灵魂的开掘以及对于现代知识分子价值与意义的质疑。如果说"我"是以居高临下的启蒙心态来讲述祥林嫂的悲剧性生存故事,那么在这场"灵魂审问"中,祥林嫂却反过来成为居于高位的审判者,迫使我招供出自身灵魂的软弱,从而显示了其原本被遮蔽的话语力量。在另一部小说《药》中,在前台活动的同样是精神愚昧的民众,而启蒙者夏瑜被杀事件则是在民众的话语中传达出来的,小说对于民众话语的叙述意在突出对于启蒙者与民众之间隔绝不通的反讽,而从民众的视角来表达农民与知识分子之间存在的严重隔膜,不仅呈现了被启蒙者基本的生存面貌与精神状态,实际上也使民间平等地参与了对于启蒙者生存意义的审视与质疑,以民众为观照主体审视知识分子自身的局限性,民间的意味就得到了凸显。在鲁迅的引领下,其他乡土小说作家也以贴近乡间底层生存与生命状态的叙事立场,展示了中国民间残酷的生存困境以及在生死之间所呈现的生命能量。

在 20 世纪 30 年代的文学创作中,除了老舍、沈从文、萧红等处于时代"边缘"的作家在其极具地域性色彩的创作中观照民间生命形式、彰显民间生命能量与文化精神,对于主流革命话语的言说同样充满了民间的意味。作为其时最具代表性的革命现实主义作家,茅盾意在以其"农村三部曲"反映中国城乡资本主义化过程中农民的历史命运与情感变迁,揭示他们走向革命的历史必然,这无疑是作品显在的话语立场。但在具体的叙事中,一个蕴含了浓郁的江南水乡风土人情的民间文化空间却油然而生,尤其是作家以自觉的民俗学意识对老通宝家的蚕事活动以及蚕乡风俗等的工细描写,更是具有了独立的审美意义。在人物形象的塑造上,茅盾即站在革命作家的立场看到了那个受封建旧意识毒害深重的老通宝身上因循守旧的历史惰性,但同时老通宝在生存本能层面对于土地原始而牢固的物质依赖与精神依恋,却成为作品在情感上最为动人之处,这不能不说显示了茅盾以民间视角表达了对于农民基本生存法则的贴近和对农民恋土情结的深刻体验。在20世纪30年代中期另外一部观照民间社会历史变迁的小说《死水微澜》中,作家李劼人同样通过蔡大嫂这一人物形象的塑造张扬了泼辣的民间生命精神。不管是从乡下嫁给愚钝的杂货铺老板蔡兴顺,还是与彪悍豪侠的罗歪嘴暗生恋情,以及为搭救丈夫和情人而慨然应允做顾三奶奶,都展示了蔡大嫂对于享受生命的渴望及其不安分的生命张力,来自民间的生存意识与价值原则得到了彰显和强化,并渗透到了作家的审美意识之中,民间由此得到了作家的认同。

如果说20世纪30年代"社会革命"主题的小说中民间被认同已经初步显示了作家对于民间话语的重视,那么到了战争的特殊环境中,民众作为民族救亡的主体力量受到前所未有的重视,文学创作便自觉地呈现出向民间文化靠拢的倾向,尤其是民间文艺形式在主流的救亡话语建构中起到了极为重要的作用,鼓词、唱本、戏曲、评书、民歌等民间文艺有力地配合了救亡的宣传工作。随着毛泽东《在延安文艺座谈会上的讲话》中文艺"二为"服务方针的提出[①],民间叙事进一步建立起它在文学话语格局中被政治意识形态认可的显要位置。就是在这种不断渗透与改造中,在主流文学话语的表达中依然藏匿了来自民间的声音。在宣扬农业合作化政策的作品《山乡巨变》中,作家周立波在根本立场上与国家意识形态保持着高度的一致,但他巧妙地将清溪乡的合作化运动放置在民间生活的舞台上来推进,使民间生活的本真风貌成为表现的前台而非背景;同时在人物形象的塑造上,无论是正面的农村基层干部还是落后的老一代农民,都避免了成为阶级斗争的代言人,而是体现了天然的民间文化熏陶而来的农民性格与情感,

---

① 毛泽东:《在延安文艺座谈会上的讲话》,载《毛泽东选集》第3卷,人民出版社1991年版,第854—858页。

也就是说这些农民形象成为农民眼中而非阶级眼光下的形象；而对于盛佑亭为代表的老一代劳动者在运动中的心理过程的分析，充分体现了作家在民间立场上对于农民情感痛苦的理解与同情。就整体情况而言，"十七年文学"时期所允许的唯一具有合法性的写作立场无疑是站在建设社会主义革命事业的高度进行国家意志的政治宣传，而且作家们的这种创作意识是极其自觉的，但与此同时，他们也许并不自觉的民间视角的叙事，则使其在显在的主流意识形态话语之中极其隐晦地言说着民间精神意识。直到"文化大革命"时期讲述极端革命话语的现代样板戏中也潜藏着来自民间的审美意识，并反过来制约了主流话语的表达和言说。①

然而，随着新时期初期知识分子启蒙话语重新高扬，它在实现与政治意识形态话语主流地位的转换之间也再次排挤了民间在文学话语格局中的位置。不过，就在20世纪80年代前期较有影响力的"复出作家"充满激情地展开现实批评、抒写社会理想、表达对于国家前途与民族命运的积极关怀意识时，知青作家作为另一股重要的文学力量，则开始以多元化的叙述视点和价值取向对"上山下乡"的个人经历进行重新的体验与阐释。这其中，史铁生、张承志等作家已经趋于远离社会政治视角，着力于发掘民间生活所散发的生命能量，以实现自我主体精神与社会文化精神的重建与更新。到了20世纪80年代中期，在文学内外多重因素的促进下，一部分知青作家更为明确地表达了在那些"还未纳入规范的民间文化"和"乡土中所凝结的传统文化"②中寻求文学之根的诉求，民间精神开始在文学寻根所开拓的新的文化空间中生长，《棋王》《老井》《爸爸爸》《小鲍庄》等寻根小说对于野史、传说以及特定地域的民情风俗与日常生活的描写，较为充分地挖掘了民间世界丰富的精神蕴涵，民间以其所显示的独立意义参与到了主流文学话语的建构中。然而，寻根作家最终落脚于启蒙与文化批

---

① 陈思和：《民间的浮沉——从抗战到"文革"文学史的一个尝试性解释》，《上海文学》1994年第1期。
② 韩少功：《文学的"根"》，《作家》1985年第4期。

判的叙事态度也意味着民间叙事尚未成为其普遍自觉的话语立场,而对民间文化空间开拓的难以深入与一定程度上对现实生活的忽略,也导致文学寻根潮流很快便走向消退和陨落。

在稍后出现的新写实小说以及将"新写实"延伸到历史时空而形成的新历史小说中,作家们也开始下移自身叙事视点,开始站在民间立场上观照民间日常生活本身以及民间历史的本来面目。如在《风景》《刀客与女人》《红高粱》以及稍后一些的《夜泊秦淮》等作品中,作家们绕开了知识分子强烈的理性判断意识和政治权力观念视角,悄然在上述两种价值取向与视角之外建立起来自民间的价值立场,并对之采取尊重与平等对待的态度,在民间现实与民间历史的言说中表达了对于民间生存意识与民间文化生命力的肯认。然而,主体性的弱化和现实批判立场的缺失也使得"新写实"受到争议和诘难;同时,相比"新写实"小说对于传统现实主义文学观念的解构所产生的重要影响而言,作品的民间叙事立场及其所呈现的民间信仰价值系统并未真正引起广泛的关注。直到先锋小说作家在体验了形式的疲惫之后,纷纷放弃了先锋前卫的探索姿态,从叙事形式实验的极致回转到对叙事意义本身的找寻,并集体性地以"民间"作为这种找寻的重要去处,民间叙事才成为十分彰显的立场受到重视。

从社会文化背景以及文学自身的发展轨迹来看,20 世纪 90 年代初前后先锋小说作家的民间转向是多重因素综合发生作用的结果,具有一定的必然性。首先,这种转向是作家对自身启蒙话语进行反省之后的走向之一。在整个 20 世纪 80 年代,知识分子作家始终自觉地追求以自身创作实现与政治的默契配合,但二者在其所形成的密切关系中又不断地发生着摩擦乃至激烈的碰撞。进入 20 世纪 90 年代,知识分子话语又遭遇到商品经济大潮的强烈冲击,进一步促使他们对自己曾经充满激情的启蒙话语和所秉持的道德理想进行反思,其结果在文学创作上体现为作家写作立场的重新站位与价值取向的重新选择,对于那些早在 20 世纪 80 年代中后期就以极端的叙事革命对启蒙话语以及宏大叙事表达怀疑的先锋作家而言,一直以来的民间转向在此时成为其重建精神理想首选的话语空间。

其次,这种转向是文化激进主义思潮退却后的必然结果。在新时期初期的文化转型中,人文知识分子从"五四"时期文化传统中找到了思想解放的精神资源,"一切都令人想起五四时代"[①] 是知识界共同的精神感受与情感体验,重启"五四"时期传统也成为他们集体认可的文化策略,"五四"时期的文化想象与文学建构方式被直接运用到了具体的文化与文学实践中。在这一过程中,"五四"时期在思想文化资源的选择上带有革命色彩的激进情绪并未得到有效的过滤,20 世纪 80 年代知识分子同样对自身历史文化传统持较为激进和粗暴的态度,同时表现出对于西方的亲近与追随,并以"西化"作为走向现代化的根本路径。然而,随着对西方了解的不断深入以及中国现代化的实施暴露出诸多问题,知识界的文化想象遭遇了来自现实的打击,他们开始反思自身激进的文化态度与立场,不仅重新评价以往文化实践中的"反传统"变革,而且重新认识与挖掘传统文化精神,以为现代化提供本土性的思想资源,民间世界尤其是乡土民间作为寄存传统精神的文化空间自然成为作家回归的重要路向,其文化视野与审美视野也得到极大的拓展。

再次,这种转向与市民文化的兴起有关。随着商品经济时代的来临和城市经济的迅速发展,社会的世俗化程度不断加剧,并催生了市民意识的觉醒;同时,社会文化与政治之间形成了相对疏离的关系,话语空间日益宽松化,文化与文学的开放性也得到不断的推进。因此,来自于市民群体的文化价值观念开始从被遮蔽和压抑的状态转而成为社会多元价值取向中的重要一极,并迅速显示出冲破禁锢的强大生命力,在解构知识分子文化与意识形态文化的同时,其本身也成为作家必然关注的对象,于是"都市民间"这一向度在余华、贾平凹、王安忆等作家笔下得到了生动的艺术呈现。

---

① 李泽厚:《二十世纪中国文艺之一瞥》,载《中国思想史论》(下),安徽文艺出版社 1999 年版,第 1080 页。

最后，这种转向是在拉美文学的烛照下实现的。20世纪80年代以来，以加西亚·马尔克斯为领袖的拉美魔幻现实主义作家对自身民族文化的开掘及其所取得的辉煌成就对当代中国作家产生了巨大而深刻的影响，甚至可以说"马尔克斯扮演了中国作家的话语导师"①，这种关系在莫言那里得到了确证，他坦然地表示："作家受到的影响其实是身不由己的。……你是一个80年代开始写作的人，如果说没有受到过欧美、拉美文学的影响，那就是不诚实的表现。"② 在这种影响下，莫言、贾平凹、扎西达娃等作家开始以荒诞、怪异的魔幻手法挖掘传统与民间文化积淀中的本土精神观念与价值信仰。在这个意义上，尽管作家走向民间在初始阶段并非是完全自觉的，但这种文学启发毕竟为作家开启了一个广阔的创作空间。在不断的发掘与体认中，作家们也逐渐走向了对于民间的自觉探索，并在这种探索中实现了价值立场的转换，从居高临下的"为老百姓的写作"转向了民间立场上的"作为老百姓的写作"。③ 在莫言、余华、苏童、贾平凹、陈忠实、张承志、张炜、王安忆、韩少功等作家笔下，"民间"终于得到了如其基本品格一般的自由自在的呈现。

作家写作立场的民间转向不仅使民间话语的地位得以提升和凸显，而且他们在对民间文化的开掘中寻找到了重建人文知识分子道德理想与精神信仰的丰富资源，因此在立场上表现出对民间的倾斜，这在余华、张承志、张炜等作家的民间写作中尤为突出。无论是《活着》和《许三观卖血记》对民间生活逻辑的展示，还是《心灵史》对民间理想价值的确立，或者是《九月寓言》对民间自在状态的呈现，都显示出作家在贴近生存与生命的基本层面表达了对民间理想精神与民间价值体系的认同与追求，并借此实现了对当下社会思想价值迷失与精神道德滑坡的批判。在这些作品中，民间世界具有了理想化色彩，而民

---

① 朱大可：《马尔克斯的噩梦》，《中国图书评论》2007年第6期。
② 莫言：《莫言王尧对话录》，苏州大学出版社2003年版，第122页。
③ 莫言：《作为老百姓写作——在苏州大学"小说家讲坛"上的演讲》，载《小说的气味》，春风文艺出版社2003年版，第8—16页。

间的地位则明显高于作家的个人立场，民间自由自在的精神品格与独立性也不受损害地得到了表现，这是以往的现当代文学写作所无法企及的，因此可以说20世纪90年代以来成为了现当代文学中民间叙事最为突出的阶段。作家们集体性的民间转向不仅实现了当代文学的巨大转换，代表了20世纪90年代以来文学创作的最高成就，而且也给作家个人带来了极高的声誉，莫言、陈忠实、贾平凹、余华、苏童、韩少功、王安忆、张炜等作家的民间叙事屡获国内外文学大奖的青睐与激赏，而其作品也被翻译成多种文字在海外出版发行，在向国外读者呈现本土鲜活生动的民间世界景象的同时，也在不断迫近的文化全球化语境中为建设新型民族文学做出了积极有益的探索。

三　当代陕西作家民间叙事的整体面相

纵观当代陕西作家民间叙事的整体面相，最突出的阶段无疑是以路遥、陈忠实、贾平凹等为代表的新时期以来的创作。在新时期以来民间叙事拓展自身话语空间的进程中，路遥、陈忠实、贾平凹等一批陕西作家不仅以极高的创作艺术水准参与其间，更以其作品显在的民间叙事立场和价值取向成为这一阶段民间叙事话语的突出代表。作家们自觉抑或不自觉地站在民间的立场上进行书写，不仅创造了具有三秦大地地方性色彩的独特自在的民间审美文化空间，对转型期乡土民间社会形态与文化形态进行了深入思考和探索，而且也以贴近个体基本生存与生命层面的写作向度表现出对于公开的官方意识形态话语抑或追寻现代性的知识分子话语进行解构与反思的功能意义，其创作取得了"现象级"的显赫实绩，达到了相当的文学史高度。但是，如果我们追溯新时期以来文学"陕军"民间叙事取得重要成就的艺术资源，从延安时期走来的柳青、杜鹏程、王汶石、李若冰等第一代文学"陕军"的影响显然是无法绕开且十分重要的，《创业史》等作品深刻地影响了后来陕西作家的创作，也由此形成了数代文学"陕军"，尤其是第一代与第二代文学"陕军"之间一以贯之的鲜明的文学经验，一方面是其创作与民间生活之间建构起了深度契合的密切关系，另一方面则是在对独特的民间文化空间的审美表达中形成了朴实厚重、大气磅礴的创作风格与艺术气质,具有在当代中国文坛上独树一帜的"史诗般"的恢宏气度。

如果就叙事立场来看,以柳青为代表的第一代文学"陕军"和路遥、陈忠实、贾平凹等第二代作家之间无疑存在着较为明显的差异。在延续延安文艺传统的基础上,在20世纪五六十年代政治意识形态话语居于绝对主导地位的话语格局中,第一代文学"陕军"在其创作中不仅不排斥,而且主动追随政治意识形态话语的建构,他们所自觉秉持的是基于革命事业的叙事视角,例如在柳青以农业合作化为题材而创作的主流话语文本《创业史》(第一部)中,对"中国农村为什么会发生社会主义革命和这次革命是怎样进行的"① 做出回答的创作意图无疑显示了作家坚定的政治立场。而路遥、陈忠实、贾平凹等新时期陕西作家则在革命叙事视角之外开拓出了新的"现代"与"传统"的文化视角以及新的审美空间。在新时期以来直至新世纪的写作中,第二代、第三代陕西作家既彰显了知识分子的精英意识形态和启蒙精神,同时也自觉或不自觉地站在民间的立场上进行写作,当他们运用民间的逻辑以及陕西民间独特的语汇去进行表达时,其创作也就实现了对于政治意识形态话语或知识分子精英话语的消解,达成了对这两种性质的文学话语进行反思的功能意义。

然而,尽管存在叙事立场的差异,两代作家之间却不仅建立起了深刻的精神联系,而且共同显示出深入生活、扎根民间的文学风气与习惯。对第一代作家而言,延安文艺传统带给他们的不仅是革命化的历史叙事立场,同时也使他们在情感上和精神上建立起了和农民之间的天然联系,在文学写作中显示出一种与民间社会生活与乡土传统之间密切关联,以及贴近民间世界生存与生命状态的叙事语态与叙事向度,从而体现了作家对普通农民生存状态的强烈体验与无限关切。以

---

① 柳青:《提出几个问题来讨论》,载《中国当代文学研究资料》编辑委员会编《中国当代文学研究资料·柳青专集》,福建人民出版社1982年版,第213页。

农民身份在长安县皇甫村生活长达十四年之久的柳青，长期深入渭南、咸阳农村的王汶石等，都以其扎根民间的创作开启了当代陕西文学关注历史与现实、关注民间生活的现实主义传统。也正因为深味现实主义的精髓，其作品在革命叙事视角之下依然散发出关注个体生存的人性光辉，折射出生命的价值。在第二代文学"陕军"以及以红柯、叶广芩、冯积岐、杨争光等为代表的第三代文学"陕军"那里，对于这一写作传统的承传和延续进一步走向了深化。由于陈忠实等第二代作家几乎都来自农村，具有典型的"农裔作家"的身份，因此他们对主流叙事的坚守就特别注重在其创作中探讨现当代历史发展对陕西农村社会的影响。而尽管第三代文学"陕军"在其创作中普遍地增强了现代感，并进一步拓展了自身的文化视野，有着更为自觉的文化意识，但在他们之中，杨争光的《从两个蛋开始》、叶广芩的《青木川》、张浩文的《绝秦书》、冯积岐的《村子》、红柯的《太阳深处的火焰》等重要作品却都延续了前两代文学"陕军"关注现实与历史、关注农村社会变迁的传统。可以说在整体上，第二代和第三代"陕军"的创作主要是现代化进程中的乡村叙事，其作品中的民间文化审美空间主要地并非都市民间，而是居于其精神世界高处、并对都市形成无形挤压和排斥的乡土民间。他们更为自觉地在创作中讲述陕西或西部的乡村历史与现实故事，也更为自觉地建构起基于独特地方性的民间审美空间，其作品中的民间立场以及民间文化价值系统也更为明确和凸显。他们不仅注重从农民或"知识农民"的视角去反映自己的经验，并且在叙事立场上不再置身事外地将自己作为客观的评价者，而是在更为自觉的身份认同与情感认同的基础上，在天然而强大的情感力量推动下立足于乡土民间生活，书写自身真切的乡村体验与生命感受，并在其间表达自身对于民间伦理与民间价值的批判性坚守与认同。这种写作立场与价值立场上的民间化倾斜在路遥、陈忠实、贾平凹以及红柯的创作中有着尤为明显的体现，他们的创作展示了民间社会自在的生存状态与精神空间，充满了民间的意味。

从民间叙事的气象来看，从柳青出发，文学"陕军"形成和沿袭了朴实、厚重、雄浑的史诗风范。作为承传延安文艺传统的第一代文学"陕军"中最为重要的作家，柳青以其创作自觉地加入到了当时国家意识形态的建构之中，在其最为重要的代表作《创业史》中，无论是从作家的创作意图来看，还是就作品的艺术构思而言，都显示了柳青坚定的进行宏大叙事的政治化写作立场，也就是站在建设社会主义革命事业的高度进行国家意志的政治宣传，反映声势浩大的合作化运动的过程和必然趋势，从而表现中国农业社会主义改造运动的历史风貌，以及在这一历史进程中农民思想情感的转变。这种自觉的创作意识也使得柳青从根本上开创了当代陕西文学的重要传统，即坚持现实主义道路，并在对历史和现实的关注与观照中形成一种扎根民间的坚实作风以及大气磅礴的史诗气度，《创业史》也在概括历史生活的深度与广度方面达到了较高的艺术成就，成为"十七年文学"时期的重要创作。

  从柳青所奠定的文学传统出发，新时期以来陕西作家的民间叙事普遍地承继了这一史诗传统，在整体上呈现出稳重、厚实、宏阔的艺术品格，展现出一种区别于其他地域作家的陕西风范与气象。无论是回首现代中国波澜壮阔的社会演变历史以及现代以来中国人的生存命运，还是直面当代中国大变革时期的社会历史现实，新时期文学"陕军"敏锐地捕捉住了轰轰烈烈的现代化进程在三秦大地之上乡土民间世界所引发的剧烈震荡，从而普遍自觉地以明确的底层视野和强烈的生存意识对农村和农民命运进行认真严肃的思考和描写。无论是贫穷落后、灾难深重的农村，还是百废待兴、处在历史转折点上的农村，抑或是在商品经济大潮冲击下乡间生存法则与文化传统已然破碎的农村，当代陕西作家总是对它们予以饱含深情的现实主义表现，并在其间不断探寻底层大众的生活脉搏与伦理价值取向，由此形成了扎根民间的深沉厚重、大气雄浑的艺术风格，而《人生》《平凡的世界》《白鹿原》《浮躁》《秦腔》《青木川》《村子》《从两个蛋开始》《生命树》等，也成为当代中国文坛上一部部极有分量的力作，尤其是路遥、陈忠实、贾平凹更是以多部关注三秦大地农民历史命运的鸿篇巨制将现实主义传统开掘至文化的深层，并呈现出深邃、厚重的史诗品格，而先后斩获"茅盾文学奖"的《平凡的世界》《白鹿原》《秦腔》等作品也成为当代陕西文学以至当代中国文坛民间叙事的经典之作。

与第二代文学"陕军"相比，叶广芩、红柯、冯积岐、杨争光等在改革开放背景下成长起来的新一代文学"陕军"则在传承对于民间历史与现实进行书写的创作传统时，呈现出更为开阔的创作视野。叶广芩的《青木川》站在人性的高度对历史进行反思，在予以民间叙事平等话语权力的同时也以多条线索的复调叙述，多侧面地对历史真相进行还原和复现，使得历史与人性的复杂纠缠在不同话语权力的转换中得到更加全面的揭示，显示出民间话语与传统意识形态话语平等对话，以至对其进行反拨和解构的力量。红柯的"天山系列"作品以宏大的史诗笔调和浪漫的诗意豪情对西域大地的民间历史与生存形态予以观照，并在其间追寻生命之根；与第二代"陕军"扎根陕西而形成稳重厚实的史诗风格相比，红柯创作的史诗性则根植于广袤雄奇的西域大地，充溢着雄浑的西域气息。杨争光的《从两个蛋开始》以"个人生活史"的写作方式，撷取20世纪40年代末以来发生在"符驮村"的历史片断，讲述村庄中的个人在一系列动荡变化的重大历史事件中的生存面目与生活情态，在政治、食及性的交织碰撞中揭示个人与群体之间的复杂关系以及个人生命的悲剧性实质。在其对乡村日常生活中凡人琐事、野史村言的记叙中同样可以触摸到历史深处的脉动，以及他对历史本体、人的生存本体的洞察和思考，其创作也因此展示出既直面现实、直面人生而又开阔、深邃的文化视野。冯积岐广受赞誉的长篇小说《村子》则以一种扑面而来的真实笔致叙写关中"松陵村"自公社体制解体到农民个体经营20多年来的乡村演变历史，从地域、文化、心理等多层面剖析新时期以来农民所面临的焦虑、困惑、不安和迷茫，丰富而又深刻地揭示出"生活深层运动过程里令人心颤的复杂和艰难的形态"[①]，其稳重朴实的叙事风格更与柳青、路遥等一

[①] 陈忠实：《村子，乡村的浓缩和解构》，载《陈忠实文集》第9卷，人民文学出版社2015年版，第164页。

脉相承。

在整体性风范与气象之下，另一方面的事实则是，新时期以来陕西作家的民间叙事又存在着个人风格的明显差异，呈现出鲜明的艺术独创性。这种艺术的独创性首先是与他们所关注的文化地域不同有关。最为典型的，在第二代文学"陕军"中，路遥书写着陕北城乡之间的生存苦难与心灵困惑，陈忠实表现着关中地区厚重深邃的民间历史，贾平凹则对陕南故乡的民间生命活动与生存状态予以审美观照。而第三代文学"陕军"则以更加开阔的文化视野和现代意识走出了陕西本土；同时，更由于在他们创作的主要时期，文学因其边缘位置获得了极强的开放性，从而使得作家的叙事逐渐走向了个人化的极致，显示出一种与作家自身体验密切关联的个人性风格的不断生长，这在红柯、叶广芩、杨争光、冯积岐等颇具影响力的作家之中表现得尤为明显。红柯的"天山系列"站在关中故乡的热土之上，回望他曾远走十年的新疆大地，以一种与其淡薄散漫的个性相一致的恣意想象抒写丝绸之路古道上被历史遮蔽的卑微生命，他所创造的艺术世界充盈着丰沛的生命意识，瑰丽神奇而又汪洋恣肆，他对生命的诗性感悟，以及那种浪漫的、淳朴的文学诗性也因此成为其创作最鲜明的个人风格。女作家叶广芩创作的别开生面同样与其独特的人生经历与生命体验有着密切关联，老北京贵族世家的出身与成长，以及长达四十年的陕西生活，不仅构成了叶广芩独特的人生，更使得北京与陕西成为作家脱颖而出的两块文学土壤。并且，恰恰是穿梭于记忆中的北京与现实中的陕西之间，给予了叶广芩独特的创作视野。几十年别离故乡的生活经历以及因之产生的距离感，使她在讲述京城百姓的人生、抒写对童年北京生活的眷恋与追忆时，将对故土的浓情以及最深沉的痛包裹起来，形成了更为沉稳、平静和淳厚的情感。并且，也正是站在西北遥望京城故土的独特生命经验，使得叶广芩对老北京的历史、风俗与人情，以及北京老百姓的价值观念有了更为透彻和超脱的感悟，而在那些以家族故事为基础的京味小说中，叶广芩也臻于一种较为洒脱的游刃有余的境界。同时，叶广芩在陕期间有着多年的县城挂职经历，尤其是常年穿梭于秦岭腹地，但与生于斯长于斯、"背靠"三秦故土进行创作的陈忠实、贾平凹等农裔作家相比，叶广芩的独特之处正在于她始终有着"北京的孩子"的身份认同，以及长于京城贵族世家的归属感，因而在《老县城》《青木川》等"陕味"创作中，她是以城里人的视角面对陕西民间历史与现实，她既无限融入乡土民间世界，又形成了对民间乡野文明更为理解和宽容的情怀。南下深圳且跨界参与多部影视剧创作的杨争光同样在其小说创作中展现出独树一帜的艺术个性。在《从两个蛋开始》《少年张冲六章》等力作中，他既以深厚的乡土根性观照陕西关中一带的农村现实生活与历史变迁，表现出浓郁的乡土情味，又从人的本性出发对乡村社会的历次政治生活以及承传数千年的文化系统予以还原和解构，展示出独一无二的透彻、犀利和诡谲目光。在叙事上，杨争光忠实于自己的本性，任凭自己的真实性情来写，他既关注乡村现实生活与农民的生存哲学，呈现出相当的现实主义高度，又以戏仿、狂欢等现代乃至后现代的叙事笔调去表达对现实的洞察与体验；他的叙述语言既充满了荒诞意味和戏谑风格，又带着来自故乡的黄土地的泥泞况味和淳朴气息。与红柯、叶广芩、杨争光相比，冯积岐并未走出关中本土，其创作也基本囿于其所虚构的一个叫"松陵村"的地方，但基于作家三十多年地地道道的农民生活经历，以及多年的县城挂职履历，他在创作中真正体察到了农民的生活状况和生存状态，触摸到了农民生活的底蕴，并以自身"地主娃"的视角写出了最深沉的生活体验，从而在《村子》等作品中呈现出了震撼人心的"丝毫不见矫饰的巨大的真实感"[①]，既承传了文学"陕军"一以贯之的书写农民生活史的现实主义传统，又以其面对农村生活本来面目的真实、真诚在第三代"陕军"中独具一格。

总的来看，在叙事立场上的民间化向度，在叙事气象上的史诗风范与品格，以及在叙事风格上鲜明的地域性与个人性特征，构成了当

[①] 陈忠实：《村子，乡村的浓缩和解构》，载《陈忠实文集》第9卷，人民文学出版社2015年版，第163页。

代陕西文学民间叙事的整体面相。从叙事语态上隐匿的民间性向度，到对于民间宝藏毫不避讳的集体性开掘，以至民间叙事话语个人性风格的不断生长，数代文学"陕军"的创作扎根高天厚土的西北大地，书写以陕西为中心的西北民间社会历史与现实，充满了泥土的芬芳与民间的气味。可以说，当代陕西文学业已形成的民间叙事传统经受住了文学时空的考验，也以其所取得的杰出成就受到人们的关注，并因此成为当代中国文坛的一支劲旅。由于当代陕西文学在当代中国文坛所具有的重要地位与典型性，对其创作中民间叙事话语的考察，不仅是对当代陕西文学重要基本面的一次总结，也应当能为当下中国文学民间叙事话语的发展路向提供些许有益的启示。放置在整个中国现当代文学的历史进程中来看，20世纪90年代以来作家们集体性的民间转向实现了当代文学的巨大转换，面对传统与现代转型冲突的宏大文化背景，民间叙事如何传承经验、扬弃传统，如何不断调适自身话语局限，如何在民间的续写中开拓创新，不仅是文学"陕军"所面临的挑战，也正是当下中国文学从民间叙事的高地再出发需要解决的问题。

第一章　农裔身份与民间文脉

秉持"农裔"身份，扎根秦川南北的广袤厚土与底蕴深厚的本土家园文化，当代陕西作家承继延安文艺的民间传统，形成了关注土地以及农民历史命运、站在民间立场上探索乡土灵魂的写作流脉。尽管他们或处于不同的文学史时间，或观照的具体空间区域不同，也形成了不同的文学气质和美学风貌，但面对乡土世界共同的民间立场和底层情怀却是他们作为文学"陕军"这一创作群体颇为彰显的特质。无论是被遮蔽和压抑中的潜流暗涌，还是被张扬和凸显中的长河奔涌，民间文脉始终在数代文学"陕军"之间承传发展，并生成了一大批寄寓着作家乡土思考的厚重文本。

第一节　农裔身份与秦地本土家园文化

法国作家埃米尔·左拉在其《论小说》中说过："有些小说家甚至在巴黎生活了二十年，却仍然是个外省人。他们对自己乡土的描绘方面是出色的，但一接触到巴黎的场景，便寸步难行了。"[①] 尽管并不是完全恰当，我们仍然大致可以将当代尤其是新时期以来的陕西作家与左拉所描述的法国外省作家进行类比。如果以一种较为化约的方式

---

① ［法］埃米尔·左拉：《论小说》，载《左拉精选集》，柳鸣九译，山东文艺出版社1997年版，第809—810页。

在整体上考察他们的写作身份,无疑可以为其贴上"农裔文人"的标签,他们可以说是最为典型的"生长于乡土中国、血管里流淌着农民的血的中国知识分子"①。因此,落户城市以及多年的城市生活并未使其在文化心理层面充分地都市化,无论是其明确的"山里人"或"农民"或"农民的儿子"的自我身份认同,还是其创作中深厚的乡土情怀和家乡意识,抑或文本中所营构的乡土民间审美文化空间,都表示着他们的写作深受乡土文化的牵制和影响。而就其整体上的创作成绩而言,自然不能以"寸步难行"来形容他们关于城市的书写,但毫无疑问地,他们对自己乡土的描绘是更为出色的,所获得的实绩要高于其城市题材的创作,甚至可以说他们的城市书写也不脱乡味,乡土气味是其个人一切创作的底色;而放置在整个陕西文学的层面上,他们的乡土书写较之城市题材创作也更具代表性。

从整体性的文化空间来看,当代陕西作家对乡土民间社会与农民历史命运的持久关注本身即是受秦地本土家园文化滋养的自然结果。"从基层上看去,中国社会是乡土性的",②乡村是中华文明的重要载体,几千年乡村生产生活积淀下来的农耕文明和乡村文化是中华民族得以延续的重要精神支撑。作为我国农业生产开发最早的地区之一,陕西有着深远厚重的农耕文明历史与源远流长的乡土文化传统。对于"生于斯长于斯"的当代陕西作家而言,本土历史文化作为其创作最为直接的精神养料,潜移默化地塑造着其文化心理结构,而关注并表现陕西乡村社会的变迁,以及农民命运与乡土文化的演变也顺理成章地成为他们书写的基本领域。不过,在大的文化背景之外,考察当代陕西作家创作的题材领域,还需要回归到个人性创作道路的梳理,在这个层面上不容忽视的一点即是他们共同的农裔身份与深层心理结构中的恋土意识,以及由此形成的与土地上的农民情感上的天然联系,这种根深蒂固的身份意识、心理意识以及情感向度不仅使得

---

① 赵园:《北京:城与人》,北京大学出版社2002年版,第10页。
② 费孝通:《乡土中国》,生活·读书·新知三联书店1985年版,第1页。

乡土民间生存成为他们持久关注的对象，而且也牵制着他们在不同的文学视域中或隐匿或从容地表示着在价值立场上对乡土民间社会的认同及思考。

一 柳青：守土创作与"扎根皇甫"

当我们讨论当代陕西作家的农裔身份时，似乎更多地是在指称新时期以来的陈忠实、贾平凹、路遥等第二代陕西作家，就柳青、王汶石等第一代作家而言，由于他们是从延安时期开始走上文学创作道路，本身就是20世纪40年代延安文学作家群的重要成员，因此在他们身上颇为彰显的，首先是延安文艺工作者的身份，继而是在20世纪五六十年代新的文学环境中承传延安文艺传统的"红色作家"的身份。但同时，在作为党的文艺工作者的政治身份属性之外，如果从文化的角度考察第一代作家，那么他们同样是典型的农裔作家，并且他们对第二代作家所产生的深远影响也更主要地是在这一层面上。

作为第一代农裔文学"陕军"中最为重要的作家，柳青的小说创作大多以农村生活为题材，尽管受延安文艺传统的浸润和教育，柳青成为典型的主流话语的表达者和阐释者，但其作品又超越了政治视界而充满了乡土民间生活的浓厚气息，真切地反映了农民的现实生存境况与精神面貌，这既源于农民家庭的出身所带来的与农民情感上的深刻联系，更得益于作家始终秉持"生活是创作的基础"[①] 的文学理念、几十年如一日地生活在农民中间的实践体验与积累，正是深入农村、扎根民间的生活实践经验，使其对农村与农民的观照与书写建立在扎实而丰富的生活素材之上，具有民间生活的本真味道。

柳青出生于陕北吴堡县农家，青少年时期辗转于陕北各地求学，这不仅磨炼了他的生活意志，而且逐渐打开了他的知识视野和生活视野，对《共产党宣言》《少年漂泊者》等进步书籍和鲁迅、郭沫若等

[①] 柳青：《生活是创作的基础》，载《中国当代文学研究资料》编辑委员会编《中国当代文学研究资料·柳青专集》，福建人民出版社1982年版，第41页。

"五四"作家作品的阅读,以及积极参加进步学生运动,开启了他对生活和革命斗争的觉悟,同时也开启了他最初的文学探索。1938年5月,柳青由西安来到革命圣地延安,在陕甘宁边区"文协"正式走上了文学创作道路,同时也开始了他数十年里将创作与生活结合、不断深入体验农村生活的历程。不过,农家子弟的出身以及与土地的深厚感情或许牵制着他的创作视界在早期的革命战争书写之后很快回归到农村与农民生活,但这并不意味着已经经过知识改造的柳青在知识者视野之下对乡土民间与农民生活的成功表现是一蹴而就的,这期间作家经历了一个思想与情感转变的过程。

1939年春至1940年10月,柳青到陕甘宁边区各县体验生活,此后又奔赴晋西南前线担任文化教员。在长期生活于群众之中以及从事实际革命斗争的基础上,柳青创作出了《在故乡》《误会》《牺牲者》《一天的伙伴》《废物》《被侮辱的女人》等多篇作品,在这些后来收入其第一本短篇小说集《地雷》的创作中,柳青描绘了陕甘宁边区的抗日救亡运动,生动地塑造了马银贵(《牺牲者》)、李银宝(《地雷》)等抗日军民的英雄形象,这些源于生活与实际斗争的创作反映出作家"饱满的政治热情,深厚的生活基础,独有的艺术风格"[1],代表了他早期创作的文学成就。然而在延安整风运动中,柳青认识到了这些作品在思想和艺术上的不成熟与局限所在。作为在解放区成长起来的作家,柳青在《在延安文艺座谈会上的讲话》发表之后,自觉对照毛泽东关于作家"必须到群众中去,必须长期地无条件地全心全意地到工农兵群众中去"[2]的号召与要求,深刻地反省了此前短篇小说创作的不成熟之处,认为其根源于自身未能真正深入了解部队和融入农民的生活,"从一九三八年到延安至这次(指1943年2月——笔者注)下乡当乡文书中间的几年里,我总是以一个文艺工作者的名义吃饭穿衣和游来游去。我到实际斗争中去是看别人工作,在部队里是马上来马上去的客人,在农村里

---

[1] 朱鸿召:《延安访问记》,广东人民出版社2001年版,第327页。
[2] 毛泽东:《在延安文艺座谈会上的讲话》,载《毛泽东选集》第3卷,人民出版社1991年版,第861页。

是把两手插在裤兜里站在旁边看群众开会"①。这种真诚的自我反省与解剖意味着柳青"到群众中去"的思想与情感开始起了根本性的转变，如果说此前的柳青还带有"五四"以来乡土作家的知识分子视野与启蒙立场，还因小资产阶级的思想情调而在面对农村生活时暴露出一些弱点，那么在经历了整风运动的思想洗礼后，他则成为毛泽东《在延安文艺座谈会上的讲话》的忠实实践者和《在延安文艺座谈会上的讲话》指引下的延安文艺运动的积极建构者，他明确地表示："我以为作家要以正确的阶级观点与思想感情进行创作活动，除了走毛泽东同志所指定的这条路，再没有其他任何捷径。"②

在接下来受组织派遣在米脂县吕家硷乡担任乡文书的三年间，在减租减息、反奸斗争和大生产运动等繁重的工作中，柳青在思想和情感上不断向农民靠拢，完成了从外在形象到内心世界与农民的深度融合。从外在装束与生活形态上看，他一身农民打扮，与农民同锅吃、同炕睡、同下地耕锄。更为重要的是，经过不断深入农民生活，在内在思想感情上，柳青与农民群众建立了深厚的感情。震撼于农民生活的极端贫困，他真正站在了农民的立场上关心他们的生活，感知他们的苦乐，而同时他的工作激情与革命意志也得到了强化和锤炼，最初不愿到农村工作的思想得到了彻底的转变。面对极其艰苦的生活环境和诸多生活困难，以及病痛的折磨，柳青依然坚持扎根农村，并把这种生活与工作选择视作革命立场的选择问题，是在过"毛主席文艺方向的那一关"③。经过三年扎实的农村工作与生活，柳青实现了思想情感的自我改造与转变，"我初到乡政府时那种'被放逐'的不健康感觉逐渐消失了"，并且"我不仅不想回延安，而且在县里开会日子久了，都很惦念乡上的事。我背着铺盖和农村干部一块在街上走不脸红了"，④ 直到抗战结束，柳青才重返延安。

---

① 柳青：《毛泽东思想教导着我》，《人民日报》1959年9月10日第3版。
② 柳青：《毛泽东思想教导着我》，《人民日报》1959年9月10日第3版。
③ 柳青：《转弯路上》，载《中国当代文学研究资料》编辑委员会编《中国当代文学研究资料·柳青专集》，福建人民出版社1982年版，第7—8页。
④ 柳青：《毛泽东思想教导着我》，《人民日报》1959年9月10日第3版。

可以说，在米脂农村担任乡政府文书的三年经历，使得柳青创作的生活基础与情感基础都发生了根本性的变化，他不仅更为熟悉农村生活，更为了解农民生活的本真形态，而且更为理解农民的内在诉求，在情感上以及生活逻辑上更加认同农民群众。正是基于这一时期生活体验以及思想情感上的根本改造和转变，依托这三年间积累的大量真实生动的素材，柳青成功地创作出了他的第一部长篇小说《种谷记》。但是，米脂三年的农村生活体验对于柳青的意义绝非止于《种谷记》这一有较大影响的解放区文学重要文本的诞生，由于这种"守土创作"的地域心理积淀看似寻常却奇崛，看似容易却艰难，其间蕴含了莫大的自越的人生选择"①，这种自越的"守土创作"的人生选择，本身即意味着柳青思想情感与写作立场的转变，以及对于创作路向的明确与坚定，对其创作产生的影响是至为深远的。

中华人民共和国成立后，柳青的这种自越的"守土创作"在"长安十四年"期间达到了一个高峰状态，也由此成就了"十七年文学"的扛鼎之作《创业史》。如果说在米脂县吕家硷乡担任乡文书的三年生活更多地是柳青放下"文化人"的"资格"深入农村进行创作体验，并因此创作出现实性比较强的作品，那么定居皇甫村十余年间，则是他真正生活在了农村，与农民建立了亲密无间的情感联系，形成了对农民生活无微不至的关注，无论是在广度上还是在深度上，他对农村生活以及历史精神的整体把握，对农村劳动场景的生动刻画，对农民复杂心理感受与生活愿望的体察观照，都是此前的创作所无法比拟的，乡亲们对他"扎根皇甫，千钧莫弯；方寸未死，永在长安"②的称赞，也成为柳青"长安十四年"生活与精神风貌最真实的写照。

革命的成功与新生政权的建立，使得响应号召而"到工农兵群众中去"的作家们重返其作为文艺工作者的城市文化岗位，柳青在1949

---

① 冯肖华：《文学气象与民族精神——20世纪陕西地缘文学审美形态》，中国社会科学出版社2010年版，第76—77页。

② 参见《柳青传略》，载《中国当代文学研究资料》编辑委员会编《中国当代文学研究资料·柳青专集》，福建人民出版社1982年版，第5页。

年后担任了《中国青年报》的编委与文艺副刊的主编,但是农家子弟的出身以及延安时期深刻的农村生活体验,使他无法将视线脱离陕西乡土家园的农民生活,无法不对中华人民共和国成立后农村的历史性变革和农民的命运热切注目。为了反映新中国成立后轰轰烈烈开展的农业合作化运动,1952年9月,柳青舍弃了北京的优厚生活,举家落户陕西省长安县皇甫村,开始了长达十四年的农民生活与"守土创作"。在这个偏僻闭塞的小乡村,柳青在生产生活第一线亲历了合作化运动的各个发展阶段,从挂职县委副书记调研各区县基层互助组工作,到试点王莽村初级农业生产合作社、重点培养王家斌互助组,再到参加"七一"社的扩社工作,建立胜利农业生产合作社及灯塔合作社,等等,他以质朴的革命情怀直接参与了具体的实际工作,而《创业史》正成为他亲身参与农村社会主义革命经历翔实而生动的记录。尽管从创作的意图来看,柳青是要站在坚定的政治立场上对"中国农村为什么会发生社会主义革命和这次革命是怎样进行的"[①] 做出回答,因而他未能超越历史的局限而对党在当时的农村政策的偏差与失误做出正确的判断,但是,正是基于十余年农村生活的坚实基础以及对于故乡农民的深沉情感,《创业史》不仅深刻地揭示了20世纪50年代前期中国农村错综复杂的社会关系和尖锐激烈的矛盾斗争,展示了较为丰富和广阔的社会历史内容,并且塑造了一系列性格鲜明、各具特色的人物形象,尤其是较为真实地呈现了"劳动人民真正过着"的"最深刻、最丰富的内心生活"。[②] 而这部作品也不仅在当代文学史上占有了重要的位置,并且对此后陕西作家的创作产生了深远影响。

二 "陕西三大家" 的乡土家园意识

作为当代陕西文学的领军人物,柳青在《创业史》等作品以及实

[①] 柳青:《提出几个问题来讨论》,载《中国当代文学研究资料》编辑委员会编《中国当代文学研究资料·柳青专集》,福建人民出版社1982年版,第213页。

[②] 柳青:《转弯路上》,载《中国当代文学研究资料》编辑委员会编《中国当代文学研究资料·柳青专集》,福建人民出版社1982年版,第7—8页。

际的农村生活与工作中对故土的眷恋、对生活的挚爱、对农民生存的真切关注，以及由此而形成的"守土创作的地域心理积淀"，"奠定了20世纪陕西地缘文学的黄土地精神史线，对后辈的潜移默化是巨大深远的"①。新时期的陕西作家普遍地将柳青视为创作上的精神导师，尽管处于不同的文学时代，思想侧重点与艺术资源也不尽相同，但与柳青相同的农裔出身的身份意识却潜在地生发着相互的感应，使他们的目光同样投向了乡土农村与底层民间，在对乡土灵魂的不竭探索中，民间世界也成为他们归置心灵与寄托情感的共同家园。

在第二代农民出身的文学"陕军"中，我们很难说谁与柳青之间的渊源更为深厚，二者的内在精神联系更为密切，不过，除了共同的农裔身份外，路遥与柳青之间作为陕北同乡的特殊关系，似乎拉近了两人之间的情感与精神关联。在作品之外，路遥是在像柳青那样书写生活，在某种意义上，两位作家都是在用生命进行写作，都在进行"一种不潇洒的劳动"，二者都有着对于生活一丝不苟的、充满苦难精神的深度体验，也因此做到了在"史诗式的宏大雄伟"中书写"生活本身的皱折"。②而在作品之中，他们都怀抱着对于农村和农民的深情厚意，去表现生养自己的土地上农民的生存本相与奋斗历程，开掘农民在乡村革命和社会转型中的命运变迁与心灵的变迁历程，并显示出贴近基本生存与生命层面的创作特质，以及民间本位立场上对农民生存逻辑的理解。不过，作为在陕北农村长大的农民作家，与柳青着重于塑造乡村革命中坚守土地的奋斗者不同，处于新时期社会变革浪潮之中的路遥，在对黄土地上的农民及其生活本身寄予热爱、理解和敬重的同时，更多地观照农村知识青年在城乡之间的人生选择与坚韧奋斗，这种创作路向上的延续与新变始终与作家"农裔城籍"的身份及其自身的人生历程有着密切关联。

---

① 冯肖华：《文学气象与民族精神——20世纪陕西地缘文学审美形态》，中国社会科学出版社2010年版，第76—77页。
② 路遥：《柳青的遗产》，载《路遥文集》第2卷，陕西人民出版社1993年版，第430—431页。

作为从黄土地上走出来的作家,路遥的创作同样深受故土乡情与乡土文化的牵制和影响,因而其创作"对中国农村的状况和农民命运的关注尤为深切",并且,"这是一种带着强烈感情色彩的关注"。① 这种关注显然不同于居高临下的启蒙者的冷静审视,而是建立在与农民之间的一种本源性的、天然的情感联系之上,饱含着对于农民和土地的深沉情感,诚如路遥所说:"我本身就是农民的儿子,我在农村长大,所以我对像刘巧珍、德胜爷爷这样的农民有一种深厚的感情,通过他们寄托了对养育我的父亲、兄弟、姊妹的一种感情。"② 基于这样一种质朴的对于故乡人们的感恩之情,路遥才在从他们之中走出来的同时又真正地融入到他们之中,"成为他们中间的一员"。秉持这种"永远不应该丧失一个普通劳动者的感觉"③,对于如父辈一般的老一代农民,无论是其勤劳淳朴还是其憨厚愚笨,抑或封闭保守,路遥并不在文化价值的层面对其进行审问和批判,而是从生存本能的层面出发,对其身上的历史文化因袭与文化心理积淀,以及民间生活智慧与生活经验予以一种"同情的理解"。而对于如兄弟姐妹般的青年一代农民,路遥更是在对他们苦难人生与曲折命运感同身受的演绎中寄托着自己的苦涩与理想,以及对于人生的思考。无论是固守土地安身立命,还是渴望走出农村追寻自我,作家都对他们怀抱着兄长般的宽容与真诚的理解。而如果说在根本上,这是作家把自己当作"他们中间的一员"的本位话语的表达,那么对于那些在转型期农村社会中走向心灵异动的乡间知识青年,路遥更显示出一种钟爱和深切的理解之情。

在马建强、高加林、孙少平等乡村奋斗者和有文化的农家子弟身上,不仅有着作家曾经的生活印迹、性格特征,以及情感与价值追求,更为重要的是,依托他们的人生道路与命运遭际,路遥敏感地触及到

---

① 路遥:《生活的大树万古长青》,载《路遥文集》第2卷,陕西人民出版社1993年版,第376页。
② 路遥:《关于〈人生〉的对话》,载《路遥文集》第2卷,陕西人民出版社1993年版,第416页。
③ 路遥:《不丧失普通劳动者的感觉》,载《路遥文集》第2卷,陕西人民出版社1993年版,第438页。

了改革开放初期的时代风云，并走出了封闭自足的黄土地的稳态环境，站在他最熟悉的农村与城市的"交叉地带"思考着个人与社会的复杂关系。由于这个连接乡村与城市的"交叉地带"，路遥曾"长时间生活"和"经常'往返'于其间"①，因此他近距离地观照和触摸到了改革开放初期这一特殊地域中的人们纷繁复杂的生存景象与精神律动。基于从农村进入城市的生活历程与生命体验，那些在生活道路的选择上试图突破土地的拘囿而向往城市生活与城市文明的农村知识青年，尤其受到了路遥的关注，他们与命运进行抗争的生活图景，他们在乡村与城市之间的徘徊与迷惘，在生活道路上的艰难探索与追求，以及在时代的漩涡之中不断磨砺自我的痛苦与焦灼、欢乐与奋进，都深深地进入到了作家心灵与情感的深处，并触发着他热情而又冷静的思考与探索。在这块充满着无数戏剧性矛盾的生活的疆场上，作为从农村进入城市的知识分子，路遥自身及其笔下平凡的农村知识青年艰难的奋斗历程与复杂的心灵世界，不仅成为改革开放初期这一特定时代的一种精神文化标记，即便在城市化进程不断推进的当下，仍然具有极为普遍的文化意义，"农裔城籍"作家路遥对于城乡接合部底层人物命运的书写与个体生命意义的探索，也因此在收获了众多读者情感共鸣的同时，推进了当代陕西作家创作对于生活广度与深度的开掘。

就最为凸显的创作视域而言，与路遥着力于城乡"交叉地带"底层奋斗者的生存故事不同，被称为"小柳青"的农裔关中作家陈忠实，则主要把自身长期的农村生活体验与对农民的特殊情感，寄寓在对关中民间风起云涌的历史变迁的触摸与书写中。但同时，与路遥相似，陈忠实的《白鹿原》等作品在对渭河平原乡村民间历史的观照中，同样怀抱一种民间情怀以及来自底层的立场探讨土地与人、文化与人的关系，以及民族历史命运变迁中现代与传统之间的内在冲突。这种民间本位之上对乡村历史与文化进行观照和书写的叙事立场，使

---

① 路遥：《关于〈人生〉和阎纲的通信》，载《路遥文集》第2卷，陕西人民出版社1993年版，第401页。

得陈忠实的创作既与精英知识者的启蒙叙事相区别,又与官方意识形态的历史话语截然不同,应该说这既是农裔身份与农民文化对作家的影响和牵制,又是农村生活赐予他的一种恩惠。

  陈忠实出身于世代农耕的贫困家庭,此后又长期在西安东郊的农村担任民办教师以及地方文化部门和乡镇的基层干部,这段时间成为他体验、理解中国乡村的最重要的时期,对农民世界的了解和感受为其后来的创作打下了最为坚实的基础。在中篇小说集《四妹子》的后记中,陈忠实形象地描述道:"农民在当代中国依然构成一个庞大的世界。我是从这个世界里滚过来的",由于在农民世界中有过真切而持久的摸爬滚打,并经历了农村社会生活的演变,因而他对关中大地普通百姓的生存情态最为熟悉,对农民的心理、情感以及人格有着细致入微的体察,同时也天然把自己当作了他们中的一员,正如作家自己所言:"这样的生活阅历铸就了我的创作必然归属于农村题材。我自觉至今仍然从属于这个世界。"[①] 并且,这种"从属于这个世界"的心理感觉不仅意味着他在精神层面以乡村作为寄托之所,而且也似乎转化为了一种强烈的身份意识和心理强制,以致在写作期间,陈忠实也长时间地蛰居乡下祖屋,回归质朴而艰苦的乡村生活。这种回归对于已经无限熟悉农村生活的陈忠实来说,其用意绝不在于保持一种对于乡土的亲近,在情感与心灵层面无限贴近和融入乡土世界的同时,这种在物理层面上刻意为之的与故乡之间的零距离,似乎也意味着作家是在刻意褪去自身被现代城市生活以及文化所必然塑造出的现代意识,也是在刻意避免拉开距离回望和审视故土大地,从而保持一种对于土地和故乡的纯粹感觉。相比起"城籍"身份以及现代都市文化而言,"农裔"出身以及乡间社会所承载的传统文化对于陈忠实的影响显然是更为深刻而明显的,这种影响绝非止于在题材的层面上农村生活对其创作所具有的意义,更为重要的是,作家在精神层面上形成了

---

① 陈忠实:《中篇小说集〈四妹子〉后记》,载《陈忠实文集》第5卷,人民文学出版社2015年版,第311页。

对于乡土民间社会及其文化观念的强烈的归属感与认同意识,所以在写作情感上,陈忠实进一步坦言:"我能把自己在这个世界里的感受诉诸文字,再回传给这个世界,自以为是十分荣幸的。"① 这种深感"荣幸"的情感,无疑显示出作家在写作姿态远离了居高临下的审视,并饱含着作家对于生养他的关中大地美好而挚诚的情感,以致在《白鹿原》难以回避地存在分裂感的文化价值之中,与批判和鞭挞相比,更为彰显的实际上是作家对传统文化的认同与迷恋。

但是复杂性就在于,尽管陈忠实对于故土家园与乡土民间的认同,以及对于传统文化的肯定和继承是出于一种天然的本能的情感,因而异常地牢固和突出,然而在农裔身份之外,现代文明的洗礼也意味着知识分子作家即便在价值立场上表现出对于民间的倾斜,也不可避免地必然要表达自身的现代话语意识。早在中学时期,对于那些优秀的"震撼人心的"文学作品的阅读,已"使我的眼睛摆脱开家乡灞河川道那条狭窄的天地,了解到在这小小的黄土高原的夹缝之外,还有一个更广阔的世界";② 而在落户城市、获得"城籍"并形成自身独立的现代意识之后,陈忠实更感受到,他曾生活过工作过的近十公里长的灞河川道,"留在我心里的诸多印象中最突出的一种感觉是沉重"③。因此在早期的小说集《乡村》等侧重抒写对于故乡的依恋与热爱之情的同时,陈忠实在对改革开放初期农村社会、农民生活以及农民心理变迁的描写中,开始关注新旧文化对人的塑造、牵制与影响,他开始以一种现代眼光审视故土家园的民间生存形态及其所承载的传统文化积淀,由此形成了其作品中现代与传统之间的内在冲突。不过这些密切关注自身经历过的和正在经历着的农村生活的创作还未能显示出陈忠实关注土地和乡村的独特之处,在《蓝袍先生》中,他将目光投向

---

① 陈忠实:《中篇小说集〈四妹子〉后记》,载《陈忠实文集》第 5 卷,人民文学出版社 2015 年版,第 311 页。
② 陈忠实:《忠诚的朋友》,载《陈忠实文集》第 3 卷,人民文学出版社 2015 年版,第 476 页。
③ 陈忠实:《迪斯科与老洞庙》,载《陈忠实文集》第 3 卷,人民文学出版社 2015 年版,第 391 页。

乡村的历史，在对历史人物命运的描画中探讨文化观念对人的行为的影响，并形成对于此后长篇小说混沌景象的最初憧憬，这种创作路向的转变也意味着陈忠实对故土家园的书写开始具有了无可替代的意义。

我们大致可以这样来类比，如果说路遥主要是通过关注乡村个人奋斗者人生道路的选择问题来呈现传统文化价值与现代意识之间的冲突，那么在陈忠实最为重要也最负盛名的作品《白鹿原》中，他则通过勾勒和描述半个世纪里家族命运的兴衰与人事变迁而将乡村的"沉重"寄寓其间，依凭对于深藏在民族文化肌理中最本质的土地意识的成功开掘，陈忠实不仅追溯和还原了"灞河川道"村社充满传奇和神秘色彩的乡间历史的本来面目，而且实现了对于厚重沧桑的乡土中国"民族秘史"的书写与反思。而毫无疑问的是，在对于关中故土之上普通人恩怨纠纷、生死祸福的诉说中，在对于民族深邃沉重的过往生息的追怀中，也隐伏着陈忠实作为农裔作家面向故乡家园的强烈的情感冲突。一方面是在本能层面对于乡土传统文化的情感皈依与心理认同，因而在作品中抒写了浓烈而固执的恋土情结，以及对于关中民间伦理文化的理解和体认。另一方面，在新时代的异变面前，面对社会重大变革的一次次冲击，作为民族文化基因的乡土文化显然无法阻挡滚滚向前的时代车轮，并必然地被碾压而走向节节败退和悲剧性的没落。对于农裔作家陈忠实来说，这种民族历史的认知显然是无法从情感和理智中剥离出来的，也因此白鹿原故事的发展始终充满着传统伦理与现代进程之间相互抗衡、纠缠与反复的内在张力，朱先生化身白鹿的飞升而去，就其本质而言，即是传统社会乡土性在现代理性的不断解构和颠覆下的逐渐远去，这无疑造就了作家面向故土大地的巨大情感痛苦。也正是在这个意义上，陈忠实蛰居祖屋的那种贴近土地、回归故乡民间的写作姿态，固然表达了一种忠诚于土地与乡土文化，以及保持纯粹农裔身份的愿望，是一种可贵的对文化"乌托邦"的坚守，但是，既然已从那个庞大的农民世界"滚过来"，哪怕由内而外浸染透了乡土性，陈忠实都不可能再是纯粹的农民，作家的知识分子特性规定着于农民世界而言，他是既在其中又在其外，也规定着他的这种刻意返回和定居只能是一种有限的归属,而在作品中他终究难以在理智与情感之间做出一种确定的文化选择。

作为第二代"农裔城籍"作家中的"三驾马车"之一,与路遥和陈忠实相似,贾平凹也将其陕南故乡视为精神上的据点而不断地回望和守候。相比于路遥的陕北黄土高原以及陈忠实的关中渭河平原,陕南商洛山地在贾平凹的一次次守望中呈现出更为斑驳陆离的色彩。学者赵园曾指出:"中国知识分子关于土地、乡土的情感经验,最近于童年经验。童年记忆的乡土,最是一片毫无异己感、威胁感的令人心神宁适的土地,也是人类不懈地寻找的那片土地。"① 这种近于童年经验的"令人心神宁适"的乡土情感在贾平凹早期小说和散文作品中有着最为明确的表达。作家不仅将故乡视作为其提供精神元素的写作源泉,将视野始终停留于陕南乡野风情,而且毫不吝啬地表达着对于故乡商洛的眷恋和赞美。尽管商州是一块相当偏僻、贫困的山地,而且"外面的世界愈是城市兴起,交通发达,工业跃进,市面繁华,旅游一日兴似一日,商州便愈是显得古老,落后,撵不上时代的步伐",但"其山川走势,流水脉象,历史传说,民间故事,乃至天上飞的,地上跑的,水里游的,构成了极丰富的、独特的神秘天地。在这个天地里,仰观可以无奇不大,俯察可以无奇不胜"②。显然地,面对现代城市文明对照之下商州的闭塞与落后,贾平凹对于故乡最首要的感情远不是关于乡村发展以及农民出路等的忧思和焦虑,而是一种深情而不无自豪感的眷恋,以及一种全然融入其间而毫无疏离感和异己感的情感经验。于是在作品中,商州神奇的自然风情、诗意盎然的意境,以及野性而又鲜活的人物形象,构筑起一个充满乡野气息而又和谐美好的生存境界。如同沈从文早期小说对于湘西风俗人情气候景物的详细描写,使得他借那陌生地方的神秘性完成了自己文章的特色一样,③

---

① 赵园:《地之子:乡村小说与农民文化》,北京十月文艺出版社1993年版,第21页。
② 贾平凹:《答〈文学家〉编辑部问》,载《贾平凹文集》第14卷,陕西人民出版社2008年版,第81页。
③ 苏雪林:《沈从文论》,《文学》第3卷第3期,1934年9月。

贾平凹笔下那个大放异彩、野情野味的"商州世界"也使得他在20世纪80年代的文坛以别具一格的个人性特质而声名鹊起。而在自我身份的确认上，贾平凹从一开始便确信于自身"山里人"的定位，并且这种身份意识在很大程度上决定着其早期创作的向度与高度，"我一写山，似乎思路就开了，文笔也活了。我甚至觉得，我的生命，我的笔命，就是那山溪哩"①。而且，这种在情感上与故乡山川的确然同体又不止于早期创作时期，无论商州乡村日后怎样地走向失落，在内心深处，贾平凹的情感倾向始终是乡村的，无论他已在多大的程度上走进了城市的深处，却始终确认和固执于自身"山里人"或"农民"的身份意识。

可是，仅仅从故乡与作家的关系来讨论贾平凹的创作向度显然又是不够的，对于贾平凹这样的"农裔城籍"文人而言，在很大程度上，他与故乡的关系也正是他与城市之间关系的一种映射。贾平凹对故乡的书写固然绝非出于机缘，农裔身份所决定的二者之间紧密的精神联系才使得商州成为作家自然而然的文学对象，但是，醉心于故乡的原始单纯与乡野风情也反映出贾平凹进城之后却无法真正融入城市的一种极具张力的情绪。对于故乡商州的书写源于一种进入城市之后而产生的天然而又强烈的怀乡情结，但同时，对于故乡的诗意追怀与反复书写，似乎也隐含着一种刻意为之的努力，以此来缓解和弥补自身内心所潜藏的走向城市却无法把握即将展开的城市生活的不安与焦虑，以及"神往"城市生活却并不能融入其间的自卑心理。

在《自传——在乡间的十九年》中，贾平凹曾描述自己落户城市时迷惘、惶恐的情绪："这是我人生中最翻天覆地的一次突变，从此由一个农民摇身一变成城里人，城里的生活令我神往，我知道我今生要干些什么事情，必须先到城里去。但是，等待着我的城里的生活又将是什么样呢？人那么多的世界有我立脚的地方吗？能使我从此再不感到孤独和

---

① 贾平凹：《溪流——〈贾平凹小说新作集〉序》，载《贾平凹文集》第14卷，陕西人民出版社2008年版，第7页。

寂寞吗？这一切皆是一个谜！"① 在生活的欲求与意志上，成为"城里人"无疑是贾平凹自觉而确定的目标，这意味着他在事业和前途上可能的自我实现，而且在外在的生活形态上也将自然而然地逐渐"去乡村化"并收获物质层面的日渐安稳，但是初入城市之后对于城乡差异敏感细腻的感受，以及由此生成的自卑意识，使得贾平凹即便在理性层面对于走进城市的目标异常明确，却难以游刃有余地根据目标而调节支配自身的情感行为和价值向度。因此不仅他的城市生活在主观选择层面更多地倾向于一种在狭小空间中自我封闭的"蛰居"状态，而且乡村成为贾平凹打量和平衡城市生活的一种诗意的内在尺度。在他的审视之下，"城里的报时大钟虽然比老家门前榆树上的鸟窠文明，但有几多味呢？那龙头一拧水流哗哗的装置当然比山泉舀水来得方便，但那一拧龙头先喷出一股漂白粉的白沫的水能煮出茶叶的甘醇吗"②？这种直截了当、高下分明的城乡对比无疑寄寓着作家自身对于城市的一种情感疏离乃至鄙夷，而绝不仅仅是自身审美情趣的表达。并且，这种单纯的情感向度也使得贾平凹在此期的思想困惑明确地指向了对于城市道德习俗的忧思，并因此形成了一种构成悖论关系的双重焦虑。一方面是自我难以融入城市的自卑与不安，另一方面却是对于城市价值危机的追问："历史的进步是否会带来人们道德标准的下降、浮虚之风的繁衍呢？诚挚的人情是否只适应于闭塞的自然经济环境呢？社会朝现代的推移是否会导致美好的伦理观念的解体或趋尚实利世风的萌发呢？"③ 而这两种相互悖离的心理倾向也就自然地将无所适从的贾平凹推向了他所独有的商州经验。于是在城市的背景之下，商州的山川河谷，以及商州人的生存意志、精神况味与道德风貌都显示出了更为充分的魅力，并作为一种有效的写作资源和精神慰藉，使得贾平凹得以减轻其焦虑，并建立其自尊心。

---

① 贾平凹：《自传——在乡间的十九年》，载《贾平凹文集》第 12 卷，陕西人民出版社 2008 年版，第 72 页。

② 贾平凹：《自在篇——文外谈文之一》，载《贾平凹文集》第 12 卷，陕西人民出版社 2008 年版，第 12—13 页。

③ 贾平凹：《后记》，载《腊月·正月》，北京十月文艺出版社 1985 年版，第 423 页。

所以，早期贾平凹的写作集中于回望故乡，固然在一定程度上源于其天然的怀乡情结，同时在另外一个维度上是由于他对于城市生活尚且不够熟悉，对于城市文明的了解尚且不够深入，但"农裔"出身所致的根深蒂固的乡土性心理倾向，以及城市生活体验的心理错位才是在根本上决定其创作题材领域与情感向度的内在动因。并且，在业已熟悉城市生活且对城市文明有着颇为深切的体验之后，贾平凹非但没有在心灵层面不断地贴近城市生活，在情感层面拉近与城市的心理距离，反而更为明显地表现出对于城市的"离心"倾向。这种在精神维度上对于城市的"离心"除了乡土性心理倾向使然之外，也与贾平凹作为知识分子的特性不无关系。正如赵园所说："知识水平的普遍提高，与知识分子自觉意识的发展，必将发展居住者对于居住地的非归属性。"① 对于贾平凹而言，这种"对于居住地的非归属性"似乎更为明显。相比起对农村的自然、单纯和朴素的喜爱，城市的杂乱、拥挤和喧嚣都是他所讨厌的；城市商品经济的发展所导致的道德水准的下降、人性的扭曲与堕落、虚浮之风的繁衍等，更使其生发出对于城市文明的忧思乃至幻灭之感。因此，他的城市书写总有一种对于城市文明不由自主的惶恐不安，对于他所置身其间的城市生活，贾平凹更多地不是接受与认同，而是拒绝和批判，并且这种拒绝与批判总是以乡村作为参照和尺度的，他仍然执着于以一种乡村尺度来衡量他的现代城市生活，始终未改变的是其乡土性的情感初衷与身份意识。

不过，初心不改并不意味着故乡的风俗人情依然纯粹如初，在那些呈现都市民间生活样态与精神生态的创作中，故乡依然是城市中游子的精神寄托之所，只不过故乡的景象已愈来愈令人惆怅。当贾平凹再次走进故乡、逼视乡间生活图景时，即便他对故乡依然一往情深，依然以"我是个农民"的告白"感激着故乡的水土"（《秦腔·后记》），无法回避的事实却是那个曾经被视作"精神乌托邦"的故乡已经一去不返，成为与"废都"相似的一个"废乡"。作为贾平凹早年

---

① 赵园：《北京：城与人》，北京大学出版社2002年版，第12页。

的居住地，故乡商州承载着作家一切的怀旧情怀，但知识分子特性的发展也必然带来了他对于这个曾经的居住地的"非归属性"，当走出乡村并在理性的层面站在乡村的对立面回看乡村，尽管城市的生活方式与价值理念仍是其排斥和拒绝的，但他也不得不正视乡村社会中所隐含的种种负面因素，不得不面对乡村文明的日渐式微与瓦解，正如有学者所指出的，"在一个越来越走向城市化和追求现代性的社会里，乡土所给予作家们所呈现的整体性叙述结构完全被打破，试图从完整的乡土获得叙述与诗情的可能性遭到质疑"①。在这个意义上，贾平凹对"我是个农民"的身份坚守既是执着的，又是无力的。而这种无力感显然更主要地不是源于乡村民间文化空间自身藏污纳垢的本质特性，而是面对滚滚向前的城市化浪潮将乡村世界冲刷得支离破碎时的难以阻挡和无能为力。当贾平凹把乡村的败落置于城市化的背景之下时，当他把乡村传统文明的式微与失落主要归因于城市现代文明的入侵与浸染，这本身也就意味着其批判的指向更主要地仍然是指向城市的，即便面向故乡时已然游走于留恋与困惑、焦虑与倦怠之间，"农裔"的身份认同与骨子里的乡村因袭规定着其内在的情感倾向仍然是乡村的。

与上述数位具有典型性的农裔作家相似，在其他第二代和第三代作家那里，浓烈的乡土情结也使得他们的许多创作都指向了脚下与自己血脉相连的三秦大地，显示出一种深刻的底层情怀和扎根民间的特质。邹志安、京夫、高建群、赵熙、叶广芩、红柯、杨争光、冯积岐、王蓬等，他们的创作或继承陕西文学的乡村现实主义传统，或显示出更为开阔的文化视野与现代意识，或在表现的地域上走出了陕西本土，或呈现出极具个人性的创作风格，但又无不持久地表达着对于乡村土地的眷恋，对于农民历史命运的关注，以及对于人与土地关系的思考，《八里情仇》《村子》《大平原》《最后一个匈奴》《老县城》《青木川》《生命树》《从两个蛋开始》等一大批厚重的长篇小说以及一系列乡村题材的短篇创作同样是我们观照当代陕西文学民间叙事的重要文本。而纵观陕

---

① 高秀芹：《文学中的城乡》，陕西人民教育出版社2002年版，第103页。

西三代作家的整体创作面貌,不仅"绝大部分涉猎的是关于乡土农村、农民生存、农业文明的题材,对此题材的表现都不同程度地取得了巨大的成就,形成了作家自身较为稳定的生活基地、叙事方式,以及乡土农村文明伦理价值取向的选择"①,而且可以说,正是基于"农裔"作家所领衔的文学"陕军"集体性的民间叙事与乡村书写,当代陕西文学才不断地收获着来自文坛内外的各种赞誉,陕西也成为引人瞩目的文学重镇。

第二节 民间文脉与延安文艺传统

如果进一步探究当代陕西作家民间叙事的动因与缘起,除了对农裔身份的自觉认同以及深层心理结构中的乡土性倾向以外,这一文学传统的形成显然与20世纪40年代在秦地本土所发生的延安文艺运动有着密切关联,作为"红色延安"文艺传统最直接的承传者,当代陕西文学正是在延安文学精神的滋养下成长和发展起来的,延安文学的平民化、民间性、农民主体性等特征,汇成一股内在的精神流脉,在数代文学"陕军"的创作中不断地得以传承和发展。

一 走向民间的延安文艺运动

作为受战时地缘政治文化制约的文学区域之一,延安文学经历了一个较为复杂的动态发展过程。以1942年5月文艺整风运动为界,前期的延安文艺创作在整体上仍处于较为自由和宽松的氛围中,带有较强的文人气息与个人化色彩。随着延安文艺座谈会的召开以及毛泽东《在延安文艺座谈会上的讲话》的发表,后期延安文学则成为"一种以服务革命政治尤其是党的政治为指归并且发生了新的历史性变迁的现代中国左翼文学形态","是一种具有自身规定性的现代性文学"。②延安文学的这种"自身规定性",在《在延安文艺座谈会上的讲话》中得到了系统性

---

① 冯肖华:《文学气象与民族精神——20世纪陕西地缘文学审美形态》,中国社会科学出版社2010年版,第49页。

② 袁盛勇:《直面与重写延安文学的复杂性》,《学术月刊》2006年第2期。

的论述。不同于纯粹的文艺论著,《在延安文艺座谈会上的讲话》所要解决的是,在新的历史阶段党的文艺如何建构这一根本性问题,从这一根本目的出发,《在延安文艺座谈会上的讲话》首先阐明了"我们的文艺""为群众"以及"如何为群众"这一核心问题。在"为群众"的问题上,首先是为工农兵服务,然后才是为城市小资产阶级劳动群众和知识分子服务;在"如何为群众"的问题上,号召"文艺工作者的思想感情和工农兵的思想感情打成一片",① 通过与工农兵相结合,实现自身世界观的改造和思想情感的转变。《在延安文艺座谈会上的讲话》所提出的文艺的"工农兵方向"得到周扬等人的阐发,并且在延安作家的话语实践中得到积极的响应和贯彻。

在作品题材的选择上,作家们很少再以知识分子个人感情生活作为主要表现对象,而是将目光投向了解放区的广大农民,去描写和表现农民的生活、命运与思想、情感,那些在政治和精神上翻身解放的"新人"成为作品的主角。并且,经过思想感情的自我改造,作家们普遍地怀抱对人民的深挚热爱,对延安的新制度进行热情讴歌,对延安的革命现实生活进行热情描绘。为了更好地描写和表现农民,从而真正实现与农民之间的沟通,作家们又投入到对农民审美情趣的研究中,力图创造出农民群众所喜闻乐见的新艺术形式。如果说此前中国新型民族文学的建构主要是借镜于外国,因而借鉴传统与民间的声音显得十分微弱,那么在《在延安文艺座谈会上的讲话》之后新的文学语境中,新文学的路向发生了根本性的逆转,"那就是试图把'根'深深地扎到民族文化土壤和人民的生活中"②。大众化、工农兵群众、民间传统,以及民族化与民族形式等,成为理论阐述以及作家话语实践中的关键词,并由此构成了对写作立场、表现领域与创作范式的指引。

在写作立场上,作家们转变自身的启蒙立场与精英角色,真正走向了与民众的结合,延安文艺也成为以民众为主体的文学运动。在新

---

① 毛泽东:《在延安文艺座谈会上的讲话》,载《毛泽东选集》第3卷,人民出版社1991年版,第847—865页。
② 钱理群等:《中国现代文学三十年(修订本)》,北京大学出版社1998年版,第455页。

的历史条件下，由于广大农民提出了文化翻身的要求，新文学的读者对象发生了根本上的变化，从以市民和知识分子为主，转变为以农民为主体的广大普通民众。因此，与以往诸次"大众化"主要侧重于文艺形式的改造和利用不同，延安作家"与工农兵相结合"，不再局限于采用农民喜闻乐见的民间文艺形式，在民间传统与形式的发掘之外，"要使自己的作品为群众所欢迎，就得把自己的思想感情来一个变化，来一番改造"①。这种以写作立场与思想情感的转变、改造为根本的文艺"大众化"，显然更为深刻，也更具持久的影响力。

在描写和表现的对象上，作家们将目光转向了普通农民，延安文学成为写农民和为农民而写的文学。并且，不同于以往的农民叙事主要反映农民的生存苦难，批判其身上所固有的劣根性，延安作家消除了与农民之间的隔膜，真正融入到了农民之中，其创作视角也从自上而下的俯视转变为一种向农民学习的仰望，至少是一种充分尊重农民话语权利的"对话"。这种"对话"关系的建构，也意味着农民不再是乡土叙事中纯粹客观的表现对象，他们同时也是读者主体，而且以充分的主体性参与到作家的创作中。作为表现对象，他们的价值观念、伦理道德以及语言习惯等受到前所未有的关注和重视，那些翻身解放的新型农民及其斗争生活尤其得到作家的热情讴歌和赞美。作为读者主体，他们从那些表现其命运、生活以及思想情感变迁、并充分照顾其审美情趣的新文学创作中，得到新思想、新文化的启蒙和影响。同时，以农民为主体的延安群众性文艺创作热潮也给予作家启发，以致像艾青的叙事长诗《吴满有》就有描写对象直接参与创作，这些都反过来促进了作家思想情感与艺术表现的转变。

在创作范式与路径上，延安作家形成了大规模地向民间回归的艺术潮流，他们自觉地向民间文化靠拢，在对民间伦理文化、民间艺术传统形式、民风民俗以及民间语言进行充分吸收、改造和利用的基础

---

① 毛泽东：《在延安文艺座谈会上的讲话》，载《毛泽东选集》第3卷，人民出版社1991年版，第851页。

上，创造出农民群众所喜闻乐见的艺术作品，农民所固有的民间文化传统也因此得以复兴和蓬勃发展。在最直观的层面上，农民语言，秦腔、京剧等传统戏曲，信天游、道情等民歌小曲，秧歌、花鼓等民间舞蹈，大量旧戏与民间传说，以及传统章回体小说和评书等民间文艺样式，成为延安作家十分倚重和充分利用的艺术资源。经过采集、吸收和改造，延安文学诞生了新歌剧、新秧歌剧、新评书体、新章回体、民歌体诗等极其独特的艺术样式。在发掘、采集民间文艺形式的过程中，作家也真切地了解到农民的所思所想，因而在创作中比较真实地表现了农民的生活意志与渴望，生命情感以及思想性格，并表达了对于农民思想情感的理解、认同和尊重，这种在价值立场上向着民间的倾斜，也使得延安文学在叙事语态上显示出突出的民间性向度。

在《在延安文艺座谈会上的讲话》的指导下，全面走向民间、发掘和复兴民间传统成为延安文学的显著特征，但是，民间叙事本身也被赋予了极为突出的政治内涵，因而在很大程度上失却了原本自由自在的本质特性。走向民间是延安文学建构自身意识形态话语的一种策略选择，并不意味着复活民间文化空间的原生形态，"既然政治意识形态需要让民间文化承担起严肃而重大的政治宣传使命，那就不可能允许民间自在的文化形态放任"①，因此民间文化必然要被规范、转换和重塑，并纳入官方文化的范畴，民间因此成为权力控制得到强化的民间，其自由自在的文化品格被极大地剥离。另一方面，作为一种话语工具，民间也参与到意识形态对知识分子作家的规训之中。在残酷的战争环境中，知识分子固有的自我意识、自由意志与革命集体诉求存在尖锐的矛盾，"到群众中去"，本身就要求作家在与农民文化、民间文化的紧密结合中，剔除自身与革命集体诉求不相适应的种种特性，因此，意识形态对民间的认可，实际上带有抑制知识分子传统的"工具"意识。如果说民间的意识形态化的确催生其大放异彩，那么对于

---

① 陈思和：《民间的浮沉——从抗战到"文革"文学史的一个尝试性解释》，《上海文学》1994年第1期。

知识分子作家来说，走向民间也就意味着其对于意识形态话语的认同，以及后者对他们的成功规约。在此后二三十年的文学中，随着新政权的建立及其意识形态话语的不断强化，知识分子话语则不断受挫；尽管作家对民间的复兴呈现出一种单向度性，在很大程度上忽略了对艺术形式的现代性建构，同时接受改造的写作姿态也意味着实际意义上的"对话"的缺失，因而作家的现代意识不可避免地受到"前现代性"的挤压和影响，但走向民间作为延安文学传统的重要维度，得到作家自觉的继承和延续，并对其创作产生了深远的影响。

二 延安文艺传统的秦地本土承传

就当代陕西文学受延安文学民间传统的影响而言，由于延安作家轰轰烈烈地走向民间的文艺运动本身就是在秦地本土展开的，因而当代陕西作家对于这一影响深远的创作潮流更为亲近和认同，同时也更为深刻地受到延安文学传统的滋养。尽管数代文艺"陕军"处于不同的历史时期，其创作也受到各种纷繁复杂的内外部因素的影响和制约，但他们都或直接地承继延安文学的民间传统，或间接地在代际传承中承接滋养，从而纷纷投身到火热的生活中进行创作，其创作展现民间生存与生活的图景，并或多或少、或深或浅、或隐或显地在价值立场上表现出对民间的亲近、理解和认同，民间文脉因而延绵于当代陕西文学的历史长河之中。

由于第一代文学"陕军"是从延安时期起步的，因而柳青、杜鹏程、王汶石、李若冰等在中华人民共和国成立后留在陕西的作家更深受延安文艺的影响。柳青的《铜墙铁壁》《创业史》、王汶石的《春节前后》《大木匠》等就是作家们继承延安传统、投身乡村民间书写农民生存及其心灵变迁的代表性创作，这些作品高度贴近民间劳苦大众的生活与革命斗争，同时显示出在情感和价值上一定程度的民间向度。对于处于创作的"一体化"规范和意识形态特性不断强化的"十七年文学"时期的第一代文学"陕军"来说，这种隐匿式的民间向度既实现了对于主流政治话语一定程度的调适，也使得作家的革命现实主义书写因此具有一种厚重而鲜活的生活质感。

要阐明第一代文学"陕军"在"十七年文学"时期对民间进行探索的主客观情形，首先需要厘清新中国成立前后文学环境的变迁，以及文学传统的流变情形。从文学史的分期这一维度来看，在中国现当代文学史内部的分期问题上，以1949年中华人民共和国的成立为界标所进行的"现代文学"与"当代文学"的划分模式，显然与在相当长时期内被置于"榜样"地位的苏联文学是如出一辙的。根据勒内·韦勒克的描述，对于文学方向变化即文学史时期划分原因的解释中，有一种是将其"归之于外在的干预和社会环境的压力"，在这种情形中，"文学传统的变革总是由想要创作他们自己艺术的一个新阶级或至少一批崛起的新人所引起的"，"比如俄国，在1917年以前普遍存在着明显的阶级区分和隶属关系，因此，那里的社会变化与文学变化保持着紧密的关系"①。也就是说，从俄国文学到1917年之后的苏联文学所发生的文学方向的变化，主要是由于外在的干预和社会环境的压力，具体来说即是，作为俄国社会阶级结构中崛起的一个新阶级，无产阶级及其新生政权产生了创造本阶级艺术的需求，因而引起俄国文学传统的变革，从而使得文学方向发生了变化，俄国文学也随着苏联政权的建立进入到一个新的历史阶段，并被命名为新的"苏联文学"。与1917年以前俄国社会存在明显的阶级区分和隶属关系相似，1949年以前中国社会的阶级阶层结构也较为典型地呈现为压迫与被压迫、统治与被统治的阶级区分和隶属关系，因此随着无产阶级政权在全国的建立，作为无产阶级执政党的中国共产党也必然地产生将党所领导的延安革命文艺推行到全国、从而在全国范围内创造属于本阶级艺术的要求。因此，中华人民共和国成立前后所发生的重大而急剧的结构性变化必然会导致文学内在形态的深刻变化，以及各种构成因素之间关系的剧烈变动，从而推动文学的转折。这种依据"政治变化"这一外在于文学的干预因素和压力因素来划分现当代文学内部时期的方法，正是充分考虑到中国社会变化与文学变化之间、或者

---

① [美] 勒内·韦勒克、奥斯汀·沃伦：《文学理论》，刘象愚等译，江苏教育出版社2005年版，第320页。

说中国政治与文学之间保持着的紧密关系,并且二者之间的这种紧密关系实际贯穿于整个20世纪中国社会历史发展的进程之中,因而是一种不失合理性的文学的外部研究范式。

但是,文学变化本身是一个复杂的过程,部分是由于社会的、政治的以及其他的文化变化等外在原因所引起的,但部分则是"由于内在原因,由文学既定规范的枯萎和对变化的渴望所引起的",加之"我们很难怀疑文学变化所受到的老一代作家们的成熟作品的深刻影响",文学的分期也由此成为一个复杂的问题。如果我们按照韦勒克所提出的"文学分期应该纯粹按照文学的标准来制定",以及"一个时期就是一个由文学的规范、标准和惯例的体系所支配的时间的横断面"的观点,① 重新考虑中国现当代文学内部的分期问题,那么以中华人民共和国的成立作为划分界标显然不仅没有纯粹按照文学的标准来制定,而且在很大程度上忽视以至搁置了"埋藏于历史过程中并且不能从这过程中移出"的文学内部的规范体系,这一划分方法的"科学性"也因此自20世纪80年代以来便不断受到学界的质疑,而这些质疑的声音正是立足于一个延续性的规范体系实际贯穿于中华人民共和国成立前后的文学历史之中的事实,而且这个规范体系不仅难以从中移出,并不断地得以强化。

尽管1949年后的文学生长于新的社会历史环境中,文学格局中的各种倾向和流派的关系发生了重组,同时作家和作家群也发生了整体性的更迭,以及位置上的转移,但就文学内质的变化而言,以《在延安文艺座谈会上的讲话》为核心的毛泽东文艺思想作为"纲领性"的指导思想,以其无可置疑的权威性成为新中国成立后文学界的最高指示,而受该讲话所规约的延安文学所代表的文学方向,则被指定为新中国文艺的方向,其种种内在规定性所形成的作家创作应予遵循的规范体系则不仅延续到新中国成立之后,而且借由第一次文代会得到更为系统的强化。正如有论者所指出的:"以延安文学作为主要构成的

---

① [美]勒内·韦勒克、奥斯汀·沃伦:《文学理论》,刘象愚等译,江苏教育出版社2005年版,第321、318页。

左翼文学，进入50年代，成为惟一的文学事实。"① 尽管存在着质疑的声音，但始自《在延安文艺座谈会上的讲话》的种种制约和规定文学创作、理论批评以及文艺运动展开方式的指导性纲要和具体细则所形成的规范体系，一直以绝对统领性的地位埋藏于此后二三十年的文学历史之中，直到20世纪70年代中后期在对于文学传统进行变革的渴望中，这一规范体系才逐渐地走向枯萎，文学也因此迎来了新时期的曙光。

当我们在对文学传统流变的梳理中揭示出贯穿延安文学与"十七年文学"时期的规范体系，因此揭示出二者之间在外在的文艺制度与内在的精神的规定性上所具有的深层联系，并将对第一代文学"陕军"创作的考察置于这一文学史的背景之下，也就不难理解柳青等作家在文本中的民间叙事何以呈现为一种隐匿式的形态，并且只能是一种相当有限度的叙事。而对于柳青、杜鹏程等本身从延安起步的作家来说，文学创作与参加党所领导的革命活动，本身就是同一事情的两个方面，或者说正如《在延安文艺座谈会上的讲话》所规定的那样，他们的文学活动本身就是服务于党所领导的革命事业的一种独特方式和路径，因此其创作更自觉地切合文学的主潮，充分地体现着新中国文艺的方向，其作品也备受那些往往同时也是文学界领导者的重要批评家的推崇。在创作主题上，《铜墙铁壁》《创业史》《风雪之夜》《严重的时刻》《新结识的伙伴》《在和平的日子里》《夜走灵官峡》等第一代文学"陕军"的作品着重于对《在延安文艺座谈会上的讲话》所提出的"新的世界，新的人物"进行表现，创作题材主要取自农业合作化、"大跃进""两条道路斗争"等1949年后在农村发生的政治运动以及社会主义工业建设运动。在人物形象的塑造上，这些作品更为重视对农村以及工业战线上的先进人物的创造与歌颂，并通过社会主义先进人物和时代英雄的塑造来实现新的价值观的输入，因而他们的创作显示出一种旨在以政治意识形态本位立场对历史本质与时代精神进行概括的努力。

尽管第一代文学"陕军"以文艺配合政治的创作理念是极其自觉

---

① 洪子诚：《中国当代文学史》，北京大学出版社1999年版，第3页。

的，然而"全面走向民间"这一延安文艺传统的另一重要维度同样对其创作产生了重要影响，并且如前所述，柳青等作家在对农业合作化等农村政治运动和乡村革命运动进行表现的过程中，已经与他所描写的那片土地和土地上的劳动者建立起了深刻而紧密的精神联系，因此即便其创作显在的意识形态话语立场异常坚定和纯粹，但扎根于民间土壤中的乡村日常生活、乡村风习以及人伦关系同样进入到了他们的创作视野之中，他们对这些民间文化形态的描绘也就不自觉地表达着对于民间文化与民间价值的某种理解和认同，最终呈现为一种政治意识形态遮蔽下隐匿的民间叙事。

在柳青之外，我们以农民出身并且创作同样起步于延安时期的王汶石为例，对第一代文学"陕军"隐藏在意识形态话语之中的民间化倾向进行解读。由于"在短篇小说方面，思索得最多，实践得最多，心得也最多，成就也显著"[①]，王汶石成为"十七年文学"时期颇负盛名的短篇小说作家。凭借《风雪之夜》《卖菜者》（1956）、《套绳》《春夜》（1957）、《大木匠》《新结识的伙伴》（1958）、《新任队长彦三》（1960）以及《沙滩上》（1961）等构思精巧、寓意深刻的短篇创作，他在当时的文坛崭露锋芒，成为第一代文学"陕军"乃至中华人民共和国文坛的重要成员。作为一个受党教育的时间比较长、而其自身又努力体会党的政策思想的小说家，正如诗人雷抒雁所描述的那样，

> 王汶石是全心全意遵循当时党的文艺路线写作的；他也在尽心尽力地自觉改造自己的世界观，以使自己不落伍于时代；他把到生活中去，到农村挂职，看成是一件大事。他眼里的时代，是一个飞速跃进的"新时代"；他尽力寻找那个时代应运而生的"新时代"人来描写。他是认真的，也是真诚的。……他极力要使自己革命化，以适应时代。[②]

[①] 杜鹏程：《〈读风雪之夜〉——给王汶石同志的一封信》，《读书》1959 年第 5 期。
[②] 雷抒雁：《一个优质作家与他的劣质时代》，《小说评论》2007 年第 2 期。

因此，歌颂革命时代的新的生活、塑造时代的英雄形象，始终是王汶石所恪守的文艺工作者最根本的任务。其短篇创作时刻关注渭河平原上农业合作化、"大跃进"、人民公社等农村政治运动，塑造了为农业合作化而奔走于风雪之夜的区委书记严克勤（《风雪之夜》）、领导农民进行抗灾斗争的公社党委书记陆蛟（《严重的时刻》）、废寝忘食醉心于技术改革的大木匠（《大木匠》），以及赵承绪（《春节前后》）、芒芒（《黑凤》）、彦三（《新任队长彦三》）、吴淑兰（《新结识的伙伴》）、王运河（《卖菜者》）等久经锻炼的党员领导干部和社会主义农村新人形象。因此，无论是创作意识、创作立场，还是作品具体的思想意蕴以及人物形象的塑造，都充分地显示着王汶石短篇创作高度的意识形态化特征，他"认为自己是'革命文人'"，而其作品也成为"为'革命'服务的'革命品'"。但是，这些服务于政治的短篇创作对于农村党员干部和新农民的描写又是那样"生动、有趣"，因而令人感到"熟悉、亲切"①，以至"那种读来几乎鼻息可感的真实"让人误以为"是在听自己熟悉的一个人的有趣的传闻故事"。② 究其原因，除了王汶石自身的艺术才情以及在一定程度上对于"要在自己的山上唱自己的歌"③ 的艺术个性的追求以外，更主要地得益于他在革命胜利后投身火热生活、走进渭北民间的生活体验，以及与农民紧密深厚的情感联系。

实际上王汶石的作品"在形式方面受外国影响仿佛大些"④，但由于他长期与农民生活在一起，做到了"在随便什么问题上，只要挤个眼或耸耸鼻子，就能够互相会意，彼此了解；在随便什么时候，都可以跟群众搅合在一起，亲密无间"，⑤ 因此对农村生活的高度熟悉，以及对受民间文化熏陶的农民性格与情感的充分了解和深切理解，使其创作在对农村生活风貌的勾勒、对农民心理的刻画，以及对各式农民

---

① 雷抒雁：《一个优质作家与他的劣质时代》，《小说评论》2007年第2期。
② 夏明亮：《陈忠实和他的尊师王汶石》，《文史月刊》2004年第12期。
③ 王汶石：《亦云集》，载《王汶石文集》第3卷，陕西人民出版社2004年版，第73页。
④ 杜鹏程：《〈读风雪之夜〉——给王汶石同志的一封信》，《读书》1959年第5期。
⑤ 王汶石：《答〈文学知识〉辑问》，载《王汶石文集》第3卷，陕西人民出版社2004年版，第33页。

形象的塑造上，充满了一种民间的意味。尽管王汶石真诚地试图在创作中反映农业合作化、人民公社等乡村革命运动、宣扬党在农村的政策，但就其大多数作品而言，他并未以大篇幅去对农村社会变革进行史诗式的正面表现，而是往往将政治运动本身进行背景化的处理，因而无论是人民公社建设的热潮，还是"大跃进"的轰轰烈烈，以及两条路线之间斗争的激烈，都被隐藏在了背后，被置于表现前台的是看似普通的农民生活场景、农村自然风光与风俗画面，以及对人物性格和生产劳动中戏剧性情节的细部描绘，这种精巧的构思与安排使得王汶石的短篇创作显示出来自渭北民间的鲜明的地方特色与乡土风味。同时，在人物形象的塑造上，王汶石不仅尽量回避政治性运动术语的使用和阶级眼光的审视，而且是在与农民的心灵相通、情感相融中聚焦他们的生存图景与心理情感。他既在充满戏剧性的生活片段中把握住了农民活生生的诙谐气质（《卖菜者》《春节前后》），也写出了曾饱受旧时代苦难、挣扎于生存与生活边缘的农民对新生活的火热情怀（《风雪之夜》），以及在新天地中发自内心的喜悦和奋进（《新结识的伙伴》），更如实地站在农民的角度写出了农民在灾荒中的悲观消极情绪（《严重的时刻》），从而充分体现出在民间立场上对于农民情感痛苦的同情与理解。在当时"左"的政策所笼罩的气氛中，"写中心、唱中心"的"坚强的政治战士"王汶石，也因此在其创作的外在风貌及内在价值向度上隐晦地显示出对于民间的倾斜和认可。

  进入新时期以来，以路遥、陈忠实、贾平凹为代表的第二代文学"陕军"纷纷师承上一辈陕西作家投身生活、走向民间的写作传统，匍匐于秦地乡土民间进行写作，在更为开放和宽容的文化环境中，他们对民间生存、民间故事、民间习俗的书写以及民间意识与民间情怀的表达，滋养出更具地方风情、也更为多彩的审美文化空间，在这个意义上，两代文学"陕军"显示出在创作理念上一脉相承的内在精神联系。就具体的师承关系而言，作为当代陕西文学发展中的后起之秀，路遥、贾平凹、陈忠实、邹志安、京夫等第二代文学"陕军"或与上一辈陕西作家有过文学交际，或在创作起步阶段受到上一辈作家作品的浸润，或是与之共处于同一文艺机构的文艺圈子之中，因此他们在创作上几乎都或多或少受到上一辈陕西作家的直接影响。

这其中，第二代文学"陕军"受柳青文学精神的影响最为突出。文学评论家李建军认为："陕西是当代有影响的作家最多的一个省份。其中柳青对陕西作家的影响最为巨大，他至少影响了陈忠实、路遥这一代人的创作。……从某种程度上讲，没有柳青，就不会有陈忠实、路遥这一代作家，至少，在后来的成长过程中，他们肯定要花费更多的时间，要经过更多的摸索。"[①] 对于柳青与第二代陕西作家之间传承关系的这种描述和总结，不仅是得自于对他们作品之间的比较分析，实际上在作家的创作谈中也有着更为直接的确证。作为柳青的陕北同乡，路遥曾表示："在现当代中国的长篇小说中，除过巴金的《激流三部曲》，我比较重视柳青的《创业史》。他是我的同乡，而且在世时曾经直接教导过我"；[②] 这位"杰出的现实主义作家""一生辛劳所创造的财富，对于今天的人们和以后的人们都是极其宝贵的。作为晚辈，我们怀着感激的心情接受他的馈赠。"[③] 因此除过在创作中潜移默化地接受柳青的影响之外，引用《创业史》中那段著名的关于人生道路的话作为成名作《人生》的开篇题记，无疑是路遥在以最直接的方式向自己的"文学教父"表达敬意和谢意。

被称为"小柳青"的陈忠实也曾说："在众多作家里头，柳青对我的影响应该说是最重要的。这有种种因素，包括我对他作品的喜欢，我对他本人的喜欢，等等，所以我最初在'文革'中间写了四个短篇后，人们为什么喊我为'小柳青'，主要就是我那些小说的味道像柳青，包括文字的味道像柳青，柳青对当时我的文字的影响，句式的影响都是存在的。"[④] 实际上，陈忠实对《创业史》的喜爱以及对柳青的

---

① 李建军：《时代及其文学的敌人》，中国工人出版社2004年版，第356页。
② 路遥：《早晨从中午开始》，载《路遥文集》第2卷，陕西人民出版社1993年版，第19页。
③ 路遥：《柳青的遗产》，载《路遥文集》第2卷，陕西人民出版社1993年版，第433页。
④ 陈忠实：《在自我反省中寻求艺术突破——与武汉大学文学博士李遇春的对话》，载《陈忠实文集》第7卷，人民文学出版社2015年版，第426—427页。

真诚崇拜,除了《创业史》"无与伦比的艺术魅力"以及柳青"独具个性的人格魅力"之外,更为重要的原因在于,"这本书和这个作家对我的生活判断都发生过最生动的影响,甚至毫不夸张地说是至关重要的影响"。陈忠实曾在有关《白鹿原》的创作手记中追忆道:"我对农民走集体化道路的确立和坚信不疑,不是从理论开导发生,而是由李准的短篇小说尤其是柳青的长篇小说《创业史》的学习和阅读而形成的。"在对中国农村和农民的认识问题上,《创业史》给予陈忠实"既是启蒙也是深刻的影响",并推动着他在此后公社工作的10年时间里,"认真地实践着'集体富裕'的理论信仰","对农村集体所有制和集体化道路,无论作为一个公社干部,无论作为一个业余文学写作者,从来也不曾发生过怀疑"。也正是由于几十年里一直崇拜着柳青,坚定地践行着柳青在《创业史》中所描画的集体化道路,当1982年初灞河川道开始推行"分田到户",以下派干部身份参与其中的陈忠实才"惊诧"地觉悟到"我现在在渭河边的乡村里早出晚归所做的事,正好和30年前柳青在终南山下的长安乡村所做的事构成一个反动",并由此"刻骨铭心"地遭遇了"怎样面对30年前'合作'30年后又'分开'的中国乡村的历史和现实"这一重大现实生活命题。而对这一问题的思考,不仅推动着陈忠实的身份和思路开始跳出具体的生活位置,"由一个行政干部转换为作家",而且也开启了自身在20世纪80年代不断更新的精神和心理剥离,直至最终使其创作"发展到《白鹿原》的萌发和完成"。① 这种具体而真切的追怀,无疑显示着柳青对于陈忠实的深刻影响,二者之间在文化人格、心理结构等方面存在着难以割断的精神血缘,而陈忠实的突破也正在于在继承柳青的同时在很大程度上实现了对于柳青的"反叛"。

尽管就创作具体观照的空间区域和文学气质而言,贾平凹较之路遥与陈忠实来说,与柳青之间有着更多的差异性,但他同样在创作上

---

① 陈忠实:《寻找属于自己的句子——〈白鹿原〉创作手记》,载《陈忠实文集》第9卷,人民文学出版社2015年版,第378—389页。

深受柳青的影响。贾平凹认为柳青以及书法家于右任、画家石鲁是"使陕西这土地变得神奇而荣光"的"中国现代文艺界的三个人",尽管未曾谋面,但"他们的文学与艺术却对我产生着重大影响"。[①] 在谈到柳青对于陕西文坛的影响时,他进一步形象而准确地指出:"如果把陕西文学比喻成一个秦腔班子,柳青就是敲大鼓的,他给我们定了调子,打了节奏,其他乐器板胡、二胡、锣、笛子都跟着动起来",[②]从而指明了柳青作为陕西文坛的领袖所具有的引领意义。此外,邹志安、京夫,以及略为年轻的冯积岐、杨争光等人的创作也清晰可辨地显示出柳青文学神韵风采的深远影响。

可以说,在柳青文学精神的感召下,以及王汶石、李若冰等其他第一代文学"陕军"的影响下,新时期以来的陕西作家直面所遭遇的大变革时代的社会历史现实,普遍切实地走进民间生活,将目光聚焦乡村民间历史的发展与农民的生存生活图景及其心灵变迁历程;他们不仅充分挖掘和利用秦地深远的民间文化传统与民间文艺形式,并以深刻的底层意识和平民情怀表达着在价值立场上对日渐式微和逝去的民间的坚守与追怀。对比来看,如果说余华、苏童、格非等先锋作家在疲惫于形式试验之后的对于意义本身的找寻中,有一个明显的"民间转向",那么以路遥、陈忠实、贾平凹等为代表的新时期陕西作家则始终以守土创作的姿态显示着其民间叙事的一贯性和延续性,他们以活跃和突出的民间叙事创造出秦地独特自在的民间审美文化空间,也因此推动着陕西文坛再次成为中国文学的高地。

---

① 贾平凹:《纪念柳青》,载董颖夫等编《柳青纪念文集》,西安出版社2016年版,第6页。
② 出自贾平凹2019年11月29日在"弘扬柳青创作精神"研讨会暨第五届柳青文学奖颁奖典礼上的讲话《作家应该把为人民写作当做生命的需要和文学的需要》,转引自魏锋《阎纲忆述中的柳青》,《文史精华》2020年第18期。

第二章 《创业史》：主流话语的民间性向度

1959 年 4 月，《创业史》（第一部）开始以《稻地风波》为标题在《延河》杂志上连载，连载几期之后改名为《创业史》，并于 11 月号载完，次年 5 月，《创业史》（第一部）单行本由中国青年出版社出版。作为中华人民共和国成立以后"十七年文学"时期农业题材小说具有标志性意义的作品，柳青的《创业史》描写了渭河平原下堡乡的蛤蟆滩互助组建立、巩固和发展的历史进程，由于小说旨在反映和宣扬党在当时的农村政策，选取了农业合作化运动这一重大题材，在艺术表现上又符合了这一时期革命现实主义文学的种种规定性，因此《创业史》不仅是作家自身最具代表性的创作，同时也是 20 世纪五六十年代表达时代精神的主流话语文本中的典范性作品，柳青也成为典型的政治话语的表达者和阐释者。但是，农裔出身以及常年在长安县皇甫村守土创作所建立的与农民之间的深刻情感联系，使他无限地熟悉农民生存的历史和现实境遇以及其心理情感，因此当他对中国农村社会主义革命运动的历史进程进行艺术化的表现，以及一种观念的论证式展开时，却在不自觉中使得特定的政治观念在某种程度上被消解和调和，而这种在叙事深层对政治意识形态话语构成消解的力量正是来自于民间。尽管在作品的艺术形态上，柳青并未十分突出地显示出对于大众化和民族形式的追求，但作为时代主流文本的《创业史》依然显示出一种隐匿形态的民间性向度，从而使文本的话语系统呈现出一定程度上的含混性与驳杂性。

第一节 作为主流话语的典范性文本

作为从延安成长起来的作家，柳青在创作上的政治站位是极其自觉的，他是贯彻《在延安文艺座谈会上的讲话》要求的典范作家，在"与工农兵相结合"进行自我思想改造的过程中，他成为中华人民共和国成立后自觉践行延安文艺方向的知识分子，其创作显示出密切配合政治的高度觉悟。因此，对农业合作化运动这一20世纪50年代中国农村社会生活中最重要的内容和新的历史性主题进行表现，不仅是因为这场运动本身关乎与柳青有着深刻情感联系的中国农民的历史命运，更在于他试图凭借坚定的政治信仰和深厚的生活基础对党在新的历史时期所领导的乡村革命运动进行艺术化的反映，并完成"描写新社会的诞生和新人的成长"这一"时代赋予现代中国的革命作家"的"光荣的任务"。① 在这个意义上，《创业史》对农村新的社会生活形态的描写，以及对梁生宝这一新时代新英雄形象的刻画，表示着柳青配合和参与新的意识形态话语建构的主体意识，以及对国家指导农村社会主义革命和建设的政策条文进行阐释和演绎的功利性文学观。在《创业史》中，无论是主题意旨还是情节结构，无论是人物关系的阐析还是中心人物梁生宝的塑造，抑或是明显的"叙述干预"的穿插其间，都充分地保证着这部主流意识形态话语文本鲜明的革命性与浓厚的政治色彩。

一 主题意旨与情节结构的政治高度

在柳青的艺术构想和写作计划里，《创业史》一共分为四部，"第一部写互助组阶段；第二部写农业生产合作社的巩固和发展阶段；第三部写合作化运动高潮；第四部写全民整风和大跃进，至人民公社建立"②，但

---

① 柳青：《谈谈生活和创作的态度》，《延河》1960年9月号。
② 柳青：《出版说明》，载《创业史》，中国青年出版社1960年版。

第二章 《创业史》：主流话语的民间性向度

已经问世的作品只有1960年5月出版的第一部以及第二部的上卷和下卷的前四章。从作家创作的初衷和构想来看，柳青是要全面地反映中华人民共和国的农业合作化运动，对这一中国亘古未有的集体创业实验给予忠实的记录，为后世留下一部恢宏的集体创业史。在谈及《创业史》第一部的主旨时，柳青曾明确地表示："这部小说要向读者回答的是：中国农村为什么会发生社会主义革命和这次革命是怎样进行的"，这一主旨也因此决定了《创业史》在艺术构思上呈现为一种观念的论证。但是，向读者所作的回答是要"通过一个村庄的各个阶级人物在合作化运动中的行动、思想和心理的变化过程表现出来。这个主题思想和这个题材范围的统一，构成了这部小说的具体内容"①。这也就是说，柳青"不仅要表现合作化运动的具体开展方式，同时要对这一运动的社会动力、历史意义与人们的生活状态及精神诉求做出全面叙述"。并且，在对蛤蟆滩互助组建立、巩固和发展的历程的记录与描写上，柳青"力求使自己站在与国家政策制定者的同一高度来理解合作化运动的历史意义"②。为了达到这一政治高度，柳青不仅常年地守土创作，而且在其间实现了自身作家身份的某种超越，与其说他是在以职业作家的身份投身农村、深入地体验所要表现的生活，毋宁说他是以乡村治理者的身份在事实上参与了农村的生产劳动、治理和经营等实际事务。尽管这种直接嵌入农村生活之中的写作方式同时也是革命工作的方式所带来的一种后果是，作家对农村政策和合作化运动的直接感受和经验与社会主义革命的应然状态之间实际上会存在现实的错位与矛盾，但作为新中国知识分子的坚定政治立场，以及以写作为国家和人民事业服务的革命意识，仍使他笔下蛤蟆滩的互助合作实践，成为"以毛泽东思想为指导思想的一次成功的革命，而不是以任何错误思想指导的一次失败的革命"③。

---

① 柳青：《提出几个问题来讨论》，载《中国当代文学研究资料》编辑委员会编《中国当代文学研究资料·柳青专集》，福建人民出版社1982年版，第277页。
② 贺桂梅：《柳青的"三所学校"》，《读书》2017年第11期。
③ 柳青：《提出几个问题来讨论》，载《中国当代文学研究资料》编辑委员会编《中国当代文学研究资料·柳青专集》，福建人民出版社1982年版，第277页。

为了对"中国农村为什么会发生社会主义革命和这次革命是怎样进行的"这一根本问题做出完整、清晰的回答,柳青对《创业史》的情节结构进行了精心的构思。很明显地,从叙事理论中的"时序"来看,《创业史》对互助组发展壮大而入社的故事讲述是一种顺时序叙述,即作品的各个情节组成部分大致按照时间的自然顺序连接起来,由始而终地一步步向前发展和推进,因此符合了故事结构的线性格局。这种按照时间的自然顺序叙述的故事结构是中国古代小说的常见模式,它使得古代小说形成了首尾一贯的封闭性故事系统。尽管《创业史》在场面布局、人物专章描写等方面吸收了传统小说的长处,作品也大体上形成了以顺叙为主的完整故事格局,但实际上,故事结构并非《创业史》的本质结构特征,即《创业史》并不只是呈现了一个简单的按照时间顺序讲述的故事,在表层的"顺叙"时序之下,作品内部各部分之间更本质的关系是因果逻辑关系,柳青把表面上看来偶然地沿着时间先后顺序出现的事件用因果关系加以了解释和重组,使得《创业史》的"题叙""正文""结局"构成了一个完整的因果链。

所谓因果链,又称为因果关系链条,是指有序的事件序列,且因果链之中的任何一个事件都将引起下一事件的发生。因果链的贯串可以说是叙事作品的情节结构区别于故事结构的最大特征。当然这里的"故事"特指一类主要按照时间顺序讲述的故事,与通常所说的广义的故事不同。20世纪英国作家福斯特曾对"故事"和"情节"的区别做了如下一番比拟:"'国王死了,不久王后也死去'便是故事;而'国王死了,不久王后也因伤心而死'则是情节。"① 可见"情节"和"故事"的区别主要在因果关系上。具体到叙事作品的结构形态上,故事结构所强调的是作品各个成分或单元之间时间上的先后关系,即故事结构的基本特征是时间的顺序性,而情节结构中作者对事件关系进行处理的首要原则则是因果关系,尽管在情节结构中作品各个单元事件的发生仍可以(但往往并非)依时间的顺序性展开,但它们之间

---

① [英]爱·摩·福斯特:《小说面面观》,苏炳文译,花城出版社1984年版,第75页。

更为本质的关系则是因果逻辑关系，即情节中一个事件和下一个事件之间是一种"随之而来"的关系。

在《创业史》中，情节的"题叙""正文""结局"三部分的演进正构成了一个完整的因果关系链条，小说情节在因果逻辑关系上环环相扣、层层推进。小说要记录和讲述的本是20世纪50年代前期中国农村互助合作运动的历史进程，但开篇的"题叙"部分却落笔于1929年，接着用万余字的篇幅对梁家一家三代在旧社会创业的"劳苦史、饥饿史和耻辱史"进行了描绘。梁三老汉是渭河平原下堡村蛤蟆滩的佃户，其父艰难创业，为他盖房取了媳妇，但天灾人祸却把他逼到了家破人亡的地步。但这一年从灾民中领回来妻儿偶合成家之后，梁三老汉又开始重振家业，可苦干十年却光景如旧，还得了一身重病。儿子梁生宝长大成人后接过创业的重任，独自租种了18亩稻地，但兵荒马乱的年月，加之地租沉重，他辛苦一年的收获被搜刮干净，充满辛酸和血泪的创业再次以失败告终。1949年后，分到土地和农具的梁家父子重又燃起创业的希望，但梁三老汉只想做"三合头瓦房院的长者"，而当了民兵队长、入了党的梁生宝则热心组织互助组，父子之间在创业上发生了尖锐的矛盾。并且，个人发家致富和共同富裕这两条创业道路的冲突与斗争不止发生在梁家父子之间，更存在于蛤蟆滩的村民之中，并极其复杂地纠缠在一起，构成了蛤蟆滩生活故事的主要内容。于是小说的"正文"部分顺理成章地展开了对两种创业道路斗争的描写。

显然，"题叙"部分叙述梁三老汉一家三代在旧社会辛酸而屈辱的创业经历，正是对"为什么会发生社会主义革命"的充分诠释和有力回答。这一部分的展开，不仅将叙事延伸到历史中去，增强了作品的史诗气魄，而且在内容上清晰地交代了互助合作运动中两条创业道路斗争的历史渊源。正因为经历了旧时代个人发家致富创业失败的惨痛历史，梁生宝等人才会在解放之后积极拥护党的领导和党的农村政策，坚决走互助合作的集体化道路，可以说"题叙"部分"历史"地解释了互助合作运动受到劳动人民积极拥护的原因，正是"题叙"对于旧时代创业史的溯源，使得"正文"部分梁生宝等人的行动得到历史的强大支撑，他们积极组织互助组并成立合作社的创业道路才走得坚定而一往无前，并且预示了这一创业道路走向成功的历史趋势。同时，"题叙"部分通过回溯梁三老汉创业失败的惨痛历史，客观地说明了老一代农民身上所背负的沉重历史因袭。正因为几千年来根深蒂固的私有观念和小农意识潜移默化的影响，梁三老汉、王二直杠等贫苦农民才依然倾向于旧时代的创业道路，才有他们在"正文"部分对于互助组的自发反对和种种格格不入的举动，蛤蟆滩的公私两条道路的斗争才会是历史的、必然的斗争。也就是说"题叙"部分的历史发展提供了"正文"部分斗争的这种必然性，二者之间构成逻辑上的因果关系。

小说"正文"部分分为上下两卷，共三十章，在内容上承接"题叙"，描写蛤蟆滩个人发家致富与互助合作共同富裕两条道路之间的斗争，而斗争的过程正是集体经济组织不断显示其优越性并最终吸引组员走上合作化道路的过程。不过，"正文"部分并没有刀光剑影的阶级斗争场面，而是由几个"生活故事"的场面描写组接而成。表面上看，到郭县买稻种、活跃借贷、进山割竹子、搞新法育秧等几个事件在情节的推进中显得比较散淡、平缓，呈现为平淡的农村日常生活场面，小说因此并不着重于故事情节的纵向发展。在总体的情节设计上，为了显示集体劳动生产的优越性，作家安排了一场多打粮食的和平竞赛，以通过典型示范的方法来教育和吸引村民加入互助组。小说前八章以购买"百日黄"稻种为焦点，以梁生宝为首的互助组和富裕中农郭世富展开了第一个回合的交锋，但这仅仅是两条创业道路斗争的第一个回合。随着春荒时节的到来，互助组和整个蛤蟆滩到了无钱无粮的困难时刻，村代表主任郭振山发起的活跃借贷方案以失败告终，为了度过春荒并筹集生产资金，梁生宝决定组织组员进终南山割竹子。与此同时，为了提高粮食产量，梁生宝又安排记工员在农技员韩培生的指导下进行新法育秧的实验，两方面齐头并进反击郭世富和姚世杰等人对互助组的对抗和破坏，最终割竹子的任务按期完成，筹集到了一大笔生产资金，新法育秧也获得了成功，互助组的粮食生产获得了大丰收，打击了"三大能人"的嚣张气焰。

"正文"部分的这几个空间场面描写看似普通，却都是凸显主题的典型事例，它们不仅形象地说明了"社会主义革命是怎样进行的"，而且充分显示了集体经济的优越性和蓬勃的生命力，预示着互助合作更为重大成果的实现。因此，在第一部的结局中，蛤蟆滩的集体化道路进一步往前推进，乘胜追击地成立了以梁生宝为主任的灯塔农业生产合作社，梁生宝的创业终于取得了成功。"结局"部分从结构形式上看，与开头的"题叙"对称；从情节之间的关系上来看，它显示了新时代集体致富道路与旧时代个人发家致富道路的不同结果，与"题叙"部分梁家三代的创业结局形成鲜明对比，再次回应了"中国农村为什么会发生社会主义革命"这一历史问题，并且记录了这场革命所结出的胜利果实。"题叙""正文"和"结局"三部分构成的因果链也由此清晰完整地贯串小说始终，完成了对于互助合作运动的逻辑严谨的描绘。

由于《创业史》的"题叙""正文"和"结局"三部分构成一条完整的因果关系链，使得小说中表面上联系不太强的事件单元能有机地结构起来，共同服从于这条因果链，因此小说在情节设计上不必着重于纵向的发展。"正文"部分主要是由买稻种、活跃借贷、进山割竹子、搞新法育秧等几个空间场面组接而成，这就使得作者能够有效地组织起各条矛盾线索，游刃有余地对人物之间错综复杂的关系进行充分刻画。作品主要围绕五条人物线索来反映合作化运动充满较量与斗争的复杂过程。一是梁生宝所领导的坚决走集体化互助合作道路的互助组；二是梁三老汉等迷恋个人发家致富道路而与互助组时有抵牾的贫苦农民；三是以粮食竞赛方式与互助组公开较量的富裕中农郭世富；四是背地里较量、企图扼杀互助组的富农姚世杰；五是热衷个人发家、处处阻扰互助合作运动的村主任郭振山。柳青依据当时合作化的政策文件，将这些人物线索上的生产力量划分为相互对立的两个阵营，一方是带领贫雇农走共同富裕道路的梁生宝，另一方则是蛤蟆滩的"三大能人",其中郭世富和郭振山分别代表农村和党内走资本主义道路的势力,姚世杰则是暗藏在群众中的阶级敌人,而处于这两条路线之间的则是梁三老汉等摇摆不定的落后农民。因此,柳青对蛤蟆滩人物关系的设置和分析是严格按照阶级分析以及两条路线斗争的观念来展开的,而他们之间相互纠合与斗争的过程正构成了合作化运动的重要历史内容。如在第九章"活跃借贷"这一情节中,蛤蟆滩两个阵营之间尖锐激烈的矛盾斗争得到了较为集中的呈现。富农姚世杰不肯响应借出余粮的号召,反而加紧放高利贷,富裕中农郭世富则在盘算着与互助组"和平竞赛",村主任郭振山热衷个人致富因此实际上作壁上观,梁生宝则决定带领群众进山割竹子以度过春荒,梁三老汉虽自发反对互助组,但又为儿子梁生宝担心,蛤蟆滩错综复杂的人物关系以及两条路线之间的斗争在这一典型事件中得到了集中充分的描写。在买稻种、进山割竹子、搞新法育秧等事件中,作家对人物关系的分析同样纳入到了政治框架之中,并最终通过梁生宝所领导的互助组在矛盾冲突中的成长和壮大,宣告了两条路线斗争中社会主义道路的胜利,因此在《创业史》人物关系的设置和描写上,也充分显示出柳青在叙事中依循现实政治理论的政策逻辑和突出的政治意识。

二 梁生宝:"党的忠实儿子"

如果我们进一步探寻这种居于柳青人格精神核心地位的政治性主体意识在作品中的具体显现,那么最为突出和鲜明的表征无疑是梁生宝这一农村社会主义革命战士典型的塑造。对于这一居于叙事中心的英雄人物的塑造是作家最为看重和倾力的方面,梁生宝不仅是体现着柳青政治理想和美学观念的英雄形象,在揭示农村社会主义革命的发生和深入这一主题上具有重大意义,而且更为重要的是,这一形象具有高度的阶级觉悟和突出的政治特征,通过对这一"党的忠实儿子"的光辉形象的塑造,柳青写出了徘徊在小说字里行间的党的巨大形象及其决定性位置,党的指引、教育和扶持成为梁生宝最终成长为理想人物的典型环境。尽管梁生宝饱尝个人创业失败的"前史"使其在互助组成立之初走向党的集体事业具有一定的性格基础，但党的力量促使其思想性格的成长和发展明显地具有了不同于普通农民的现实基础和典型环境，并最终促使他成为极具政治敏锐性和政治见地的农民英雄形象。"哪怕是生活中一件极为平凡的事，梁生宝也能一眼就发现它的深刻意义，而且非常明快地把它总结提高到哲学的、理论的高度，抓得那么敏锐，总结得那么准确。"① 可以说，梁生宝的成长始终是和以各种不同形式和人物出现的党的形象联系在一起的，在带领组员开展互助合作运动的创业道路上，每当互助组面临严峻挑战时，梁生宝总能得到区委王书记、县委陶书记、杨书记等领导干部的信任、鼓励和指引，这些具有一定理论水平和实际工作经验的党的基层干部给他带来了党的方针政策，以及鼓舞他不断探索新生活的信念和动力，而梁生宝也因此"开始有了一种感觉：似乎他这个莽莽撞撞的年轻庄稼汉，对党实现一个伟大的计划有些用处"，这就意味着梁生宝的成长并非是在一个较为自然的外在环境中实现的，是党的启发、教导、扶持和期望从根本上确保了这一新人形象的成长。正如柳青直截了当地指出的："简单的一句话来说，我要把梁生宝描写为党的忠实儿子。我以为这是当代英雄最基本、最有普遍性的性格特征。在这部小说里，是因为有了党的正确领导，不是因为有个梁生宝，村里掀起了社会主义革命浪潮。是梁生宝在社会主义革命中受教育和成长着。小说的字里行间徘徊着一个巨大的形象——党，批评者为什么始终没有看见它？"② 正是基于这样一种政治视点，柳青才对形象塑造的意义有着非常明确的价值判断，于是在作品发表之后的一片赞誉声中，当严家炎、邵荃麟等批评梁生宝形象塑造缺陷的声音出现时，柳青才难以将其视为普通的评论文章，而是将批评者所提出的问题视作重大的原则问题并予以严肃反驳。

当柳青把不可抑制的来自生活、发自内心的政治热情寄托于梁生

---

① 严家炎：《关于梁生宝形象》，《文学评论》1963年第3期。
② 柳青：《提出几个问题来讨论》，载《中国当代文学研究资料》编辑委员会编《中国当代文学研究资料·柳青专集》，福建人民出版社1982年版，第277页。

宝身上，这一新时代的农民英雄和"党的忠实儿子"在葆有相当突出的政治特征和社会政治内容的同时，其英雄性也极大地遮蔽和压抑了他作为"肉身存在"所具有的基本人性，这一点充分地体现在对梁生宝恋爱生活的描写上。在互助合作运动的主线之外，在对梁生宝个人爱情生活的表现上，曾有夭折的童养媳、徐改霞、素芳以及刘淑良四位女性进入他的情感世界中，但真正赢得梁生宝爱情的是那个长着"白嫩的脸盘""扑煽扑煽会说话的大眼睛"的徐改霞，这位美丽、活泼、多情、健康的姑娘"总会使生宝恋恋难忘"。如果说在对徐改霞充满着浓郁的女性之美的描写上，以及对生宝"恋恋难忘"的恋爱心理的表现上，柳青在一定程度上是忠于直觉和人性、因而是富于感性意味的，那么当改霞主动地、大方地向梁生宝表达爱意并期待着生宝的回应时，暂时被搁置的党性意识和革命理性重又以巨大的难以抗拒的力量，赋予生宝作为无产阶级革命英雄一种坚定的意志和崇高的品质，使其成功地克制了"放纵情感的弱点"。即便柳青似乎站在人性的立场上有过对生宝的理解，"今生还没真正过过两性生活的生宝，准定一有空子，就渴望着和改霞在一块。要是在冬闲天，夜又很长，甜蜜的两性生活有什么关系？共产党员也是人嘛！"但是因为"现在眨眼就是夏收和插秧的忙季"，因此"他必须拿崇高的精神来控制人类的初级本能和初级情感。……考虑到对事业的责任心和党在群众中的威信，他不能使私人生活影响事业。他没有权力任性！他是一个企图改造蛤蟆滩社会的人"！就这样，"共产党员的理智，在生宝身上克制了人类每每容易放纵感情的弱点"。显然地，柳青在对梁生宝的恋爱生活的描写上，同样充满了一种"共产党员的理智"和政治激情，因而处于私人情感活动中的梁生宝也被赋予了强烈的忧患意识和庄严的历史使命感。在这里，柳青对故事推进和人物形象塑造的过度参与，不仅寄寓着柳青对于梁生宝富有感情的赞美，而且这种夹杂在故事叙述中的赞美和议论必然构成了对于叙述的一种干预。

实际上，在整部《创业史》中，为了向读者指明故事发展的正确方向，柳青在对推进互助合作运动的几个生活故事所进行的场面描写上，以及对于人物形象的刻画上，普遍地采用了这种夹叙夹议的手法，也就是在恰当的地方加上作者的评论，使思想内容更明显、更强烈一些。这些评论或是时政引语，或饱含着作者自身的政治激情，既表明了柳青的态度，也构成了对于读者理解和接受文本的一种直接性的引领。为了更好地实现对故事的介入，柳青在文本中建立起叙述语言和人物语言的距离，正如赵园所说："由柳青、王汶石到路遥等陕西乡村的作者，笔调毋宁说是相当'文'的，文字极雅驯，写人物话语使用方言尚且节制，叙描用的更是所谓'知识分子调子'。"① 在叙述语言上，《创业史》采用了知识分子的语调，而在人物语言方面，则是经过提炼、剔除了方言粗鄙性的口语，因此二者之间形成了一种鲜明的对比。由于被意识形态所规训，因此柳青在叙述语言上的"知识分子语调"所代表的显然是一种居于权威话语地位的意识形态立场，这种权威语调也因此承担了"直接揭示人物的情感、心理、动机，'观察''监视'人物的思想、心理、行为与'历史规律'的切合、悖逆的程度，对人物、实践作出解说和评论"② 的功能，从而保证了作者所追求的政治目的，这样一种柳青自己探索出来的创作手法在赋予《创业史》突出的政治特性的同时，也显示出作家在丰厚生活体验之上对于时代主流话语的主动顺应。

第二节　超越政治视界的民间性向度

在 1960 年 7 月召开的全国第三次文代会上，作为文艺界领导和重要批评家的周扬将两月之前才正式出版的《创业史》写进其题为"我国社会主义文学艺术的道路"的报告中，称赞这部作品"深刻地描写了农村合作化过程中激烈的阶级斗争和农村各个阶层人物的不同面貌，塑造了一个坚决走社会主义道路的青年革命农民梁生宝的真实形象"，

---

① 赵园：《地之子：乡村小说与农民文化》，北京十月文艺出版社 1993 年版，第 192 页。
② 洪子诚：《中国当代文学史》，北京大学出版社 1999 年版，第 102 页。

因而和《红旗谱》《红日》等同时期的创作一同表明了"作家对于人民群众改造世界的革命精神和宏伟气魄,描写得越来越鲜明和深刻,对人物性格的刻画也更加细致和丰满了"的"明显的趋势"。① 来自于周扬的高度肯定和称赞,也意味着《创业史》成为这一阶段政治意识形态话语所推崇和要求的文艺密切配合政治的典范性文本。然而,在收获广泛赞誉和高度认可的同时,《创业史》也曾引起颇受关注的争论,而争论的焦点就集中在梁三老汉与梁生宝这对父子形象的塑造上。

一 从作品问世之初的论争说起

作为一部书写"新的世界""新的人物""新的思想"的主流话语文本,《创业史》(第一部)在面世后所获得的赞誉主要集中在两个方面。一方面是这部作品反映其时农村广阔、复杂生活的深刻程度,这是一部"深刻而完整地反映了我国广大农民的历史命运和生活道路的作品,是一部真实地记录了我国农村在土地改革和消灭封建所有制以后所发生的一场无比深刻、无比尖锐的社会主义革命运动的作品",②另一方面则是这部作品在人物形象塑造上所达到的极高水平,评论界普遍认为柳青在作品中创造了一组极具艺术水准的人物形象,尤其是梁生宝形象的塑造一开始被看作是作品艺术成就最主要的标志。作为《创业史》的结构核心以及作家历史观和世界观载体的中心人物,梁生宝身上汇集了中国传统农民的所有美德,也概括了新时代农民成长的全部进步因素。然而,柳青依据其时意识形态对先进人物的规定来塑造的这一人物无疑被拔得太高,实际上梁生宝的英雄主义品格和优良品德与绝大多数农民在历史重压之下的表现是无法相符的。因此,围绕这一代表着主流意识形态话语的人物形象,评论界在最初的高度认可之后出现了不同的看法,并且,这种不同的看法又是将梁生宝与梁三老汉形象进行对比而形成的。具体来说,在梁生宝这一

---

① 周扬:《我国社会主义文学艺术的道路》,《人民日报》1960年9月4日第5版。
② 冯牧:《初读〈创业史〉》,《文艺报》1960年第1期。

第二章 《创业史》：主流话语的民间性向度

"社会主义新人"形象与梁三老汉这一"旧人"形象的真实性问题上，出现了两种不同的声音。

以冯牧为代表的第一种观点认为，对梁生宝等先进人物的成功塑造是作品更为值得重视的方面，从社会主义现实主义文学应创造体现时代发展必然性的英雄人物的最高标准出发，冯牧认为，《创业史》"在众多的正面人物当中，写得特别出类拔萃的，是英雄人物梁生宝的形象"。在梁生宝身上显示出"一种崭新的性格，一种完全是建立在新的社会制度和生活土壤上面的共产主义性格正在成长和发展"[①]。而以邵荃麟为代表的第二种观点则认为，梁三老汉这一概括了中国几千年来个体农民历史重负的形象得到了更为真实、生动的塑造，因而是真正成功的人物典型。邵荃麟明确地指出"《创业史》中梁三老汉比梁生宝写得好"，"我觉得梁生宝不是最成功的，作为典型人物，在很多作品中都可以找到。梁三老汉是不是典型人物呢？我看是很高的典型人物"[②]。对于第二种观点，时为北大中文系青年教师的严家炎也在《〈创业史〉第一部的突出成就》[③]《谈〈创业史〉中梁三老汉的形象》以及《关于梁生宝的形象》等一系列文章中进行了系统、深入的论述。这些文章认为，"梁三老汉虽然不属于正面英雄形象之列，但却具有巨大的社会意义和特有的艺术价值"[④]，他在互助合作初期所表现出来的那种精神状态是有代表性的，《创业史》也正是抓住了这一点而成功地表现了他在互助组发展过程中的苦恼、怀疑、摇摆；另一方面，作品又发掘和表现了他那种由生活地位和历史条件所决定的最终要走新道路的历史必然性，因此，梁三老汉才是作品最成功的、最有价值的艺术形象。同时，梁生宝形象的塑造则存在"三多三不足"，即"写理念活动多，性格刻画不足；外围烘托多，放在冲突中表现不

[①] 冯牧：《初读〈创业史〉》，《文艺报》1960 年第 1 期。
[②] 《文艺报》编辑部：《关于"写中间人物"的材料》，《文艺报》1964 年第 8、9 期合刊。
[③] 严家炎：《〈创业史〉第一部的突出成就》，《北京大学学报》（哲学社会科学版）1961 年第 3 期。
[④] 严家炎：《谈〈创业史〉中梁三老汉的形象》，《文学评论》1961 年第 3 期。

足;抒情议论多,客观描绘不足"①,加之这一形象还存在过分理想化的问题,因而其典型意义不及梁三老汉的形象。尽管严家炎的观点受到当时多数批评家的反对,同时柳青本人在《提出几个问题来讨论》②一文中也激动地予以了驳斥,他情绪颇为激烈地强调梁生宝这一新人形象与主题之间在本质上的关联性,重申了这一形象对于充分地表现"中国农村为什么会发生社会主义革命和这次革命是怎样进行的"这一历史主题所具有的重大意义,然而,严家炎对先进人物梁生宝艺术性的质疑与对落后人物梁三老汉的肯认依然产生了较大的影响,甚至在新时期以后成为公认的观点,梁三老汉的形象也因此成为论证《创业史》艺术性的重要表征。

那么,在梁生宝形象的成功塑造成为柳青自觉的首要的艺术追求的前提下,何以梁三老汉这一"中间人物"的塑造能够超越梁生宝而获得更大的成功呢?如果我们从小说的叙事话语本身出发即可发现,梁三老汉形象的成功正在于作家在一定程度上超越了政治视界而站在了民间叙事的立场上。在政治意识形态话语中,梁三老汉倾向于个人发家致富的道路选择无疑显示了狭隘、保守的农民意识,但作家在对梁三老汉旧社会发家成梦辛酸史的叙述中,则表达了对民间生活天地中农民按特有的方式来实现致富理想的理解。同时,作家选择以梁三老汉为主体之一,从农民讲究实际的视角来观察互助组的命运,体现了对于民间社会价值标准的尊重,也使得作品在叙事语态上具有了民间性的向度,实现了对于主导作品的政治视角一定程度上的调适与整合。相比作家以革命意识形态的价值取向所塑造的中心人物梁生宝而言,梁三老汉更能真实地反映农民性格的成长史与其复杂而淳朴的精神世界。

二 民间叙事语态下的梁三老汉

在《创业史》中,梁三老汉是一个小农思想意识深重的旧式农

---

① 严家炎:《关于梁生宝的形象》,载《文学评论》1963年第3期。
② 柳青:《提出几个问题来讨论》,载《中国当代文学研究资料》编辑委员会编《中国当代文学研究资料·柳青专集》,福建人民出版社1982年版,第213页。

民,经历了在旧时代生存和创业的艰辛与惨败。尽管一次又一次心有不甘地树立起创家立业的愿望,但这个蛤蟆滩上的勤劳农民在苦苦劳作数十年之后,却光景依然如旧,得到的只是失败和屈辱,以及脖梗上的死肉疙瘩、喉咙里永远咳不完的痰。1949年后蛤蟆滩发生了天翻地覆的变化,大地主吕二财东、富农姚世杰都被斗倒了,贫雇农土地还家,梁家分到了十来亩稻地。梁三老汉简直不相信这是真的,他坐立不安,成天蹲在地里,唯恐别人把自家的土地偷走,而且对着毛主席画像情不自禁地流泪。在这里,梁三老汉对于毛主席和共产党的感激和信任并不是在阶级觉悟的高度上流露出来的,而是出于一种生存的本能。对于一个将土地视为命根子、一辈子在土地上劳作却最终一无所获的农民来说,在解放后得到梦寐以求的土地,无异于是从受压迫和被剥削尤其是创业失败而受尽屈辱的生命痛楚中走出来,分到土地成为梁三老汉重启发家致富之路、从而重拾做人尊严的先决性条件。因此,当土地证钉到墙上,在翻身的喜悦和激动之中,他立即跪下给毛主席磕头,以表对共产党的感激之情。更为重要的是,已经熄灭的个人发家愿望,在这个淳朴善良的农民身上又重新燃烧起来,此时,仿佛有一种莫名其妙的精力注入他早已干瘪的身体,推动着他准备为发家致富大干一场,他坚信,凭着如同当初租种吕二财东18亩稻地的雄心、狠心以及破命苦干的劲头,图个富足、给子孙们创下家业的梦想一定可以实现。可以说,在梁三老汉身上折射出的创业的必然性和合理性比梁生宝更有力度。

但是,与儿子梁生宝投身集体致富道路不同,旧社会创业所经历的辛酸、血泪和屈辱使梁三老汉在自己的生活道路中认识到一个世俗意义上的道理,那就是只有像梁大老汉和郭二老汉那样创业发家,才能摆脱受人歧视和欺辱的地位,在走向富裕的同时获得人生尊严。这种出自切身体会和自我精神重负而形成的人生观念,使他既佩服不愿搞互助合作而埋头于个人发家的村主任郭振山,更爆发了与梁生宝之间激烈的创业冲突。尽管旧社会的屈辱经历以及善良淳朴的秉性使梁三老汉在畅想发家愿景时声称"不雇长工,也不放粮",但在父子争论中梁生宝所描述的那个"十年八年以后,……地全到咱爷俩名下了,咱成了财东,他们得给咱作活"的图景却吸引着他,成为他摆脱屈辱、获得尊严的理想人生境界。因此,面对别人的冷嘲热讽,他忍辱负重,暗下决心过上富裕的日子,实现"三合头瓦房院的长者"的梦想;而对于梁生宝各种为公不为私的行为,他却感到不解、生气乃至痛心。生宝对互助组的热心劲儿令他纳闷"为什么那样机灵的小伙子,会迷失了庄稼人过光景的正路";生宝入党的事令他一连三天躺在炕上生闷气;生宝去郭县买稻种令他把多天来的气愤发泄到生宝娘身上;生宝分稻种时没把自家的留够更令他大加讽刺;而生宝所描绘的集体化道路的美好前景,则被他认为是不着边际的奇谈怪论;尽管个人发家的路子被生宝斥责为"没出息的过法",但他却始终确信种好自己的庄稼才是发家的正道。此后,伴随着互助组的发展,梁三老汉既有担忧,又有怀疑;既有关切,又有气恨。可以说面对自己与儿子在创业道路上颇为激烈的冲突,梁三老汉的内心充满了矛盾、痛苦与焦虑,而这种心态成为新旧交替时代中颇为真切的农民情绪,这一形象也几乎是旧中国多少代贫苦农民的缩影。在他身上,我们分明看到了普遍的农民性以及更具深广意味的人性——忠厚与狡黠,淳朴与狭隘,豪迈与卑琐,种种人性的弱点与优点在他身上纠结、缠绕。因此,柳青以这一形象拓展了挣扎在生存线上的贫苦农民心理的复杂性及其人性的深度与广度,并因此在叙述中潜藏着对梁三老汉创业道路选择以及自我价值追求的合理性的认定和理解。

由于没有附加过多的意识形态意义,并且有着对农民生活特有方式的理解以及对来自民间的价值标准的尊重,在柳青笔下,梁三老汉这一普通人的灵魂得到了真实可信的表现。就其创业道路的选择而言,绝不仅仅是出自自私和狭隘的人性弱点,也并不只是落后的政治思想观念的反映,而是有其深厚的生活渊源和心理基础。由于受自身生活经验和旧有习惯支配,这个勤劳耿直的老一代农民自然会在很大程度上保留着小农经济思想,对私有制经济中的个人发家致富道路有着真切的依恋,因此他才不能理解儿子梁生宝走合作化的道路,他无法使自己相信合作化会带来好处,只有当梁三老汉尝到新社会和新制度的甜头时,这个实在的庄稼人才可能贴近党和政府所领导的创业道路。伴随着互助组不断向好的发展态势,梁三老汉的认识和情感逐渐发生了微妙的变化。小说中写道:"梁三老汉,经过了买稻种的事实,进山割竹子的事实,面对着两户退组而不动摇的事实,他对儿子从心底里服气了。"他在互助组逐渐壮大所带来的惊喜中不再犹豫和动摇,转而要生宝"好好平你的世事去!"而当互助组最终在生产竞赛中获胜,他自己也因为生宝互助组领导人的身份和贡献而受到其他庄稼人的尊敬,梁三老汉以一种自己所设定的创业道路之外的方式摆脱了屈辱,获得了做人的尊严。穿着生宝为他做的新棉袄棉裤,受到黄堡镇上排队打油的人们的敬让,"梁三老汉提了一斤豆油,庄严地走过庄稼人群。一辈子生活的奴隶,现在终于带着生活主人的神气了。"

显然,与梁生宝的成长主要是由于接受党的指引和教育大为不同,梁三老汉的转变是以庄稼人的务实心理为底色的,这种讲究实际的价值判断标准显然是一种来自民间的审视视角,体现着民间的价值立场。如果说梁生宝形象的塑造显示了柳青自觉而坚定的政治站位以及进行宏大叙事的话语立场,那么梁三老汉这一形象的刻画则意味着他对政治视界的某种超越,并在此基础上充分地注入了他对农村民间生活的个人化理解和真切体验。正是自觉融入到农民群众之中,常年深入农村生活实践,以扎根农村、贴近土地、融入民众的方式去深入民间,体验农民的真情实感,真正做到了在农村社会主义革命运动中与农民同呼吸、共命运,柳青才如实地呈现了中国农民渴望创业的强烈愿望及其不同的道路选择,才写出了梁三老汉这样的农民对土地的深刻眷恋和他们朴素的生活态度,及其复杂而微妙的心理情态与人性世界,而这一形象也才被刻画得更为鲜活丰满、栩栩如生,充满了来自民间的真实而强大的生活逻辑和情感逻辑。

三 梁生宝形象的民间内涵与特质

实际上,即便柳青对梁生宝这一新时代农民英雄的塑造始终是在政治的框架之中展开的，作品主要是在蛤蟆滩复杂的社会关系中呈现其政治、经济地位和阶级特征，因而梁生宝身上的英雄性充满了突出的政治意味和政治特征，同时《创业史》的写作也并未呈现出刻意追求大众化和民族形式的向度，或者说柳青无意于借由对民族形式的利用和改造来实现无产阶级政治意识的扩张，但在作家笔下，这一人物的个人生活历史和性格特质又展示出某种民间意义上的豪杰气概和传奇色彩，并因此在一定程度上呈现出不同于其他理念化色彩浓重的农民英雄人物的独特性。与他在政治上的过度成熟以及突出的党性意识相比，梁生宝人生经历和创业道路的传奇性，以及厚道仗义、敢于出头等气质特征，使得这一形象也带有着某种通俗传奇故事中的传统内涵和民间特性，显示出潜隐在意识形态话语系统之中的民间话语力量与民间审美趣味。

由于在《创业史》中，故事主要是通过叙述者来描绘的，并且柳青采用他自己所创造的夹叙夹议的叙述方式打破了故事文本的自足性，以一种全知的视角介入到故事之中，对于人物思想、情感、心理以及行为进行观察、揭示和评论，因而在叙述过程中对人物灵魂的解剖、对事件意义的解说，无不显示着柳青自身的爱憎情感和话语立场，以及对于读者认知和价值判断的指向性引导。因此，在柳青自觉的政治担当意识之下，梁生宝形象的英雄性之中更为突出和鲜明的是作为"党的忠实的儿子"的政治特征，以及一种"理想化得离开了农民的朴实气质"[①]的政治色彩，这也意味着在根本上，这是一个满足新时代价值体系和意识形态建构需求、承担着时代政治使命的新型农民英雄。但是，在《创业史》中发出话语的声音又并不仅仅来自描绘故事的叙述者，与那个代表着柳青现身于故事文本之中、以全知视角活跃于故事中几乎每一个时刻的叙述者并存的，是下堡乡蛤蟆滩形形色色的人物形象。从人物刻画手法的角度来看，柳青写出这些人物在互助

---

① 严家炎：《〈创业史〉第一部的突出成就》，《北京大学学报》（哲学社会科学版）1961年第3期。

合作运动中复杂纷繁的心灵世界，实际上意味着他对于民间世界之中人物主体意识的尊重，同时也就意味着故事的描绘在叙述者的全知视角之外，还存在着蛤蟆滩人们的主观感觉视角。当柳青在充分书面化的叙述语言之外进入到充分口语化的人物语言系统之中，就在自然而然之中实现了叙述视点的下移，因此，梁生宝的个人生活史和创业史不仅是在那个意识形态化的全知叙述者的审视之下，同时也被置于蛤蟆滩民间世界的农民、老妇、姑娘以及少年等人物的视野之中。而在这种来自民间的观察和审视之下，梁生宝的革命英雄身份显然并未全然遮蔽其作为民间英雄的身份，他身上所具有的超越普通农民的非凡特质主要并不在于他极高的政治觉悟和崭新的共产主义性格。在民间的视野之中，梁生宝英雄性中的政治色彩得以剥离，他的成长经历充满了民间英雄的传奇色彩，其气质特征也呈现出根植于民间生活土壤的世俗气质和意味。

在民间社会中，英雄崇拜心理古已有之，至今犹存，从早期的神话英雄到进入历史时代之后的世俗英雄，都体现着民众对英雄的期盼和崇拜。在古代的英雄传奇小说中，与迎合统治阶级利益需求而塑造的将门英雄、民族英雄以忠君爱国为核心特质有所不同，民间所信仰的草莽英雄更为主要地呈现出"救人于厄，扶人于困"的正直正义，"平天下不平之事"的侠义精神，以及敢作敢为的反抗精神；并且，在"吃得苦中苦，方为人上人"的民间文化观念塑造之下，这些草莽英雄普遍有着充满磨难的成长经历。在新中国成立后的英雄叙事文本中如《林海雪原》《保卫延安》《烈火金刚》《敌后武工队》《铁道游击队》等，国家话语和时代共鸣伦理对一系列革命时代人民英雄的塑造，实际上也渗透着民间审美意识对英雄的想象，应和着民间社会的英雄崇拜心理，因而杨子荣、少剑波、周大勇、肖飞、魏强、刘洪等英雄形象杀敌御辱、舍身赴难、智勇双全、侠肝义胆等精神品质，大致符合了民间社会所崇尚的草莽英雄的侠义人格。尽管与这些处于革命斗争年代的江湖侠士相比，《创业史》中领导蛤蟆滩民众走农业合作化道路的梁生宝身处社会主义生产和建设的和平时期，但这一立于农村社会主义革命潮头的创业英雄,也呈现出民间社会所认可的草根英雄气度与世俗特质。

  从个人生活历史来看,梁生宝在其"前英雄"时代历尽磨难,其成长经历富于传奇色彩。尽管这种苦难叙事的最终旨意是要为梁生宝在此后成长为英雄建立起合理的动力机制,但小说开头几部分对梁生宝成长历程的叙述很容易让读者联想到古代传奇小说中的英雄受难叙述。在柳青笔下,梁生宝的童年和少年充满了生活的辛酸和人间的磨难。他自幼丧父,从3岁起就被迫离开故乡富平县,跟随母亲逃难行乞,成为"从渭北高原漫下来"的衣衫褴褛的无数受难者中的一员,直到被梁三老汉领回蛤蟆滩的草棚屋。此后幼小的生宝见证了养父苦熬苦做却光景如旧的十年创业,而他自己年仅11岁时已经在给富农看桃园,到13岁时已成长为一个半拉子长工,给吕二财东家当佃户,两年之后他用工钱换回了吕二家的小黄牛犊,点燃了重振家业的梦想。在18岁正式长大成人之时,他从养父那里接过了创业的重任,独自租种了吕二财东家的18亩稻地,但沉重的地租使他苦干一年的所得被保公所强抢,梁家的创业再次失败。接踵而来的是他在兵荒马乱之中被抓了壮丁,被逼无奈之下,养父卖掉黄牛才将他赎回,并打发他到终南山的荒山野岭做起了"地下农民",直到23岁时梁生宝才回到蛤蟆滩,当了民兵,"满世界跑来跑去"地投身到互助合作的崭新创业之中。显然,如同古代传奇小说中的英雄在走向反抗之前总会受尽磨难,梁生宝的成长辙迹也镌刻着异于常人的艰辛和血泪,而这种"受难"式的情节设置契合了民间文化空间中的英雄想象。

  并且,比异于常人的苦难经历更为重要的是,梁生宝显示出同样异于常人的英雄潜质,从而为其成长历程更添一种传奇色彩。虽然在梁生宝身上并没有发生古代英雄传奇中常见的"异物转世"的出身故事,但他不乏诸多由生活所赐予的"异禀"。一方面,自幼丧父,逃难行乞,造就了生宝年少老成、敏感自尊却正直忠厚、善良仁义的气质品行。小说中写道:"宝娃八岁的时候,脑门上还留着发锁,碰见蛤蟆滩的大人就开始问吃饭了没。有些人惊奇:为什么这么点娃子,就学成人的礼仪？庄稼人们觉得他老气横秋，很不活泼。"到了11岁那年夏天，他在给下堡村郭家河的富农看桃园时，不按富农主家教给他的骂人法子对付偷桃人，而是"按曾经领他讨饭的妈教给他的"，"十分恭敬"地讲理劝说摘桃的行路人，可当伏天里行路的病人苦求苦告着要买桃时，宝娃"心中实实不忍"，他按当时的行情卖给了那人八个桃，并把卖桃所得的铜板精心埋进土坑，直到在说明情由后交给主家，"当下富农主家被这个穷娃的光辉品格，惊得脸色发了黄，惊讶说：'啊呀！这小子！你长大做啥呀！'"而长大后的生宝无论是熬长工、当佃户，还是钻终南山，"学好——是梁生宝品质中永恒不变的一点。蛤蟆滩所有的庄稼人，都看出这一点"。另一方面，目睹养父苦做十年却最终贫病交加、创业失败，以及自个儿给吕二财东家熬半拉子长工的受气经历，赋予了刚入世的少年生宝强烈的创业雄心，不受父辈思想观念束缚的过人胆识，以及敢作敢为的创业魄力。他在13岁的年纪开始"有信心地投入了生活"，15岁时已充满自信地认定养父的过法"没出息"，"打着种庄稼的主意"买回了牛犊，18岁时他更是独自租种了18亩稻地。尽管时势不济，生宝最终创业失败而逃进终南山，但他身上所显示出的生活智慧与担当，敢于与苦难命运抗争的勇气，以及敢于打破常规的非凡气度，是蛤蟆滩民间社会普通的庄稼人所赏识和崇拜的。在此后带领庄稼人走互助合作道路的过程中，梁生宝并不是"那号伸胳膊、锋芒毕露、咄咄逼人的角色"，但他敢于"揽事"，敢于出头，敢于带领大伙儿想方设法克服互助组遇到的种种困难，搞出"翻天覆地的事业"来，并在分稻种、割竹子等事件中表现出厚道、仗义的豪杰气，既不求回报，也无建功立业的功利之心。

因此，尽管从作家的话语意图来说，柳青意在说明一个强大的、有光荣斗争历史的伟大政党对梁生宝的巨大感召、教育和指引，尽管从文本故事的推进来看，互助合作运动还不能被梁三老汉等普通庄稼人广泛地理解，但正是由于梁生宝的种种品格特质根植于民间文化土壤之中，他身上所表现出的英雄气和豪杰气是民间意义上的草根英雄的精神特质，契合了民间社会的英雄崇拜心理，不仅其人品在蛤蟆滩民间广为称道，并且"这就是为什么全村的普通庄稼人，尽管对互助合作的认识不同，都替生宝互助组的分裂，惋惜、难受"。显然，梁生宝的形象并非阶级眼光下的英雄形象，他的英雄特质所契合的是民间社会在道德方面的价值意识，因此才使得蛤蟆滩的普通庄稼人逐渐在情感上接纳了这位有着光辉品格的农民英雄，而当互助组多打了粮食的胜利满足了他们讲求实际的心理需求，他们也就更为信服这位蛤蟆滩的"新式的好人"。

还需要指出的一点是，梁生宝英雄形象的民间特质除了契合民间社会英雄崇拜心理的传奇性和种种光辉品格之外，还呈现出受到民间道德伦理影响和制约的鲜明痕迹，这在他与那个被乡村伦理挤压和遗弃的"坏女人"素芳的关系描写中有着明确表现。素芳被镇上的流氓引诱失身的遭际，被瞎眼公公折磨、禁闭的悲惨处境，以及与丈夫拴拴的无爱婚姻，本值得他人怜悯和同情，但在民间伦理意识之中，女人的失身怀孕是伤风败俗的行为，是难以被接纳的，所引起的只有道德上的不齿与鄙视。因此素芳在对自己的悲苦命运忍气吞声的同时，还承受着蛤蟆滩民间社会对她的道德冷遇。而在对待素芳的伦理态度上，代表着社会主流伦理的新式农民梁生宝，并没有显示出任何高于民间社会的进步之处，他不仅全然以民间的伦理尺度衡量素芳的遭遇和行为，而且更以一种显示自身"政治正确"的冷漠姿态，强化了蛤蟆滩村民以及素芳自身对其伤风败俗的道德认知，并最终在将其推向阴险狡诈的姚世杰的怀抱之时，也将其推向了充满着自责、怨恨和自我沉沦的道德深渊之中。

在小说中，失去贞洁的素芳并未得到蛤蟆滩村民的怜悯，她与拴拴之间的婚姻即便在村民们眼里是不幸的，那也并不是站在她的立场上来讲评的，正如17岁的少年任欢喜所说的："拴拴叔叔和素芳婶子的亲事，是人间的不幸"，这一看似自然的表达实际上是站在拴拴的角度上来评说的，正是因为素芳失节在前，才使得这门亲事走向了不幸，因为对于憨傻的拴拴来说，这场婚姻的是否"无爱"是毫无意义的问题,而蛤蟆滩村民并未站在素芳的角度对其予以理解和同情。但是,在蛤蟆滩民间严酷的道德鄙视之下,素芳并未屈从于自己的不幸命运,无爱婚姻的折磨、压抑与委屈反而催生了她内心自然的女性欲望和对于正常爱情的渴望。然而当她把这种渴望倾吐在生宝的身上而对其表示着好感,却不仅没有得到生宝的开导和帮助,从而卸下自身的精神重负,反而换来"冒了火气"的梁生宝"很不客气"的申斥:"素芳!你老老实实和拴拴叔叔过日子!甭来你当闺女时的那一套!这不是黄堡街上,你甭败坏俺下河沿的风俗!就是这话!"如果说此前的种种不幸遭遇已经将素芳置于蛤蟆滩民间残酷的道德摧残之下,那么当她所在乎和爱慕的梁生宝也如同她的公公以及其他庄稼人一样看不起她,将她以往的伤痛视作伤风败俗之举,把她正常的生命欲求、爱情渴求视作不健康的行为,则使她领受了足以将其推向毁灭之地的屈辱。此后,当泯灭了爱情渴望的素芳只是把梁生宝当作村干部而哭诉自身还没有在政治上解放、没能获得参加群众会和社会活动自由的遭遇时,他依然硬着心肠、"暂时间不帮助她争取这个自由"。梁生宝为了自身的"清白",在屈从于民间道德的同时,也将素芳推向了孤苦无援的境地,因此当那个阴险的姚世杰让素芳感受到"世界上还有不鄙视她,而对她好的人呢",她也就走进了那种黑暗的私通关系中而难以自拔。

在这里,作者对梁生宝与素芳之间关系的描写本来是要凸显梁生宝自我克制、正直清白的道德品质,是要强化其道德光辉,但却在无意间将其置于尴尬的被告席上,因为梁生宝是作为新式农民英雄的形象来塑造的,但在对待原本需要他拯救的被凌辱和受压迫的弱小者素芳时,他却全然立于民间伦理的立场之上,将深重的道德歧视进一步加之于对方,在不自觉中成为素芳走向困境的帮凶。而这种立于民间立场之上的行为又自然而然地得到了民间的认可,正如任欢喜所解说的:"多亏生宝哥的品格,对素芳婶子表示冷淡,躲避;要不然,下河沿这个选区,不知会变成什么污七八糟的地方。"这样,不仅生宝与素芳之间关系的描写始终被置于民间的道德逻辑之中,而且,民间的道德观念和伦理情态得以在文本中凸显的同时，也使得梁生宝这一新式英雄形象在素芳悲苦命运的映照下，显示出其根植于民间文化土壤因而实则并不完美的一面。

四 关中民间日常生活与伦理图景

除在人物形象的塑造上越过政治视界而呈现出民间性向度外，《创业史》对宏大叙事主题的处理还融进了作家个体对民间生活的强烈体验和深刻理解，在对农村家庭伦理图景和日常生活画面的描写上流溢出真切的乡土气和民间味。如前所述，由于小说中"题叙""正文"和"结局"三部分所构成的因果链将各个事件单元有机地结构起来，在情节设计上不必着力于纵向的演进，这使得作家不仅可以腾出手来对错综复杂的人物关系进行充分描写，而且可以较为从容地呈现蛤蟆滩民间社会以人伦为基础的日常生活场景。这样一来，作品原本要突出反映的两个阶级、两条路线之间的较量，就被放置在了民间日常生活的舞台上来推进，从而使得民间生活风貌与民间文化空间成为作品表现的前景，来自民间的价值立场、趣味等得以展示和凸显。在这样一种也许并不自觉的话语设置中，恰恰让我们感受到了柳青对于民间生存无限深挚的关切，尽管受那样一个显在而巨大的政治性创作理念牵引，但由于常年生活在农民之中，并建立起与农民之间深刻的情感联系，因此一进入文本叙述之中，首先得以映现的是蛤蟆滩民间日常生活的图景与画面；并且，柳青又总是不自觉地站在农民立场上观察和思考农民的生存和生活，因此他在叙述语言与人物方言土语的转换之间，实现了作为历史进程阐释者与日常生活笔录者的融合，赋予了作品浓郁的民间风貌和民间风俗色彩。

从整体上来看，《创业史》运用阶级分析的方法对蛤蟆滩阶级斗争和路线斗争的表现颇为严肃，弦子稍稍绷得紧了一些，是要在复杂的社会联系和对立的性格冲突中呈现人物的政治、经济地位和阶级特征；同时作品对原本最具私人性和日常生活特征的男女情爱关系的描写进行了政治化的处理，但在文本故事层面，作家充分观照到了对普

第二章 《创业史》：主流话语的民间性向度

通庄稼人日常琐细的生活场景的描写，对个人生活故事的讲述不仅展示了民间日常生活的实际状态，而且在其间寄寓了作家对其生活逻辑和情感逻辑的真切理解。

这里仅以小说"正文"开始部分第一章的日常生活场景描写为例。小说在"题叙"部分回溯了梁家父子创家立业的历史，并交代了在新时代中父子二人对"庄稼人过光景"路子的不同选择，但并未紧接着在"正文"部分正面展开对梁生宝所带领的蛤蟆滩互助合作运动的叙述，生宝搞生产计划、组织粮食生产的第一步——去郭县买稻种——只是作为一个背景性的事件在梁三老汉与老婆的谈话中被提及。"正文"开篇正面呈现的是早春的清晨里梁三老汉的日常生活光景，以及他因不满梁生宝为互助组忙活而大肆撒泼的生活片段。在一派充满地方色彩的汤河两岸黎明风光的描绘之后，梁三老汉出场了，他在天亮以前已经沿着公路拾满一筐子牲口粪，回到自家的草棚院，女儿秀兰正从街门出来上学去，老婆拾掇着柴火准备做饭，他心里恨着"黑夜尽开会，清早不起来"的生宝，开始在街门外的土场上摊着捡回来的稻根，一边还在心里厌弃着上学路过土场时向他打招呼的改霞，他担心着曾经抗婚、解除婚约的改霞"会把他的女儿秀兰也引到邪路上去"，并因此把"努力抑制着"的怒火发泄到老婆身上，责怪她管不下生宝和秀兰。在被老婆据理力争地劝说一番之后，"他后悔自己不该拿这事起头"，"他应该直截了当提出生宝清早睡下不起的事来"，于是"他朝着生宝住的草棚屋，做出准备大闹特闹的样子"来，对"梁伟人"语出讽刺。令他没想到的是，生宝一大早就已到郭县买稻种去了，于是此前还抱怨自己"面太软，总不愿和生宝直接冲突"的梁三老汉，趁着生宝不在家而大闹了一场。他"大叫大嚷，从小院冲出土场，又从土场冲进小院"，"已经是一种半癫狂的状态了"，面对"尽量温和地"劝解他的老婆，他"嘴角里淌着白泡沫，瞪着眼睛，咬牙切齿地质问"："他为人民服务！谁为我服务？啊？"并"拿二十几年前的伤心事刺她"，而他还"冤得快哭了起来了"。梁三老汉的这场大闹，使得邻居们"被他的吼叫声召集起来了"，小说接着对劝解的场景以及梁三老汉对这些邻居们的"反感"进行了描绘。

在这里，我们完全感受不到蛤蟆滩阶级斗争与路线斗争的暗流涌动或风起云涌，作家所呈现的是一幅生动的民间生活图景，并展示了梁三老汉这一从旧社会走来的普通农民一种自在状态的情感立场。在汤河边的这个草棚院里，梁三老汉在分得土地、重新点燃创家立业的梦想之后，所希冀的是养子梁生宝能以"种吕老二那十八亩稻地的那股劲头"，走"庄稼人过光景的正路"，让自个儿成为三合头瓦房院的长者，和老婆晚年过上好日子。他所盼望的是身穿新袄、前院牛马、后院猪鸡鸭，把劳动当做享受的富足光景，而这样的生活憧憬既源于以往的穷苦日子教给他的世俗意义上的生活道理，更是他脑子里所转动着的"下堡村那些富裕庄稼院给他的自足的印象"。应该说对于梁三老汉这类曾经在旧时代受尽创业屈辱的普通庄稼人来说，他们对于小康生活图景的这种神往是发自内心的，更是民间社会普遍存在的生活欲求和真切的发家愿望，既脱胎于过往的生活经验，又未曾受到新时代国家想象的影响，而是带有牢固的民间生活根基，显示出一种民间生存意志所赋予的力量。但是，在拿到土地证的一年来，儿子生宝"种租地立庄稼时的那个心，好像被什么人挖去了，给他换上一个热衷于工作的心"，"他已经对发家淡漠了，而对公家的号召着了迷"，生宝的行动渐渐地惹梁三老汉生气，当他听说生宝一早就离家为互助组去买稻种时，连日来的不满终于宣泄出来，暴跳如雷地大闹特闹起来。因此对梁三老汉"提高了嗓音""气呼呼地""从他紧咬的牙缝里间，气歪了脸""气愤地往土地上唾着白泡沫"等生气撒泼情态的细节性描绘，以及把生宝唤作"梁伟人"、对老婆迫击炮似地发问的场面描写，既是对农家院里日常生活中吵架场景的生动记录，更在其间表达着作家对梁三老汉所代表的普通庄稼人自然而然的情感逻辑和务实心理的尊重和理解。

不仅如此，以这样一个日常生活片段描写拉开小说"正文"的序幕，而将生宝带领互助组搞生产的具体行动置于背景之中，实际上也就是尊重了民间话语力量的主体地位，选择以梁三老汉为主体之一来观察互助组的发展命运。无论此后作家怎样充分地对买稻种、活跃借贷、进山割竹子、搞新法育秧等互助合作运动中的主要事件进行正面描写，都始终将生宝和互助组的行动置于梁三老汉的视野之中，并同样充分地呈现了他在心理和情感上的转变过程，而对这种转变的呈现，不仅仅是通过那个处于全知视角的叙述者在直接的解说和评论之中实现的，更主要地是借由对梁三老汉在一个个日常生活场景中所发生的个人故事的描绘来实现的。无论是观看富裕中农郭世富新盖的瓦房而艳羡不已，还是被"水嘴"孙志明羞辱，无论是为自家没分够稻种而生气，还是忍不住关心互助组、为生宝担心害怕，以及最后穿着新袄新裤"庄严地走过庄稼人群"，梁三老汉的生活故事处处彰显着民间的生存情态与生存逻辑，不仅民间日常生活景观得到作家细腻、生动的表现，而且梁三老汉这一民间人物也更为鲜活、丰满，以至从艺术性的角度而言，他的英雄儿子梁生宝相形之下不免显得黯淡，作品的民间意味也因此得以凸显。

此外，《创业史》对一幅幅世态风俗画卷的描写也如同对梁三老汉日常生活故事的叙写一样，展示出浓郁的民间生存情态与生活气息，以及民间社会的价值意识和思想观念。实际上，正如学者洪子诚所指出的，由于1949年后"主流的文学观念是，历史运动，人的行为、情感的基本构成和决定性因素，是阶级地位和政治意识"，因此，"小说创作在很大程度上忽视了人的日常生活，体现'历史连续性'的民族文化的、人性的因素，自然会被看作是对于阶级意识的削弱，而受到排斥"①。应该说，作为从政治观念和阶级意识出发去构撰作品的典型性作家，柳青的创作表示出对这一主流文学观念的自觉实践，然而难能可贵的是，他能在合作化运动的叙写以及政治英雄形象的刻画之外，重视对特定地域的民俗风情和日常生活的表现，因而增强了作品的艺术美感。《创业史》"题叙"部分生宝妈立下改嫁婚书的辛酸画面，"正文"部分第一章郭世富新屋上梁的情景，几位中农在土神庙前评

---

① 洪子诚：《中国当代文学史》，北京大学出版社1999年版，第324页。

述蛤蟆滩世事变化的画面，第七章为生宝提亲的老年妇女在炕头唠家常的对话，第二十五章黄堡镇粮食集市上郭世富籴粮食和"牙家"们在袖筒里或草帽底下捏手指头交易的场景，以及第二部里王二直杠出丧的场面，等等，这些地方风俗画卷呈现了关中民间生活的情味，成为蕴涵深刻的艺术内容，并在一定程度上形成了对于作品突出的政治意味的调和与反拨，显示出民间话语在时代主流文学话语建构中所具有的功能意义。

第三章　路遥与陕北民间文化

在记录《平凡的世界》创作经历的重要随笔《早晨从中午开始》中，路遥在谈及"关于作家深入生活的问题"时曾指出："随着社会生活的变化，同一作家体验生活的方式也会改变"，他接着以自己在写作上的精神导师柳青为例做出假设："柳青如果活着，他要表现八十年代初中国农村开始的'生产责任制'，他完全蹲在皇甫村一个地方就远近不够了，因为其他地方的生产责任制就可能和皇甫村所进行的不尽相同，甚至差异很大。"① 的确，与柳青在《创业史》中所呈现的开展农业合作化运动的新中国成立初期相比，路遥所身处的改革开放初期这一新的转型期呈现出更为复杂的历史风貌，社会生活更为多姿多彩，时代思想也更为丰富和开放。因此，不同于柳青以塑造社会主义乡村革命中坚守土地的奋斗者为最主要的美学追求，路遥更多地是将自身的人生经历和生命体验融注到了那些在城乡之间坚韧奋斗的农村知识青年身上，叙写"农村知识者在当代中国的命运遭际，及他们在苦难人生中的奋争历程"，就成为"路遥择取的关注底层命运变动的最好观察点"。② 而这种观察生活的视域上的新变，同时也成为路遥区别于其他新时期文学"陕军"的最为彰显的创作特质。

不过，与"文学教父"柳青及同时期农裔城籍作家一样，路遥在

---

① 路遥：《早晨从中午开始》，载《路遥文集》第2卷，陕西人民出版社1993年版，第22页。
② 赵学勇：《再议被文学史遮蔽的路遥》，《小说评论》2013年第1期。

对陕北农村以及城乡接合部底层人物苦难命运的书写中也寄寓着对土地、故乡和农民的深厚情感，并因此呈现出一种倾向性较为明显的来自陕北民间的情感态度和价值立场。我们大致可以做出这样的对比，如果说柳青的《创业史》是在国家话语之下不自觉地隐匿着来自民间的声音，而贾平凹和陈忠实主要是在传统和现代的相互审视中既开掘着民间的审美意义，又以明确的现代意识反思着传统民间的历史重负，那么路遥则在其最为重要的作品《人生》与《平凡的世界》中，抒写着自己更为直接鲜明、也更为单纯的对于陕北民间文化的深挚情感和一种深植于民间文化传统的价值立场。如果我们暂时不考虑外在的文学思潮、学术潮流等因素的影响，而仅仅是从文本本身出发进行分析，那么恰恰正是在"民间"这一点上，围绕路遥及其创作发生了极为独特、极具反差性的大众接受和史家评说现象。《人生》与《平凡的世界》在赢得大众读者的强烈反响并持续在三四十年间占据着大众读者阅读生活的重要位置、带给他们感动、慰藉、激励的同时，却遭遇了被遮蔽乃至被忘却的文学史命运。作为路遥重要精神资源的陕北民间文化到底在多大程度上塑造了其创作，又何以使其在大众读者与专业史家之间遭致两极分化的阅读与评价待遇？对这一问题的追寻有待我们走进路遥在其创作中所开拓的民间世界，并对其民间叙事的功能意义及局限性作出合理的审视和评判。

第一节　故土情结与民间写作立场

1988年，路遥写成了他最负盛名的代表作《平凡的世界》。在这部"献给我生活的土地和岁月"的呕心之作中，路遥曾借主人公孙少平之口，毫不掩饰地表达了对于黄土地上乡间人们的虔诚热爱和敬仰："这黄土地上养育出来的人，尽管穿戴土俗，文化粗浅，但精人能人如同天上的星星一样稠密。在这个世界里，自有另一种复杂，另一种智慧，另一种哲学的深奥，另一种行为的伟大。"显然地，这种赞美绝非仅仅停留在情感层面，在强烈的感情色彩之外，更有着作为"农民的儿子"的路遥对乡间生存逻辑和"庄稼人的哲学"在理性层面的理解与认同。缘于一种深沉厚重的故土情结，这位出生于黄土高坡地道的农民家庭、成长于陕北城乡交叉地带的作家，在传统与现代、乡土与城市之间的抉择中显示出一种倾向于民间的价值立场。

一　扎根民间的情感意识与价值理性

路遥是土生土长的陕北农村娃娃。1949年12月，路遥出生于陕北清涧县一个穷苦的农民家庭，七岁时因家贫被过继给延川县农村的伯父，自小与饥饿相伴，与苦难为伍。在极端贫困的1963年，高小毕业的路遥激荡着继续求学的强烈欲望考取延川中学，并在小学同学和刘家圪崂大队父老乡亲东拼西凑的帮助下艰难入学。尽管这段求学经历充满辛酸与苦涩，但也让路遥深切地感受到黄土地上父老乡亲的仁爱和厚道，并对其产生了强烈的情感认同。在1982年所创作的描写农村贫困子弟马建强艰难城市求学历程的中篇小说《在困难的日子里》，路遥以"自叙传"的方式再现了这段入学延川中学的经历，并深情地抒写了对于伸出友爱援手的乡亲们的眷恋和感恩。在路遥看来，他所领受的"亲爱的父老乡亲们"的馈赠，不仅仅是物质层面上的"救命的粮食"，更有乡间道德所给予的推动着他在生活道路上不断前行的精神力量。"不管他们有时候对事情的看法有着怎样令人遗憾的局限性，但他们所有的人是极其淳朴和慷慨的，……正是这贫瘠的土地和土地一样贫瘠的父老乡亲们，已经交给了我负重的耐力和殉难的品格——因而我又觉得自己在精神上是富有的。"[①] 此后，这种在成长道路上所生成的对于故乡父老乡亲的情感依恋和感激之情，成为路遥创作中一以贯之的情绪底色和情感基调，无论他笔下的主人公离开黄土地的人生愿望多么笃定，在情感深处却始终如他一般心系故乡，一次又一次深情地回望故乡。

---

① 路遥：《在困难的日子里》，载《路遥文集》第2卷，陕西人民出版社1993年版，第101—102页。

三年之后，路遥在陕西省初中升中专的考试中以优异成绩考取西安石油化工学校，但"文化大革命"的爆发中断了他的求学之路。在经历了"革命的狂欢"之后，1968 年 12 月，路遥作为返乡农民回到刘家圪崂大队务农，此后又在马家店小学担任过一年民办教师。随着全国高校普遍恢复招生，1973 年路遥如愿以偿地进入延安大学中文系学习，① 毕业之后他进入省城的文学团体工作，直至成为专业作家。如果我们按照《人生》中的标准来区分农村和城市，那么从考入延川县城关小学高小部到进入延大学习，以及其间在城乡之间的辗转反复，就构成了路遥逐渐走出黄土地、从农村走向城市的漫长而复杂的过程。这一过程既有着在生命负重中奋斗的青春快意，也有着爱情的失意体验，既有着命运的捉弄，也有着众多有名与无名的家乡父老的真诚帮助，这些都促成了路遥在心灵层面的不断成长。可以说，路遥奔波其间的这块充满苦难的土地养育和塑造了他坚强自信而又敏感自尊的品性，因而也被他认定为自身生活经历中最重要的一段。也正因此，在肉体和精神的双重磨难中成长于城乡交叉地带的农村知识青年，不仅是对这一阶段的路遥自身最恰切的一种描画，而且也成为其创作中最为重要和突出的艺术形象。

　　并且更有意味的地方在于，知识的熏陶、生活视野的不断扩大，以及更为强烈的自信和征服欲望的建立，在不断褪去路遥身上的农民气质的同时，却并未系统而深刻地建构起其超越乡村社会、不断趋于现代的价值意识和精神高度，甚至可以说，连农民气质的褪去在路遥身上也是并不自觉和并不彻底的。从现实诉求来说，路遥无法接受做一个面朝黄土背朝天的地地道道的农民，像高加林一样跳出"农门"、走向城市是他梦寐以求的人生夙愿，似乎也是他确认自身价值的唯一路径。但越是在物理距离上远离乡土、趋近城市，路遥就越在情感层面乃至理性层面贴近故乡的黄土地以及土地上的亲人。因此他不仅一

---

① 关于路遥这一阶段生活经历的具体情形，参见厚夫《路遥传》，人民文学出版社 2015 年版，第 45—95 页。

直恪守着农民儿子的本分，在生活上颇为顽固地保持着陕北农村的习惯习性，而且在心灵深处升腾起一种类似于宗教情感的、对土地和故乡无限依恋和感激的深挚情愫。正如路遥在《早晨从中午开始》中所描述的那样，故乡的一切"都让人感到亲切和踏实，内心不由泛起一缕希望的光芒"，"踏上故乡的土地，就不会感到走投无路。故乡多么好。……在这个创造了你生命的地方，会包容你的一切不幸与苦难。就是生命消失，能和故乡的土地溶为一体，也是人最后一个夙愿"①。因此，无论是在道德态度上还是审美态度上，无论是书写那些坚守在土地上的朴实的劳动者，还是观照那些渴望走出黄土地的农村知识青年，路遥都显示出一种明显更为倾斜于民间的情感意识和价值取向。

在这里，我们可以将路遥与创作的地域文化色彩同样浓郁的现代作家沈从文进行一番对比，以更为清晰地呈现路遥在传统与现代、乡村与都市之间所作出的这种倾向于民间的价值选择。在沈从文早期的创作中，那种由历史与价值的张力所致的情感纠葛与价值抉择似乎并不明显。在中与西、新与旧、传统与现代之间，他表达出更为单纯的情感与价值向度，这在很大程度上缘于其独特而又有限的情感与文化体验。正如夏志清所描述的那样，赴京之前的沈从文，"可说与那个当时正受西方精神和物质影响下的中国毫无关系"②，而在此后漂泊京城、卖文为活的生涯中，他也未曾感受过都市文明物质与精神上的眷顾，更未曾真正深入到城市精英阶层体验下的都市生活，在他穷愁潦倒的都市生存中，徒增的只是漂泊异乡的孤寂之感与隐含着某种敌意与焦虑的自卑心理。因此，有限的都市生活体验使得他未能看到现代文明的价值，以及传统中国价值在现代世界中已经过时，并因之在理智上疏离本国的文化传统；恰恰相反，在他的怀乡情结、自卑心理以及天生的保守性助推之下，沈从文在其早期创作中呈现出彼此对立、界限分明的"优美湘西"与"病态都市"两个文学世界，并在其间展

---

① 路遥：《早晨从中午开始》，载《路遥文集》第2卷，陕西人民出版社1993年版，第82页。
② [美]夏志清：《中国现代小说史》，刘绍铭等译，复旦大学出版社2005年版，第135页。

示出几近极端的情感与价值判断。然而毫无疑问的是，如同任何一个来自乡土的现代中国作家一样，沈从文也无法回避现代意识与外部世界对于乡土的影响。随着其都市生活和现代文明体验的不断深入，在历经了心灵层面的艰难跋涉与探索后，在沈从文20世纪30年代臻于成熟的创作中，尽管城与乡、新与旧之间的取舍依然非常明确，但在其湘西文本中，一种反映着价值危机的潜在隐忧逐渐显现出来，同时其都市文本也超越了早期情绪展览与宣泄的阶段而富于理性审视与批判色彩，这也意味着沈从文在城乡对照中建构自己审美天地的主体性意识得以确立，其创作在以伦理道德与审美态度对人生和人性进行审视和剖析的同时，也显示出必然的知识分子自觉和作家意识的不断深化，从而进入到了作为现代作家的一种更为纯熟自如的书写境界。

与沈从文相比，同样立于传统与现代、乡村与都市之间进行创作的路遥，似乎呈现出更具稳定性和自足色彩的价值取向。如果不考虑路遥在《山花》时期的那些特定历史语境中的意识形态叙述，在他20世纪80年代的创作中，不仅在情感与历史上，在外在生活习惯与习性上，而且在理智和价值上，路遥都一如既往地显示出对于黄土地上民间文化空间的依恋与倾慕，以及理解与认同。实际上路遥并不像沈从文那样具有一种天然的保守性，恰恰相反，深受陕北文化浸润和养育的路遥似乎具有一种与生俱来的外向性的生命冲动。由于陕北地处边缘，同时又承载着多民族、多区域文化之间的相互交融与渗透，因而形成了"边缘性"和"多向性"的文化特征，并由此"构筑了陕北人淡化民族法理、疏散村落秩序的乡土消解意识与文化移植心理"，因此，"'出走'成为陕北人一经降生便万难更移的刻骨情结"。[①] 地道的陕北农民出身，加之知识视野和生活视野的不断扩张，使得路遥的生命历程异常典型地展示着陕北文化中的"出走情结"，并艺术化地呈现为笔下主人公们一种迫切走出黄土地的生命热望。而与这种对外在

---

① 惠雁冰：《地域抒写的困境——从〈人生〉看路遥创作的精神资源》，《宁夏社会科学》2003年第4期。

世界的极为渴望形成鲜明悖反的,则是路遥对于故乡在情感上的极为亲近,以及在价值意识上对于民间传统的极为倾斜。尽管这种亲近和倾斜并未推动路遥在其创作中建构起那种界限分明的病态都市与纯美乡村之间的对立格局,但在那些基于特定成长经历和有限生活图景而营造的"城乡交叉"的艺术世界中,似乎也并不明显地存在"历史与价值的张力"所带来的情感矛盾与思想痛苦。路遥既赋予了其笔下的主人公高加林、孙少平超越现实生活的现代性追求,但一旦这种追求与传统人性发生冲突,路遥便毫不犹豫地向着传统和人性倾斜。在这一点上,显然绝不是由于路遥像沈从文那样,在进入都市之前与现代中国毫无关系。除过中学及大学所提供的知识路径之外,路遥对外在世界的热望与认知也通过那些来自北京等大城市的知识青年得以纾解和实现,更何况在作为路遥创作主要阶段的20世纪80年代,中国社会正重又掀起滚滚向前的现代化浪潮,重新得以高扬的现代意识形成了引领风潮的巨大话语能量,对于原本就对生活极为热情、对现实极为敏感、对社会极为关注的路遥来说,身处其间而不受影响是无论如何说不通的。比如在创作《人生》之前,在与朋友的通信中,路遥就曾表达过对于那些想要从土地上出走的农村知识青年所面临的现实阻碍的思考。在路遥的思考中,他所关注的显然不仅仅是现实的户籍制度所带来的人身束缚问题,而且更敏感到了那些黄土地上的"有文化的人"实际上有着对于更高精神文明的追求,以及这种追求所遭遇的现实障碍。这一思考维度无疑显示出路遥立于现实之上又超越世俗的现代性文化精神和价值意识。因此在《人生》这部关注新的社会转型期农村底层知识青年人生道路的作品中,路遥掷地有声地对坚硬的社会秩序和冷漠的城市秩序发出了叩问,正是现代的吸引和对现代的想象,以及现代知识所带来的不同于父辈农民的身份意识,推动着主人公高加林对横亘在他面前的极具限定性的城乡二元结构和社会体制进行了有力的冲击,而这部作品也因此引起了读者的热烈反响。

但是,对于高加林们所面临的这种现实性难题,路遥显然无法给出同样具有现实性的答案,因此当这种原本寄寓着现代性追寻的现实困境无法得以解决时,路遥便毫不犹豫地为其突围失败的主人公带来了来自黄土地的精神慰藉,指引着他们回归淳朴厚重的黄土地民间文化空间,并在对民间价值伦理的情感认同与皈依中实现自我救赎。在此后的创作历程中,即便路遥自身所走进的都市生活图景在不断扩展,同时他似乎也在不断拓宽和丰富自身的文化结构与思维图式,但是在一种牢牢扎根于黄土地之下的巨大的情绪的力的牵引之下,路遥的文化情感依然呈现出异常直率的向度,而这种指向故乡世界的情绪的力也时时流淌在作品的字里行间,随时可供他笔下苦难叙事中的主人公从中汲取生命的能量。正如评论家肖云儒指出的那样,路遥"反复谈到了土地对自己的养育,甚至有点喋喋不休地、津津乐道地用许多鲜活的回忆来解释他的自强、自信归根结底来源于土地。在作品中则以更丰富的生活形象和更深沉的生活意象来显示土地对人生观念、强者意识的教育,他为文学舆论有人对他的'恋土情结'不以为然而激奋辩解"①。于是,当黄土地民间的温情、人性的美好以及道德的纯洁一次次地给予历经苦难的主人公们以灵魂的慰藉与精神的鼓舞之时,我们却很难看到黄土地上那个具有稳态性质的文化空间被置于路遥的理性审视之下。在理智和价值上,路遥同样恪守着农民儿子的本分,或者说他始终"不丧失普通劳动者的感觉",来打量和审视他所来自的陕北民间世界。在深情的注目之中,路遥义无反顾地投身于民间的怀抱,理直气壮地站在民间的立场上,对其笔下陕北儿女的人生经历和生活故事作出带有普遍性道德色彩的评判。从中我们也许可以看到他对农民生活方式的疏离,但却难以窥见民间的哪怕是潜隐状态的价值危机,也难以触摸到他对故乡的价值隐忧。在路遥作品中大量存在的那些离开人物、直接发表看法的大段抒情和议论中,我们几乎不曾见他站在现代价值的立场上反观故乡的黄土地,从而在巨大的反差中发现那个天高地厚的民间世界所存在的种种弊端与落后之处,更勿论他以现代意识对民间价值系统和伦理观念进行较为彻底的否定,从而揭

---

① 肖云儒:《路遥的意识世界》,《延安文学》1993年第1期。

示其在整体上对于现代社会的不适应性。路遥笔下的故乡民间世界在充满种种人性和道德层面的审美性的同时,也显示出将其自身全然裹挟其间的强大力量,这种力量不仅是情感层面的,并且也在价值理性的层面上塑造了路遥的意识世界,牵引着路遥发自内心地将"广大的农村人"视作兄弟姐妹。并且,来自故乡的这种力量似乎强大和炽烈到路遥不得不遮蔽他们所身处的民间世界实际所带有的闭塞、沉滞、愚昧、落后以至残暴等弊病之处,似乎一旦将民间世界的这一面置于理性的审视之下,就会成为对他们的一种"优越而痛快"的"指责甚至嘲弄丑化",① 这是将故乡视为灵魂皈依之所、常在其间获得心灵慰藉与精神净化的路遥无论如何所不能接受的。

二 单极性民间立场与平民化意识

正是由于极度倾斜于民间的情感及价值向度,路遥在新时期到来伊始的文学话语格局中显得颇为独异,至少他成为极少数较早对被压抑和遮蔽的民间文化空间进行开掘的作家之一。作为新时期小说最初形成的两大源头,民间话语原本与启蒙话语一同潜藏于"文化大革命"时期的"地下文学"之中,但随着"文化大革命"的结束,二者由于本质上的对抗性却并未同步地浮出历史的地表。长时间被压制的知识分子话语以异常的热情与强劲的势头迅速占据了话语空间的中心地位,关于"个人主体"的宏大叙事,不断高扬的理性批判精神,以及与现实政治紧密配合的关怀意识,引领着启蒙现代性话语体系的建构,从而极大地构成了对于前现代性的民间话语的遮蔽,因此,新时期小说的民间叙事话语只能以其特有的静默和保守居于边缘。随着启蒙话语在与政治意识形态的不断碰撞之中,以及在商品经济意识的冲击之下,不断受挫而走向式微,民间叙事却开始得到少数作家的挖掘与体认。作家汪曾祺就较早地在"伤痕""反思"等主流小说思潮之

---

① 路遥:《生活的大树万古长青》,载《路遥文集》第 2 卷,陕西人民出版社 1993 年版,第 67 页。

外开掘了一个极富表现意义的民间文化空间。在《受戒》《大淖记事》等小说中，汪曾祺以民间视角书写世俗生活中的人们在苦难和压迫中所展现的朴素而健康的人性与人情，对来自民间的顽强乐观的生存意识与自由放达的人生形式予以了肯认，最终营造了一个理想化的民俗世界。同时，一批知青作家也开始以多元化的视点和价值立场对"文化大革命"时期上山下乡、落户插队的个人经历进行艺术表现，如果说20世纪70年代后期至80年代初期的知青文学带有"伤痕"性质，大多以血泪控诉为特征，描写知青的苦难历程和悲惨遭遇，而20世纪80年代中期以后的知青文学带有"反思"性质，大多是以批判眼光对人性的扭曲和弱点进行思考，那么20世纪80年代前期的知青文学则营造出一种怀旧气息，在对独特的知青生活体验以及已流逝的青春岁月进行缅怀的同时，也表达一种青春的激情和理想主义，因此在价值向度上，此期的知青文学大多对过往的知青生活予以一种正面的肯定，而这种肯定又往往同时指向作家曾置身其间的民间文化空间。在史铁生的《我的遥远的清平湾》、梁晓声的《这是一片神奇的土地》以及张承志的《黑骏马》等作品中，民间社会的生命能量得到了作家们的挖掘和重新阐释，并成为他们实现自我精神以及社会精神更新的重要资源。

与这些在"寻根文学"思潮掀起之前就已进入民间文化空间挖掘精神宝藏的作家相似，路遥也在他极具地域文化色彩的写作中观照陕北民间世界中"个体的人"的基本生存与生命体验，他以一种鲜明的来自中国北方黄土高原的独特气质，为读者打开了新的历史转型期陕北农村与城镇的生活画卷，充满激情地讲述传统积淀深厚的陕北民间世界中的奋斗故事，在对陕北农村变迁历史与日常生活图景的书写中，呈现充满苦难却又坚忍不拔的平凡的人生世界。令人感动却又惊异的是，路遥毫无距离感地表达了对于民间道德和乡村秩序的一种宗教般的执着认同与坚守。实际上，路遥在文化感情上对于民间的过度直率、留恋以至醉心，以及过度地赋予严酷的民间生存以诗意的道德感和人情味，不仅显示出他所描画的生活图景的有限性，以及寄寓其间的个体审美理想的逼仄感,而且也在一定程度上意味着他作为现代作家的主体性的弱化和现实批判立场的退却。因此,尽管他作为农民的儿子进行写作的情感何其真挚、深沉,同时他视创作为生命的写作观念何其崇高、悲壮,他的饱经困厄的写作历程以及猝然离世何其令人感怀,在当代史家的现代性话语系统之中,路遥这种显示着单一文化结构的民间写作立场显然难以得到太多的认可。[①]

但是,坚守民间立场进行写作的路遥在被文学史遮蔽的同时,却受到了大众读者持久的热烈欢迎乃至膜拜。1982年《人生》单行本出版后,打动了无数普通读者,"出现人人争说'高加林'、人人争说'刘巧珍'的热潮"[②]。路遥收到无数来自全国各地的读者来信,他甚至被迫成为青年求教人生问题的导师。此后,《人生》又被改编为广播剧、话剧以及电影,在读者中产生了持续的影响力,尤其是1984年上映的电影《人生》更是引起了极大的轰动,"'高加林'成为中国青年人谈论最多的人"[③]。而1991年获得"茅盾文学奖"的《平凡的世界》则形成了持续不断以至延绵至今的阅读热潮,多年来深受读者喜爱。据相关的问卷调查显示,《平凡的世界》是普通听众最喜爱的小说连播作品,也是读者最喜爱的茅盾文学奖获奖作品,并且"随着时间的推移,它不但在读者的记忆中显示出越来越重要的意义,而且在

[①] 20世纪90年代末以来出版的几部影响较大、学术成就较高的文学史论著对路遥的创作尤其是获得"茅盾文学奖"的《平凡的世界》或是只字未提,或是着墨甚少。例如,洪子诚:《中国当代文学史》(北京大学出版社1999年版)只在第十八章"80年代初期的小说"第一节"小说潮流的几个概念"中,谈及"改革文学"的概念时,列出路遥的《人生》,对《平凡的世界》只字未提。杨匡汉、孟繁华:《共和国文学50年》(中国社会科学出版社1999年版)在"农民文化与乡土之恋"一章中,对路遥及其《平凡的世界》只字未提。陈思和:《中国当代文学史教程》(复旦大学出版社1999年版)在第13章第四节专门讨论了路遥的《人生》,但只有一句话提及《平凡的世界》。吴秀明:《中国当代文学史写真(全本)》(北京大学出版社2010年版)设有"路遥的小说"一节,也仅以一句话提及《平凡的世界》。朱栋霖等人:《中国现代文学史》(下册)(高等教育出版社1999年版)只在"80年代小说概述"一节中介绍"弗洛伊德主义"对当代中国文坛的影响时列出路遥,对其作品只字未提;并且在该作2014年版中,也仅以不足70字的一段话论及《人生》,对《平凡的世界》仍只字未提。

[②] 厚夫:《路遥传》,人民文学出版社2015年版,第168页。

[③] 厚夫:《路遥传》,人民文学出版社2015年版,第168页。

当下读者的阅读生活中占据越来越中心的位置"①。如果说在 20 世纪 80 年代路遥作品能引起阅读的轰动效应,在很大程度上与在那个诗意盎然的时代,中国现代文学曾活跃于社会思想的中心区域,寄托着无数青年的激情和热望,感召和引领着青年的未来不无关系,那么在 20 世纪 90 年代以来整个文学都以一种静默的姿态退守到思想广场边缘地带的境遇中,路遥依然能获得广大普通读者的挚爱和认同,在很大程度上正是由于《人生》和《平凡的世界》这样的作品充满了一种真挚深切的民间情怀与底层意识。作品中倾斜于民间的道德意识,备受生活煎熬的小人物的奋斗故事,善良、美好的人性与淳朴、宽厚的土地精神带给人的精神慰藉,尤其是高加林、孙少平身上那种身在农村而又不甘于当一辈子农民、身在城市却又怀恋农村的矛盾心态,在引起读者情感共鸣与心灵共振的同时,也在共同的价值认同之中与读者发生了意义层面的联结。

并且,与民间立场具有内在关联性的平民化写作意识,也是路遥作品契合大众审美从而得以被读者接受的重要原因。那种始终保持着的"普通劳动者的感觉"使路遥总是投身于底层的生活的激流之中,去探索人的存在问题和个人生命的意义,并且坚信"我们只能在无数胼手胝足创造伟大生活伟大历史的劳动人民身上而不是在某几个新的和古老的哲学家那里领悟人生的大境界,艺术的大境界",因此他在写作过程中所一贯珍视的是"与当代广大的读者群众保持心灵的息息相通","这样写或那样写,顾及的不是专家们会怎么说,而是全心全意地揣摩普通读者的感应。古今中外,所有作品的败笔最后都是由读者指出来的;接受什么摒弃什么也是由他们抉择的。我承认专门艺术批评的伟大力量,但我更尊重读者的审判"②。这种与读者保持心灵相通,并尊重读者审美评判的写作意识,也决定着路遥在对陕北农村和

---

① 邵燕君:《〈平凡的世界〉不平凡——"现实主义常销书"的生产模式分析》,《小说评论》2003 年第 1 期。
② 路遥:《生活的大树万古长青》,载《路遥文集》第 2 卷,陕西人民出版社 1993 年版,第 375—376 页。

城镇底层平民的生活史与心灵史进行描绘时,选取了普通读者所最能接受和理解的传统现实主义手法,而这种选择在20世纪80年代文学思潮更迭频繁、艺术手法层出不穷的环境中是极其不易也是极需勇气的。新时期文学以冲决罗网的气势打破了艺术思想的禁锢与桎梏,随之而来的是各种新的美学原则、艺术观念与创作方法的不断构建、不断尝试与实践,身处其间的作家们很难不受到种种新锐思潮的冲击,而创作手法上的花样翻新更令人眼花缭乱,因此沿着柳青的路子、坚持传统现实主义精神的路遥实际上背负着极大的压力和挑战。正如他后来所回忆的那样:"在当代各种社会思潮艺术思潮风起云涌的背景下,要完全按自己的审美理想从事一部多卷体长篇小说的写作,对作家是一种极其严峻的考验。你的决心,信心,意志,激情,耐力,都可能被狂风暴雨一卷而去,精神随时都可能垮掉。"[1] 尽管其时现实主义创作的精神光芒被诸多具有先锋性的艺术思潮所遮蔽,同时路遥立于民间立场之上的审美理想与平民化写作意识也受到诸方责难,但《平凡的世界》却赢得了读者的喜爱。而且,时间似乎从未销蚀路遥作品阅读的现场感和鲜活性,这部作品能在穿越30年的时空之后依然深受读者挚爱,在读者接受这一维度上以卓尔不群的表现显示出其他同时代创作难以比拟的艺术魅力,本身意味着对其本源性价值和贡献的考察,不应忽视作为"当代人"的读者所做出的审美选择和评价。"因为后人对我们身处的时代'考古'式的阐释绝不会比我们亲历的'经验'更可靠,后人对我们身处的文学文化的理解也绝不会比我们亲历者更准确。"[2] 并且颇有意味的是,当20世纪90年代伊始,先锋小说作家在体验了形式实验的疲惫之后回转到对叙事意义本身的找寻时,他们集体性地走向了路遥此前已然"照亮"并一直"在场"的民间,民间叙事也成为此后十分彰显的话语形态而受到重视。因此,路遥创作的民间取向尽管有其道德批评以及美学表现上的局限性,但他

---

[1] 路遥:《生活的大树万古长青》,载《路遥文集》第2卷,陕西人民出版社1993年版,第375页。

[2] 吴秀明主编:《当前文化现象与文学热点》,北京大学出版社2011年版,第42—43页。

对那个独特的陕北民间世界进行开拓的努力本身又具有不应被忽视的文学意义，同时也昭示出路遥文学精神令人感怀的热度及其当下意义。

第二节 "照亮"陕北民间世界

从1981年以《惊心动魄的一幕》获全国优秀中篇小说奖而初露锋芒，到次年以中篇小说《人生》响亮地登上文坛并引起持续的轰动效应，再到1988年全部完成百万字的《平凡的世界》，直到1991年问鼎第三届"茅盾文学奖"，路遥启动和引发了在20世纪80年代的中国文坛上十分耀眼的"西北风"潮流。其作品中激荡着既深沉厚重又辽阔粗犷的"黄土情"，展示着20世纪七八十年代困顿多难的黄土高原上人们的生存景观与生活面貌，并在特有的审美时空中逐渐营构起一个高天厚土、天长地久的民间世界。路遥倾斜于民间的写作立场与真挚的民间情怀引起了读者强烈的情感共鸣，意味着他挣脱了原有意识形态话语的束缚，而其作品对极富地域文化色彩的人文景观和风物风景的艺术化呈现，则"照亮"了陕北民间文化空间中原本自然自在、率真质朴的生命形态。

一 拂去民间之上的政治性想象

实际上，由于自身经历和所打开的生活图景的有限性，路遥在初登文坛的《山花》创作时期已将创作视野投向他所熟悉的故乡民间世界，但是走向民间并不意味着真正走进民间，真正根植于民间文化精神之中进行艺术想象。在文学创作自主空间极度收缩、文学规范极为严苛的特殊历史时期，尽管对文学民族性的高扬使得民间文艺形式得以彰显，但是在政治意识形态的整合和驯顺下，在极端民族主义的文学禁锢中，不仅民间形式成为意识形态叙述的工具，而且知识分子的民间叙事并不能真正代表来自民间的声音，真正的民间文化精神必然地走向了失落，意识形态化的民间显然难以取得言说自身的合法性。

在路遥、曹谷溪等人于1972年创办的县级文艺小报《山花》中，延川县的文艺青年主要以陕北文化最基本的表达方式之一——"信天游"来抒怀咏志,因而使得《山花》"生在人民的土壤里","开在山里头,带着山的性格,泥土的芳香"。① 然而更为重要的是,"这朵小小的花儿","沐浴着党的雨露阳光",这份小报的使命是要"进一步发挥革命文艺'团结人民、教育人民,打击敌人、消灭敌人'的战斗作用",② 因此,《山花》上的创作所抒写的是崇高的革命理想和对劳动人民未来新生活的愿景,所呈现的乡间的人们的情感和理想充满了意识形态的气息,而这些作品所描绘的民间生活景观也在根本上凸显出作为政治经济单元的乡村社会的文化内涵。"其中的作品,有的是当年挥戈舞枪,跟着毛主席打江山的闯将;有的是他们的后代——而今扛锄抢锤,战斗在田间山野和熊熊的炉火旁。他们在三大革命运动的前线,用结满茧花的手掌,写下了这些文章。"③

作为《山花》的骨干之一,路遥此一阶段的创作,如《塞上柳》《进了刘家峡》《歌儿伴着车轮飞》《老汉一辈子爱唱歌》《桦树皮书包》等诗歌,以及《优胜红旗》《基石》《代理队长》等短篇小说,虽然较之那些对政治观念做简单图解因而缺少艺术感染力的作品来说,展露出一定的才情和对生活的真实感受,因而不失生动细腻之处,但是,"在意识形态高度集中的时代,作家并没有多少能力和自觉揭示历史的深度,只有总体性的意识形态可以提供时代愿望,建构起时代想象关系。故而那些看来是作家个人敏感性表现的时代意识,实则是对意识形态回应的结果"④。因此在整体上,这些作品属于政治意识形态统领之下的革命文艺创作,带有明显的政治印记。尽管路遥在其独特的成长经历和艰难的求学历程之中,已形成对他乡间社会的真诚的情感认同,然而配合政治形势的自觉意识也决定着其深挚的民间情怀

---

① 《写在前面》,载延川县工农兵业余创作组编《山花》第一册合订本(1—20期),1973年8月19日。
② 《见面话》,载延川县工农兵文艺创作组编《山花》"创刊号",1972年9月1日。
③ 《写在前面》,载延川县工农兵业余创作组编《山花》第一册合订本(1—20期),1973年8月19日。
④ 陈晓明:《论文学的"当代性"》,《中国现代文学研究丛刊》2017年第6期。

和故土情结难以得到抒写的自由空间，因而其创作也就难以真正触及陕北民间文化原有的精神空间，难以真正在对民间日常生活图景的描绘之中发掘出潜藏其间的生命力，其笔下的民间文化空间得以剥离政治叙述色彩而呈现出本真风貌，尚有待"一体化"的政治意识形态话语体系在新时期走向破冰和遭遇不断的突围。

随着新时期的到来，对于路遥来说，此前被压抑在心灵深处的民间情怀和故土情结似乎释放出不可阻挡的情感力量，推动着他迫不及待地拂去以往创作中笼罩在陕北民间生存图景之上的政治性想象，其创作逐渐浮现出一个现实苦难与浪漫诗意相交融的具有生活真实基础的民间社会空间。如果从文化与人之间潜移默化的关系来看，路遥的这种文化选择是顺理成章的，但结合其独特的人生经历来说，这种选择又显示出许多意味深长之处。在《山花》担任了一年的审稿和编辑工作之后，尽管路遥因诗集《延安山花》已小有名气，但他并不满足于在延川这样一个"远离交通干线的荒僻的小县城"做一名工农兵文学青年。文学的出现不仅安抚了此时遭遇政治失意和恋爱失败的路遥，而且为他正处于灰暗之中的生活世界带来了一丝亮光，"艺术用它巨大的魅力转变一个人的生活道路，我深深感谢亲爱的《山花》的，正是这一点"①。但是，路遥并没有选择在《山花》这株"鲜艳大红的山丹丹花"②的映照下按部就班地延续自己的生活道路和创作道路。正如《人生》中成为县委通讯干事的高加林已是"县城的一员"，但对于这样一个"向往很高的青年人"来说，"一旦到了这样的境地，就不会满足一生都呆在这里"，"要远走高飞，到大地方去发展自己的前途"，此时已生活在县城但依然是农民身份的路遥同样有着高远的人生向往。随着高校恢复招生的新的政治曙光出现，作为"《延安山花》的几个骨干作者中"唯一是"真正的农民身份"的路遥③，迸发出更

---

① 路遥：《十年——写给〈山花〉》，载《早晨从中午开始》，北京十月文艺出版社2012年版，第99页。
② 李星：《今日山花更烂漫——延川作家专号漫评》，《延安文学》1998年第5期。
③ 厚夫：《路遥传》，人民文学出版社2015年版，第77页。

为强烈的改变个人命运的愿望,并最终在费尽周折之后踌躇满志地走进延安大学,开启了自己新的人生征程。

尽管路遥的大学学习生活沉浸在那个特殊时期红火和热闹的政治氛围之中,但延安大学这个"温暖的摇篮"依然给这位在文学上有着明确目标的陕北青年带来知识储备和人生视野上的极大提升,以致他在自我塑造上实现了某种蜕变。作为个人人生旅途中最为重要的时期之一,大学生活不仅为未来人生奠定目标方向和事业基础,并且对个人意识世界和文化内涵的塑造也起着至关重要的作用。对于路遥来说,进入延安大学不仅使他强烈的跳出"农门"的人生向往得以实现,而且数年间大量中外文学名著的发奋研读,与那些视野开阔、人生经验丰富的文学朋友的密切交往,以及对时政的热切关注与敏锐判断,更为路遥此后的文学表达作了重要铺垫,可以说大学生活照亮了路遥的人生,推动着他在思想观念、价值取向、心理结构等方面实现着"人的现代化",从而更加高屋建瓴地看待自我和世界。仅就其后来最具代表性的两部作品《人生》和《平凡的世界》而言,无论是书写城乡交叉地带生活并不顺利的农村知识青年高加林的人生,还是描写农村改革进程中普通人的平凡的世界,路遥都显示出极强的对于时代脉搏的感应能力,对于巨大的生活变革的深刻洞察,以及对于个人命运与时代潮流之间复杂关系的深切思索。应该说这种在创作中所表现出的敏感力、思考力以及审美力,无不意味着借由大学生活历练而走向创作实践的路遥在自我塑造上获得了作为知识分子作家的主体性自觉。于是,在知识分子现代意识的不断发展之中,与陈忠实和贾平凹这两位同样于20世纪70年代初登上文坛、并同为第二代"农裔城籍"的陕西作家一样,路遥在新时期到来之后也迎来了自身创作的转型期。《山花》时期及20世纪70年代后期那种在写作上"赶时势"和"繁荣文艺创作"的政治功利色彩在路遥笔下不断褪去,意识形态化的创作理路已然淡化,而"概念化"倾向的写作方式则被较为彻底地摒弃。但是,当新时期伊始文学的主流话语地位在"庙堂"与"广场"之间转换之际,路遥在敏感于时代动向与宏大变革的同时,却又似乎回避着发挥知识分子话语应有的能量,其创作呈现出一种闪耀着现代意识的光斑、但又游离于势头强劲的精英意识形态的独异状态。当重获文学想象空间的路遥再次走向那个承载着他沉重生命体验与深挚情感的陕北故乡,他既感受着在传统与现代之间艰难抉择的痛苦,又在对走向城市、走向现代表示出宽厚理解的同时,最终走向了他原本熟悉的、已被拂去意识形态色彩的民间,铺排开来的浓烈的民间情怀凝聚于路遥的笔端,点染着呈现于纸上的黄土高原上的人,与物,与故事。

二 诗意风物与民间生命能量

在文本中,路遥浓烈的民间情怀与故土情结最直接因而也最易让人感受到的抒写,首先是对陕北高原风物风俗充满诗意的描绘。由于自然条件极其恶劣,陕北高原常年干旱少雨,土地贫瘠,沟壑纵横,因此这片土地上的人们自古以来就被围困在贫瘠而荒凉的穷山恶水之间,然而在路遥笔下,他们所面对的原本极为艰难的生存环境却得到了路遥充满诗情画意的描画。《人生》展现了这样一幅生意盎然、富庶秀丽的自然图景:

> 太阳刚刚落山,西边的天上飞起了一大片红色的霞朵。除过山尖上染着一抹淡淡的桔黄色的光芒,川两边大山浓重的阴影已经笼罩了川道,空气也显得凉森森的了。大马河两岸所有的高秆作物现在都在出穗吐缨。玉米、高粱、谷子,长得齐楚楚的,都已冒过了头。各种豆类作物都在开花,空气里弥漫着一股清淡芬芳的香味。远处的山坡上,羊群正在下沟,绿草丛中滚动着点点白色。富丽的夏日的大地,在傍晚显得格外宁静而庄严。

可以说,饱含着对乡间人们的深情,路遥为读者所打开的是一幅涌动着奇异、温馨色彩的陕北乡村画卷。在《平凡的世界》中,黄土高原壮丽、神奇的夏日景观再次映现在我们面前:

第三章　路遥与陕北民间文化

　　黄土高原火热的夏天来临了。荒凉的山野从南到北依次抹上了大片大片的绿色。河流山溪清澈碧澄，水波映照着蓝天白云，反射出太阳金银般灿烂的光辉。千山万岭之中，绿意盎然，野花缤纷；庄稼人进入了一年一度的繁忙季节。

　　通过这些极具隐喻色彩和象征意味的陕北风物描画，路遥富于精神蕴涵的诗意赞美也因此穿透其间，指向了生存在这片土地上的人们，他们的生存意志、生活智慧以及心灵世界也闪烁着迷人的光芒，与这片"富丽的夏日的大地"交相辉映。

　　在蕴含着浓郁陕北风土人情的民间文化空间中，路遥以贴近底层民间生存与生命状态的叙事立场，不仅把陕北风物的性格和泥土的气息移到纸上，更展示了特定年代陕北民间日常生活和个人奋斗历史中扎根于民间传统的生命能量。"民间的传统意味着人类原始的生命力量紧紧拥抱生活本身的过程，由此迸发出对生活的爱和憎，对人生欲望的追求，这是任何道德说教都无法规范、任何政治条件都无法约束，甚至连文明、进步这样一些抽象概念也无法涵盖的自由自在。"① 路遥笔下的那些乡间的人们，无论在苦焦、残酷的生存环境中，经历着怎样的痛苦、挫折以及悲伤，都展示出一种原始的生命力量和强烈的生存欲求，民间世界的生存意识与价值原则因此得到彰显和强化，并渗透到作家的审美意识之中。

　　在高加林、孙少平等乡村青年身上，天然地有着对于黄土地的热爱和对乡间生存法则的感同身受，尤其是当他们即将告别乡村、走向外面的世界时，这种天然的情感就更加强烈。即将要走向县城的高加林在和巧珍分手时，"心里一下子涌起了一股无限依恋的感情。尽管他渴望离开这里，到更广阔的天地去生活，但他觉得对这生他养他的故乡田地，内心里仍然是深深热爱着的"！而在孙少平那里，尽管

---

① 陈思和：《民间的浮沉——从抗战到"文革"文学史的一个尝试性解释》，《上海文学》1994年第1期。

"他竭力想挣脱和超越他出身的阶层",但他更对自己"本质上仍然是农民的儿子"有着清醒的认识,因此"深知自己在这个天地里所处的地位",并"按照世俗的观点来有分寸地表现自己的修养和才能"。同时,土地也赋予这些乡村青年吃苦耐劳的生活品质。刚开始出山劳动的高加林两只手掌被镢把磨烂,为的是"一开始就想把最苦的都尝个遍,以后就什么苦活也不怕了";请假回家顶替哥哥出山挣工分的孙少平回到村子的第二天就可以上山锄地,大伏天在山里苦熬一天,总之,他们都具备"一个优秀的庄稼人最重要的品质——吃苦精神"。但是,在他们的精神思想中,除了"农村的系列"之外,还有现代教育经历和知识所赋予的"农村以外世界的系列",这使得即便外面的世界充满了危险,走向外面的世界意味着走向并不安稳的未知,他们也愿意出去闯荡一番。在他们身上业已形成更为强烈的由现代教育所给予的改变自身命运的抱负和理想,因而面对几乎难以撼动的冰冷的城乡二元秩序和残酷的户籍制度,他们仍然迸发出了极其热烈的对人生欲望的追求和极其坚硬的进取意志。不甘于当一辈子农民、渴望在大山之外干出一番事业的那种不安分的生命张力,充满青春激情地拥抱生活的生命力量,形成了他们面对苦难、挫折和屈辱时超克一切的勇气和坚韧品质。无论是高加林在县城淘粪时面对庸俗市侩的张克南妈妈的羞辱而产生的愤恨心理,还是初进县城高中的孙少平在雨雪交加的寒冷中拾取焦黑的高粱面馍和残汤剩水时从脸颊上滑落的泪珠,都饱含着这些有着敏感又羞怯的自尊心的乡间知识青年顽强的生存毅力和超人的精神力量。尽管对城市有着热切渴望的高加在命运的玩笑中最终又回到了农村,但在他身上所体现出的那种对实现自我价值的追求,对文明的接受和向往,正是那个时代往返于城乡交叉地带的乡间知识青年,在充满苦难的生存中渴求突围和发展的生命本能和需要,既值得同情,又理应得到理解。

与孙少平、高加林渴望闯荡世界的人生追求不同,孙少安以强烈的生存欲望紧紧拥抱生活本身的过程始终立足于生养自己的双水村的土地上,但这个因贫困而只能"心平气静地"开始"自己的农民生涯"的农村青年,也有着同样强硬的生存欲求和强大的生命力量。他自小品尝着饥饿的痛苦和贫穷所带来的屈辱,"长子"和"长兄"的家庭身份和位置使他小小年纪就理解父亲的苦衷,他顾念家中的艰难光景,十三岁时便无奈地主动放弃学业,渴望凭着自己的"一身男子气"改变自家的贫穷,"在双水村做一个出众的庄稼人",而成年后已是家中主心骨和生产队队长的他,着实成为庄稼人里出类拔萃的一把好手。在家里,他努力把一切营务得更好,既要帮助父亲养活一家人,更要供弟妹念书,"对少平和兰香的前途负起责任来";在生产队里,"他自己先不偷懒,都是抢重头子活干。而在个人的情感和婚姻问题上,穷家薄业的贫寒处境以及改变家中光景的现实考量,使他只能将情感欲望的追求局限于"找一个能吃苦的农村姑娘,和他一起创家立业"。孙少安对最基本的生存欲望的不懈追求虽然有着平凡的底色,但他面对苦难咬紧牙关的坚毅,以一己之力顾全一家老小的担当,以及"精明强悍和可怕的吃苦精神",却使他在生存的挣扎中散发出动人的生命光彩,在他身上也最为典型地反映着贫苦年代陕北底层民间社会的生存欲求。

如果说在孙少安身上,路遥写出了乡间的人们为求生存而显示出的"另一种行为的伟大",那么在德顺老汉身上,则展示了老一辈扎根于黄土地上的人们从祖祖辈辈的生活经验中所积攒而来的"另一种智慧,另一种哲学的深奥"。他们对土地的那种原始而牢固的依赖和依恋,对忍苦、实用等乡间生存法则的恪守,以及理解人生、看待人生的方式方法等,都得到了路遥在民间视角下极为贴近的观照,以及发自内心的尊重和理解。《人生》中的德顺爷爷既有着庄稼人善良、宽厚的本性,更在自己一辈子的经历中悟出了许多朴实的人生道理。他一辈子打光棍,无儿无女,却"有一颗极其善良的心",对村里的每一个娃娃尤其是对高加林充满了爱的感情;年轻时他也有过两情相悦的"相好"经历,失去心上人的痛苦让他一辈子从未婚娶,但他"天天心里热腾腾的",从未丧失对土地、对劳动和对生活的热爱。因此他不仅理解而今时兴青年的自由恋爱,而且着实为加林和巧珍的相爱而高兴，甚至特地为他俩的相遇制造机会。在他眼里，加林"实在是个好娃娃"，将来高明楼、刘立本谁也闹不过加林的世事；而"巧珍又俊，人品又好"，两人就是"天生的一对"。因此当加林把巧珍撂在了半路上，他感到加林是把良心卖了，把"金子"丢了，"他为巧珍的不幸伤心，也为加林的负情而难过"。而在加林失去通讯干事的工作再次回到高家村后，他不仅用自己宽大的怀抱接纳了这个他一直疼爱的娃娃，而且用自己的人生经验和庄稼人的"哲学"教导加林。在高加林漫长的人生路上的这几步紧要处，德顺老汉要告诉他的不仅是"刚开始劳动，一定要把劲使匀"的劳动技巧，也不仅仅是"娶个不称心的老婆，就像喝凉水一样，寡淡无味"的情感经验，更是这个一辈子的老庄稼人在土地上劳作一生而领悟到的"庄稼人的哲学"。他告诫移情别恋的加林，"你是咱土里长出来的一棵苗，你的根应该扎在咱的土里啊"，否则就会"浮得高，跌得重"；他教导重又回村后难过得"觉得活着实在没意思"的加林，要像他那样，即便没有妻室儿女，但曾经爱过，也痛苦过，用两只手劳动过，种过五谷，栽过树，修过路，就是活得有意思，就是"幸福"。我们在德顺老汉身上所看到的是历经沧桑却依然豁达、洒脱地对待人生，是受尽磨难却依然热血沸腾地面对生活，他既无任何哲学理论的修养，也不具备任何对人的存在问题的科学认识，他只是一个满身补丁、年近七十的老光棍农民，但他用感性的语言，把从祖辈那里获得的生活经验，以及自己一辈子的人生感受，给高加林"讲了这么深奥的人生课题"，让他开了窍，鼓起了勇气，立志"会重新好好开始生活的"。在德顺老汉这个路遥所钟爱的人物身上所展示出的这种生存意志、生活智慧和人生态度，是"不管人类发展到任何阶段"，都需要的"一种美好的品德"。①

实际上，由于站在无限贴近生存层面的民间立场，路遥对陕北民间老一辈农民形象的塑造，并不像其他秉持精英立场进行乡土写作的

---

① 路遥：《关于〈人生〉的对话》，载《路遥文集》第2卷，陕西人民出版社1993年版，第416页。

作家那样，主要是侧重于从社会、历史等层面去探究他们身上所具有的局限性，而是以一种把他们当做父辈的真诚情感来书写他们在残酷环境中的生存故事。因此，路遥对陕北故乡老一辈农民生存欲求的理解和认同，就不仅仅是寄寓在德顺老汉这样散发着传统美德光芒的形象身上，即便是那些只靠双手在地里刨挖、受到他人欺压也只能暗自叫苦的卑微老人，如高玉德、孙玉厚等，路遥也展示了他们竭力挣扎着在土地上谋求好光景、好日子的顽强意志和生存信念。当高玉德老人明知是大队书记高明楼走后门撤掉了加林的民办教师工作时，他在痛苦和不平之中依然告诫儿子以后面对高明楼"脸不要沉，要笑"，甚至嘱咐老伴把自家自留地里的茄子摘一筐送去讨好，"他那饱经世故的庄稼人的老皱脸"上写满的是面对生存的本能需要而不得不做出的忍辱负重。同样饱尝着生活全部辛酸的孙玉厚老人，大半辈子没过上几天快活日子，他在拉扯大自己的二弟之后，又心甘情愿地把生命的全部意义和生活的全部价值寄托在几个子女身上，"他在这土地上都快把自己的血汗洒干了"，也依然还在为着"让孩子们在这世界上生活得更体面"而"拼老命挣扎"。高玉德、孙玉厚们他们的身上有太多因袭的负重和小农意识所致的局限性，有时竟已痛苦得至于麻木，但在他们因生活的重压而佝偻着的身躯之上，那种本能地为基本的生存愿景而永不妥协、奋力挣扎的姿态，同样成为作品在情感上的动人之处，他们的挣扎也进一步凸显了路遥所观照的底层民间世界的生存样态。

三 民间能人的文化人格及生存智慧

同样地，对于那些深谙农民文化精髓、为谋取私利而并不高大的乡村基层政权的领导者，如高明楼、田福堂等，路遥也写出了他们作为乡土民间社会中的精人、能人在性格、能力以及眼界等层面的不凡之处。身为高家村的大队书记，高明楼利用职权为儿子挤占了加林的民办教师职位；面对落实生产责任制的逼人形势，他也主要是为自己考虑而尽力拖延新政策的实施。但同时，他虽然是村里的领导，可

"面子上的人情世故他都做得很圆滑",因而在为人处世上是个精明人。在他统辖高家村的多年里,"他老谋深算,思想要比一般庄稼人多拐好多弯",也因此成为村里"气势雄伟"的"大能人"。面对变化中的世事,他十分清楚自己的处境,由于新政策的势在必行,"在强大的社会变化的潮流面前,他感到自己是渺小的",因而他"挡不住社会的潮流";同时他虽然并未接受过多少文化教育,但凭着多年的生活经验和对时事的判断,他认识到知识在今后社会中将发挥愈发重要的作用,因此他不仅羡慕高加林的学识和学历,而且在内心对这个后生心存敬畏。在他看来,高中毕业的加林"会写,会画,会拉,性子又硬,心计又灵,一身的大丈夫气概","将来村里真正的能人是他",因此在挤占了加林的工作后,他又苦心积虑地盘算着平息加林对他的仇恨。他希望加林能和巧珍结亲,既是出自私心,也是对加林能力的认可;在井水边的"卫生革命"中,他一展脖子将一勺水喝了个精光,以自己的威信证明了加林所宣传的科学真理,也令众人骤然服帖。在连"刷牙""漂白粉消毒"这样一些最基本的现代生活习惯和卫生常识还远未被接受甚至还被人议论和咒骂的高家村,高明楼以自己的权威调和了愚昧和科学之间的冲突,既表现出精明、圆滑的一面,也展现出在文明之风尚未吹到闭塞落后的高家村之前,他所具有的比一般庄稼人更长远的眼光。

与高明楼相似,双水村大队党支部书记田福堂也是路遥笔下颇为复杂的人物形象。由于文化水平不高和小农意识的局限,他并未显示出高远的眼光和视野,反而形成了思维层面很大的保守性、经验性,以及以自我为中心的思维意识和行为做派。作为双水村的领导人,田福堂的所作所为却依然主要拘囿于维护自身个人利益的层面,其中还包含着他对手中权力的争取和捍卫。在他明显地意识到在双水村的基层政权中已经出现对他形成潜在威胁的对手后,他以极为狭隘、自私的手段对其进行打压和报复。当他看到一队队长孙少安愈发有出息、有威信,从发展的眼光看,将来是个会威胁到他利益的"残火"角色,他心里难以舒坦,于是听到少安姐夫被拉到双水村劳教的消息,他感到高兴，因为这件事会令孙家乱作一团，会让少安发愁。当他得知女儿看上了少安，门当户对的传统观念使他既震惊又慌乱，并暗地里公报私仇，向公社状告少安扩大猪饲料地的事情。而由于二队队长金俊武"时不时曲里拐弯和他过不去"，当金家守寡的媳妇王彩娥和孙玉亭被捉奸时，身为大队书记的他在得知消息后不是马上插手、积极处理，而是幸灾乐祸地作壁上观，放任事态不断扩大，甚至想要递点子推波助澜，为的是给精明的金俊武一记沉重的打击，尤其是在实施生产责任制的星火已经点燃但又依然面临着诸多阻碍的大形势之下，田福堂却坚决把孙少安组织一队队员签订生产责任合同的试验视为严重的路线斗争，毫不犹豫地向上级进行了汇报，而这主要并不是由于他在政治思想上的审慎和保守，或者说他像孙玉亭一样对热闹红火的集体劳动有着无限的激情，他所思量的是一旦双水村的农业生产走向单干，一家一户各过各的光景，那么他在村里的地位和威信都将急遽地下滑，也再难以从中牟取个人私利，并且还必须面对自己又要重新到土地上劳动的现实。也因此，在生产队解散后，尽管还当着书记，但由于难以感受到工作所带来的甜头，他对公众事务不再热心。这些做派和行为无疑都意味着田福堂在思想和思维上具有鲜明的局限性，在时代变革的大潮中，他不仅是渺小的，而且难以在其间实现自我的蜕变。

但同时，田福堂身上又具有诸多民间社会中受人仰望的能人、强人的超常之处，他的人格意志也由此显示出美学意义。年轻时田福堂也饱经磨难，他给地主扛过活，当过长工，凭着吃苦耐劳和精明强干挣下一份厚实的家业，并成为村里的领导人。在大队支部书记任上，他一天不闲地开会、思谋、筹划、指挥、给大队办各种交涉、争各种利益，尤其是"村子和村子之间争利益，他就会拼老命为双水村争个你死我活"。因此他在村中颇有威望，大部分村民都承认他的权威，都认同还得由他来当书记；"并且在石圪节几十个大队领导中，他无疑是最有名望的"，他也有本事做到不管公社换多少届领导，"他都能与这些领导人保持一种火热关系"。而当生产队解散后，这样一个在生活和政治上历尽风霜的强人又显示出他作为庄稼人的务实本色。尽管他有过不快和难受，但历来面对世事变化而积攒的经验使他很快就认识到时代的潮流已不可回转，因此他及时转换了心态，"承认了命运对他做出的这种新安排"，并盘算着"把光景谋到众人前面去"，再过几年依然是"双水村首屈一指的人物"。同时，如同任何一个朴实、宽厚的农民父亲一样，田福堂对于自己的一双儿女有着发自天性的深沉而真挚的关爱。即便已年老多病，他也从未想过连累儿女；而考虑到他自身由社会、历史等因素所造成的局限性，从世俗的角度来看，他反对儿女的婚事也有其值得被理解之处，他的反对也丝毫未削减他对儿女无私而伟大的爱，可以说在父亲这个角色之上，他展示出令人动容的人性光彩。在陕北广阔的高天厚土间，田福堂以及高明楼这样的精人、能人，正如孙少平所描述的那样，多得"如同天上的星星一般稠密"，路遥既写出了他们极为牢固的农民文化性格，也真实地呈现了他们在民间社会的世事折腾中所显示出的生存与生活智慧，并在其身上揭示出民间生活本相的重要内容。

四　信天游：陕北民间的诗性表达

然而，田福堂、高明楼这样的陕北民间的精人、能人显然并非承载着作家审美态度的主要对象，路遥对民间生活和人性的审美态度更主要地是通过德顺老汉、巧珍、润叶等散发着某种神性光辉的人物来表达的。似乎是为了表达对于这些人物的钟爱，以及一种带有感情色彩的关注，路遥在对他们的生活故事和情感故事的讲述中，频繁地穿插运用了陕北民间文化中最具诗性的民谣——信天游，在作品中形成了一道既率真自然又温馨怡人的风景。实际上，在路遥笔下，信天游这一陕北民间生命存在方式的诗意表达，构成了对于德顺老汉、巧珍、润叶等人物形象的个性特质和情感特征的一种极为恰切的映照。

信天游也被称为"顺天游"，属于民歌中的山野之歌，在民歌荟萃的黄土高原上，它是最有特色、也最为广大群众所喜爱的歌种之一，也是陕北民间文化最基本、最富有诗意的表达方式之一，历来有"信天游，不断头，断了头，穷人就无法解忧愁"的说法。作为陕北民间生产生活中即兴歌唱的一种艺术形式，信天游流传极为广泛久远，而这是与黄土高原上人们独特的生存样态和生命方式密不可分的。在漫长的历史河流中，由于战争的破坏，以及连绵起伏、千沟万壑的黄土高原本身所致的交通不便，在客观上形成了陕北地区一种外在的、闭塞的生存形态；同时，"不发达的生产方式，自给自足的农牧经济，贫困、落后的生活状况，造就了文化的朴素性和保守性"[①]，加之极为沉重、艰难的生存也使黄土地上的人们形成了少言寡语、不善言辞的个性，因此当"出走"成为他们中的一部分人与生俱来的生命情结时，他们中的绝大部分人实际上更多地只能是在一种自由自在、"信天而游"的歌唱中，实现精神深处的某种自我突围。信天游也因此成为与黄土地上的人们血脉相通、气质相连的一种呐喊和吟唱，它既展示着黄土高原独特的自然景观与社会风貌，直接反映着陕北民间游牧与农耕生活的真实形态和人文风情，更是劳作于其间的人们思想情感、个性特质和精神气韵的直接表达。在具体表现内容上，信天游可谓包罗万象。面朝黄土背朝天的庄稼人的艰难与痛苦，赶着牲灵行走于沙梁沟洼间的脚夫的艰辛与愁闷，四处游牧、风餐露宿的牧民的疲惫与眷念，抛妻别子走西口的农人的困苦与悲凉，以及在爱情和婚姻中的烦闷与相思之苦，等等。陕北民间世界中人们在艰难生存中所蓄积的丰富而深沉的喜怒哀乐、悲欢离合都寄寓在一曲曲的信天游中，回荡在苍茫无垠的黄土高原上，生存与生活的巨大压力也得以舒缓和减轻。

但是，信天游又不仅仅是对劳作之苦、奔波之苦以及相思之苦的吟唱，尽管被贫穷、落后、闭塞所折磨和束缚，但黄土地上的人们依然在呐喊着他们对这片土地的热爱，对幸福生活的向往，以及对于美好爱情的渴望。因此，信天游往往在沉郁、苍凉之中又透着昂扬、高亢和清峻、刚毅，陕北民间世界那种自然、纯朴的生命意识，陕北人们无拘无束、无羁无绊的自由天性，以及强烈执着的追求与抗争精神，

---

① 吕静：《陕北文化研究》，学林出版社2004年版，第48页。

成为信天游中所流淌着的最基本的内在气韵。正是由于在内在精神上的自然、自由、质朴、生动,信天游在表达形式与风格上也不受任何格律的束缚和限制,而是随心所欲,随情而动,随意漫游,所谓"你想咋唱就咋唱,你想咋游就咋游",歌手们往往"触景生情,托物言志,即兴创作,信天而游"①,因此形成了一种发自心底的、酣畅淋漓的情感宣泄与个性舒展。可以说无论是在内在精神上还是外在的形式与风格上,根植于陕北文化土壤之中的信天游,都与这片土地上生活的人们独特的生命方式、精神气质与个性特征形成了一种血脉相承、和谐共振的对应。

在德顺老汉、巧珍、润叶等人的故事中,路遥运用一曲曲的信天游实现了对于他们自然质朴的生命方式以及执着追求和抗争的生存意志、情感意志的表现和赞美。在《人生》中,德顺老汉用沙哑的嗓音哽咽地唱出《走西口》的歌声,在无奈中透着苍凉,在失落中夹着苦涩,但更在动情的回忆之中表达着对爱情坚贞不渝的追求,德顺老汉一生未娶而在心中永远惦念着年轻时的恋人,何尝不是一个充满柔情而又血性的汉子,在悲愤、凄伤之余对旧式婚姻习俗的抗争和对内心情感的执着坚守。同样地,每当巧珍用她那"带点野味的嗓音,唱那两声叫人心动弹的信天游——上河里(哪个)鸭子下河里鹅,一对对(哪个)毛眼眼望哥哥",她的天然质朴、自由率真的个性以及对加林真挚而大胆的爱恋也被充分地映照出来。尽管巧珍没有上过学,但这个不识字的农村姑娘却有着"天生的多情"和自由自在的天性,她在内心热烈地爱恋着加林;当加林成了农民,"她那长期被压抑的感情又一次剧烈地复活了"。她大胆地向加林表白,勇敢地面对家庭的阻挠以及村子里的闲言碎语,整个地沉浸在单纯而又热烈的爱情中;而即便最终遭致加林的抛弃,她仍然忠于自己的内心,守护着对加林的爱。当那带着点野味的甜美、嘹亮的信天游飘荡在黄土地上的沟洼沙梁间,巧珍身上那如同信天游一般不加修饰的率真个性和那颗金子般

---

① 李占昌:《陕北民俗卷》,陕西旅游出版社 2004 年版,第 4 页。

纯洁的心，也随飞扬的歌声一同散发出动人心弦的美。

在《平凡的世界》中，当炽热而又缠绵的《冻冰歌》在润叶生命的不同时刻一次次响起，她的纯真善良的性情以及内心对于美好感情的热望和坚守，也通过这首朴素而直白的信天游淋漓尽致地得以呈现。"正月冻冰呀立春消，二月里鱼儿水上漂，水上漂来呀想起我的哥！想起我的哥哥，想起我的哥哥，想起我的哥哥呀你等一等我……"这是青梅竹马的润叶与少安儿时破冰捉鱼的美好回忆，散发出自然真切而又热烈执着的情愫。当润叶和少安"沉浸在明媚的春光中"，相跟着在原西河畔散步时，当少安已和秀莲一块过光景，即将嫁给向前的润叶独自坐在原西河边的草坡上回忆往事，内心"正如同汹涌的波涛一般翻腾着"时，当婚礼上的润叶"在一片嗡嗡的嘈杂声中"，回忆起与少安在儿时两小无猜、亲密无间的相伴时光时，当婚后生活极为不幸的润叶听到少安的消息而在内心涌起"一种难以抑制的痛苦"时，那梦魂一般、甜蜜而又令人心碎的信天游一次次地萦绕在润叶的耳边，她对少安单纯而美好的爱情执念和苦恋也一次次地得到渲染，程度一次比一次加深，她的悲剧命运也不断地被助推。情感熔铸于歌词之中，在不断重复回荡的动人的信天游的歌声中，润叶质朴的爱恋、执着的追求，以及无奈的抗争充分地凸显出来。

显然地，在路遥的作品中，与打红枣、闹秧歌转九曲、婚丧嫁娶以及上坟祭拜等穿插在作品中的其他陕北民俗相比，作为蕴含着陕北民间文化精髓的信天游在故事叙述的频繁而适时的出现，其主要意义并不在于赋予小说以鲜明的地方风味和独特的民俗色彩，而是要在一次次或粗犷奔放、或缠绵悠扬的呐喊和吟唱中，实现对于陕北民间人们个性、情感和精神的诗性表达。由于信天游无论在曲调还是歌词上都具有原始自然、不经加工和修饰的特点，并且总是随心所欲、信天而游地飘荡开来，因此在德顺老汉、巧珍、润叶等人的故事中所唱响着的一曲曲信天游应和着他们的生命本相和情感形态。在人性的层面，陕北民间社会那种无拘无束、自然自在的对人生欲望的追求，以及坦荡自由的天性，在他们的生活故事和情感故事中得到了充分的体现。

同时，在道德的层面，这些人物又有着路遥所描述的"不管发展到任何阶段"都需要的"美好的品德"，甚至已具有了一种道德上的纯洁气息和意味，因此在他们身上寄寓着路遥深厚的民间情感，以及在价值层面对民间伦理的理性认同。通过对这些人物形象的塑造，路遥也在整体上呈现出倾斜于民间的写作立场和民间化的审美态度，实现了对他所理想的人生形式的价值认定，从而照亮了他深情眷恋着的陕北民间世界。

第三节　民间审美的限度与困境

如果从叙事话语的角度将路遥的创作置于 20 世纪 80 年代整体性的话语格局之中，可以看到，正当诸多创作同样起步于"文化大革命"时期的作家在新时期到来以后，不断地显示出长时间被抑制的知识分子启蒙话语在重新觉醒之后所散发出的话语力量，来自黄土高原的陕北作家路遥却在现代意识与民间情怀交织而成的精神阵痛之中，显示出不断向着民间倾斜的话语向度，并以其独特的生命体验和浓郁的"黄土风"推进了民间的发现和民间话语能量的不断释放。陕北民间的风物风俗、生存状态、生活智慧，以及人情人性，都在作家笔下获得了言说自身的机会，并散发出足以抚慰心灵、安顿灵魂乃至对现代性话语构成强烈冲击的能量。同时，路遥对乡土世界的深挚眷恋，对残酷艰难的乡间生存的逼视，以及对理想生存状态的追索，在使其创作带上鲜明的地域色彩的同时，也与那种以精英立场和俯视姿态对底层生存进行观照的叙事区别开来。并且，尽管其创作反映着城乡二元秩序的异常坚硬以及社会阶层变动的异常艰难，但路遥对底层真实痛感的表达，对民间情感价值的执守，对黄土地上高洁美好人性的赞美，也显然使其对底层民间社会的观照俨然不同于那些渲染阶层固化与仇视、肆意丑化人性而缺少信仰支撑与叙事节制的底层写作。在由于发展不平衡所导致的城乡差距依然存在的今天，路遥的创作尽管带有久远、厚重的时代印记，但因其内蕴着现实和理想中诸多共性的、纯粹的因素，因此依然对那些反映农村底层生存和农民命运的当下创作具有极为重要的参照意义。

然而，当路遥通过对农民底层生存的书写实现对民间文化的挖掘和张扬之时，当路遥为乡间人们的生存勾画带有理想主义色彩的出路之时，我们毫不怀疑他对乡土的一片赤子深情，以及他为农民的生存和发展所作出的真诚探索与艰苦努力，并为他熔铸于写作中的情感热度和殉道般的追索而感怀，但却又不得不看到，路遥对民间审美理想的表达，对自我精神领地的守护，对个人情感和历史的审美观照，在很大程度上遮蔽乃至淹没了作为现代作家应当具备的一种抽身其间、置身其外的理性审视。或者说在文化选择上，在现代意识和民间情感的相互激荡中，路遥的创作显示出过于单一的文化结构和价值取向，因而缺少情感剥离之下对于民间文化的必要反思。而这是否也意味着与强大而内在的民间文化根基的浸润和牵引相比，现代意识在路遥的自我塑造之中并未走向真正的完满和自足？当其现代意识在民间情感的遮蔽之下呈现出一定程度的有限性，实际上也就意味着路遥赤诚的民间审美不可避免地具有某些方面的局限性。从这一角度来看，尽管路遥被文学史所遮蔽有着多维度的复杂因素，但他在历史与价值、情感与理智上对传统文化积淀深厚的陕北民间过度直率的迷恋与皈依，以及对其予以冷静审视的规避，应该是无法绕开的重要原因之一。

一　囿于道德尺度之下的爱情书写

以道德作为是非的评判尺度和价值认定的主要原则，是路遥创作中显而易见的价值标识，也是他与民间社会的精神文化一脉相承的重要方面。道德代表的是民间意志，在民间社会中，道德成为行为的主要追求，道德观念的养成成为教育的中心目标，个人以道德完善作为实现人生意义的主要途径，而社会人心秩序的维系也主要依靠伦理道德，道德理想成为社会发展的最终目的。因此道德在社会历史评价上具有无可置疑的优先性，道德规范往往成为判定是非和人物好坏的尺度。同时，道德规范也往往成为一种价值规范，道德视角和价值视角在很大程度上趋于同一性，推动着道德理想主义的追求走向绝对化，理想化的道德情操和人格范式成为达到人生至境的价值评价标准。在创作中，尽管路遥超越了简单的二元对立的逻辑思维，挣脱了民间社会中普遍存在的简单划分好人与坏人的评判法则，表现出对于真实生活与人性复杂性的理性认知，因而其对人性人情及是非的评判具有一定的复杂性，如前所述，在高明楼、田富堂等人物形象的塑造上，路遥既写出了这些乡村基层政权的领导者自私狭隘的人格和以权牟私的强人做派，但也呈现了这些乡村能人在能力、性格以及眼界等方面高于一般庄稼人的不凡之处，以及在家庭伦理中所显示出的人性中的温暖与动人之处。即便如此，路遥的超越与挣脱仍然在整体上囿于道德的范畴之内，也就是说，无论"他们"还是作品中的其他人物，都被置于民间社会所主张的道德评判的尺度之下，因此作家对人物及其命运的审视成为一种来自道德视角的审视。从现实动因来说，道德视角的选择与路遥对社会生活的专注透视与思考不无关系，正如他所说："在当代的现实生活中，我们常常看到这样一种现象：物质财富增加了，人们的精神境界和道德水平却下降了；拜金主义和人与人之间表现出来的冷漠态度，在我们生活中大量地存在着。……如果我们不能在全社会范围内克服这种不幸的现象，那么我们很难完成一切具有崇高意义的使命。"[①] 然而在根本上，道德评判标准的选择，是源于路遥所依恋的陕北民间文化对其人格的浸润和形塑，陕北民间的道德理想和价值尺度构成了路遥人格范型的基石，在情感和价值维度支配着路遥在作品中作出是非判断和价值认定。

在《人生》中，高加林无疑是一个具有复杂性的人物，对于他的人生选择以及命运遭际，也曾往返奔波于城乡之间的路遥是充满同情和理解的。他曾谈道："我抱着一种兄长般的感情来写这个人物"，

---

① 路遥：《这束淡弱的折光》，载《路遥文集》第2卷，陕西人民出版社1993年版，第440页。

第三章 路遥与陕北民间文化

"在这个青年人身上,绝不是一切都应该否定的",这意味着路遥超越了简单判定人物是非的二元对立逻辑,同时他也不希望读者以这样的逻辑思维去评价高加林,正如他所说的:"现在有些评论家也看出来他身上的复杂性,认为不能一般地从好人坏人这个意义上去看待高加林,我是很同意的。"① 然而,路遥对高加林生活道路的设计,对其个人奋斗与人生命运的审视与评判,仍然来自道德的视角,只是他所持的是一种具有一定复杂性的道德标准而已。当高加林权衡了一切,和巧珍断绝关系而选择了黄亚萍,路遥显然是怀疑乃至无法认同这种以牺牲他人为代价的爱情选择的。尽管路遥写出了高加林在抉择中的复杂心理,但却更主要地表现出他良心的不安,和"对自己仇恨而且憎恶"的情绪,并且借由德顺老汉和高玉德之口,对其进行了道德审判。而对于高加林和黄亚萍"完全是'现代'的"、引人注目的恋爱方式,路遥也施加了"许多人骂他们是'业余华侨'"的社会舆论,不无道德上的讽刺意味,甚至如有论者所指出的,在高加林爱情悲剧的情节生成模式上,路遥延续了传统的"多情女子负心郎"的情爱组构模式,② 因而在整体上所彰显的是民间的道德意识和道德审美趣味,高加林的人生抉择及其充满戏剧性的命运成为一场个人的道德事件。当遭人算计的高加林再次怅然地回到贫瘠的高家村,路遥更以德顺老汉和巧珍身上所散发出的圣洁的民间道德光芒涤荡了高加林的现实痛感,助推着他的心灵净化和道德提升。如果说回乡之前的高加林在从老景口中得知自己要被退回生产队时,第一个想到的是巧珍,是路遥在迫不及待地让他做出道德良心上的反省和忏悔,那么当他最终扑倒在德顺爷爷的脚下,在沉痛的呻吟中喊出那一声"我的亲人哪……",路遥则让这个"卖了良心才回来"的农村青年在民间道德温暖、宽厚的怀抱中实现了自我的救赎。同时,对爱情坚贞不渝、即便此时还依

---

① 路遥:《关于〈人生〉的对话》,载《路遥文集》第 2 卷,陕西人民出版社 1993 年版,第 413—414 页。

② 惠雁冰:《地域抒写的困境——从〈人生〉看路遥创作的精神资源》,《宁夏社会科学》2003 年第 4 期。

然善良如初的农村姑娘巧珍,则在路遥带着强烈感情色彩的书写中成为民间道德理想的化身,可以说,在路遥的道德想象之中,巧珍的生命意义和价值最终得以确认。

然而,尽管高加林"十几年拼命读书,就是为了不像他父亲一样一辈子当土地的主人(或者按他的另一种说法是奴隶)"的身份认同取向,以及"和一个没文化的农村姑娘""谈情说爱""简直是一种堕落和消沉的表现"的恋爱价值取向,不能不说都是有问题的,但是对于这样一个现代性教育和知识"已经把他身上的泥土味冲洗得差不多",因而在思想意识和生活诉求上已带有现代色彩的农村青年来说,路遥在道德视野之下安排他再次回到黄土地上,是否就能扑灭他身上对未来生活的幻想?这种带有理想色彩的道德救赎是否就能解决高加林在个人奋斗中所面对的现实性难题?而随着他重回黄土地,是否与之相关的两位女性刘巧珍、黄叶萍就能从各自的现实境遇中获得解脱?正如有论者所指出的:"如何在历史的同情的立场之外,为高加林们探寻可能的出路,是否像高加林这样因果报应式地回归农村就足以赎罪,像刘巧珍这样悲天悯人地宽恕一切就可以超脱世俗生活的伤害,抑或像黄亚萍这样得放手时且放手才能获得解脱?……小说在很大程度上,只是提供了对现实的思考,却没有能力想象并探索通往未来的可能性。"① 实际上高加林不仅有着对于现代城市的热望,而且他也完全有魄力、有能力走出黄土地,同时路遥对其出走愿望也予以了理解和肯定,然而对民间道德理想和伦理价值的牢固依恋与认同,使得路遥在情感和价值上表现出对现代理性的某种拒绝,他显然难以接受和认同高加林置民间温情与道德法则于不顾而断然出走,"任何一个出身于土地的人,都不可能和土地断然决裂"②。于是作品中那个"并非结局"的结尾无疑更多地是道德力量的牵引所致,并昭示出路遥对民间道德理想和价值尺度的认同。

---

① 董丽敏:《知识/劳动、青年与性别政治——重读〈人生〉》,《南开学报》(哲学社会科学版)2014年第6期。
② 路遥:《早晨从中午开始》,载《路遥文集》第2卷,陕西人民出版社1993年版,第65页。

第三章　路遥与陕北民间文化

　　如果说从爱情的维度来看，路遥对高加林和黄亚萍之间现代爱情的怀疑，以及将兼具善良美德与奉献精神的巧珍塑造成民间理想道德的化身，表明着他对以善为中心的完善道德的追求，那么到了《平凡的世界》中，这种代表着民间意志的道德追求愈发强烈而执着。不仅是当杜丽丽把她和诗人古风铃的婚外情描述为"现代中国的痛苦"时，换来了丈夫武惠良一记狠狠的耳光，路遥对民间道德意志更为明确的表达在于，作品中多对人物之间的爱情都彰显出民间社会所推崇的道德理想主义的色彩。在路遥所设计的多组普遍带有传奇色彩的浪漫关系中，人物以苦涩而炽烈的爱情坚守实现了道德上的自我完善与心灵上的自我救赎，从而也完成了路遥对人物的生命意义所做出的民间化价值认定。姑且不论这种苦涩而炽烈的爱情坚守是否真正领受了爱的真谛，显而易见的是，他们在路遥的道德坚守下都达到了爱情的极致状态，从而被纳入到了道德理想主义的价值评价体系之中。

　　从世俗的眼光来看，田润叶对青梅竹马的孙少安执着、笃定的深情，田晓霞对在苦力活中煎熬的孙少平不失崇拜的爱恋，李向前对心若寒灰的润叶的痴心苦恋，以及孙兰花对王满银，金波对藏族姑娘，田润生对郝红梅的一片痴情，无疑有悖于生活的常理与惯常的情感逻辑，但是在路遥的道德理想主义持守之下，这种包含着巨大牺牲与奉献精神的极致状态的爱情，显然已经超脱了世俗性的道德范畴，涂抹上了一层宗教性的道德色彩。犹如在孙少平遭遇外在的或者心灵的挫折时，路遥每每使他坚定对于生活的信念和理想，"应该像宗教徒对待宗教一样充满虔诚与热情"，作品中所传递出的爱情信念与爱情理想同样带有宗教般虔诚、圣洁的光芒，并且，正是这种极致状态的爱情书写赋予了人物以宗教般的道德信仰。因此，当田润叶从未爱过的丈夫李向前遭遇车祸，在超越世俗的圣洁道德的导引之下，从未扮演过妻子角色的她走向了人性的复苏和情感的陡转，毫不犹豫地搁置了此前的爱情挫折所造成的巨大心灵痛苦，带着宗教般的忏悔淡定、从容地投入到了对丈夫的照顾之中，在不断升腾起对丈夫的爱、并不断收获心灵的充实和满足的同时，也实现了自我的救赎。润叶的这种转变,与其说是路遥在表达爱情"应该真正建立在现实生活坚实的基础上"的观点,毋宁说是他执着持守民间道德理想主义价值准则以及单一道德审美视角的必然结果。而正是由于已上升到宗教高度的道德理想主义所彰显的终极性关怀,是对道德圣人的要求,实际上在对世俗生活的教化上具有相当的有限性,因此路遥对润叶爱情的这种极致化的刻画,在呈现出润叶道德上的迷人之处的同时,难免经不起严格的理性分析,从而难免使人质疑其基于世俗生活逻辑的真实性。如果仿用作品中的叙述,润叶的爱情故事,以及上述多组爱情故事,实际上未能"建立在现实生活坚实的基础上",并不是"活生生的生活之树上盛开的"结实的爱情之花,而路遥在审美追求上的道德理想主义也因此显示出某种幼稚和浮滑的意味。

二 出走的无望与民间的裹挟

与叙事伦理维度的这种普泛化的道德主义具有内在关联性的是,在文化选择上,作为进了城的农民的儿子,路遥一再地在设计其笔下的农村知识青年走向城市,并对其进城愿望予以理解和肯定的同时,又让他们感受着走出黄土地的无望,并转而投向民间的温情怀抱,或是在面对进城的契机时又表现出对城市文化的疏离。直面转型的变革时代进行写作,路遥并非没有强烈、清醒的历史理性精神,但在其文化人格的建构上,来自故乡陕北的区域民间文化成为其中最深层的部分,并每每以巨大的感召力导引着他做出倾斜的文化选择,于是其笔下高加林和孙少平合理正当、应和着时代呼声的现代性突围,最终又被裹挟进汩汩流淌的民间文化的河流之中。

在这里,我们不妨先为向着城市进军的高加林、孙少平在身份上、情感上以及理性上回归民间的情形提供一种截然不同的价值参照。从外在的生存、生活形态上来看,《平凡的世界》中那个另类的"进城者"王满银也曾往返于城乡之间,并最终做出了自己的人生抉择。作为罐子村有名的"逛鬼",王满银不像地地道道的庄稼人那样,有着对土地的原始而牢固的物质依赖和精神依恋,但他走向城市,也绝非像加林、少平那样,是由于现代教育带给了他们新的价值目标,因而有征服城市的强烈意志,他的出走仅仅是由于地里和家里的那些下苦活他不愿干、也干不了,同时逛到外面做小生意好歹可以"勉强混着没让自己饿死"。因此,他"逛门外"是出自一个农民最原始的生存理性,所采取的是一种为得到够用而付出最少的"糊口策略",所遵循的是一种"不饿死就行"的底限逻辑,在这一点上,王满银与那些固守乡村、在土地上刨挖以维持生计的农民并无二致。因此,离开土地、出门"求食"的王满银几乎没有什么沉重的情感包袱和精神负累,一旦逛到门外,他"脑子里就很少再想起罐子村的那个家";有时候他也会在心里对着城市骂两句"该死"和"去他妈的",但这完全是因为混得不如意,已逛到几乎一无所有。而当他实在是受够了罪,生计和性的问题愈发凸显出来,这个一年四季浪迹门外的"逛鬼""极偶然",但似乎也是极自然地回到了罐子村。"王满银一旦'觉醒',也没有太多的心理过程",他的重回乡村既不是要重新思考自己和土地的关系,也并不是感受到坚硬的城乡二元秩序的难以逾越,这些都在他的思维限度之外,一方面是出于对过去浪荡生活的厌倦,另一方面则是由于孙兰花极具奉献和牺牲精神的痴情,回到罐子村家里的他必定"享福",而这两方面的考量都不会有多少痛苦的心灵挣扎,他所作出的是最实际的生存理性层面的抉择,而这也意味着尽管曾逛遍了中国的大城市,但在骨子里他依然是一个纯粹意义上的农民。

  如果从深入城市的物理程度来说,高加林和孙少平这两位高中毕业的农村知识青年远远比不上逛遍中国甚至差点走出国门的王满银,高加林走向的城市只是离村子十来里路远的县城,孙少平主要在地级城市黄原市揽工,此后又辗转到位于偏僻山沟里的矿场,而他们最远的城市足迹都停留在了省城。但是,他们企图征服城市的热望与意志,以及往返于城乡之间而产生的快乐、痛苦、屈辱、自尊等强烈的情感体验,绝不是只图混得嘴油肚圆的王满银所能理解的。从根本上来说,由于现代知识教育的熏陶和求学期间的城市生活体验,高加林和孙少平已经形成了不同于父辈农民的文化人格,尽管他们的农民出身也许使他们永远也摆脱不了农村的影响,同时他们也从未鄙视过任何一个农民,甚至对于黄土地上的另一种智慧与伟大有着深刻认识,但他们精神思想中那个"农村以外世界的系列",显然已使他们不甘于父辈那种在土里刨挖一生的活法,同时父辈所认同的乡土民间文化中的价值观念也在一定程度上走向失魅。从社会学的视角来看,高加林和孙少平已经在很大程度上实现了由生存理性向发展理性的跨越,在基本的生存之外,他们渴望和追求自我的发展和完善,然而在封闭而稳态化的乡土生存中,他们显然无力实现自身已经确立的新的价值目标。因此,在意识深处,他们即便不是在价值取向上完全背离乡土,但又更主要地充满着对城市文明的热烈向往和自我发展的强烈意愿,因此从历史理性的维度来看,他们由乡村生活迈向城市文明的愿望、意志以及行动显然是无可厚非的,正如有论者所指出的,"当青年一代的农民只能简单复制父辈们的宿命的时候,无论如何,对此的逃离甚至反抗,都是天然具有一种正当性的"①。

然而,进了城的农民之子路遥,因其在城乡之间的情感困惑与价值摇摆,在不断强化高加林和孙少平可以实现其价值目标的种种特质的同时,在千方百计让他们向着城市进军的同时,最终又将他们锁定在由生存理性所支配的稳态的乡间社会,并试图让他们在其间寻求生活的价值和意义。在路遥笔下,高加林对城市生活的向往离开了自己的现实,因而他的盲目追求如同眼前升起的一道彩虹,尽管色彩斑斓,但会很快消失,而且教训极其惨痛,不仅带来巨大的精神痛苦,"甚至能毁掉人的一生"。于是,没能走好人生道路上紧要几步的高加林狼狈地回到了高家村,重返农民身份的同时,也一头扑倒在路遥心中博大、宽厚的民间怀抱之中,而随着他的突围失败,作品中原本存在的现代意识与民间价值之间的紧张关系也得以缓解乃至消失。大致可以说,路遥以民间文化的感召力量逼迫着高加林回到土地并重新思考

---

① 董丽敏:《知识/劳动、青年与性别政治——重读〈人生〉》,《南开学报》(哲学社会科学版)2014年第6期。

他与土地之间关系的同时,也搁置了对他身上由现代性知识和视野所开启的现代理性的处理。因此从小说开头处被挤掉民办教师工作,到小说结尾处扑倒在德顺爷爷的脚下,似乎在一番生活的周折与抉择之后,原本树立了新的价值目标的高加林又走向了对民间价值的认同。在这个意义上,高加林的重返土地无疑彰显了做出这种文化选择和艺术处理的路遥过于单一的文化价值取向,以及在探索乡间知识青年的人生价值和意义这一问题上的有限性。而也许是隐隐感觉到像高加林一类的农民出身的知识青年那种不愿受农村局限的出走愿望显然会不断地在心中升腾,高加林们会在自身发展诉求的导引下一次次地从乡村走向城市,于是才有小说最后一章"并非结局"的特别说明,而这种刻意为之的说明,恰恰再次表明了路遥的探索所达到的文化深度与艺术高度是颇为有限的。

三 现代性突围中的价值悖反

与高加林给我们留下的整体印象相似,在《平凡的世界》这部百万字的皇皇巨著的两端,从那个怀着一颗敏感而羞怯的心悄然取走黑面馍的高中生,到一个人悄然离开省城、回到大牙湾煤矿惠英母子身边的煤矿工人,十年之间,同时也是百万字的生活记录之间,孙少平形成了一种矛盾统一的"混合型的精神气质",经历了自我意识的巨大觉醒,萌发了闯荡世界的想法,并最终摆脱了农民的身份,走进了公家门,愈发显示出不凡的修养和才能,同时在生活的不断磨砺之中,他对苦难也有了更高意义上的理解。然而同样凸显的另一面则是,在孙少平的意识深处,始终隐隐地闪烁着种种契合乡村价值原则的光斑,并构成对其现代理性精神的极大遮蔽,曾经千方百计想要走进城市的他最终拒绝城市,拒绝大学毕业生金秀的爱。而在价值目标的实现上向着民间回归,在民间的温情怀抱中找寻生活的意义和价值,也在很大程度上构成了对其现代性突围的悖反,从而未能显示出其在思想精神上本质性的成长和蜕变。

面对田晓霞的主动表白,孙少平没有像哥哥少安那样"逃避不可能实现的爱情",而是"决不准备屈服"地努力争取。对于自己那个漂亮,并且拥有地委书记女儿和省报记者身份的女朋友,孙少平表现出无法抑制的骄傲和"男人常有"的"那么一点虚荣心",然而一想到他与晓霞之间巨大的身份差异,一种纠集了焦虑不安、自我怀疑以及自尊、自卑的复杂情绪就不断在内心涌动着。原本在他看来,"如果一辈子当农民",晓霞"更不会"把他"放在眼里",但成为煤矿工人后,这种身份跨越显然并未能拉近他与晓霞之间的距离,他依然担心晓霞不愿意他"一辈子是个煤矿工人",并不断做出悲剧结局的判断。当晓霞在信中隐约提及同事高朗似乎在追求她时,晓霞的坦诚以及在信中表达的"对他的炽热感情和无尽的思念"都被他抛诸脑后,高朗是"中央某个'老'的后人"的信息成为刺痛他的地方,"就像一块矸石砸在了他的脑袋上",并引起他巨大而激烈的"走入极端"的情绪反应,"一个掏炭小子,怎么能和那个叫高朗的记者相匹敌"的强烈自卑带给他无限痛苦和失落。而当晓霞消除误会、进一步坚定地表达了对他的爱恋,他对"一个井下干活的煤矿工人要和省城的一位女记者生活在一起"的自我质疑也从未消散过。每当思量起他们之间的爱情,"在他内心汹涌澎湃的热浪下面,不时有冰凉的潜流湍湍流过",一直隐匿在心底的"那个使他痛苦的'结症'"又再次上升到意识的表层。于是,当他在省城见过妹妹之后去找晓霞时,却又在报社门口犹豫徘徊起来,而当他终于鼓起勇气走进报社门房、却被告知晓霞不在时,"他在遗憾之中也有一种解脱似的松宽"。尽管在生活的不断锤炼下,孙少平能深刻地理解并勇敢地迎接苦难,甚至已形成不失哲理色彩的"苦难的学说",以及"热爱苦难"的英雄主义气概,然而根植于民间的牢固的价值观念却使他在感情上依然囿于阶层意识的逼仄格局之中,无法形成对于爱情的现代性认知和理解,在这一点上,他并没有比哥哥孙少安更具本质上的成长性。

由于这种根深蒂固的阶层意识及其所带来的自卑心理,实际上并不能随着时间的流逝就理所当然地消退,甚至可能因为不可避免的碰触而走向进一步的固置和强化,可以想象的是,也正如孙少平所一直

"在心灵的深处"预感到的,"他和晓霞的关系也许要用悲剧的形式结束"。因此,为了避免这位生活中的英雄遭遇这种现实性的感情尴尬和困境,尽管路遥曾带着自信和期待提示我们,"不必过分担心"孙少平"对自己和晓霞关系的疑虑","少平向来具有说服和开导自己的本领",而且两人地位和境况上的巨大差异反而会使少平"奇妙地对生活更加激发起了热情",但他仍然匆匆地以晓霞的意外身亡结束了这段浪漫传奇,在为孙少平解决了在感情抉择以及本质层面的文化选择上何去何从的难题之时,也因此绕开了令自身感到困惑的叙事难点。

  而正是由于这段在身份上极不平衡的爱情关系不时地助推着孙少平内心牢固的阶层意识和自卑心理,因此在成为煤矿工人后,他需要不断地确认自身的生存方式,这既是他对生活一贯的热爱,又更是一种在其中发现自我生命价值和意义的努力,以实现心理上的某种平衡和自身精神意念的不断强大。除了这份工作让他"不愁吃,不愁穿,工资大,而且是正式工人"外,路遥频繁地让孙少平为自己的工作"给这世界带来的是力量和光明"而自豪,"为自己是个煤矿工人而感到骄傲",以至大牙湾已成为他"生活的恋人"。可是除了身份上的变化外,我们实在难以看出在距离铜城还有四十华里路程的偏僻山沟里,大牙湾煤矿的生活和双水村的劳作有多大的差异。姑且不说下井掏煤和在土里刨挖一样,都是极其严酷而艰辛的,甚至井下工作还随时面临着死亡的威胁,更为重要的是,即便矿区的街道、商店、机关、学校,"应有尽有",因而在生活的外在环境上与双水村大为不同,但是矿工的生活与封闭自足的农民生活似乎并无本质上的区别。"对于大部分煤矿工人来说,劳动、赚钱、睡觉,把自己的小窝尽量弄合适一些,有精力的话,再去看一场电影,这就够满足了。"同时,连孙少平自己也意识到,入了公家门的身份变化实际上也并未使他走向真正意义上的城市生活,置身于省城的他感受到的是"渺小和无所适从",是"一种被巨浪所吞没的感觉",而妹妹兰香才是"家族中第一个真正脱离了土壤的人"。

  然而,正是在这种同样封闭自足、具有稳态性质的生存空间中,孙少平的生活向往悄然向着温情的民间世界回转了。在惠英嫂子那里，孙少平卸下了阶层差异所带来的精神重负，感到轻松、亲切、愉悦和满足，一种别样的踏实的幸福感油然而生。在惠英丈夫死后，出于对师傅的感情，孙少平责无旁贷地担当起了照顾、爱护惠英母子的责任，在他和惠英"像姐弟一样互相关怀"的长期相处中，他愈发感受到自己需要惠英那种"温柔的女性的关怀"，因而"总要不由自主跑到惠英嫂那里去"，以至每次走向那个院落，"他都有一种按捺不住的激动"，"内心是这样充满温馨和欢愉"，那个院落已逐渐成为他"心灵获得亲切抚慰的所在；也有他对生活深沉厚重的寄托"，并最终成为他的情感归宿。与他和晓霞的爱情相比，他与惠英的情感不具有任何的现代色彩，但他恰恰在这种根植于民间的朴实、温厚的情感中获得了心灵的坦然和自由，并且真正表现出在两性关系中所需要的成熟心理。由于前后两个感情对象或者说前后两段感情关系构成了现代与民间（传统）之间的鲜明对比和内在冲突，尽管不存在同一时空中的矛盾张力，但依然表明着孙少平的情感抉择实际上与哥哥少安在润叶与秀莲之间的爱情选择在本质上并无二致，因而也再次意味着他在爱情上的现代性追求并不完整和完备，民间化的价值取向反而愈发得以彰显和确认。

在情感抉择之外，孙少平在人生价值目标上的民间向度也表明着他与完整意义上的现代青年形象之间还存在着难以逾越的距离。与一心扑在黄土地上、立志在乡间活成个人样的哥哥孙少安相比，孙少平原本是不断朝着城市现代生活进发的知识青年，他接受过更多的教育，读过更多的书，体验过县城的"准城市"生活，了解更广阔的外部世界，对自己的生命方式和情感体验有更多的自觉意识，对苦难本身也有更高意义上的理解，同时还拥有一段试图超越阶层、具有现代色彩的浪漫爱情。尽管我们并不极端地要求他和土地断然决裂，以及获得一种纯粹的"城市型状态"，但这些迥异于哥哥少安的个人特质不免令人对其现代性突围充满了期待。然而，随着孙少平的生活故事不断展开，他的"混合型的精神气质"中那个"农村的系列"不仅没有逐渐消退的迹象，反而呈现出愈发扩大和凸显的倾向。

当城乡秩序的异常坚硬迫使路遥不得不安排孙少平以煤矿工人的身份进入公家门、费尽周折地走进城市之时，成为煤矿工人的孙少平却并未在意识层面同步地迈出步伐，实现自我精神在现代性突围历程中的进一步成长。恰恰相反，在路遥笔下，在人生价值目标的设定上，他再次饱含深情地同时也是不失豪迈地向着民间回归。姑且不论孙少平"变成一个纯粹的城里人"的知识追求实际上有着急切而浓重的功利性色彩，并且这种在性质上与民间所崇尚的"书中自有黄金屋"的观念并无二致的知识目标设计得到了路遥的肯定和确认，只需要对孙少平初到煤矿时的生活梦想做一番考察，即可窥视其未能超越民间世俗标准的价值目标取向。为给父亲箍两三孔"双水村最漂亮的"的新窑洞，"证明他孙少平决不是一个没出息的人"，"他才在沉重的牛马般的劳动中一直保持着巨大的热情"；在他的生命畅想中，当一辈子穷苦的父亲住上新窑洞，以"一副自豪体面的神态""挺着胸脯站到双水村众人的面前"，甚至在他的孝顺下，"晚年活得像旧社会的地主一样"，对他来说，就是在"实现一个梦想，创造一段历史，建立一座纪念碑"。如果说对于始终在闭塞的双水村奋斗的农民孙少安来说，这种在乡村社群中出人头地的生活梦想是顺理成章的，因而尚且可以得到理解，那么孙少平这种"包含着哲学、心理学、人生观"以及"激动人心的诗情"的价值目标，则难以让人将其与不断朝着城市突围的现代知识青年的形象联系起来。孙少平期望着承担对家人的责任和义务，并在乡间获得好的名声，从而获得精神生活与社会生活的满足，在根本上所遵循的是具有稳态性质的乡土结构中的生活模式，因而未能显示出在时代转型中知识农民在思想精神层面的成长性。在他与乡土民间之间，不仅没有价值层面的相悖，甚至缺少应有的理性质疑所带来的价值间隙，以致令人遗憾地联想到他的出走或许的确如路遥所描述的那样，"纯粹出于青春的激情"，而别无新的价值目标牵引。而当他的这种回归民间文化价值体系的奋斗目标获得城市姑娘晓霞的感动、理解和认同，路遥也因此毫无情感障碍和价值障碍地，乃至颇为激动地完成了对于自身所依恋和认同的民间伦理价值的单向性选择，从而显示出自身文化心理结构的单一性，以及在思想意识层面与现代意识的抵牾之处。在单向性文化选择所导致的巨大的遮蔽之下，对于乡土民间社会沉滞、闭塞以及落后的一面，路遥缺少了一种冷静的置身其外的理性审视，因而也使其对历史转型期中国文化的观照和思索未能达到应有的高度。

第四章　陈忠实与关中民间社会

在一篇题为《在原下感受关中》的创作谈中,作家陈忠实曾对其执守一生的乡土生活与乡土写作做过如下描述和总结:

> 我五十年里所看到的世界,是乡村;我五十年里所感知的人生,是乡村各色男女的人生;我五十年里感受生活的变迁——巨大的或细微的,欢乐的或痛苦的,都是在乡村的道路乡村的炊烟乡村男女的脸色和语言里体验的。……夹在灞河和浐河之间的这一方土地,我在其间奔走了整整五十年,咀嚼了五十年,写下了一篇篇或长或短的小说和散文。①

与常常被相提并论的另两位第二代"农裔城籍"陕西作家路遥和贾平凹一样,故乡民间世界也成为陈忠实审美观照视域中最为自然、也最为重要的部分;但相比于贾平凹对西京艺术世界的开辟,以及路遥对城乡交叉地带生活图景的呈现,陈忠实创作所营构的审美文化空间呈现出更为纯粹的乡土性。无论是早期对关中农民现实生存境况的关注,还是后期走进民间历史之中书写乡村社会以及农民心灵的变迁,无论在主体状态上是停留于生活体验的层面,还是日渐形成了自身独

---

① 陈忠实:《在原下感受关中》,载《陈忠实文集》第9卷,人民文学出版社2015年版,第42—43页。

特的生命体验，无论是遵从"人物塑造性格说"，还是走向对人物心理结构的设计和把握，无论是早期师法于柳青，并以创作的"柳青味儿"为荣耀，还是此后摆脱了柳青、走出了自己的风姿，在客观的创作题材以及主观的创作心理上，陈忠实都诚恳地忠实于他所来自的农村世界，执着于对故土大地的观照与守望，以及对于农民喜怒哀乐的抒写。正如作家自己所言："看取社会的角度和看取生活的对象都是乡村，尤其是我生活和工作过大半生的灞河区域，完全是一种无意识亦无任何自觉的事，也是在一种无可选择的单纯里自自然然发生且持续做着的事。"[①] 尤其是当陈忠实将笔触伸向关中民间历史，在一个个鲜活而又沉重的人物生存故事的讲述中，以自己独特的生命体验触摸和呈现民间社会的精神脉象与文化症候，"无意识亦无自觉"之中对乡村生活的忠实以及对于民间文化的迷恋，使他不仅致力于还原民间历史的本来面目，而且着力于挖掘和凸显民间文化精神，以期对传统价值进行重新评估。作为知识分子作家应然的现代理性精神和文化自觉意识使得陈忠实最终走下"白鹿原"，在一定的距离之外审视和剥离原上的生存世相与文化流脉，但在整体上颇为含蓄的道德态度又暗含着朝向民间的倾斜与皈依，民间话语所发出的声音也因此得以彰显。

第一节　关中对于陈忠实的多维意义

在《白鹿原》的创作准备期里，受到拉美魔幻现实主义文学的启发，陈忠实"顿然意识到连自己生活的村庄近百年演变的历史都搞不清脉络"。于是，在"必须立即了解我生活着的土地的昨天"的强烈欲念之下，他断断续续用了两年时间，进入"以西安为中枢神经的关中"，对百年前村子里"人的脉象，以及他们的心理机构形态"进行了清醒的关注和尽可能准确的把握，最终形成了他纯粹作为"生于斯

[①] 陈忠实：《在原下感受关中》，载《陈忠实文集》第9卷，人民文学出版社2015年版，第41页。

长于斯的一个子民作家"对这块土地的理解和体验。①

一 关中文化的特质及其功能

在谈到自身对关中文化的理解时，陈忠实曾颇为形象地指出："封建文化封建文明与皇族贵妃们的胭脂水洗脸水一起排泄到宫墙外的土地上，这块土地既接受文明也容纳污浊。缓慢的历史演进中，封建思想封建文化封建道德衍化成为乡约族规家法民俗，渗透到每一个乡社每一个村庄每一个家族，渗透进一代又一代平民的血液，形成一方地域上的人的特有文化心理结构。"② 在此后的写作中，这种文化理解和体验被全部地融注到其笔下的各式人物身上，《白鹿原》中那些生活在这块土地上的人们，无不浸润在源远流长的关中传统文化的滋养、陶塑和宰制之中，陈忠实也借由对其文化心理结构的透视和其生命轨迹的演绎，呈现了民族的"秘史"，并实现了自身对于民族命运的思考。实际上，关中文化巨大而又深刻的影响不仅仅是对其作品中人物心理结构的生成发生作用，并且也在潜移默化之中塑造了"生于斯长于斯"的作家的心灵世界。虽然现代意识使其一定程度地在理智层面走向了对于故土文化的悖反，但陈忠实的生命体验以及文化心理结构中的关中色彩无疑是更为浓重的，甚至可以说成为其生命的底色。对于他来说，关中的意义不仅在于为其提供了一个极富地域性的审美对象，而且也在根本上决定着他观照人与土地、人与文化的关系，以及构筑艺术世界的角度与方式。

关中位于陕西省中部，南倚秦岭山脉，北临黄土高原，西起宝鸡峡，东至潼关，是由渭河及其支流泾河、洛河等河流冲积而成的平原地带，又称渭河平原，号称"八百里秦川"。由于关中平原地势坦阔，土地肥美，气候温和，十分适宜于农业生产，因此是华夏农耕文明的

---

① 陈忠实：《寻找属于自己的句子——〈白鹿原〉创作手记》，载《陈忠实文集》第9卷，人民文学出版社2015年版，第310—315页。
② 陈忠实：《寻找属于自己的句子——〈白鹿原〉创作手记》，载《陈忠实文集》第9卷，人民文学出版社2015年版，第315页。

重要发祥地之一。在距今数十万年前的远古时期，蓝田猿人就已开始在这片土地上繁衍生息，并创造了丰富多彩的史前文明，为后世留下了丰富的文化遗存。大约在六千年前，半坡原始氏族村落开始在背倚白鹿原、前临浐河的黄土台塬上饲养家畜，打猎捕捞，采集果实，这片秦川之上的农业生产活动也缔造出璀璨的原始农耕文明，成为黄河流域仰韶文化的一个典型代表。至四千多年前，传说中的农业始祖后稷就在这里"教民稼穑、树艺五谷"，开创了稼穑文化的先河；而周部落也开始栖息于"北依岐山，南临渭水，地势险要，利于农业发展"①的关中西部一带，关中文化也因此与秦地姜炎文化、周礼文化血脉相连，成为我国古代农耕文明的代表阶段。由于关中自古以来就是蓄积多饶的富庶之地，并且四周具有的天然地形屏障使其易守难攻，军事意义上的地理位置十分优越，因此自周武王建都镐京起，这里成为中国农业文明时代十三个王朝的都城所在地，周、秦、汉、隋、唐等历史上极为重要和显赫的王朝都在这里建都，既留下"秦中自古帝王州"的美名，也形成深厚的历史文化传统。

一方面，厚重古朴的农耕文明在关中沃土上不断延绵和发展，在造就"天府之富饶"的同时，也使得关中儿女形成了薪火相传的"以农为本"的精神文化传统和强固的乡土文化心理积淀。由于农耕生产所需的气候、雨泽及土壤等条件优越，"好稼穑，植五谷"、精耕细作成为关中地区劳动人民世代相传的优良传统，以及最基本的土地利用方式。与此相应，安守田土、依时而行成为其最基本的生活方式，而衣食丰足、福禄永终则成为他们在自给自足的农耕生活中所追求的理想状态。古往今来，在这种与土地紧密相连、胶著而不动的反复不舍的劳作中，生活在这片沃土上的人们只需留守一地即可生生不息，世世代代"生于斯、长于斯、老于斯、祖宗子孙世代填墓安于斯"②，因此他们不仅将农业视为生存之根本，在实际的生产生活中生发出对于

---

① 赵洪恩、李宝席主编：《中国传统文化通论》，人民出版社2003年版，第291页。
② 钱穆：《中国文化史导论》，商务印书馆1994年版，第3页。

作为万物之本的土地的无限依恋和崇拜，而且逐渐形成了农耕社会中极具典型性的固守本土、安定守成的乡土文化形态，以及质朴厚重、沉着稳健的乡土文化心理。加之"四塞之国"的天然地形屏障形成了相对封闭的地理位置，使得人口的流动和自由迁徙进一步弱化，并且，关中作为历代帝王之州的显赫地位更使人们无事外求、无须移动，因此进一步强化了关中地区较为封闭、静定的生产生活方式，以及稳健、持重的文化心理结构。可以说在厚重的历史惯性和积淀作用之下，与乡土中国社会的其他区域相比，关中地区的乡土观念更为浓厚和稳固。同时，由于传统的农业生产注重实际，讲求一分耕耘一分收获，因此关中人们在久而久之的耕种和劳作中，也形成了勤劳敦厚、质朴无华、务实避虚的心理性格，以及"重实际而黜玄想"的价值观念。

另一方面，由于关中地区是秦地姜炎文化以及与之一脉相承的周礼文化的滥觞之地，而"西周文化所造就的中华文化的精神气质是后来儒学思想得以产生的源泉和机体"，[①] 因此以西安为中枢的关中地区有着尤为根深叶茂的历史文化底蕴。古老璀璨的周礼文化既是整个中华民族文化的源头和基石，更是关中人们外在行为规范和内在精神秩序的本土性渊源，敬天保民、礼仪教化、以德治人等周礼文化传统，以及尚和、重礼、笃行等文化精神在这里流传千年，延绵不息。从周礼繁衍而出的儒家文化同样深刻地渗透到了关中人们的精神心理与气质禀赋之中。由于自西周以降，曾有十三个王朝在关中建都，自古以来这里就是全国著名的政治经济文化中心，因此以周礼文化为直接思想源头的儒家文化在这里得到了更为凸显的承续和发扬，可以说相比起其他区域而言，关中人们所承受的儒家文化传统与伦理道德的浸染和熏陶无疑是更为浓重和深刻的。儒家文化所倡扬的以仁义为内核的礼治秩序，以祠堂为载体的宗族制度，以家族血缘为纽带的社会生活形式，以仁义礼智信为核心价值的伦理思想，以及注重礼义廉耻

---

① 陈来：《古代宗教与伦理——儒家思想的根源》，生活·读书·新知三联书店1998年版，第8页。

的人格气节等，不仅在关中地区开风气之先，形成具有相当辐射力与影响力的文化范式，并且更为直接地形塑着关中人们的文化心理与精神风貌。

及至北宋时期，张载开创了"关学"这一具有重要影响力和旺盛生命力的地域性理学学派，重礼、尊儒的关学传统使得悠久深厚的周礼文化和博大精深的儒家文化进一步释放出无限活力和巨大感召力，以西安为中心的八百里秦川不仅养成了"风土厚""气节著"的地域文化特质，而且行周礼、尊关学的民风民俗也对关中人的思维方式、价值观念、人格德性和文化心理结构产生了深远影响，延绵近千年的关学精神已经成为深入人心的文化基因，流淌在关中人们的血液之中，对其重礼贵教的精神塑造产生了重要作用。正如李泽厚所说的："真正的传统是已经积淀在人们的行为模式、思想方法、情感态度中的文化心理结构。儒家孔学的重要性正在于它已不仅仅是一种学说、理论、思想，而是溶化浸透在人们的生活和心理之中了，成了这一民族心理国民性格的重要因素。"[①] 如果说儒家的伦理思想和道德观念已在整体上成为乡土中国民族心理和国民性格的根基性因素，那么在数千年的中国文明史上长期占据中心位置的关中文化，无疑更为直接地、突出地承续和发扬着儒家孔学，因而关中人们的生活、观念、思想、情感也更为典型地承受着儒家文化的滋养和浸润，形成了既深沉严厉又保守滞重的文化精神，以及诚厚、质朴、持重、尚德的性格特质。

在正向的意义上，与儒家文化的血脉相连使得关中自古士风敦厚，盛产兼具"忠信沉毅之质"与"明达英伟之器"的"豪杰"，[②] 正如陈忠实所描述的："蓝田境内的秦岭是真正的山；蓝田西部的白鹿原是典型的原，蓝田的辋川灞川是刚柔互济的川道，石之坚玉之柔土之

---

① 李泽厚：《启蒙与救亡的双重变奏》，载《中国思想史论》（下），安徽文艺出版社1999年版，第859—860页。
② （明）王阳明：《答南元善》（丙戌），载陈明等注《王阳明全集》第1册，华中科技大学出版社2015年版，第210页。

厚水之深民之勤朴风之淳厚融为一体，滋润着一代一代乡民，哺育出无以数计的民族英雄。"① 但关中民间世界的文化精神在闪烁着动人的道德光彩、发挥矫正人心、正风易俗功用的同时，其正统、板直的特性也往往构成对于一代代乡民自然人性和心灵情感的抑制和束缚。更严重地，正如费孝通所指出的，"礼制社会并不是指文质彬彬，像镜花缘里所描写的君子国一般的社会。礼并不带有文明、或是'慈善'、或是'见了人点个头'、不穷凶极恶的意思。礼也可以杀人，可以很'野蛮'"②。因此推崇礼治、德治的关中伦理文化在关中民间的精神生活中显示出双向的功能意义，而这也在极大的程度上决定着背靠这块土地写作的陈忠实可能面临的文化价值分裂。

二 文化心理结构中的关中底色

美国当代著名文化人类学家鲁思·本尼迪克特在谈到风俗在个人文化形成过程中的作用时曾指出："风俗习惯对人的经验和信仰起了决定性的作用，……个体生活历史首先是适应由他的社区代代相传下来的生活模式和标准。从他出生之日起，他生于其中的风俗就在塑造着他的经验和行为。到他能说话时，他就成了自己文化的小小的创造物，而当他长大成人并能参与这种文化的活动时，其文化的习惯就是他的习惯，其文化的信仰就是他的信仰，其文化的不可能性也就是他的不可能性。"③ 作为土生土长的关中人，陈忠实的身上也留下关中历史文化的种种印记，他的人生经验、思想信仰、心理情感的形成以及其创作本身，全部地沉浸在源远流长、绵绵不绝的关中文化之中，无时无刻不在承受着故土文化潜移默化的影响，并因此形成了关于民族生存、历史演进以及人的命运的独特生命体验。正如他所说："我的

---

① 陈忠实：《美玉出蓝田》，载《陈忠实文集》第5卷，人民文学出版社2015年版，第323页。
② 费孝通：《乡土中国》，生活·读书·新知三联书店1985年版，第50页。
③ [美] 鲁思·本尼迪克特：《文化模式》，张燕、傅铿译，浙江人民出版社1987年版，第23页。

乡村生活是无意识里形成的一方狭窄的天地。在西安市郊的东南角落,属于渭河平原的关中的东南一隅";"我对离我不过五十里的西安,进去出来不知几百成千回了,却形成一种感觉里的陌生和隔膜"①。因此,陈忠实的创作有着浓重的恋土情结和乡土文化意识,既是对于故乡关中文化的自豪与感激,也是对现代城市文明的疏离与隔膜。在谈到中国人的文化心理结构时,陈忠实曾说:"中国人或者更准确一点说我们民族,几千年来读着一本大书,城里人读这本书,乡里人能出资读得起书的人也读的是这本大书,城里的文化层次高的知识人还是读这本大书长大的,所有人接受的是一个老师的关于修身做人关于治国安邦的教诲。……虽然解放后不读那本大书了且受到批判,但那本大书依然以无形的形态影响着乡里人,也影响着城里人。"② 作为其中的一员,陈忠实自身也受到以儒家文化为主要内容的"那本大书"的影响,其文化心理结构在整体上仍然是属于乡土中国的。并且,他不仅并无主观意图上十分明确的对于滋养他的关中乡土文化的逃遁和出离,反而将其创作植根于关中深厚丰富的历史文化土壤之中,关中既是其创作的源泉和沃土,也自然而然地成为其作品中故事发生、展开和演绎的地理背景、现实背景以及文化背景。

在早期关注关中民间现实生存境况、反映变革时代现实矛盾之外,当陈忠实将笔触伸向民间历史,关中的意义尤其得到凸显和张扬。由于受到卡朋铁尔的《国王》以及马尔克斯的《百年孤独》等魔幻现实主义文学"把眼睛转向自己生存的土地"的文化自觉意识的影响,同时20世纪80年代中期国内兴起的文化寻根思潮也使其受到启发,陈忠实开始意识到自身对于乡村社会的认知和理解是浮泛和肤浅的,并立志要真正地"进入1949年以前已经作为历史的家乡","了解那个时代乡村生活的形态和秩序"。而当他将此前"一直紧紧盯着乡村现

---

① 陈忠实:《在原下感受关中》,载《陈忠实文集》第9卷,人民文学出版社2015年版,第42页。
② 陈忠实:《关于〈白鹿原〉与李星的对话》,载《陈忠实文集》第5卷,人民文学出版社2015年版,第374—375页。

实生活变化的眼睛转移到1949年以前的原上乡村",对于关中民间文化的独特生命体验使他更为忠于自己所生活的这片土地。在外在的写作状态上,"每天写作之余的傍晚,我把自己融入四时变幻着色彩也变换着情调的原坡和河川,已经成为心理乃至生理的不可或缺的需要了"①。更为重要的是,在审美对象上,故乡的自然风物、历史遗存、文化传统、乡俗人情、民间传说等,进入到了陈忠实的艺术视野之中,因此20世纪上半叶关中民间社会动荡不安的世俗生活,渭河平原家族之间的恩怨纷争与兴衰变迁,祭祖求雨、节庆活动、婚丧嫁娶等关中民间风情,以及世代承传下来的关中民间信仰、礼仪文化、精神民俗等,全部成为作家审美观照的直接对象,在他的选择、加工、提炼之下,一个凝聚着作家生命体验的审美文化空间由此生成,并为其创作带来独特、浓郁的地域文化色彩。在价值立场上,由于陈忠实已经超越了早期小说"站立在一个悬离于生活之上的外在视点,以一种与本真的生活及人物的个人体验并不相符的外在意识形态尺度来评价生活、续写生活"②的眼界和水准,而是取一种较为彻底的民间立场来呈现关中平原半个世纪的历史变迁,以及关中农村生活的斑斓画卷,《白鹿原》也成为当代向着民间回归的乡土文学的典范之作。

关于"乡土文学",茅盾曾指出:"单有了特殊的风土人情的描写,只不过像一幅异域的图画,虽然能引起我们的惊异,然而给我们的,只是好奇心的厌足。因此在特殊的风土人情而外,应当还有普遍性的与我们共同的对于运命的挣扎。一个只具有游历家的眼光的作者,往往只能给我们以前者;必须是一个具有一定的世界观与人生观的作者方能把后者作为主要的一点而给与了我们。"③ 从这一维度来看,《白鹿原》不仅融注着陈忠实独特的生命体验,而且也反映着其根植于关中民间传统文化的世界观和人生观,其思想倾向与文化态度明显

---

① 陈忠实:《寻找属于自己的句子——〈白鹿原〉创作手记》,载《陈忠实文集》第9卷,人民文学出版社2015年版,第310、309、330、416页。
② 李建军:《宁静的丰收:陈忠实论》,华夏出版社2000年版,第25页。
③ 茅盾:《关于乡土文学》,载《茅盾全集》第21卷,人民文学出版社1991年版,第21页。

地对其艺术世界发生着深刻的影响。因此尽管在新旧文化的激烈撞击之中，陈忠实"必然难以逃避文化价值分裂的历史宿命"①，但其文本中所涌动着的在民间世界中找寻精神家园的美学欲念、文化愿望以及为之付出的努力，无不表明着关中传统文化对陈忠实文化心理的感染、熏陶和形塑。

此外，在艺术风格上，陈忠实的创作也在关中文化潜移默化的影响之下打上了鲜明的地域烙印。关中地区较为保守、静定的生活方式形塑着在这片土地上繁衍生息的人们稳健、持重的文化心理结构，注重实际的农业生产方式使其形成了质朴、务实的价值观念；而关中地形的平坦开阔，以及自然景物的四季分明、朴素辽阔，也塑造了关中人们偏好稳定、阔大、舒缓的美学意识和感觉。而这些"关中因素"反映到文学上，则对作家审美理想与美学风格的形成具有潜在而深远的重要意义，最终促使其形成底蕴宽厚、情感深沉、文风朴实的创作风格。而当陈忠实在《白鹿原》中致力于呈现关中民间历史、挖掘传统文化，从而表达对民族命运的思索时，关中儒家文化的正统、板直，以及"经世致用"与修身养性的特性，与原本厚重、稳健的文化性格更相互激发，促使其形成创作的史诗情结，《白鹿原》中对于巴尔扎克的"小说被认为是一个民族的秘史"的引用正是其写史意识的充分彰显，尽管其叙事框架之内所承载的史诗性内涵浸透着个人化的生命体验，但《白鹿原》在整体上仍然契合了较为方正、厚重、宏壮的史诗性长篇创作的审美范式。

由于在整体上，陈忠实以一种诚恳地忠实于土地和故乡的民间立场进行创作，他对关中故乡大地充满着深沉的迷恋、崇拜之情与回报之意，因而无论是在守土创作的情态上，还是在审美对象与文化价值的选择上，以及作品艺术风格的生成上，故乡关中都显示出极为重要的意义，甚至在相当程度上决定着其创作基本的思想和艺术面貌。然

---

① 周燕芬、马佳娜：《〈白鹿原〉：文学经典及其"未完成性"》，《西北大学学报》（哲学社会科学版）2018年第1期。

而，当陈忠实借由叙写关中平原家族变迁的雄奇史诗而对民族深层的文化内涵与精神品质进行探寻，"通过自己的笔，画出这个民族的灵魂"之时，知识分子作家的现代意识又使他不得不冷静地意识到生养他的这片土地"既接受文明也容纳污浊"。在对蓝田县志"贞妇烈女"卷的阅读中，他就具体而又深切地感受到关中民间社会所颂扬的贞节的"崇高和沉重"："这些女人用她们活泼的生命，坚守着道德规章里专门给她们设置的'志'和'节'的条律，曾经经历过怎样漫长的残酷的煎熬，才换取了在县志上几厘米长的位置。"[①] 实际上，在对于业已成为过去的关中氛围的体验中，在对关中民间历史耐心静气的触摸中，陈忠实不仅仅在感性层面体认到了关中民间道德对于女性生命的压抑和人性的摧残，而且在理性层面清醒地意识到关中民间在传承着民族传统文化中优秀独特部分的同时，也蕴藏着传统文化与道德中的腐朽部分，他也因此真正以自己独特的生命体验感应到了关中民间真实、真切的社会秩序与精神秩序的质地。于是《白鹿原》对于传统文化与道德腐朽部分的剥离就不仅仅是对田小娥这一"纯粹出于人性本能的抗争者叛逆者的人物"[②] 的刻画，陈忠实在整体上揭示了关中民间传统文化无力抵御极具破坏性和颠覆性的现代性浪潮冲击的悲凉现实。然而纵使他难以做出单一的文化选择，他在民间传统文化中挖掘本土优势性精神资源的努力也必然地随着民间宗法传统的失落而归于失败，以至只剩下对于远逝的传统的留恋和对于民族过往生息的追怀，但关中所赋予陈忠实的诚厚、质朴的秉性素养，沉积于其心理结构中的恋土情结与关中文化因子，以及镌刻在其作品中的对于关中的深挚情感和美学意义上的关中风度，都融注到其作品由内而外的整体形态中，成为其中难以抹去且最为动人之处。正如《白鹿原》中白嘉轩所坚信的那样："凡是生在白鹿村炕脚地上的任何人，只要是人，迟早

[①] 陈忠实：《寻找属于自己的句子——〈白鹿原〉创作手记》，载《陈忠实文集》第9卷，人民文学出版社2015年版，第312页。

[②] 陈忠实：《寻找属于自己的句子——〈白鹿原〉创作手记》，载《陈忠实文集》第9卷，人民文学出版社2015年版，第313页。

都要跪倒在祠堂里头的"，无论乡土关中以外的世界在多大的程度上重塑着陈忠实的精神结构与思想意识，在他所崇拜的道德楷模白嘉轩掷地有声的断语之中，无疑也寄托着他自身对于关中这片沃育心灵的厚土的信仰。对于同样生长于兹的陈忠实而言，关中永是一种不灭的精神和灵魂的归属。

第二节　中短篇中的民间生存与伦理书写

在20世纪90年代的乡土民间叙事中，与陈忠实一样忠于自己故乡"那块巴掌大小的地方"、并同样显示出杰出叙事才华的莫言，曾结合自身的创作体验指出："一个作家一辈子其实只能干一件事：把自己的血肉，连同自己的灵魂，转移到自己的作品中去。"并且，"一个作家一辈子可能写出几十本书，可能塑造出几百个人物，但几十本书只不过是一本书的种种翻版，几百个人物只不过是一个人物的种种化身"[①]。实际上，莫言所概括的这种作家创作情形既有自身体验上的独特性，也不失某种意义上的普遍性和广泛性。对于陈忠实以及对其影响最大的文学导师柳青来说，他们也在立足乡土的创作中，将自身的血肉和灵魂融注到了最为重要的"一本书"中，《创业史》与《白鹿原》正是他们在数十年的文学生涯中经过充分准备而厚积薄发的史诗性长篇巨著。在由几十本书合成的这"一本书"中，既可以看到作家最为丰富的体验和最为深邃的思索，以及臻于理想的艺术境界，也可以窥见作家的这"一本书"与此前"几十本书"之间的内在关联性，从而追索出作家在创作思想和艺术上的演进理路和蜕变历程。在这一点上，陈忠实既与他所崇拜的柳青有着相似之处，又以摆脱柳青影响的方式显示出自身在创作上的成长性与独特性。从整体上相比较而言，如果说从延安走来的柳青始终在其创作中以自觉的政治视角表现出对中国现代革命文化的皈依，那么被称为"小柳青"的陈忠实在

---

① 莫言：《黑色的精灵》，载《小说的气味》，春风文艺出版社2003年版，第23页。

经历了早期的政治意识形态写作之后,则借由对人物文化心理结构的审视与解析,以自身独特的生命体验和日渐阔大的文化视野实现了对于柳青影响的超越。并且,如果说柳青对蛤蟆滩民间日常生活、民间道德逻辑以及伦理秩序的隐匿描写始终是置于政治框架之中,并渗透着作者突出的政治性主体意识,那么超越了"小柳青"阶段的陈忠实较为自在而彻底的民间立场则主要体现为,在关中民间现实生存与历史际遇的观照中着力于对乡村道德文化与伦理秩序的表现,对关中民间生存与伦理的集中书写,也成为陈忠实自20世纪80年代中期以来中短篇小说的重要特征,而在这一创作向度之下收获的心得与自信,也为其最终水到渠成地写就《白鹿原》这部集大成的作品做好了充分的准备。

一 革命叙述陈规对民间的遮蔽

对于农家出身且前二十多年一直生活在农村的陈忠实来说,在创作伊始即将目光投向自己所熟悉的农村生活是极为自然的选择,"当我可以拿钢笔在稿纸上书写我对生活的理解和体验的时候,乡村就成为无可选择的唯一,也是顺理成章的事"①。尽管这种"无可选择"的选择其实也意味着作家自身的生活体验和所能打开的生活图景的有限性,但对其生长于兹的这片土地深挚的情感依恋,使得陈忠实不仅热衷于描写故乡关中的乡村生活,并且对这种饱含着热烈情感的乡土书写有着高度的自我认同。他曾在写给他所推崇的尊师王汶石的通信中表示:"我一直生活在美丽富饶的渭河平原的边沿地带。我十分喜欢这块土地。我能用笔描绘这块土地上的人民的生活与愿望,革命精神和淳厚的美德,不倦的进取和悠久的传统,我感到幸福。"② 实际上,与其说这是陈忠实对自身创作生活体验的一种阐释,毋宁说这是他在

---

① 陈忠实:《在原下感受关中》,载《陈忠实文集》第9卷,人民文学出版社2015年版,第42页。
② 陈忠实:《关于中篇小说〈初夏〉的通信》,载《陈忠实文集》第2卷,人民文学出版社2015年版,第495页。

王汶石这样的投身农村现实生活的老一辈革命现实主义作家面前的一种"表态",而这也意味着,在柳青、王汶石等以政治视角观照农村现实生活的第一代陕西作家的影响下,陈忠实早期阶段的生活体验和创作都受制于来自政治的外在的规定性,甚至是对这种规定性主动而真诚的迎合。因此,在特定的历史背景下,《接班以后》《高家兄弟》《公社书记》《铁锁》等作品都"属于对生活的浮泛化记录"。在政治视角之下,他不仅未能以"符合作为文学本质的批判的精神姿态"将伦理意味深重的关中民间的生死、恐怖、闭塞等和盘托出,同时也未能站在较为彻底的民间立场之上呈现关中农民的生存、人伦以及心灵境况,而是"以外在的意识形态尺度","依托当时的皮毛的社会、政治问题,来设置情节冲突,构建人物关系,而且总是以某种公共化的视点,来评价事件,评价人物。"[1] 因此这些创作未能突破极"左"的革命叙述成规,未能达到真实的生活体验的层面,对乡村生活的思考是较为浮泛的。

  到了20世纪70年代末,随着极"左"禁锢被打破和文艺的重新复苏,陈忠实开始试图在认识意义上和艺术本体的意义上冲破僵化的文艺教条,并通过集中阅读一批包括契诃夫、莫泊桑等人在内的世界优秀短篇小说家的创作,实现了对于真正意义上的文学写作的不断接近和靠拢,而这也被陈忠实视为其整个写作过程中的第一次"达到质的飞跃的突破"。然而,打破极"左"的文艺套路,并不意味着陈忠实20世纪80年代前期那些"几乎和现实生活同步发展"、反映时代变革中现实矛盾的创作,已彻底地清除了政治意识形态书写的痕迹。对于承受着柳青、王汶石等父辈作家影响的陈忠实来说,实现从革命现实主义的文学规范到传统现实主义道路的创作转换和艺术突破,显然是难以一蹴而就的。尽管经过了集中阅读的沉淀,但在1979年所发表的《小河边》《幸福》《信任》《徐家园三老汉》,以及20世纪80年代初所发表的《土地诗篇》《乡村》《征服》《绿地》等中短篇作品中,陈

---

[1] 李建军:《宁静的丰收:陈忠实论》,华夏出版社2000年版,第15—18页。

忠实依然按照意识形态的尺度对正在发生的关中现实生活进行较为浮泛的记录和描写，这些以政治视角审视关中农村生活的创作，旨在呈现"乡村的可爱"和劳动者的美德，并未能真实而充分地写出关中乡间的生存境况、伦理处境与心灵情态。而经反复修改、直到1984年才发表的中篇小说《初夏》也依然延续着早期政治视角下的写作惯性，以致有论者指出这部作品"写得像《创业史》，非常接近柳青的风格"，其主人公冯马驹"和《创业史》中的梁生宝在许多方面都很相像"，这正表明陈忠实"当时还没有摆脱掉过去的'革命现实主义'文学的影响"①。

不过，就在反复创作和修改《初夏》的四年间，当陈忠实为了如何从"革命现实主义"的文学窠臼中跳出来而痛苦挣扎之时，他也逐渐从中体悟到了"写真实"的重要性，依赖和迁就既定人物所导致的"别扭"与困难，促使他开始放弃外在的时代政治视点，开始面对生活的直接的感受性进行创作。当他不仅忠实于外在客观生活的真实，同时也忠实于自身主观体验的真实之时，以《康家小院》为标志，陈忠实才真正地"告别了过去的政治化文学，而自觉地走上了真正的文学创作道路"②。随着对社会生活的体验不断深入，陈忠实对关中民间的生存世相、伦理情态以及人的心理和情感状态有了较为准确的把握，其创作也愈发显示出对被遮蔽的民间世界进行开掘和表现的自觉意识。

二 关中民间家庭伦理的本真状貌

在《康家小院》中，陈忠实借由讲述一个普通庄稼院的新婚媳妇与冬学教员之间的一场婚外情风波，在表达对于杨老师所代表的现代文明的嘲讽与怀疑的同时，更展示出关中民间伦理的本真状貌，并在其间寄寓着对其不乏认同的情感态度与价值立场。尽管没有高房大院、

---

① 陈忠实：《在自我反省中寻求艺术突破——与武汉大学文学博士李遇春的对话》，载《陈忠实文集》第7卷，人民文学出版社2015年版，第392页。

② 陈忠实：《在自我反省中寻求艺术突破——与武汉大学文学博士李遇春的对话》，载《陈忠实文集》第7卷，人民文学出版社2015年版，第393页。

车马田地，但康田生、勤娃父子老实本分、为人实在，是真正地道的好庄稼人，父子俩的好名声很快为勤娃迎来了十八岁的新媳妇吴玉贤。在这个"温暖的农家小院"，勤娃憨厚、诚实、俭省，玉贤知礼识体、勤快、灵醒，这对"和美的新婚夫妻""平静的和谐的生活开始了"。勤娃早出晚归出力吃苦，立志三年内撑起三间瓦房，玉贤内务外事本分、贤惠，很快在康家村"获得了乖媳妇的评价"，加上田生老汉的随和、诚厚，康家院子的日子和睦美满。然而，驻村进行扫盲教育的冬学教员杨老师的出现，打破了这个庄稼院的和美宁静。这个穿戴干净、态度和蔼的"高雅的年轻人"在玉贤心里掀起了波澜，与杨老师的"可爱形象"相比，勤娃"显得笨拙，粗鲁，生硬"。虽然她懊悔已经结了婚才听到婚姻自由的新鲜话，但在母亲的教诲下遵从乡俗家风的玉贤对杨老师并没有"邪心"，"她根本不敢想象这样高雅的文明人，怎么会对她一个乡村女人有'意思'呢？"可是满口"妇女解放，男女平等"的杨老师趁机占有了她。这件辱没门庭的丑事为她换来了丈夫勤娃以及娘家父亲吴三无情的辱骂与殴打，也带给康家父子极大的耻辱和难以忍受的痛苦。而正当爱情"觉醒"的玉贤鼓足勇气、不管不顾地找到杨老师，表示要和他"正式结合"时，平日里宣讲婚姻自由的杨老师却只想保全自己的饭碗和名声，他"惊慌"而又"烦躁"地对玉贤表示他们之间"不过是玩玩"，无法忍受侮辱的玉贤带着悔过的心情朝着康家院子走去，回到了勤娃的身边。

在这个伦理意味浓重的农村故事的讲述中，无论是在叙事话语的态度上，还是人物形象的塑造上，以及故事结局的设置上，陈忠实在现代与传统的矛盾冲突中进行文化反思的自觉意识实际上尚不明显，无处不在的是作家倾斜于民间的道德化立场。除了矮化代表着现代文明的杨老师的形象，揭示其自始至终对玉贤的哄骗实质，以及其"丑陋和恶心"的灵魂之外，康家村充满人情风味的质朴世道，康家父子作为"真正地道的好庄稼人"的诸般品行，以及他们安生本顺的劳作方式与生存理想，"乖媳妇"玉贤的知礼识体与勤快本分，勤娃舅父对"丑事"精明的处理方式，田生老汉在经受家庭剧变之后的隐忍与痛苦，乃至勤娃与吴三对玉贤的暴力惩戒，都笼罩在关中民间的道德审视之下，并且都或含蓄或显而易见地得到了陈忠实的理解和认同。作家显然并不着意于呈现关中民间残酷的伦理道德对于活泼生命与自然人性的压制与戕害，玉贤的包办婚姻生活一开始既温暖又和美，因而她的爱情"觉醒"与其说是在现代文明的启迪之下所进行的人性的抗争和叛逆，不如说是受到哄骗之下的难以自持。在礼义廉耻的内在规范之下，她的冲动表白在受挫之后很快给她带来道德上的羞耻与忏悔，而她初识的那些现代文明也被内心的道德感冲刷而尽。"因此，吴玉贤回到丈夫身边，不光是旧的重复，更包含了新的开始。玉贤的人生教训就在于面对新的潮流的冲击，不要轻易否定过去。"[①] 如果说玉贤是一个值得同情的受害者，那么在陈忠实的描写中，她被杨老师以"可笑的口吻"拒绝所导致的心灵上的屈辱和痛楚，显然比起勤娃的拳头带给她的身体上的累累伤痕更为残忍和深重。在玉贤的这场意外而短暂的婚外情风波之中，陈忠实无疑已经站到了民间的立场上来观照关中的伦理图景，而他对这个紧贴生存的日常生活故事的讲述，也显示出关中民间强大的道德力量。

如果说在《康家院子》中已经看不到意识形态尺度之下对农民生活故事的政治审视和阶级分析，并且农民的生存在贫苦和艰辛之中更多地透出一种温暖温馨，那么在另一部同样跳脱政治视角、直呈关中民间生存世相的中篇小说《最后一次收获》中，陈忠实则站在一个已跳出"农门"、走向城市的农裔工程师的角度，在强烈的城乡对比之中，还原了农民极为艰难的物质生存与扭曲的精神世界，并在其间寄寓了对于故乡关中农民的深切同情与悲悯。在家乡实行生产承包责任制的第一年，城里一家千余人的工厂里颇受注目的中年工程师赵鹏，已经为妻儿办妥了迁转城市的手续，他在麦黄时节回到小河川道赵村的家中，帮助妻子淑琴完成最后一次收获。他坐在麦田边的山梁上，眼望着家乡塬坡上麦黄时节的自然景象，陶醉于眼前"恢弘博大的气

---

① 李星：《走向〈白鹿原〉》，《文艺争鸣》2001年第6期。

势",回忆起儿时在麦田里捉蚂蚱的趣事,以及二十年前与妻子美好温馨的爱情故事。然而接连四天极其沉重的体力劳动很快把这一切诗情画意从他的心怀中排挤出去,将他变成一副狼狈不堪、丧魂落魄的架式。在这种高强度的麦收劳作中,在他所同时体验到的城市与农村之间天差地别的生活对比中,他对二十年来含辛茹苦,并且在抢收中累倒的妻子充满了无限的歉疚和疼爱。同时,他对家乡人们长年累月原始而沉重的劳作,困苦不易的物质生存,麻木而扭曲的精神世界,极左政策所造成的农村的沉滞不前,以及变质的基层农村干部与农民之间的尖锐矛盾,也有了更为真切而深挚的体认。在疯狂的抢收结束之后,他既要说服眷恋这块热土的淑琴进城,同时"为了他的乡亲和赵村的后代尽早摔掉那又硬又涩的牛皮车绊,他明白自己应该怎样……"

由于小说基本上是以主人公赵鹏为视点来展示关中民间生存的真实境况,因此在对这一同样具有"农裔城籍"身份的人物形象的塑造上,显然隐藏着陈忠实对于民间、对于农民的情感和理性态度。尽管自从踏进大学的门槛,赵鹏已在城里生活了二十余年,但农家出身以及与农民的血脉相连,使他虽然走向了小河川道外边的"广阔的世界",但却依然把根"扎在这黄土地里"。因此他在回乡之后对于农村生活的审视,不同于那些"出生在一个书香门第,或者出生于城市的任何一个最普通的家庭"的城市知识分子,而从这样一位农家出身的城市工程师的视角来展示农民的生存境况,显然是要在他所同时体验过的两种生活之间营造一种强烈的对比,并从中表达作者的情感和立场。

在陈忠实的笔下,赵鹏对他所熟悉的小河川道充满了真挚的感情,而这并不是因为在完成最后一次收获后,他就将要"永久性地从这亲爱的土地上拔脚",因而在即将举家进城之际生发出一种诗意的眷恋,而是土生土长于小河川道的他从未"鄙薄故乡故土",也从未"鄙视劳动",因此他以民间的尺度对乡党乡亲的种种生存和人伦情态予以了充分的理解和认同。尽管他自己早已脱离土地上原始的劳作,在城里是学者派头的工程师,但二十年来"他在城市和乡村之间生活着",回到家里,他帮助妻子种地、锄草、浇水、收割,"获取一家人生存下去的物质",而他对这种身份和劳作的转换毫不别扭,"撩起衣襟"来擦汗这种在城里没有用过的动作,他不陌生,并且感到顺手。看到在生活的重压下已经完全变得和黄土一样粗放而又质朴的妻子,他感到不安和歉疚,更滋生出无限的爱恋。妻子在麦田里撩起衣襟下摆来抹汗、不经意地露出两只乳房的动作,在城里人的打量下未免是有伤大雅的,但在他眼里,"这一切都显得十分自然,十分和谐,不足为奇";当妻子因劳累过度而突然栽倒,更让他对此前在麦场上发生的争吵懊悔不已,继而柔情地用温水为妻子擦洗身子。对于他的这位地地道道的农民妻子,他是心志专一、毫不嫌弃的。而当他看到由于几十年间年复一年地拉着小推车在塬坡上重负劳作,村里的男人们年轻时的"两条端直的腿""十之八九都变成罗圈腿",他的内心涌动着无奈和酸楚;当他在数天的劳作中切身地体会到疲劳如何抑制人的智慧,使脑子"顿然变得单纯而近于愚蠢",而长年累月繁重而紧张的劳动又是如何与讲究卫生相互对立,使得乡间的人们一年半载不刷牙、不洗澡,"头发和手脸上积满灰尘和污垢"却不会有什么不舒服,他更理解了农民在艰辛的生存中的这种"几乎是不可逆转的本能"。同时,乡党乡亲们对土地的迷恋,对丰收的渴望,对白吃白拿的农村干部的不满,乃至劳作中的粗俗玩笑,以及农忙时分的互帮互助,都在这位乡间人敬重的"知识人"那里得到了毫无生分的认同,他对于乡党情深的体认都包含在了关中民间流传的"再好的亲戚一两辈儿,平淡的乡党万万年"的俗语中。

如果将赵鹏与《人生》中的高加林做一番比较,他们都是"土里长出来的一棵苗",都"体味着现代文明和现代愚笨的双重滋味",并且也都在离开土地之时,"对这生他养他的故乡田地,内心里仍然是深深热爱着的",然而他们对于土地以及农民却有着截然不同的态度。在高加林眼里,一辈子在土里刨食的父亲实际上是土地的奴隶,而"和一个没文化的农村姑娘""谈情说爱""简直是一种堕落和消沉的表现",因此初到县城的他很快痛苦而又坚定地抛弃了巧珍。恰恰相反,在城市生活中浸润得更久、更深,身上的泥土味冲洗得更干净的赵鹏,不仅对匍匐在土地上过活的乡党乡亲充满同情、理解,并且在二十年间对自己的农民妻子不离不弃、相濡以沫。如果说路遥是要让高加林在人生路上的紧要之处充分地领受到现代意识与民间伦理之间的冲突所带来的巨大痛苦,并带领他向着民间的温厚怀抱回归,那么在陈忠实笔下,赵鹏则完全地站在民间的立场上,在城市与农村生活的强烈对比之中,对故乡农民的生存以及乡间的伦理予以了一种温情脉脉的观照,他所感受到的痛楚全部地来自对农民困苦生活的体认,借由这种温情而又痛楚的体认,陈忠实在展示关中民间真实生存境况的同时,也完成了对于民间伦理价值的理解和认同。

由于告别了政治化的叙述成规与意识形态尺度,在《康家小院》和《最后一次收获》这两篇反映关中民间现实生存与伦理境况的作品中,田生老汉、勤娃、玉贤,以及赵鹏、淑琴等人物的性格已颇为生动,同时对于生活场景与心理世界的描写已经比较细腻,尤其是对民间生活日常伦理图景的描绘充满了关中风情和乡土气息。然而,尽管陈忠实已经在隐约之间触及到了人物形象身后不同形态的文化价值观念、伦理观念和风俗观念所发生的作用,但是他仍未自觉而明确地表现出对人物性格以及矛盾冲突中所蕴藏的深厚的文化内涵进行揭示的意识,未能对人物身后的文化背景予以更为充分的关注,因此玉贤、赵鹏等人的性格主要还是建立于作家真实生活体验之上的外化的性格。

三 传统与现代冲突中的农民世界

随着陈忠实在阅读和创作中不断地扩大自身的艺术视野,他对于人物身后特定的文化构成、文化支撑与人物性格及其命运之间内在关系的隐约感知也不断地走向清晰,而当他"在报纸和刊物的阅读中,觅获到一个关于小说创作的新鲜理论,叫做'文化心理结构'",此前的阅读体验与文学沉淀似乎获得了激活和对接，他便"一下子被这个学说折服了"。① 接纳了文化心理结构学说的陈忠实在创作的主体意识上实现了新的突破，对创作也有了新的理解："你无论写人物的性格怎样生动，生活细节怎样鲜活、栩栩如生，但要写出人物的灵魂世界里的奥秘，写出那些微妙的东西、神秘的东西，你就必须进入人物的心理结构，而这个心理结构本身是由文化来支撑着的。"② 于是，他开始明确而自觉地从文化心理结构的角度来解析他原本就熟悉的关中民间生活和人物，《四妹子》和《蓝袍先生》便是陈忠实自 20 世纪 80 年代中期以来的这种尝试和努力中较早、也较典型的中篇小说。由于呈现出了人物所身处的较为完整的文化背景，挖掘出了人物背后巨大而深邃的文化内涵，并主要在不同文化形态之间的矛盾冲突中来塑造人物性格，展现人物命运，因此这两篇小说较为成功地实现了对于人物心灵奥秘的准确把握，比之此前的形象，四妹子和蓝袍先生的心灵深度与精神厚度得到了进一步的延伸和拓展，因而在整体上更具有一种内在的生动和丰满。

在陈忠实看来，"中国文学中写出人物的文化心理结构，很重要的一点就是揭示出传统与现代的那种文化冲突"③，但在《四妹子》中，作家主要是将传统文化根基深厚的关中民间置于自由自在、浪漫洒脱的陕北文化的对照之下，在关中与陕北两种极具差异性的地域文化形态的冲突之中，来呈现四妹子的生存境遇与性格特质，从而对关中民间的生存、伦理、风俗等进行文化角度的思索。由于陕北地处北方游牧区向中原农耕区的过渡地带，地理位置较为僻远，地形上也并非平坦阔远，而是沟壑纵横，交通极为不便，加之人们散居于连绵起伏的千沟万壑之间，因此地理位置上的边缘化也导致其文化上的边缘

---

① 陈忠实：《重新解读〈家〉，一个时代的标志——写在巴金百岁华诞》，载《陈忠实文集》第 7 卷，人民文学出版社 2015 年版，第 223 页。
② 陈忠实：《在自我反省中寻求艺术突破——与武汉大学文学博士李遇春的对话》，载《陈忠实文集》第 7 卷，人民文学出版社 2015 年版，第 385 页。
③ 陈忠实：《在自我反省中寻求艺术突破——与武汉大学文学博士李遇春的对话》，载《陈忠实文集》第 7 卷，人民文学出版社 2015 年版，第 385 页。

性特征，发端于平原农耕地带的儒家正统文化较少渗入到这里。并且，这一区域还受到草原文化、河套文化的渗透和影响，因而在沟谷交错、塬梁相间的黄土高原之上，关中平原那种井然的村落秩序、森严的法理、严格的礼行等几乎被消解殆尽。实际上，透过陕北地区流传广泛而久远的民歌信天游，便可以触摸和感受到这里的人们独特的生命方式和精神风度。在苍茫无垠的黄土高原上，当他们随心所欲、随情而动地宣泄自己的情感、舒展自己的个性，便形成了来自生命深处的信天而游的歌唱，那一曲曲飘荡在沟洼沙梁间高亢嘹亮的信天游所吼唱着的，正是他们独特自在的生命意志、情感和精神。在苦焦、恶劣的生存环境中，面对沉重的劳作与生活的磨难，他们既展示出一种强烈的生存欲求和原始野性的生命力量，又形成了自然纯朴、乐观豁达的生命天性，无拘无束、无羁无绊的生命意识，以及忍耐、刚毅、执着的抗争精神，尤其是陕北的女性，浸润在这种带有诗性气质和浪漫精神的文化氛围中，她们如一株株野生野长的山花，既天然质朴，又自由率真，她们旺盛、活泼的生命力似乎可以穿透任何的道德规范与礼法说教而不受到约束和抑制。面对爱情，她们既有天生的多情，又有大胆的追求；面对苦难，她们既积极乐观，又坚韧刚毅。在路遥的《人生》中，在那个单纯大胆而又热烈地追求爱情的农村姑娘巧珍身上，正彰显着陕北农村姑娘特有的生命精神和气质。与巧珍一样，陈忠实笔下的四妹子也是受陕北文化所陶塑、因而有着自在天性与坚毅个性的陕北妹子，然而，远嫁关中、身处乡约、族规、家法"严过刑法繁似鬃毛"[①]的关中民间，四妹子的心灵面临着桎梏，人性承受着束缚，她的生命也走向一种"不自在"的形态。

为了摆脱吃糠咽菜的困苦生活，自小生活在陕北穷山沟刘家峁的四妹子，由二姑在"一年四季净吃麦子的关中平原"寻下婆家，成了吕家堡吕克俭老汉的三儿媳妇。婆家在吕家堡是"有名的好家好户"，

---

① 陈忠实：《寻找属于自己的句子——〈白鹿原〉创作手记》，载《陈忠实文集》第9卷，人民文学出版社2015年版，第315页。

四妹子在这个"能得温饱的窝儿"有粮吃有衣穿有房住，又有个魁梧壮大、实诚牢靠的丈夫，四妹子的日子过得高兴、自在。她的勤苦、节俭赢得了吕老汉的认可，甚至她"针线活儿不强""灶锅上的手艺也不行"的缺陷也得到了婆家的理解和宽容。但同时，在讲究礼行、家法甚严的老公公眼里，来自山区的四妹子"明显缺乏严格家教"，最让他担心的，"是这个陕北女子不太懂关中乡村甚为严格的礼行"。因此，这个在运动中"叫'成份'给整怯了"、容不得儿女张狂的老汉决定以"训媳莫如先训子"的方式调理三儿媳，让这个"有点疯张的山里女子""能尽快学会关中的礼行"。他通过儿子下达了对于四妹子的教诲："不准唱歌，不准嘻笑，不许在村里和人说话，也不许在自家屋串大嫂和二嫂的门子。"而与此同时，新婚不久的四妹子也很快体会到了关中与家乡陕北的种种不同。在老家，她可以自在地说话、走路、哼一哼小曲儿；但在吕家堡，这一切都成了问题。四妹子发觉，"吕家堡的男人女人似乎都很胆小，一个个循规蹈矩，安分守己"，而在吕家"那座不太高的门楼里，仍然完整地甚至顽固地保全着从旧社会传留下来的习俗"。在外人眼里，吕家是"模范文明家庭"，老公公知礼识体，老婆婆明白贤惠，十多口人的家庭"终年也不见吵架闹仗，更不与村人惹是生非"，但四妹子却感到极大的压抑和烦闷。"老公公的家法大，家教严"，吕家上下十几口人对这位"神圣凛然"的家长一律恭敬，听说顺教，决不敢翻嘴顶碰；全家老小整天都绷着脸，悄没声儿地过日月，没有一点欢悦氛围。并且，家里的经济实权牢牢地掌握在公公手中，她和丈夫挣下工分，却一分钱也不能支使；而经过公公的训诫，原本欢愉的夫妻关系也变得冷淡下来，丈夫吕建峰"对她太正经了，甚至太冷了"。四妹子感到这样过下去，"她真会给憋死的"，于是她开始向公公示威。在走亲戚的要求被公公粉碎后，她用装病换来的五块钱在镇上尽吃海浪了一天，"感到了一种报复后的舒心解气"，也因此和两位妯娌大吵了一架，搅得家里人仰马翻。为了给自己攒钱，不在妯娌面前低声下气，她怀有身孕却起早贪黑、忍饥受渴地偷偷贩卖鸡蛋，在因"投机倒把"挨了大队批斗后，"她回家照样端起大碗吃饭",并且愈发老练周密地继续这项营生。在吕老汉眼里,她成了"失事招祸的女闯王",是"祸害庄稼院的扫帚星",她也因此迎来了分家单过的日子,并在心里感到了一种被解放的舒畅。"四人帮"垮台后,市场的解冻让她可以正大光明地在过日子上施展拳脚,凭着一股"性子野"的闯劲儿和过去的穷困生活教给她的精明能干,四妹子做起粮食生意,办起了家庭养鸡场,更巧妙地让公公严厉的家规和家风松动开来。在吕老汉的提议下,兄弟三家联营起养鸡场,吕家"出现了一种空前的繁荣兴旺谐调的局面",但妯娌的狭隘与兄长的自私却最终导致了鸡场散伙。挣下的钱被兄长们搂挖了去,辛苦创下家业的四妹子吃了大亏,但她的大度以及兄长的不仁不义,却为她赢得了从来威严、冷漠的公公知疼知冷的宽慰与支持,她又开始盘算着承包队里的果园,"砸不烂的四妹子,又闯世事来了……"

在四妹子的故事中,令人时刻感受到的是关中民间"甚为严格的礼行"对泼辣的自在生命的压抑与束缚,以及这种自在生命勇敢而刚毅的抗争,在这种尖锐的冲突之中,来自陕北的四妹子与代表着关中礼行的吕老汉的形象也跃然纸上,并因其背后所蕴藏的深厚的地域文化内涵而具有一种内在的生动性。关中方正、板结的儒家伦理文化让一辈子在这片土地上勤苦耕种的吕老汉恪守着安分守己、安生本顺的礼行,接连不断的政治运动更让他立下严苛的家规家风,只求"稳稳当当,不惹邪事",他是善良的,本分的,但更是威严的,不可违拗的。因此,他看不惯四妹子的张狂、不稳当,更为她冒险惹祸的举动而胆战心惊,他要以强硬的家长作风和训诫让儿媳养成遵规守俗的涵养。于是,天性自由率真的四妹子在氛围僵硬的吕家过得极不自在,严格的礼俗家规处处令她感到憋闷,陕北人骨子里那种强烈的生存欲求和泼辣、野性的个性推动着她走向了反抗。她并不是吕老汉眼里混饱饭吃就觉得进了天堂的山里女人,在这个卑微的目的达到后,她还渴望着活得自在,活得有尊严。她的无拘无束的生命意识也因此与吕老汉的严厉家法起了冲突,而在她勇敢抗争家规礼俗和争取自在生活

第四章　陈忠实与关中民间社会

的过程中，一辈辈陕北人教给她的乐观、豁达又让她能坚韧地面对种种打击。当她贩卖鸡蛋而被公社抓获，她没有过分伤悲，"权当没跑"；当她被大队批斗，她全不在乎，回家照样"掰开馍馍蘸上油泼辣子吃得有滋有味"；尤其是当养鸡场倒闭、她辛苦挣下的家业被兄长们盘算了去，她也并未倒下，再次坚毅而闯劲十足地谋划起新的生活打算。四妹子的执着追求也终于为她赢得了尊严，当她爽快地把钱借给当初批斗她的妇女，她内心里有一种"报复"的快活；当她拒绝分给她和丈夫的上房以及盖房的材料，她充满了底气和自豪；当她听着那些受她指导养鸡技术的妇女感激谢恩的话，她觉得自己这个"异乡女人在当地人中间活得像个人了"；当老公公遵守着她吩咐的话给鸡圈消毒、又被她关于家规的"报复"噎得说不上话来，她觉得痛快、自在；而当老公公终于放下高不可及的威严架势、并以实际行动宽慰和支持她，她的内心充满了无比的感动和舒悦。

正如陈忠实所说的，这部中篇小说"是写四妹子的'不自在'的"①，而这种"不自在"正是陕北的乡野文化与关中的正统文化之间的强烈冲突所造成的。因此，通过对四妹子命运的观照，作家也由此进入到了文化反思的层面，在两种异质文化形态的鲜明对比中，方正、板结的关中文化压抑和窒息人性的腐朽性被暴露无遗。以儒家孔学为根基的文化传统，使得关中民间"在严过刑法繁似鬃毛的乡约族规家法的桎梏下，岂容哪个敢于肆无忌惮地呼哥唤妹倾吐爱死爱活的情爱呢？即使有某个情种冒天下之大不韪而唱出一首赤裸裸的恋歌，不得流传便会被掐死；何况禁锢了的心灵，怕是极难产生那种如远山僻壤的赤裸裸的情歌的"②。因此，这种在人性层面具有反动性质的伦理文化必然会导致个性的沉没，以及一种不合理的异化的个人生存形态，并最终妨害中国文化的更新和发展。在异质文化的视野之中，关中民

---

① 陈忠实：《在自我反省中寻求艺术突破——与武汉大学文学博士李遇春的对话》，载《陈忠实文集》第7卷，人民文学出版社2015年版，第390页。
② 陈忠实：《寻找属于自己的句子——〈白鹿原〉创作手记》，载《陈忠实文集》第9卷，人民文学出版社2015年版，第315—316页。

间所承传的中国传统文化的腐朽性与反动性,更为强烈而清晰地呈现出来,正如陈序经引用黑格尔的话所描述的:"黑格尔也处处为个性辩护,他在他的《历史哲学》里,指出个性的沉没,是中国文化没有发展的最大原因,他很对的说:中国只有家族,只有团体,没有个人,没有个性。"① 在《四妹子》中,陈忠实正是借由尊重个人意志与个体自由的陕北文化对关中民间伦理的强烈反抗,展现了自身对传统文化进行批判的立场,他的理性审视显示着对关中民间被压抑的异化生存形态的同情与关怀,他对人在特定社会文化环境中如何合理生存的思考,也彰显出人文情怀与伦理温度。

颇有意味的是,在对四妹子抗争故事的讲述中,尽管陈忠实批判关中伦理文化的用意及立场是显见而坚定的,但在小说结尾处,吕老汉的最终转变则表明了作家对关中伦理文化并非取一种全然摒弃的态度,而是对其进行着小心翼翼而又寄寓着期望的价值权衡。吕老汉对大儿子不仁不义的斥责,对四妹子的宽慰,对她的新的创业规划的支持,以及四妹子对老公公的感动和理解,都意味着二者之间原本格格不入的矛盾冲突走向了和缓乃至相互融合的状态,关中文化质朴、诚厚的一面作为陈忠实难以割舍的价值层面也因此凸显出来。可以想见,随着四妹子在新的创业路上不断高扬自我的个体自由,以及那种率性、大胆的闯劲,吕老汉身上的稳当与牢靠、忠厚与朴实将会或多或少地生发出正向的价值意义,而关中伦理文化正面的精神内涵与文化价值也将在新的生活之中得以延续。在陈忠实的权衡之下,农民世界及其伦理文化终究还是有着"不失其伟大"(《四妹子·后记》)的值得称赞和肯定的东西,而这种委婉而坚定的表白无疑显示出他在一定程度上根植于关中故土的民间价值立场。

四 民间伦理文化宰制下的生命悲剧

如果说得益于陕北乡野文化所蕴藏着的精神力量和生命意识,远嫁

---

① 陈序经:《中国文化的出路》,中国人民大学出版社2004年版,第125页。

关中的四妹子在经历了一段不自在的生活之后,最终避免了"个性的沉没",那么在更具历史纵深感的《蓝袍先生》中,那个受关中伦理文化深度浸润的蓝袍先生徐慎行,则走向了自我个性和生命活力的全然泯灭。与《四妹子》相似,这部作品也是陈忠实尝试从文化心理结构的角度对人的合理生存形态进行探索的一次写作实验,但与《四妹子》将人物命运置于两种异质文化形态的冲突之中进行叙述不同,《蓝袍先生》是在两个时代新旧文化的纵向对比之中呈现人物的生命悲剧。并且,不同于《四妹子》中形成强烈对比、大体上一扬一抑的文化态度与价值立场,《蓝袍先生》以徐慎行的悲剧人生同时对旧有的传统文化与新生的革命文化压抑人性、窒息生命的实质进行了鞭挞,揭示出在历史和现实文化环境之中关中民间的异化生存形态。

徐慎行出身于严守礼义廉耻的封建家庭,自小领受着"耕读传家"的祖训家风,他对父亲如何在祖父的教化下安身立命有着耳濡目染的深刻印象。在村里学堂坐馆执教的祖父是清末最后一茬秀才,他思想守旧,性情古板、拘谨,临死时仍然为子辈定下严厉的家规,以防止他们有恃无恐、胡作非为。在祖父严苛的精神统治下,父亲极度地收束和抑制着自己的思想、性情与行为。当祖父去世,继任为大家庭家长和学堂先生的父亲俨然成为祖父的翻版。在学堂里,在徐杨村,尤其是在大家庭里,他都以"一副冷峻威严的神气",在他与学生、村人以及家人之间筑起一道高大、冷酷、不可违拗的台阶,徐家的宅院也因此笼罩在一种幽深、死寂、压抑的氛围之中。"父亲从学堂放学回来,一进街门,咳嗽一声,屋里院里,顿然变得鸦雀无声,侄儿侄女们停止了嬉闹,伯母和母亲们烧锅拉风箱的声音也变得匀了。"更为重要的是,恪守祖训的父亲必然地按照儒家的伦理要求培养和规范徐慎行。在读书练字上,他对"我"双倍地严格;他以"为人师表"的要求训练"我"的言行举止;他奉行"男女授受不亲"的信条,让"我"自小恪守着对于异性的严格禁忌,可是在"我"刚满18岁时,他又以"耽于女色,溺于淫乐,终究难成大器"为理由,替"我"娶回来一个极丑的媳妇。当我在不幸婚姻所带来的痛苦中,对杨龟年家寡居的年轻儿媳有了"萌动的邪念",随即便被父亲察觉,并遭到他丝毫不留情面的训示。"我的父亲苦心孤诣给我训戒下的这一套,像铁甲一样把我箍起来",他在郑重其事地为"我"穿上蓝洋布长袍的同时,也将"我"禁锢在儒家伦常的幽暗深渊,使我陷入自由心灵被压抑和扼杀的异化形态之中。

中华人民共和国成立后,新生文化的洗礼不仅未能让徐慎行被儒家伦常捆箍着的心灵获得解放,一次次的政治运动反而使他遭受到更大的精神压制与心灵异化。他谨遵父亲"慎独"的教诲进入师范学校学习,他的穿着打扮、走路、说话,都成为同学眼中的笑话,他因此感到苦闷、孤单。当他在新生文化的改造下穿上列宁装,逐渐摆脱儒家伦常的禁锢而走向自由心灵的复苏,并要求与原配妻子解除"父母之命"所赐予的婚姻,他的父亲拒绝了他。更为沉重的打击接踵而来,他在"反右"运动中被打倒,他的诚恳的改造心意和劳动表现,以及痛哭流涕的自我批判,并未为他赢得认可和理解。在此后一次次残酷的政治批判和改造中,徐慎行再次走向灵魂的蜷缩与封闭之中。新时期到来,在思想解放的风潮之中,已经退休的徐慎行却依然被那道无形的铁箍死死地封锁着,再也无法打开自我,释放心灵的自由。正如他所说的:"尽管我退休回到家里,我的心,似乎还在那个小库房里蜷曲着,无法舒展了,田芳能够把我的蓝袍揭掉,现在却无法把我卷曲的脊骨捋抚舒展……"

如同鲁迅笔下七斤的辫子,徐慎行身着的蓝袍也凝聚着深厚的文化内涵,成为其异化生存与扭曲心灵的象征。大家庭森严礼教的熏陶和影响,以及父亲严苛的规范,让他在穿上蓝袍的同时也将心灵禁锢起来。随着时代的变迁,新生文化的冲击使他脱下了身上的蓝袍,然而覆盖在他心灵之上的厚重的袍子却难以被揭掉,他的蜷曲的心灵也因此无法再舒展开来。在徐慎行沉重的人生悲剧中,无疑寄寓着陈忠实对板结、沉滞、腐朽的传统伦理文化的批判。正如梁漱溟先生所指出的,"中国文化最大之偏失,就在个人永不被发现这一点上",[1] 在封建大家庭之中,根基深厚的传统伦理以潜移默化的力量,在寂静和

---

[1] 梁漱溟:《中国文化要义》,学林出版社1987年版,第259页。

幽暗之中扼杀着人的自然天性，更在披着温情外衣的"耕读传家"的家风传承中主宰着人的自由灵魂。

在新生文化的冲击和影响之下，徐慎行在心灵和身体两个层面揭掉蓝袍原本是令人期待的，然而，在陈忠实的逼视之下，尽管在外在表现形态上，新生文化与旧有文化大为不同，并且呈现出一种与过去传统的彻底决裂，然而就其内质而言，却仍然是以旧文化为底子、与传统文化血脉相连的，在其肌理之中潜藏着来自传统深处的文化基因。由于儒家传统文化形成以伦理道德为本位的群体观念，显示出强烈的群体取向，它以对自我道德自律的肯定和强调实现对个人的精神宰制。并且，正如钱穆先生在对比中西文化时所指出的："西方人必须有教堂，教堂为训练人心与上帝接触相通之场所。中国人不必有教堂，而亦必须有一训练人心使其与大群接触相通之场所。此场所便是家庭。中国人乃以家庭培养其良心，如父慈、子孝、兄友、弟恭是也。"[①] 因此，在个人所依从的家庭中，为了维持家庭伦理秩序的稳固、和谐，个人必然遭到以父权为核心的种种强制性伦理关系的制约，个人的身心意志淹没在以家庭为本位的伦理系统之中。

如果说传统文化是以群体伦理实现对人的精神钳制，那么新生的革命文化则实现了对于传统群体观念的对接，从而延续了对个人自由思想的镇压和扼杀。革命文化以集体主义伦理承续传统文化中的群体伦理，以广大的群众为实际承担者，形成一个以千百万人的名义行使生杀予夺之权的群体，实现权力意志对于个人精神、意志和情感的管控和统辖。从外在的表现形态来看，儒家伦理文化主要是以家庭教育为基本方式，通过潜移默化的浸染和熏陶实现对人的心灵的统辖，而新生的政治文化则因动员了整个国家而呈现出疾风骤雨般的迅疾和猛烈，甚至因集体的非理性走向疯狂和混乱不堪，但就其实质而言，它以维护意识形态的统一为宗旨，只容许一种权威性的思想和意志存在，因而仍是以对个人意志和人格的瓦解为目的的。它以权力意志为至高

---

① 钱穆：《钱穆先生全集：灵魂与心（新校本）》，九州出版社2011年版，第23页。

无上的统摄性精神力量，以群众为主体，借由巨大的话语能量，发动人与人之间的互相歧视、互相践踏、互相搏噬，最终实现对个人精神世界的宰制和个人自我形象的摧毁。

在徐慎行所经历的现代性框架下的革命运动中，仅仅由于他受校长鼓励、针对学校工作"鸣放了一些意见"，就被扣上了"攻击党的领导"的"右派"帽子。此后，他不仅在扫院子、扫厕所、洗菜、刷锅、捡煤渣等杂务活中，遭受着沉重的肉体惩罚，更为残酷的是，在一次次的谈话、批斗、评议以及思想汇报等改造活动中，他经受着严厉而猛烈的政治教化所施与的精神酷刑。在疯狂的非理性的审视之下，他的"反党言论"不断地被重新批判，甚至连本不存在的婚姻问题、生活作风问题也被"挖掘"出来，饱受肆意的污蔑和"上纲上线"，因此他陷入到思想不自由和人格尊严被践踏的痛苦和迷茫中，"想重新做人，远得看不到头哩！"新生文化所施与的这种精神酷刑，通过制造压力、侮辱以及负罪感最终将徐慎行推向绝望之中，他一度放弃自我辩护和反抗而走向自杀。在新旧两种文化的共同宰制之下，他远不只是付出了二十年的沉重的代价，而是一辈子蜷缩在无形的精神铁箍之中难以自拔，作家对其异化人生的叙写也因此达到了令人心悸和颤栗的深度。在小说结尾，陈忠实写道："我送走他之后，心里很不好受，感到压抑，一种铁箍死死的封锁的压抑，使人几乎透不过气来"，叙述者的这段感性的自我告白再次强化了作家的文化批判立场；同时，也正是这种透不过气来的压抑，推动着陈忠实进一步将笔触延伸至更具纵深感和广阔性的民间历史的书写之中。

可以说，《蓝袍先生》这部中篇小说的意义，一方面在于，这部作品和次年发表的《四妹子》一同实现了陈忠实运用文化心理结构学说的写作突破，从而使其在进入《白鹿原》的创作后，"能够比较自信地运用文化心理结构学说塑造人物了"①，另一方面则在于，这部小说引发并推动陈忠实"关于这个民族的大命题的思考日趋激烈"，促

---

① 陈忠实：《在自我反省中寻求艺术突破——与武汉大学文学博士李遇春的对话》，载《陈忠实文集》第7卷，人民文学出版社2015年版，第390页。

使其产生了一种"必须充分地利用和珍惜50岁前这五六年的黄金般的生命区段把这个大命题的思考完成"的"强烈的创作理想"①。当陈忠实将这一理想付诸实践，不仅在文化心理结构学说的运用上，《白鹿原》的写作成为"一种自觉的、认真的，比较有把握和自信心的写作"②，并且由于他将生活体验升华至带有某种哲理性的生命体验的层面，因而其创作也进入到了精神更为自由、视野更为阔大、技巧也更为圆熟的境地。在对关中历史的专注书写中，陈忠实站在充满焦虑的复杂的民间文化立场上，对20世纪前半叶的关中民间生存进行了具有纵深感和广阔性的观照，旨在揭示现代中国历史变迁的奥秘，在历史的更深处对传统文化以及民族命运进行思索。

第三节 民间价值立场与民族秘史《白鹿原》

在《〈白鹿原〉创作手记》中，陈忠实曾极为感性地回忆起《蓝袍先生》的写作如何意料不及地引出了《白鹿原》的创作愿望：

> 在作为小说主要人物蓝袍先生出台亮相的千把字序幕之后，我的笔刚刚触及他生存的古老的南原，尤其是当笔尖撞开徐家刻着"读耕传家"的青砖门楼下的两扇黑漆木门的时候，我的心里瞬间发生了一阵惊悚的颤栗，那是一方幽深难透的宅第。也就在这一瞬间，我的生活记忆的门板也同时打开，连自己都惊讶有这么丰厚的尚未触摸过的库存。徐家砖门楼里的宅院，和我陈旧而又生动的记忆若叠若离。③

然而，同样意料不及的是，当陈忠实在颤栗之中打开自己记忆

---

① 陈忠实：《关于〈白鹿原〉与李星的对话》，载《陈忠实文集》第5卷，人民文学出版社2015年版，第356页。
② 陈忠实：《在自我反省中寻求艺术突破——与武汉大学文学博士李遇春的对话》，载《陈忠实文集》第7卷，人民文学出版社2015年版，第390页。
③ 陈忠实：《寻找属于自己的句子——〈白鹿原〉创作手记》，载《陈忠实文集》第9卷，人民文学出版社2015年版，第303页。

中的丰厚库存，生发出强烈的创作愿望和写作欲念，意欲进一步将目光投向1949年以前的原上乡村，并较为自信地运用文化心理结构学说剖析人的心理、命运，从而思考整个文化与民族的命运，从《蓝袍先生》到《白鹿原》，他对传统文化所持的价值立场却悄然地发生了变化。

一　从现实到历史：文化立场的转换

尽管陈忠实文化立场的变化不是全然的逆转，因而呈现出既认同又质疑的内在张力，但对传统文化的认同与迷恋显然成为其更主要、更凸显的价值取向，正是这种过于深情的向着传统文化的回转，使得《白鹿原》的文化价值观念成为作品发表后饱受争议的层面之一。有论者就认为，《白鹿原》作为"一部反映中华民族近现代史的文学作品"，"从中只看到传统的宗法文化的作用，却几乎看不到五四运动以来新文化的影响，这不能认为是真正意义上的真实"[①]。那么，何以在扎根于民间的传统宗法文化与代表着知识分子精英意识的"五四"新文化之间，陈忠实更主要地选择站在民间的立场来审视和书写民族的近现代史？何以当陈忠实沿着《蓝袍先生》的路子继续去呈现大家庭门楼里的故事，原本幽深难透的宅院却被他"照亮"、散发出迷人的文化道德光辉？实际上，在陈忠实20世纪80年代中后期所创作的《灯笼》（1985）、《失重》（1986）、《桥》（1986）、《轱辘子客》（1988）等关注和表现关中乡村现实生活与伦理境况的短篇小说中，我们可以窥见其对传统宗法文化和儒家伦理的态度悄然变化的动因及轨迹。

在这些短篇创作中，陈忠实对商品经济大潮冲击下乡土关中出现的种种现实社会问题，予以了热切而又冷静的观照和反映。《灯笼》中清水湾的村支书刘治泰给自己拨划下一院新庄地基，却企图以权牟私，把老庄基上的朽烂房子高价卖给同院的农民田成山，而了解其中

---

① 傅迪：《试析〈白鹿原〉及其评论》，《文艺理论与批评》1993年第6期。

曲直的乡党委杨书记却不仅包庇刘治泰败坏党风的行为,并且仍然按照原有的阶级斗争思路调查田成山在"文化大革命"中的表现和背景。《失重》中老实本分的农民吴玉山闹不明白为什么自己周围的人,包括儿子、妻妹、厂长都在说谎,并且还那么管用。妹夫的一张纸条就一分不花地给自己换来盖房所需的楼板;面对"挣大钱的人其实并不出大力,而出大力的人其实只能挣小钱"的世道,他更感到恍惚、困惑;而当他为贪污受贿的妹夫出庭作证,他也决定了要装糊涂,说假话,只是再也"提不起抖擞的精神来"。《桥》中被建筑队老板坑骗的王林对进城打工失去了信心,回村后他放弃了在河滩里捞石头的出笨力的赚钱方式,而是在村里的小河上架起了一座木桥,企图通过收过桥费来挣钱。他之所以与古人修桥筑路只为积德行善背道而驰,正是由于他已被这个"爱钱"与"要脸"发生着冲突的时代裹挟而下。《轱辘子客》中的赌徒王甲六原本上过高中,还是村里青年们的领袖,但却成为龟渡王村老支书和大队长刘耀明争权夺势的牺牲品。刘耀明的设计陷害使他正当的爱情追求被摧毁,结婚后他仍遭到刘耀明的欺压和侮辱,报仇之后却陷入迷茫、消沉的他,最终成为尽人皆知的"轱辘子客",而刘耀明却仗着自己的权势低价承包集体砖厂而发了大财。

  显然地,随着新时期现代化进程的重启,城市现代文明显示出对于乡村传统文明强硬挤压的态势,城市商业大潮以迅猛之势对乡土社会形成了强烈的冲击,不仅乡土民间的静谧、自足以及悠然自得一去不返,并且其闭塞而稳定的社会秩序,重义轻利的精神风尚,以及注重孝悌的家庭道德等,也遭到了强有力的解构。在陈忠实所熟悉和关切的关中民间,在商品经济意识的入侵之下,乡村社会原有的文化生态也被损毁,人们的生存方式与精神人格随之发生裂变,尤为凸显的是,传统的价值观受到了注重经济实效的现代价值观念的严峻挑战。因此,在获得像四妹子那样闯劲十足的创家立业所带来的财富和实惠的同时,随着农民物质生活的蒸蒸日上,乡村民间原本"轻利欲、重然诺"的价值观念,以及以"仁"为核心的伦理秩序,却被逐渐放逐和打破，以权谋私、贪污腐败、投机倒把等现象从城市蔓延至乡村，而随着乡村社会不断地暴露出种种现实问题，乡间的人心秩序也日渐走向了衰微。因此，面对社会转型期关中民间社会的"移风易俗"以及诸多现实问题的不断涌现，当陈忠实进一步走进历史深处探寻传统文化的命运，其文化态度却在悄然之间发生了变化，深植于民间的儒家传统文化重新获得了作家的价值肯认。在作家的挖掘之下，传统文化散发出抵挡和治愈精神失落、道德沦丧的社会人心秩序的巨大能量，并在很大程度上冲淡和遮蔽了其束缚人性、摧残生命的残忍色彩。

此外，陈忠实文化价值立场的转换也与其时文化激进主义思潮的退却有一定关联。陈忠实曾描述道："在八十年代中期的时候，当时的整个文坛最是活跃，各种各样的文学理论介绍了进来，各种'主义'开始纷纷得到实践"①，实际上，不仅是在文坛上，整个思想文化领域都呈现出一种生机勃勃的繁荣景象。在具体的文化与文学实践中，伴随着对西方的了解不断深入，以及中国的现代化进程暴露出愈来愈多的现实问题，在新时期初期得以重启的"五四"文化传统再次进入人们的视野之中，并得到了人们在情感释放的冲动过后更为冷静和理性的重新审视，"五四"以"西化"为路径的文化想象，以及对待自身文化传统较为激进的文化立场和较为粗暴的文化态度被重新评价。在阿城、韩少功、郑万隆等活跃于新时期文坛的新锐作家看来，"五四运动在社会变革中有不容否定的进步意义，但它较全面地对民族文化的虚无主义态度，加上中国社会一直动荡不安，使民族文化的断裂，延续至今"。② 在对"五四"进行反思的同时，他们也对民族传统文化进行了价值重估，并因此引领了一场声势颇著的文化寻根思潮。他们主张文学之"根"应该深植于民族传统文化的土壤之中，注重"将浓厚的文化意识贯注于小说创作"，期冀"审美意识中潜在历史因素的

---

① 陈忠实：《在自我反省中寻求艺术突破——与武汉大学文学博士李遇春的对话》，载《陈忠实文集》第7卷，人民文学出版社2015年版，第389页。
② 阿城：《文化制约着人类》，《文艺报》1985年7月6日第3版。

苏醒",以及"在韵致独放、情境超拔的艺术世界中发掘民族文化的底蕴"。① 对"五四"文化策略的反思,以及文学界寻根热潮的登场,意味着新时期以来的文化激进主义思潮日渐式微。正是浸淫在这一整体性的文化氛围中,陈忠实将目光投向了寄存着传统精神的民间文化空间,并发掘出《蓝袍先生》中遭致其尖锐批判的传统文化的正向价值意义,进而在《白鹿原》中予以了浓墨重彩的呈现。

尽管在中心人物白嘉轩的形象塑造上,陈忠实声称"希望写出一个完整的形象来,既批判他落后的东西,又写出他精神世界里为我们这民族应该继承的东西"②,继而表现传统文化及其统领的民间世界的复杂性,然而,倾斜于传统和民间的价值立场还是从根本上推动着他更为着力于正面地塑造代表着传统文化精神的白嘉轩和朱先生,正如他所说的:"我写朱先生和白嘉轩就是要写我们这个民族发展到二十世纪初一直传递下来的,存在于我们民族精神世界里的最优秀的东西,要把它集中体现出来。……如果我们民族没有这些优秀的东西,它不可能延续几千年,它早就被另一个民族所同化或异化了,甚至亡国亡种了。"③ 如果说在《四妹子》(1986)中,陈忠实已借由吕老汉的最终转变以及与四妹子矛盾的和缓,保留了对于传统文化的某种信任,以及对农民世界中值得称赞和肯定的那一面的期冀,那么到了触摸关中民间历史的《白鹿原》中,这种信任和期冀则得到了更为直接而坚定的表现,而作家致力于发掘农民世界伟大之处的民间价值立场也更为显而易见。在这部展示20世纪前半叶民族秘史的史诗性长篇中,无论是极富文化内涵的人物形象的塑造,还是民间生活原生形态的刻画,抑或民间历史本来面目的呈现,以及在整体上所持的民间化的道德审美尺度,都显示出陈忠实对于凝聚着传统宗法文化的"白鹿精魂"的

---

① 韩少功:《文学的"根"》,《作家》1985年第4期;郑万隆:《我的根》,《上海文学》1985年第5期。
② 陈忠实:《在自我反省中寻求艺术突破——与武汉大学文学博士李遇春的对话》,载《陈忠实文集》第7卷,人民文学出版社2015年版,第419页。
③ 陈忠实:《在自我反省中寻求艺术突破——与武汉大学文学博士李遇春的对话》,载《陈忠实文集》第7卷,人民文学出版社2015年版,第399—400页。

颂赞和迷恋，以及在倾斜的立场之上艰难剥离的尴尬和痛苦。

二 常规自足的白鹿原民间生活景观

从文本最直接而显在的层面来看，陈忠实在关中人"生存为大"的文化背景下，站在民间的价值立场上对村落家族文化与宗法式乡村生活进行了艺术的呈现，在《白鹿原》中建构了一个独特自在的民间审美空间。尽管人在本质上是一种社会存在，人的存在绝非止于"活着"，但"任何历史的第一个前提无疑是有生命的个人的存在"[①]，因此，保持生命的存在始终是人类生活最基本的目标所在。对于安守田土、注重实际的关中人来说，实实在在地"活着"更是其最质朴、最首要的生活目标。无论革命进程如何跌宕起伏，外面的世界如何风起云涌，白鹿原上的人始终以生存为第一要义。尽管遭遇了白狼之乱以及兵痞骚扰，他们依然在风平浪静之后固守本土，安分守己地在土地上劳作，原上的生存形态与生活秩序并未掀起过多的波澜，而即便白鹿原不可避免地陷入到了革命的漩涡之中，历次政治革命运动使得灾难与祸患迭至，但在短暂的无所适从之后，他们依然顽强地回归到平静的日子中，恪守着乡约族规，并希冀通过反复不舍的劳动实现衣食丰足、福禄永终的自在生活。正如陈忠实在读到《竹书纪年》中关于"有白鹿游于西原"的文字记载时所感受到的，"人们对于富裕和和平生活的想往和期待，从先民时期就开始构思了，其实这不过是作为人生存的最基本的要求"[②]。在《白鹿原》中，陈忠实以一种融注了自身生命体验的民间立场，对白鹿原自然自在的生存与生活形态，以及由此形成的具有风情画卷意味的民间文化空间进行了细致的描摹和刻画。小说通过讲述生活在这片土地上的白、鹿两大家族三代人之间的情仇恩怨，展示了关中这一特定地域的民间生存方式、民间文化传统与精

---

① 马克思、恩格斯：《德意志意识形态》，载《马克思恩格斯选集》第 1 卷，人民出版社 1995 年版，第 67 页。
② 陈忠实：《在自我反省中寻求艺术突破——与武汉大学文学博士李遇春的对话》，《陈忠实文集》第 7 卷，人民文学出版社 2015 年版，第 391 页。

神信仰、民间习俗以及民间思维方式。白鹿原上的人们在四季更替之中的日常起居与饮食衣着，在繁衍生息的自然进程中经历的生老病死与婚丧嫁娶，在自足平静的农业生产生活中的农时节庆与饥馑瘟疫，乃至流传于这片土地上的种种神秘事象以及性文化，共同构成了白鹿原民间社会常规形态的生存情景。而由于原上的人们这种常规化的生活始终是以家族宗庙祠堂为中心，被延绵数千年之久的传统宗法制度所规范和约束，因此白鹿原上深重、威严的乡约族规，粗野朴实的习俗信仰，以及仁义、孝悌、慎独、隐忍等儒家精神，也借由一个个鲜活的人物及其生存与生活故事展现出来，关中民间的文化精神与生命意识也因此洋溢在小说的字里行间。

尽管《白鹿原》中的民间历史呈现出某种混沌的状态，但与宏大的庙堂叙事相比，则更具有生命的灵气以及文学上的审美性。一方面，陈忠实在作品中较为真实地展现了从清朝覆灭、民国建立、农民运动风起云涌，到国共合作及其分裂、抗日战争以及国内革命战争等半个多世纪的历史进程，同时也写出了白嘉轩所代表的宗法家族制度及儒家伦理道德，在时代变迁与政治运动中的坚守及其最终的颓败，从而揭示了历史发展从传统社会走向现代社会的客观必然性。从这个方面来看，《白鹿原》呈现了中国近现代的宏大历史进程，并探索了绵长历史空间中的文化规律。另一方面，作品中完整而彰显的民间文化空间的建构，充分显示着作家主要地并不是意欲在这部民族秘史的书写中承担澄清历史的功能。作家李锐曾指出："同样一段历史，当它被人们记忆的时候，竟然是如此的千差万别黑白难辨。所以我不相信真的会有一个所谓统一的'真实'的历史。所以我更不相信文学可以还给人们一个'真实'的历史。所以我不愿去做这徒劳的努力。"[①] 同时，如果"仅仅从某种实用的角度来看待小说语言（比如一本小说是否反映了某个阶段的社会生活），存在着某种巨大的危险——它将文学语言与日常生活用语混为一谈，只是注意到了语言的指事和表义功能，这

[①] 李锐：《关于〈旧址〉的问答——笔答梁丽芳教授》，《当代作家评论》1993年第6期。

与文学艺术，尤其是小说最初产生的契机是完全相悖离的，它的后果之一便是导致小说想象力的枯竭"①。

因此，在叙事策略上，《白鹿原》显示出与正史不同的一种价值向度，就是在尽量减轻历史重负的同时，在文学的审美范畴领域尽可能地展示关中民间文化空间的独特自在与深沉温厚。尽管所谓的"秘史"并不专门指向白鹿原上流传久远的信仰传说与关乎饮食男女的逸闻轶事，以及梦幻、死亡、风水、仪式等层面的神秘事象，而是以"白鹿精魂"为中心而又涵盖深广的社会生活内容，但由于对种种民间知识的熟谙和对民间趣味的认同，陈忠实在对白鹿原半个多世纪的生活史的描写中，呈现出一种对民间文化资源极尽其事的开掘，并以魔幻手法对其间所涌现出的大量神话传说进行了书写。实际上魔幻手法的运用本身即可在中国传统农村的直观思维中找到根源，魔幻书写可以看作是乡土民间社会中那种主客体合一、生与死合一的二元论世界观的艺术化映现。作家的魔幻手法使得情节愈显曲折，而人物命运也更加不可臆测，同时又在生与死、人与鬼、冥界与人间的界壁与冲突之间来展示人性的丰富与复杂，从而带给人一种不可预知、不可把握的神秘性，不仅构成了对于读者审美趣味的强烈冲击，并且其所建构的民间审美空间也呈现出尤为鲜活、神秘、复杂的风貌。正如评论家孟繁华所描述的："读完这部'雄奇史诗'之后，获得的第一印象就是做了一次伪'历史之旅'，左边的'正剧'随处都在演戏，右边的'秘史'布满了消费性的奇观，这些戏剧与奇观你可看可不看，随心所欲，在久远的'隐秘岁月'里你意外地获得了消闲之感，早有戒备的庄重与沉重可以得到消除，因为你完全可以不必认真对待这一切。"②

同时，正是由于站在民间价值立场去进行观照和审视，宗法制度下的乡村生活、祠堂文化，以及保守知识分子与背叛家庭参加革命的旧家子弟等，在陈忠实笔下呈现出一种崭新的美学特征，尤其突出的

---

① 格非：《小说叙事研究》，清华大学出版社2002年版，第85页。
② 孟繁华：《〈白鹿原〉：隐秘岁月的消闲之旅》，《文艺争鸣》1993年第6期。

是，与知识分子以精英视角对村落家族文化以及传统宗法社会进行彻底批判和否定不同，陈忠实对家族文化与宗法制度的表现更具温情，也更为复杂。在对比《阿Q正传》所塑造的赵老太爷以及《家》所塑造的高老太爷与白嘉轩的形象差异时，陈忠实认为："在当时的历史情境中，要革新中国人的精神世界，就要把他们化为腐朽的形象，作为反封建的批判对象是合理的。到了今天，时代过去近乎一个世纪之后，我再来写，我就希望写出一个完整的形象来，既批判他落后的东西，又写出他精神世界里为我们这民族应该继承的东西。"[①] 因此在他所建构的民间审美文化空间之中，白嘉轩以及朱先生作为宗法制度和家族文化的象征，被赋予了迷人的道德光彩，他们熠熠生辉的道德形象也带给我们一种新的阅读体验，冲击着我们已有的审美趣味。

三　民间价值系统中的人物形象塑造

在《白鹿原》中，陈忠实以白、鹿两大家族的历史作为主要载体，对民间历史进行审美重塑，由于这种审美重塑建立于自身独特的生命体验和艺术体验之上，因而超越了纯粹的客观历史真实论，而内蕴着作家的情感和价值取向，白鹿原的历史也成为一种情感的历史、内心的历史。"我对《白鹿原》的选择，是因为我对我们这个民族在历史进程中的一些别人没有看到写到的东西有了自己的感受，或者说对民族精神中鲜见的部分我有了重新的理解和认识。"[②] 立于民间立场之上，陈忠实不仅以更为开阔的文化视野超越了主流文化对于宗法制家族文化与乡村生活的偏见，并且写出了家族文化在乡土民间社会中依然作为主流价值而被大多数人所服膺的客观事实，从而表达了对于民间社会价值观念的高度认同。

在作品中，陈忠实的这种情感倾向与价值向度充分体现在对白嘉

---

① 陈忠实：《在自我反省中寻求艺术突破——与武汉大学文学博士李遇春的对话》，载《陈忠实文集》第7卷，人民文学出版社2015年版，第419页。
② 陈忠实：《关于〈白鹿原〉获茅盾文学奖答诗人远村问》，载《陈忠实文集》第6卷，人民文学出版社2015年版，第265页。

轩形象的塑造上。作为族长的白嘉轩有其虚伪和冷酷的一面，他曾设计夺取了鹿子霖的风水宝地，又无情地拒绝了田小娥的到来，并自始至终对其进行残酷的压迫，而在对待自己的子女方面，他对两个儿子接受新学的阻止，以及与女儿之间的严重冲突，也表明着他的保守与陈腐，但他却被作家满怀欣赏之情地誉为"最好的族长"。作为传统家族伦理与文化价值的践行者，儒家的伦理秩序与"仁爱"思想在白嘉轩身上得到了充分的诠释和典型的体现，他作为白鹿原上仁义道德楷模的一面得到了更为浓墨重彩的表现。在朱先生"学为好人"的思想影响和教导下，他不仅自身恪守着儒家传统的人伦标准与处世原则，既以"耕读传家"为立家之本，以孝悌之义教导子女，又以仁义之道对待和帮扶自家长工鹿三及其儿子黑娃。并且，他所实践和推行的仁义廉耻的道德规范，也成为白鹿原在世道变幻之间确保稳态的内在支柱。他不仅修缮祠堂，兴办学校，又请来朱先生为白鹿原拟定了"过日子的章法"，在白嘉轩苦心孤诣的推行下，这套涵盖了"德业相劝、过失相规、礼俗相交、患难相恤"等内容的《乡约》，也为白鹿原带来了世风兴而礼仪盛的全新气象。实际上，正是由于宗法制家族文化始终是白鹿村人所服膺的基本文化形态，它以无形而厚重的力量对其生存与生活构成宰制和规范，因此无论他们在时代的巨变中经历怎样的冲击和混乱，无论家族之间的争斗及其悲剧如何一幕幕地不断上演，这片土地始终承载着某种自历史和传统深处而来的延绵不绝的向心力，而这既成为陈忠实所揭示的民族"秘史"的重要层面，也是他始终对传统文化抱有极大信心的重要原因，这其中不乏明显的乌托邦色彩，但也因此表达了陈忠实对白嘉轩及其所代表的家族文化和民间价值的认同与赞赏。

不仅如此，在对白、鹿两大家族整体命运及家族成员个人命运的描述中，陈忠实所秉持的价值标准也是来自民间的。作品注重展示民间生活的原生形态与民间历史的本来面目，但是作家并非以零度情感纯粹客观地叙述，而是以悲天悯人的情怀书写白鹿原整个社群及其成员的历史命运，并在人物形象的刻画及其命运归宿的安排上显示出民间化的价值立场。整体上，朱先生的死，黑娃的死，鹿子霖的疯，白嘉轩的残，以及鹿兆鹏的下落不明，使得作品笼罩在浓重的悲剧氛围之中，并以此揭示出宗法家庭制度与传统伦理道德日渐颓败的命运走向，表达了作家对于作为白鹿原社会主流价值的儒家传统的哀悼。在叙述情感上，陈忠实明显地倾斜于朱先生、白嘉轩等恪守传统家族伦理的人物，而对背叛儒家伦理的鹿子霖则表示着冷漠乃至嘲讽，从而显示了作家坚守儒家传统的价值立场与文化态度。

在《白鹿原》中，朱先生是作为理想化的传统知识分子而存在的。他是白鹿原上最具智慧的人，受到乡民、官府、军阀、土匪等各个人群的敬重和崇拜，成为白鹿原民间的精神导师，而其深厚的人格魅力正源于以儒家传统文化价值作为思想精神底蕴。朱先生自幼苦读，饱学儒雅，能博古通今，能淡泊名利，也能点醒世人，预知吉凶，中华人民共和国成立前他对白嘉轩自食其力的劝解，以及他的遗嘱与墓室，都赋予了这一形象某种神秘色彩。作为儒家传统文化精神的传承者，朱先生具有"仁爱"思想、民本情怀以及作为民间知识分子的担当精神，他虽处斗室之中，但并非不闻世间事，而是积极参与其中，为百姓排忧解难。在清末革命新党与清廷巡抚的两军对垒之中，他能以自身个人魅力使数十万大军不战而退，从而使一方百姓免受战争之苦；在饥荒之年，他慨然应允出任赈济灾民的副总监，不仅确保赈灾到位，且不取分毫，赢得官民一致赞誉；在鹿兆海阵亡后，他执意为他的学子守灵，并决定与学人投笔从戎，亲上抗日前线；在解放战争时期，他在动荡时局中闭门谢客，潜心安守于编撰县志，并且做到不虚美，不隐恶，同时为白鹿原制定《乡约》，试图以大仁大义去感化变乱中价值失范的民众。纵观其一生，"这个人一生留下了数不清的奇事轶闻，全都是与人为善的事，竟而找不出一件害人利己的事来"。

因此对比来看，《白鹿原》中朱先生的形象与以往家族小说中传统保守的知识分子是截然不同的。在现当代文学知识分子的精英叙事话语中，民间社会的保守知识分子既是封建伦理制度与礼教的维护者，也是自身利益的维护者，他们往往具有伦理道德之下的虚伪性以及极其陈腐的人格。而朱先生不仅饱读诗书、深明事理、通达开明，而且体现出一种以儒家精神为底蕴的君子情怀与圣人风度，他以平生无愧之事诠释着儒家传统文化价值的深刻内涵。因此，作为白嘉轩眼中的"圣人"以及白鹿原民间的精神导师，朱先生显然已经不再是一个单纯意义上的具体的人物，而是散发着神性光芒的"白鹿精魂"的象征。在这个意义上，小说中官、民、军、匪各色人等对他的崇敬，也就包含着对他身后的儒家传统文化的价值认同。陈忠实以此写出了儒家精神与文化价值在乡土民间存在的合理性，显示了自身在写作立场与价值立场上的民间化向度。

与朱先生及白嘉轩相比，鹿子霖的形象则更多地展示着对儒家伦理的负面传承。鹿子霖也是白鹿原的头面人物，也以其精明强干对家族有功，但在作品中他是以白嘉轩的对照面出现并存在的。与白嘉轩的重义轻利、严谨自重、坚毅顽强不同，鹿子霖是重利轻义、寡廉鲜耻、不择手段的。为了自身的利益，他丢弃仁义道德，乃至为满足个人私欲而放纵淫乱；为了与白嘉轩抗衡，他更是不择手段地攀附各种政治势力，最终却被完全挫败而走向疯癫。实际上在鹿子霖身上也显示着某种思想上的积极因子，比如他开放而不保守，灵活而不呆板，在对后代教育上，以及个人见识与管理才干方面，并不在白嘉轩之下，但是，陈忠实对这一形象的塑造却流露出嘲讽和不屑的意味。无论是对其祖上进城卖尻子学来烹饪手艺发家渊源的追溯，还是对其最终疯癫的命运归宿的安排，都在遵循人物性格生长与发展的基础上，表露出作家对于反儒家文化之道而行之的鹿子霖思想人格的不屑之情，并且这种不屑之情的表露，又依托于白鹿原的乡村文化环境与民间价值系统。尽管鹿子霖身上的开放心态和灵活思想等因子，实际上是儒家思想拓展自身所需要的，然而其一切从自身利益出发而毫无道德追求的作为，显然是白鹿原的道统所嗤之以鼻的。在作品中，鹿子霖始终没能坐上"族长"的位置，并最终在与白嘉轩的抗衡中被挫败，都表明了作家对白鹿原民间价值系统的认可，以及对儒家传统价值立场的坚守。

四 民间道德视野中的现代革命历史

同样地，在鹿兆鹏、鹿兆海、黑娃、白孝文、白灵等白鹿原第二代人物形象的塑造上，也隐藏着作家来自民间的情感立场和道德评判尺度。对于这些年轻一代的革命者的个人命运沉浮，陈忠实并不是站在阶级斗争的立场上去进行观照，也并非以历史主义的眼光去书写他们投身革命的故事，而是以一种民间的生活化视角来塑造这些陷入革命漩涡之中的青年。陈忠实曾谈道："我的革命者的生活化意念，就是要把我从白鹿原上真实的革命者所感知到的那种切近感和亲切感，再通过小说《白鹿原》里的革命者形象，传递到读者阅读的直接感觉里。"① 正是抱着这种对革命者的切近感和亲切感来讲述他们的命运沉浮，作家对革命者形象的塑造主要不在于凸显其意识形态特征和阶级属性，而是在生活化的场景和情节中呈现其革命活动。因此白鹿原上的革命者不同于传统革命历史小说中那些在激烈、尖锐的阶级斗争中焕发着英雄光辉的形象，恰恰相反，他们的故事充满了生活化的气息，并且夹杂着非常个人化和具有偶然性的主观动机和情绪。黑娃在原上掀起一场"风搅雪"的革命运动，怒砸白鹿宗祠，是因为族长白嘉轩拒绝接纳小娥，因而他们夫妇进不得祠堂，拜不得祖宗；白灵和鹿兆海最初加入不同的政党纯粹取决于两人抛掷铜元的"默契游戏"；而白孝文在革命中的逆转，则全然是为了自身欲望和利益，因而也带有极大的个人性和偶然性。实际上，走出白鹿原的年轻革命者的故事已经不完全消融于民间生活之中，他们的故事也注定不再仅仅是铭刻于家族的史册之上，但当作家并非从单一的政治视角出发，而是将其走向现代的故事放置于民间的生活化视角之下，并且又持民间社会不以胜负论英雄的温厚的历史观念对其个人命运进行言说和评判，那么就不仅在很大程度上调和了主流文化的历史叙述中以阶级斗争为中心所

---

① 陈忠实：《寻找属于自己的句子——〈白鹿原〉创作手记》，载《陈忠实文集》第9卷，人民文学出版社2015年版，第405页。

带来的血腥与暴力气息，而且充分凸显了民间话语的主体性地位，因而与家族历史故事并置的革命战争故事也充满了民间的意味。

与对革命者个人命运的讲述相似，陈忠实对革命历史运动所作的整体性评判也体现着民间的道德意识和价值立场。尽管在塑造兆鹏、兆海、白灵等年轻革命者时，作家曾表示："我有一种骄傲，更有一种激情，我将要把我生活着的白鹿原上的革命者推到读者面前。他们是先驱。他们对信仰的坚贞不渝，他们义无返顾的牺牲精神，是这道古原的骄傲"①，但是由于陈忠实立于民间的道德立场之上，年轻一代所投身的革命运动不再是可歌可泣的宏大革命篇章，作家的革命历史书写不仅并未突出强烈的意识形态倾向，反而充分彰显了民间社会自然朴实的价值观念。作家的道德评判不是叙述者的直接评说，而是通过作家在情感上倾斜和认同的人物形象来表达的。在儒家传统文化人格的代表朱先生眼里，在风云变幻的历史时空中，两党之间的内乱正如"卖荞面和卖饸饹的争斗"，都是为了"独占集市"，而无论是共产党所领导的农民运动，还是国民党卷土重来的血腥报复，再加上宗法家族势力，都使得白鹿原成为了翻烤烧饼的鏊子，"煎得满原都是人肉味儿"。在民间的价值判断中，生存为大，但是无论是革命还是党争，抑或是对宗法势力的改造，并不存在所谓的反动或者进步之分。在民间道德的视野中，现代历史中不同阶级之间的斗争，不仅打破了传统家族社会的伦理秩序及其怡然自在的生存形态，而且这种自相戕杀最终将以血腥的杀戮造就高度的压迫和严酷的生存环境，从而在最基本的生存层面上给普通民众造成威胁。因此《白鹿原》在民间叙事立场上对于革命历史的这种判断，显然与革命历史话语中的历史进步观念形成了鲜明的对比，这种历史发展与道德评判的错位恰恰显示了作品在叙事立场上的民间性倾向。

实际上，正如法国学者兹韦坦·托多罗夫指出的那样："构成故

---

① 陈忠实：《寻找属于自己的句子——〈白鹿原〉创作手记》，载《陈忠实文集》第9卷，人民文学出版社2015年版，第405页。

事环境的各种事实从来不是'以它们自身'出现,而总是根据某种眼光、某个观察点呈现在我们面前。"① 在《白鹿原》中,尽管"向秘史的方向发展"②的写作取向,并未促使陈忠实完全以白鹿原民间的家族历史故事置换革命历史叙述,并且白、鹿两大家族祖孙三代之间的恩怨纷争,正是被置于20世纪前半叶政治风云激荡的社会历史进程之中来讲述的,因此民间话语与革命话语的并置营构了一种多层面共生并存的更为复杂的历史时空,在这个意义上,《白鹿原》已经实现了对以往宏大革命叙事的消解,那种始终以重大革命历史事件和伟大革命英雄为重点表现内容的叙事规则显然已被陈忠实所超越。并且,两种话语的并置实际上并不意味着它们在话语地位上具有平等性。陈忠实不仅站在关中民间正统的儒家伦理立场上,呈现白、鹿两大家族起伏沉浮的历史故事,并且也将辛亥革命、军阀混战、国共之争等现代革命历史进程中的重要事件,纳入到了民间社会的道德视野之中,因此现代性的革命话语实际上在很大程度上丧失了自身的主体性,也就失去了与传统社会的民间话语展开对话、形成张力的可能性。正如学者南帆所指出的:"如果说宗法家族权威与叛逆者之间的搏斗形成白鹿原上一系列戏剧性故事,那么,政治势力与这两者却没有一座相互衔接的情节拱桥。这两批人物所以撮合在一起,更多是由于时间、空间、或者血缘关系——他们之间并未通过真正的性格冲突联系起来。"因此,"即使将政治势力线索这条线索上的故事抽掉,小说的完整性并未受到明显的损害"③。这种倾斜的叙事策略及其所导致的实质性的对话关系的缺失,无疑显示了陈忠实对传统的偏爱,以及颇为坚定而凸显的民间立场。

---

① [法]兹韦坦·托多罗夫:《文学作品分析》,黄晓敏译,载张寅得编选《叙述学研究》,中国社会科学出版社1989年版,第65页。
② 陈忠实:《关于〈白鹿原〉获茅盾文学奖答诗人远村问》,载《陈忠实文集》第6卷,第265页。
③ 南帆:《文化的尴尬——重读〈白鹿原〉》,《文艺理论研究》2005年第2期。

五 民间话语霸权在叙事高度上的有限性

不同于革命话语与民间话语形同虚设的对话关系，在朱先生、白嘉轩所代表的儒家伦理话语与黑娃和田小娥所代表的欲望话语之间，形成了浓墨重彩的搏斗和对抗，因而在一系列戏剧性的故事中实现了真正意义上的话语对话。面对残酷的镇压，小娥的魂魄就掷地有声地发出了对于儒家伦常的有力叩问，但她被六棱砖塔镇压而"永世不得翻身"的命运结局，却似乎表示着站立于白嘉轩背后的陈忠实，在对"封建文化封建道德里最腐朽也最无法面对现代文明的一页"① 进行揭露的同时，也保留着对于白嘉轩苦心孤诣地维护传统道德秩序的某种肯认。在作家笔下，小娥活着是个坏种，死了也不是个好鬼，而是"恶鬼附身"的邪恶形象；在黑娃回乡祭祖之时，白嘉轩"不想提及那个小娥"，更谈不上有任何歉疚之意。而在小说结尾，当白嘉轩遇到"已经丧失了全部生活记忆"的鹿子霖时，他所想起来的一辈子做下的唯一一件"见不得人"的事，也只是他以卖地作掩饰巧取鹿子霖慢坡地做坟园的事，他对小娥的冷酷拒斥和镇压，早已从其意识世界中消散，也从未引起过他内心的自省和忏悔。同样地，当朱先生的教诲使得"中国古代先圣先贤们的镂骨铭心的哲理，一层一层自外至里陶冶着这个桀骜不驯的土匪坯子"，当回乡祭祖的黑娃让白嘉轩感慨"凡是生在白鹿村炕脚地上的任何人，只要是人，迟早都要跪倒在祠堂里头的"，陈忠实更进一步地以黑娃的浪子回头和"学为好人"表达着对于儒家文化传统的迷恋与自信，正统的民间话语也因此获得了它在故事中毋庸置疑的中心位置。

然而，"一部《白鹿原》，从始至终回响着一个沉重的叩问，儒家文化能否真的成为我们民族精神的定海神针？"② 在价值尺度上，陈忠

---

① 陈忠实：《寻找属于自己的句子——〈白鹿原〉创作手记》，载《陈忠实文集》第9卷，人民文学出版社2015年版，第369页。
② 周燕芬、马佳娜：《〈白鹿原〉：文学经典及其"未完成性"》，《西北大学学报》（哲学社会科学版）2018年第1期。

实无疑有着理性的思考和诉求,他既通过朱先生和白嘉轩的形象塑造,集中地展示了"存在于我们民族精神世界里的最优秀的东西",又清醒地认识到"在这个最优秀的东西的负面附着的腐朽的东西,落后的东西,是造成我们民族衰败的很重要的负面因素",因而"在作品中人物的很多行为上都写出来了"①。同时,由于陈忠实采用了全知视角展开叙事,因而使得多重话语相互交集而建构起更为复杂的话语空间,呈现了由民间日常生活之流、革命激流以及指向生存的个人欲望汇合而成的复杂的社会历史图景,由此揭开了以往被遮蔽、被忽略的历史面相,尤其是构成了对于传统革命历史小说过分推崇政治视角的一种巨大悖反,那种居于权威话语地位的意识形态立场较为彻底地被作家摒弃。但是,看似辩证的价值诉求以及中立性的全知视角,实际上并未能真正有效地使得陈忠实在"秘史"的开掘中把握历史的本来面目及其发展的真谛,其原因在于,作家解构了以往历史叙事的政治视角的同时,又通过价值尺度以及叙事策略的调整建构起新的叙事话语霸权。田小娥形象的塑造就最为典型地体现出反差极大的价值立场转变。在查阅《蓝田县志》时,三大本的《贞妇烈女传》曾令陈忠实内心悸颤,"我在密密麻麻的姓氏的阅览过程里头晕眼花,竟然生了一种完全相背乃至恶毒的意念,田小娥的形象就是在这时候浮上我的心里。在彰显封建道德的无以数计的女性榜样的名册里,我首先感到的是最基本的作为女人本性所受到的摧残,便产生了一个纯粹出于人性本能的抗争者叛逆者的人物"②。然而,等到这个儒家道统的抗争者和叛逆者真正出现在作品中,在她身上发生的那些饱含着合理生存诉求的欲望故事却被过度地渲染,她不仅俨然成为"白鹿村乃至整个白鹿原上最淫荡的一个女人",她所承受的"除了诅咒就是唾骂","整个村子的男人女人老人娃娃没有一个人说一句这个女人的好话",而她向儒

---

① 陈忠实:《在自我反省中寻求艺术突破——与武汉大学文学博士李遇春的对话》,载《陈忠实文集》第7卷,人民文学出版社2015年版,第399—400页。
② 陈忠实:《寻找属于自己的句子——〈白鹿原〉创作手记》,载《陈忠实文集》第9卷,人民文学出版社2015年版,第313页。

家道统发出的叩问也最终被其"恶鬼附身"的邪恶形象所遮蔽。有论者就曾尖锐地指出,陈忠实"用西方现代性解放说来做挡箭牌,不仅没有使《白鹿原》表现出女性解放的丝毫气息,相反却极大地丑化与伤害了女性形象和女性情感",而这也成为作品"反'现代性'的思想特征之一"。① 正是立于民间的价值立场之上,并以民间话语作为居于霸权地位的叙事话语,小娥的故事才充分地暴露出作家对于传统社会中女性命运的讲述拘泥在相当有限度的思想视野之中。

实际在整体上,对民间的过度开掘及其所营构的过度驳杂的民间景观,对革命运动所持的道德审美立场以及对其过于边缘化和背景化的处理,以及田小娥和黑娃所代表的个人话语的最终消退或向着正统伦理的回归,都意味着在作品的多元话语空间中,民间话语始终是居于高地的,并且民间话语的高度也同时成为作家叙事话语本身的高度。因此,虽然陈忠实表现出对多重声音进行整合的叙事努力,然而将各条线索上的故事均统摄于民间视角之下的偏颇,最终限制着作家的叙事高度,不仅《白鹿原》所揭开的"秘史"误入至另一种平面化之中,那些不符合作家意识自我的价值观念,以及难以获得作家认同的话语,受到了明显的抑制。并且,民间化的思想倾向所导致的对传统的过于偏爱,也使得作家面临着文化价值分裂的难题。陈忠实谱写了一首半是赞歌、半是挽歌的恢宏诗篇,也因此并不能从中获得足以面向民族文化未来发展的自信。正是在这个意义上,"白鹿原"这一封闭自足的艺术世界留下了被质疑的空间,它所具有的理想价值尽管不断地被作家在创作谈中阐发,但在整体上,"对于未来的世纪来说,它提供得最多的还是教训,而不是广阔的文化前景"②。

---

① 宋剑华:《〈白鹿原〉——一部值得重新论证的文学"经典"》,《中国文学研究》2010年第1期。

② 雷达:《废墟上的精魂——〈白鹿原〉论》,《文学评论》1993年第6期。

第五章　贾平凹与商州民间世界

相较而言，在新时期以来"农裔城籍"的陕西作家中，贾平凹的创作力无疑是更为持久而惊人的。其创作时间跨度长达40余年，著有近20部长篇小说及大量中短篇小说和多部散文集。在其持续不断的创作进程中，贾平凹始终确认并固执于自己"山里人"的身份，迁居城市多年却依然有着鲜明的乡土性心理倾向，加之拥有丰富的不断积攒的乡土经验，其创作在整体上以乡土题材居多。如同路遥对陕北的深情观照，陈忠实对关中的真挚忧思，贾平凹在对故乡商州的反复书写中，也建构起自身不断回望的精神原乡，并且因其创作在数量上较为宏富，在视野上不断拓展，在思想上也随着时代的变迁而存在较为明显的发展变化，因而其笔下的商州世界既涂抹上了独特而浓郁的地域文化色彩，又呈现出更为斑斓驳杂的艺术景观。

纵观贾平凹40余年来的乡土题材创作，既有现实乡村生存图景的刻画，又有乡村民间历史的叙写，他既将关注的目光较为集中地投向商州山地村庄，又随着笔下农裔文人抑或农民工的进城，而将观照的视域扩大至城市或往返于城乡之间。在那些描写历史转型期农民现实生存的作品中，贾平凹以极为鲜明的时代线条勾勒出新时期以来故乡商州乃至中国农村社会的伦理变迁，乡土民间社会如何从诗意栖居走向精神浮躁，如何从世道的残缺颓下走向全然的支离破碎，离开土地的农民又如何走进城市并意欲扎根其间，都得到了一脉相承的反映和表现。在那些试图追溯和还原历史本相的作品中，贾平凹以民间视角去触摸秦岭山地的村镇历史，以民间草莽英雄革命故事的讲述，在拓展自身艺术表现视域的同时，也致力于"现代性，传统性，民间性"的高度融合。而即便是那些将视点从商州转移至西京、关注知识分子都市生活与精神生态的城市书写，我们仍可看到乡土社会所承载的农耕文明，成为贾平凹打量城市生活及其伦理情状的重要参照尺度，以致其城市书写在深层寓意上所指向的，仍是传统乡土文明在现代城市文明的冲击和裹挟之下无可逃遁的没落命运。在贾平凹穿梭于当代与历史、乡村与城市、传统与现代之间的多向度的创作中，无论在时代车轮的牵引下陕南故乡如何不断变迁，无论延绵在秦岭南麓崇山峻岭之间的村镇历史如何浮出地表，无论城市知识者如何在盲目混乱、欲望丛生的都市挣扎和沉沦，抽丝剥茧之后可以看到的，始终是他在对人的生存及精神境况的关注中一以贯之的故土情怀。作为农裔作家，贾平凹内在的情感倾向仍然是乡土性的，即便随着乡村文明的日渐式微乃至崩塌，在具体的情感态度上，作家对故乡民间现实与历史的叙写经历了从赞美到留恋再到失落与倦怠的过程，但正如作家所坦言的，"我的本性依旧是农民，如乌鸡一样，那是乌在骨头里的"（《秦腔·后记》）。这一内在的规定性决定了面对乡土传统走向颓下和没落的命运，即便贾平凹在理性审视之下不可避免地生发出价值上的认同危机，乃至走向一定程度的价值困惑与虚无，但在感伤、失落之余，贾平凹仍在传统乡土与现代都市之间做出了虽有犹疑和矛盾、但仍倾斜于前者的整体性文化选择。乡土已经凝成为贾平凹内在的文化情结和精神自我，规囿着其创作始终以故乡民间的现实生存与历史际遇，作为最为重要的开垦之地以及审美视野的聚焦之处，一如作家所描述的："我这一生可能大部分作品都是要给农村写的，想想或许这是我的命，土命。或许是农村选择了我，似乎听到了一种声音：那么大的地和地里长满了荒草，让贾家的儿子去耕犁吧。"（《带灯·后记》）

第五章　贾平凹与商州民间世界

第一节　商州民间伦理的时代变迁

如果从1978年短篇小说《满月儿》获首届全国优秀短篇小说奖算起，至2018年长篇小说《山本》发表，在贾平凹40年来的创作中，故乡商州不仅始终是其不断追怀的精神据点，也是其取之不尽、用之不竭的创作源泉。并且，在以民间立场对商州山地村镇的历史构建之外，贾平凹大部分的创作执着于在中国改革开放波澜壮阔的背景之下，书写当下农村发生着的人事，观照人与自然、人与人以及人与自我的关系，探讨故乡商州在自然、社会以及精神层面的生态图式及其时代变迁。正如作家所言："我的情结始终在现当代。我的出身和我的生存的环境决定了我的平民地位和写作的民间视角，关怀和忧患时下的中国是我的天职。"[①]《商州初录》《腊月·正月》等早期作品描画陕南古老的地域风情，叙写鲜活生动的乡土社会生活，为20世纪80年代的文坛呈现了一个大放异彩的"商州世界"；《浮躁》等作品反映商州民间社会受到现代文明和商品经济的冲击而发生的伦理裂变；在《高老庄》《怀念狼》等中，主人公们试图逃出"废都"、重返商州家园，但其精神回乡却因商州民间的异变和衰退而遭遇了尴尬。在随后的《秦腔》中，笔触再次回到商州的贾平凹更加活生生甚至血淋淋地剥离了商州家园的理想色彩，以流年式的叙事还原了时代变迁中乡土商州的衰败和崩溃，呈现出对消逝中的乡土传统的守望姿态。应该说贾平凹的商州书写实现了他的那个"妄想"："以商州作为一个点，详细地考察它，研究它，从而较深地去感受中国农村的历史演进和社会变迁以及这个大千世界里人的生活、情绪、心理结构的变化"[②]，这些作品也成为历史转型期当代中国乡土社会的一面镜子。

[①] 贾平凹：《后记》，载《高老庄》，长江文艺出版社1999年版，第357页。
[②] 贾平凹：《后记》，载《腊月·正月》，北京十月文艺出版社1985年版，第422页。

一 闭合性空间中的古朴伦理生态

在谈到自己的文学起步时,贾平凹曾说道:"我早年学习文学创作,几乎就是记录我儿时的生活,所以我正正经经的第一本短篇小说集就取名《山地笔记》。确切说,我一直在写我的商州。"① 商州是贾平凹的故乡,在进城上大学之前,他在那里过了 19 年的农民生活,因此既是由于对故乡的亲近与熟悉,也是由于自身生活图景的展开还相当有限,贾平凹早年的业余创作以故乡童年生活与风土人情为题材,是一种自然而然的"无意识"的书写。但是,在 1982 年开始从事专业创作之前,贾平凹对商州故事的反复书写却未能更多地显示出个人的创作特色。《一双袜子》《菜园老人》《满月儿》《日历》《秦声》《山镇夜店》《月夜》《夏家老太》《二月杏》等中短篇小说,或是富有鲜明的时代气息,或是融入到了新时期文学的启蒙主题之下。然而自 1983 年开始,贾平凹陆续推出了《商州初录》《小月前本》《鸡窝洼人家》《腊月·正月》《天狗》《黑氏》以及《浮躁》等作品,这些关注商州农民生存与心灵变迁的创作,"从民族学和民俗学方面入手","着眼于考察和研究这里的地理、风情、历史、习俗",② 因而为人物的心理及行为活动提供了丰富而深厚的地域文化背景,也因此表现出鲜明的地方色彩和独特的个人特色,被称为"商州系列"。这种创作上的质的突破与作家在素材资源上的进一步开掘不无关系,但更主要地则是由于贾平凹形成了对商州的新的发现和认知。1983 年年初,当贾平凹在脱离乡土生活数年之后,第一次以城籍知识者的身份重新走进商州,他感到"震撼颇大","原来自以为熟悉的东西却那么不熟悉,自以为了解的东西却那么不了解"。在作家现代意识的参照之下,宁静古朴的商州乡土民间散发出独异的人性与文化光彩。"城市生活和近几年里读到的现代哲学、文学书籍,使我多少有点现代意

---

① 贾平凹:《答〈文学家〉编辑部问》,载《贾平凹文集》第 14 卷,陕西人民出版社 2008 年版,第 86 页。

② 贾平凹:《后记》,载《腊月·正月》,北京十月文艺出版社 1985 年版,第 423 页。

第五章　贾平凹与商州民间世界

识,而重新到商州,审视商州的历史、文化,传统的和现实的生活,商州给我的印象就特别强烈,它促使我有意识地来写商州了。"① 在这种"有意识"的写作中,贾平凹发现了处于变革中的商州的特异之处:"商州固然是贫困的,但随着时代的前进,社会的推移,它是和全国别的地方一样,进行着它的变革。难能可贵的是,它的变革又不同于别的地方,而带有其浓厚的特点和色彩。"② 在"商州系列"中,贾平凹既呈现了商州民间极具地方特色和神秘气息的生存境况和至善至美的精神况味,也反映了在原本闭合的乡土性地方空间中,道德观念和人伦关系随着时代的变革而发生的变化,作为审美空间的商州世界也因此得以建构,并因其浓厚的地域色彩而成为当代中国文学乡土想象的重要一隅。

在"商州系列"作品中,贾平凹的写作视野始终停留在他深深眷恋而又诗情盎然的陕南乡野,商州世界的自然之美与精神伦理之美得到了作家深情的抒写与由衷的颂赞,这在其惊艳文坛的《商州初录》中有着尤为强烈和明显的表现。这部作品由一段"引言"和 14 个相对独立的短章组成,这些短章集中关注商州"这块美丽、富饶而充满着野情野味的神秘的地方"。作家开拓出一个崭新的审美空间,对商州人们古朴单纯的人生形式、精神况味以及道德风貌予以了高度的认同。神奇的自然风情,野性而又鲜活的人物形象,以及他们诗意的生存方式与单纯的道德观念,共同构筑起了充满乡野气息而又和谐美好的生存境界。

在《商州初录》中,乡村世界是一尘不染的,充溢着崇尚自然、敬仰生命的文化内涵。"这里的一切似乎是天地自然的有心安排",在这一远离喧嚣、清净、单纯的世界中,让读者最为直接地感受到的,是商州自然地理的和谐与古朴之美。这里有山之灵光,水之秀气,"群山有势,众水有脉","山是青石,水是湍急";农户的房屋傍河而

---

① 贾平凹:《答〈文学家〉编辑部问》,载《贾平凹文集》第 14 卷,陕西人民出版社 2008 年版,第 86 页。
② 贾平凹:《后记》,载《腊月·正月》,北京十月文艺出版社 1985 年版,第 422 页。

筑,"屋后是扶疏的青竹,门前是妖妖的山桃";这里的树木细而高长,长在土里,也长在石上,"向着头顶上的天空拥挤,那极白净的炊烟也被拉直成一条细线",尤其是险峻之处树木更是枝叶错综、纷繁茂盛,"使其沟壑隐而不见,白云又忽聚忽散,幽幽冥冥,如有了神差鬼使"。贾平凹曾说道:"在一部作品里,描绘这一切,并不是一种装饰,一种人为的附加,一种卖弄,它应是直接表现主题的,是渗透、流动于一切事件、一切人物之中的。"① 因此,对险峻的山野胜景和如诗如画的自然风光的描写,其用意显然并不止于展示商州的单纯静谧与悠然自得之美,更是为了凸显商州儿女充满诗意的生存方式,商州的灵山秀水与他们的现实生存本身就有着和谐的统一,显示出"天人合一"的色彩。因此与自然环境的描写彼此融合而又交相辉映的,是商州民间淳朴的民风,单纯的人伦与人际关系,两性之间率真的爱恋,以至带有原始狂野气息的性爱,也成了作家极力褒扬的美。由于人的精神风貌往往和其人生形式是紧密相连的,自然而然地,长期生活在这一相对封闭而又具有牧歌情调的环境中的人们,大多有着素朴的人生情感和单纯的道德观念,正是古朴的商州造就了生于斯又长于斯的商州人纯真善良的人格气质,以及一种单纯而近乎原始的伦理生态。对此,贾平凹的理解是美好、清澈的,他不遗余力地赞美商州儿女热情勇敢、忠诚善良的德行品性,将他们视为自己"勤劳、勇敢而又多情多善的父老兄弟"。

在作家笔下,商州民间世界的人们不仅充满了原始的纯真和旺盛的生命力,而且爱憎分明,重义轻利。即便是那些在商州最贫困的地方——黑龙口小镇上做生意、开饭馆、卖山货、招揽旅人在家过夜的人家,虽"算得极精",却从无坑蒙拐骗之举。莽岭一条沟里给狼看病的接骨老汉,意识到自己救的是伤害性命的恶狼,便以跳崖自杀的方式成全了当地善恶分明的道德原则。沟里十六户人家共同筹资修建

---

① 贾平凹:《答〈文学家〉编辑部问》,载《贾平凹文集》第14卷,陕西人民出版社2008年版,第90页。

第五章　贾平凹与商州民间世界

山路，即便半年之久方成八里，但他们世代修路的决心，展示出生命的顽强与韧性。桃冲滩上摆渡的老汉，历经磨难后重返家园，读的是陶渊明的诗——"采菊东篱下，悠然见南山"，不仅悠闲自得，而且不再受人嫉恨，桃冲地方呈现出一派"天人合一"、休养生息的气象。更有那蛋儿窝村子里感情纯真、为了结合不惜逃走的一对情人；那石头沟里为了结婚屡次上告，并最终成功结合的复员军人和寡妇；那悍于官家权势、毁容自保的"一对恩爱夫妻"；那生性豪爽耿直、见不得"伤风败俗"之事的屠夫刘川海；那相貌丑陋却执着于爱情追求的"摸鱼捉鳖的人"；那"山美，水美，人美""姑娘从不愿嫁到外地，外地的姑娘千方百计要嫁来"的棣花村；以及那三省人和谐相处、"天时地利人和"的白浪街……贾平凹以一种欣赏和倾羡的目光注视着故乡女儿的纯美人格与诗意生活，吟唱着商州民间社会伦理的纯净以及田园风光的静谧，由衷地表达了对乡村文明和乡野人生的眷恋和向往。

如果从文艺生态学的角度来看，《商州初录》对商州世界的诗化描绘与称颂，应和着"文学艺术应该成为人与大自然对话的诗性的原野，应该成为在物欲膨胀下的灵魂得到洗礼的约旦河，应该成为滋润人们心灵的菩提树下的绿荫，应该成为塑造现代人健全人格的富有活性的净土"①的呼唤，显示了作家对现代社会中人的生命活动和心灵世界的危机予以关注的真挚情怀。《商州初录》的意义显然并不在于贾平凹以"文学导游"的身份向外界展示神秘的故乡商州，而是在于，充满诗性精神的"商州世界"，成为了时代变革潮流中日益浮躁和虚伪的都市人的精神家园。这部作品不仅是要寄托作家之于古老秦汉文化的理想，而且更表达了对于精神家园的真诚眷恋和对诗性生活的深情追寻，从而为精神世界处于严重失衡的都市中人提供疗伤的诗意空间。乡土商州素朴的民风民情，自然的人性乃至"神性"，活泼

---

① 王克俭：《生态文艺学：为了人类"诗意地栖居"》，《浙江师大学报》（社会科学版）2001年第1期。

却又和谐的伦理生态，无疑是物欲横流的工业社会上空飘荡的一曲悠远的牧歌。然而，随着时代的前进和社会的推移，在商品经济大潮和现代性日常意识的冲击之下，乡土商州难得的古朴和宁静不可避免地被打破，弥漫在这片精神领地中的古老而静谧的情调，开始掺杂着来自外部的躁动不安的声音，乡土社会的传统价值观念也逐渐在变革的时代中受到了挑战。

二 改革浪潮中的精神躁动与价值裂变

在《小月前本》《鸡窝洼人家》《腊月·正月》等反映商州农村改革的作品中，贾平凹的目的"并不在要解释农村经济改革是正确还是失败，政策是好是坏"，"这一组小说的内容全不在具体生产上用力"，而是"尽在家庭、道德、观念上纠缠，以统一在三录的竖的和横的体系里"。① 在这种"纠缠"中，贾平凹对商州民间生存及伦理的文学关怀，逐渐从带有浓郁理想化色彩的热情赞美走向了冷静的审视与思考，并在一定程度上流露出对民间传统文化的疑虑之情。作家注意到了商州大地上原本存在的保守、愚昧与野蛮之处，以及现代文明和城市商品经济的价值观念对商州人精神上的强烈冲击。一方面依然是浓郁的陕南风情和浪漫、写意的气息，另一方面却是作品现实性的增加，时代大潮下的商州社会也开始处于精神的躁动中，商州人古老而传统的生存方式、性格气质以及精神人格，不可避免地发生了一定的转移和裂变，而以农业文明为主的诗意传统似乎也显露出残缺的端倪。

在《腊月·正月》中，贾平凹通过描写乡村能人韩玄子在经济变革中的权威竞争及其复杂的人生体味，充分展示出时代变革在商州民间社会的经济生活、伦理秩序以及价值观念等层面引起的剧烈变动，以"老文人"韩玄子的失落揭示出他所代表的乡村传统开始走向式微

---

① 贾平凹：《我的追求——在中篇近作讨论会上的说明》，载《贾平凹文集》第14卷，陕西人民出版社2008年版，第41页。

第五章　贾平凹与商州民间世界

的趋势。与《人生》中的高明楼以及《平凡的世界》中的田福堂等较之普通农民更有眼光、但依然有着牢固农民意识的精人、强人相比，贾平凹笔下的乡村能人韩玄子在民间社会地位与权威的确立，并不在于对基层政治权力的把持以及在生产生活中的老谋深算和精明强干；并且，与高明楼、田福堂等人主要纠缠于如何在基层政权和经济活动中争权夺利不同，作为四皓镇上的"老文人"，韩玄子的个人生活及其社会活动充满了一种古老的情调和久远的诗意。韩玄子本是"民国年代国立县中的毕业生"，他文墨深厚，情趣雅致，退休后赋闲家中，吃茶看报，养花植草，种竹看雾，颇为自得。他"一生教了三四十年书"，学生桃李满天下，在商字山下的镇街积攒起人人敬仰的文化名望；加之祖上在当地颇有根基，而今家庭又颇为和顺，长子是全镇第一个大学生，现在又在省城做了记者，次子也在当地学校教书，一家八口之中有四人是吃公家饭的，因此，凭借自身的知识、名望和家庭经济实力，韩家在镇街上是"正南正北人家"，而他在四皓镇上更有着全方位的影响力，是镇街上德高望重的头面人物。他依然被村民们尊称为"先生"和"老师"，走街串户时享有极高的礼遇，任凭谁家的红白喜事都请他坐上席，并且他向来是村镇中家庭纠纷的调解人。同时，由于学识深，交往广，名望高，韩玄子与公社干部也颇为熟识，他也因此成为村民们与公社打交道时每每要托付的体面人。他还被公社委任为文化站长，负责组织和开展镇里的文化生活，也参与公社的综合治理活动，"在外面显山露水的并不寂寞"。

然而，当社会发生了变迁，"生产形式由集体化改为个体责任承包"，普通乡民王才顺应时代发展的潮流，通过艰难创业崛起为商字山下新的经济能人，韩玄子的日子就变得不再安宁，他感受到了自身在乡间的地位和威望受到了原本被他瞧不上眼的王才的巨大威胁，并在土地转让、厂房扩建、原料供应以及参与村镇事务等方面竭力阻遏王才的发展。韩玄子所难以接受的并非王才的发家致富，"他发了，那是他该发的"，正如小儿子二贝所说的，"这是政策让人家发的，也不是他王才一家一户"；他与王才之间也并无直接的利益冲突，实际上王才也并未在主观意识和行为上表现出对于村镇权威的强势争夺，韩玄子是长辈，又当过王才的老师，因此王才一向是尊敬他的；即便是得知韩玄子偏偏容不下他，王才也颇为隐忍。韩玄子愤愤不平的是，随着办厂带来的个人财富的快速增长，"王才的影响越来越大，几乎成了这个镇上的头号新闻人物"，并且已经威胁到他在村镇中的地位和影响。王才的食品加工厂吸收了越来越多的村民入伙、入股；他在大年三十晚上包场电影，"向众乡亲祝贺春节"；公社参加社火比赛的经费不足，他便主动拿出40元钱解燃眉之急，尤其是正当韩玄子以为女儿"送路"的名义在正月十五大操大办宴席、以显示自己的体面和声望时，王才的食品加工厂却迎来了专程慰问专业户的县委书记，彻底地抢占了韩玄子的风头。经过从腊月到正月短短一个月的时间，韩玄子从他自己所主导的这场权威竞争之中迅速败北，当他得知二儿媳也去了王才的工厂上班，只能无奈而狭隘地诅咒王才"不会有好落脚的"。

实际上，面对农村的经济改革，韩玄子欢呼过，也担忧过，但他并非保守的反对者，与其说他是经济改革浪潮中保守、落后势力的代表，不如说他是在企图维持和挽救开始遭受经济潮流挤压的乡土民间社会的旧有传统。如果说"老文人"韩玄子在村镇中享有极高的威望并拥有广泛的影响力，显示了民间社会中乡土传统的深厚根基以及强大的韧性，那么他的最终失意则意味着，这一传统随着农村经济改革的启动而开始走向了失落。经济变革尚且未能从根本上撼动商州村镇的伦理秩序、观念意识以及民风民情，但又显然已经给这一方原本古朴宁静的天地带来了令人惊叹的变化。王才这样的经济能人的崛起，不仅是让韩玄子这样的传统能人再也无法"称心如意"，而且使得村镇人们的价值观念发生了新变，他们开始以经济权威作为自身人际关系运转的轴心，"最有钱"的王才成为了他们眼里"最有势"的人。因此，使得韩玄子在正月十五陷入四面楚歌的，不只是受到县委书记登门拜年的王才，更是那些闻讯之后临时"倒戈"的村民，而他们不顾礼数和颜面的匆忙离席，也最为直观地显示了韩玄子的地位和名望所受到的强势冲击。如果说在四皓镇"和外界又那样的隔离"的气氛中，韩玄子才能生活得自由愉快、得心应手，那么可以想象的是，随着这种古老而诗意的气氛被打破，并在经济变革浪潮的进一步强势侵袭下日渐呈现出颓势，随着王才这样的新能人进一步地活跃于村镇经济生活以及社会生活的其他层面，韩玄子在村镇中"显山露水"的舞台将会变得愈发逼仄，而其身上所延绵下来的乡土传统也将愈发难以在民间生活中显示出巨大的功能意义。尽管这种传统仍将延续，但商州的社会秩序与人心秩序已开始走向重构，并不可避免地被纳入到了以经济变革为主导内容的现代性逻辑之中。

但是，即便现代商品经济大潮不断冲击着商州民间的乡土传统和原有价值体系，即便那个单纯静谧的商州世界再也难以一如既往，贾平凹依然在"商州系列"中坚守着他对于精神上的商州家园的追寻。在《小月前本》《天狗》等作品中，传统的伦理道德规范对人的束缚，商州传统农民的惰性与愚昧，都进入到了贾平凹的视野之中。小月倾心于见过世面、头脑灵活、受到现代生活方式感染的门门，却又不愿拒绝品行忠厚、老实勤快、坚守传统的才才，她既热切地向往现代物质文明，但又有着对传统文化的依恋情结，因而在爱情选择上陷入到犹疑不决的困境之中。为摆脱家庭困境和对妻子山月的拖累，不幸致残的"井把式"李正做主让徒弟天狗入赘与山月成婚，可婚后三人都套上了沉重的精神枷锁，已经做了师娘男人的天狗在传统伦理的束缚下始终对师娘不越雷池，而生活在精神痛苦中的李正为成全山月和天狗选择了自杀。作家在对笔下人物表达无奈、不满的同时，又有着对其不幸命运的理解和同情。而且，在"商州系列"中，我们依然可以看到一系列美好的女性形象，无论是多情、温顺而善良的米脂婆姨，还是有着清纯可爱的女儿性的满月儿、小水，无论是有着厚德载物母性的师娘，还是坚定、炽热地追求爱情的黑氏等，都是有着美好人格的女神式的人物，在她们身上依然寄托着贾平凹对于商州世界的坚守和眷恋，作家对于商州作为现代世界中精神栖息之地的期冀仍然并未泯灭。同时，处于时代变革中的乡土商州正在不断地褪去传统的诗性和神秘性，作家就更加难以舍弃商州民间世界蓬勃的生命力和原本自然、和谐的诗意与美。正是古老商州的诗意氛围和诗性精神不断褪去，使得贾平凹日后的创作，尤其是城市题材的创作，纷纷以商州作为其精神上一贯的据点而不断地回望，只不过伴随着作家对变革中的乡土现实的逼视，这种诗意回望愈发附着上了由衷的哀叹和深刻的忧虑。

如果说《腊月·正月》更主要的是以韩玄子的人生体味为线索来追怀商州民间的乡土传统，对其在时代变革中的遭际予以不乏同情的深切关注，那么到了《浮躁》中，贾平凹则进一步对旧有价值的毁灭和新价值的萌动，及其所引发的冲突进行了更为冷静的审视，典型地概括出转型期乡土社会伦理价值体系的裂变以及躁动不安的精神氛围。在《浮躁》中，现代文明带来的副产品如"拜物教"、投机倒把、利己主义等，使仙游川的人们经不住眼前利益的引诱而跃跃欲试，商州世界原本宁静古朴而神秘的面纱被赤裸裸地揭开。从小山村仙游川到两岔乡，到百石寨，乃至整个商州，在这州河上发生的故事，折射出整个乡土社会在改革初始阶段所引发的"阵痛"。小说以主人公金狗务农、参军、复员回乡、做州报记者、辞职跑河上运输等几个人生的大起大落以及他与小水之间的爱情故事为主线，将商州社会林林总总的精神情况串联并铺排开来。人们在社会转型期所经历的悲欢离合，真善与丑恶的较量，现代意识与传统观念的碰撞等，都随着金狗的生活际遇而渐次展开，并出现了前所未有的打破封闭后的亢奋与躁动情绪。主人公金狗正是这种浮躁情绪的主要体现者。受过教育、见过世面的金狗敏锐地捕捉到了时代变革的气息，以强烈的改革意识和开拓精神宣告了对于闭锁的家族势力和官僚主义的作战姿态。不过，在其改造故乡社会的具体过程中，由于健全而成熟的政治体制尚未确立，宗族势力的根深蒂固，以及自身传统道德和文化心理的难以克服，金狗的变革之路注定是跌宕不平的，甚至陷入到举步维艰的境地。变革的现实和彼岸理想之间的沟壑在金狗的心灵上形成了极大的阴影，其精神世界也因此涌动着躁动不安的情绪。这种浮躁情绪异常明显地体现为他在恋爱婚姻中的痛苦抉择，他始终割舍不下对于小水的爱情，在与英英、石华的爱情纠葛中也充满了矛盾和挣扎，传统文化意识的制约，使得他在与这三个女性的关系中遭遇到情爱与伦理的冲突。实际上，无论是金狗与世族势力之间波诡云谲的斗争，还是其爱情纠葛，抑或是商州社会的芸芸具象，都可以看作是整个20世纪80年代经济变革以及伦理价值体系裂变所产生的浮躁社会情绪的外化与表现，《浮躁》也以此勾勒出一幅改革探索期中国乡土社会的真实画卷。一方面，乡土民间社会的传统依然根深蒂固，诸如田有善、田中正这样的宗族势力依然在农村有着重要的影响力，仙游川这样的乡村社会依然笼罩在闭塞、凝滞的氛围之中，即便是变革者金狗也依然在心理结构和文化性格上受到一定程度的宰制和束缚。另一方面，经济变革的浪潮已滚滚而来，并以难以阻挡之势对民间传统和乡土价值形成了强烈冲击，在有力地撼动旧有社会结构和伦理秩序的同时，也带来了种种迷人的机遇和诱惑。急剧的变革以及新旧价值的碰撞使得整个社会情绪与精神处于浮躁不安之中，人们既兴奋激动，又充满了困惑和痛苦，在人生的浮沉中，人性的丰富性和复杂性也呈现出来。

显然在《浮躁》中，那个充满诗意风情和美好人性的古老商州已不可避免地走向了历史的残缺。也许正是这种无法绕开的冷静直面和理性审视，贾平凹不得不声明："在这里所写到的商州，它已经不是地图上所标志的那一块行政区域划分的商州了，它是我虚构的商州，是我作为一个载体的商州，是我心中的商州。"① 只是当贾平凹在《高老庄》和《怀念狼》等作品中再次以商州为载体来寄托他对精神家园的追寻和对安妥灵魂的渴望时，他对民间商州志坚不渝的眷恋却被主人公们精神回乡的尴尬遭际所取代，在残酷的社会现实面前，他对商州的执着守望愈发显得无力而无奈。

三 民间传统的衰败与乡土精神的消亡

近年来众多研究者将《高老庄》和《怀念狼》命名为贾平凹创作

---

① 贾平凹：《〈浮躁〉序言一》，载《浮躁》，作家出版社1988年版，第1页。

的"回归系列",或许是基于两部作品的故事都呈现为主人公在现实和精神上由城返乡的历程,《高老庄》中的高子路和《怀念狼》中的子明都试图走出"废都",返回寄寓着自身理想和希望的商州家园,以实现精神和文化上的自我拯救。然而,他们的回归却遭到了现实的无情解构,在现代商业文明的逐步侵蚀中,商州世界早已变得分崩离析,残败不堪。如果说《废都》《白夜》中主人公们的精神处于"不在家"的迷失状态,那么《高老庄》与《怀念狼》中主人公们所面临的则是"家已不是家"的令人感伤的现实,他们都如古人所描述的,"人生无根蒂,飘若陌上尘"。因此,在这两部小说中,取代回归家园本应有的精神愉悦和满足的是,贾平凹凸显了处在文化夹缝中的文人的尴尬与失落,甚至对其予以了一种无情的嘲弄,充满了讽刺的意味。

《高老庄》的主人公高子路在贫困的家乡高老庄长大,却又不甘困守农村,考进省城大学的他通过努力奋斗,成为一名大学的语言学教授。在个人奋斗的历程中,子路饱受了现代文明的浸染,甚至为了摆脱农民出身和乡村文明对其生活方式以及心态思维的影响,子路在心理上和情感上刻意地倾向于城市文明,过起了比城市人还彻底的城市生活。无论是穿着打扮还是言谈举止,抑或是他对前妻的抛弃和对城市女性西夏的追求,都显示了现代城市文明对子路的浸染和吞没。然而,城市生活的喧嚣与浮躁又是子路的内心所深深厌烦的,他一方面享受着都市生活和现代文明带给他的自由与快活,另一方面却又无法在都市文明中安放自己的灵魂,精神上依然处于无家可归的状态。加之子路在心理上和情感上刻意去回避和压制的乡村文明情结,实际上已经转化为文化人格的重要因素,构筑在子路内在的精神世界中,因此他开始逃离城市,企图回到远离城市的家乡高老庄,以寻找慰藉灵魂的精神家园。然而,子路在带着新婚妻子西夏回乡省亲、祭奠父亲的过程中历经的种种野蛮而残忍的家长里短、鸡零狗碎,彻底打破了他对故乡的诗意想象和温情回望,他不仅没有找到灵魂栖息之地,恰恰相反,他对故乡的日思夜想在现实中遭遇的却是精神的备受煎熬,以及内心无法摆脱的混乱与困惑。

第五章 贾平凹与商州民间世界

如果说《浮躁》中商业文明的入侵已使乡间的人们处于精神的躁动之中,那么随着经济变革和社会转型的进一步推进,不断扩展的商业文明也进一步构成对乡土世界的蚕食,高老庄人的生存状态与精神况味发生了巨大的变化。一方面,原来自给自足、田园牧歌式的农耕方式已经瓦解,从物质和财富的层面来说,高老庄人正逐步摆脱贫困,向着富裕的目标迈进。另一方面,人种的退化,精神生活的萎缩,农村礼法制度的崩溃,对物质和金钱的贪欲等,使得高老庄世风日下,不仅原有的人情、人性以及诗性、诗意荡然无存,而且愈发浮躁而冷漠,琐屑而世俗。高老庄的这种变迁带给子路的不是欣喜,而是内心的忧虑。作为两种文化的载体,子路也陷落至乡村文明与都市文明的夹缝中不知所措,一方面他看不惯高老庄发生的一切人和事;另一方面在内心刻意回避、弃绝了多年的种种乡村陋习又回到了他自己身上。无奈之中,子路不得不匆忙而狼狈地返回喧嚣的城市中。可以说,高老庄人的精神生活的异变是中国社会普遍的精神危机的切实写照,而从高老庄走向都市的子路对此既焦虑不堪,却又无可奈何、难以自拔。

《怀念狼》是继《高老庄》之后再次由城市回眸乡间的作品。如果说《高老庄》中的子路意欲返回故土商州追寻灵魂安妥之所,那么《怀念狼》中的子明则把对现代人精神危机的自救寄托在了对"狼"的追寻中。小说开始,主人公子明准备回到商州,为仅存的15只狼拍照立档,这一举动本身就充满了追寻意味。作为身处都市的现代知识分子,子明眼中的现代人在物欲得到极大满足的同时,却也正处在精神萎靡、人种逐步退化的困境中,而他自身也处在生活热情和创作热情的消减中。"是狼,我说,激起了我重新对商州的热情,也由此对生活的热情",因此子明重返商州寻找野狼,希冀借助狼的原始、野性、残酷、坚韧等,为现代世界走向堕落的精神生态寻找生命活水。回到商州的子明在老县城与自己的舅舅傅山——商州闻名的猎狼队队长——以及队员烂头不期而遇,曾经的猎狼英雄此时已结束了大半生的猎狼生涯,成了州野生动物保护委员会委员和狼资源调查队队员,并陪同外甥为仅存的15只狼拍照。然而这一旨在保护野生动物的行动却造成了狼的彻底灭绝，由于种种外在的刺激和内心的猎杀本性，舅舅傅山在每次遭遇到狼的时刻，总是不由自主地生发出杀狼的欲望，于是保护成为一路的屠杀，在拍完照片的同时，15只狼也全部被捕杀。舅舅傅山既是捕猎队队长、捕狼英雄，又是保护狼委员会委员，这一矛盾身份以及人与狼之间极富讽刺意味的矛盾状态，正是对现代人精神混乱与困惑的生动写照。作品的精神启示意义还在于，小说以狼和人形成的鲜明对比对人性的丧失做了深刻的理性思考。原本该是凶恶、残忍的狼不仅有着柔美的外表，如狼细细的眼线，如芭蕾步法的走姿，而且还充满智慧和善性，譬如小狼的父母和兄弟姐妹遭到猎杀，别的狼就来抚养它；又如狼群对于曾经救治过它们的老道士知恩图报，在他死后前来哀悼。相比之下，人因为自私、狂妄与恐惧，对狼实施了残忍而疯狂的猎杀；而活取牛肉，割舌、断尾、镟肉甚至生拔牛鞭，以及在蛇的扭曲缠绕中吸干蛇血等，则充满了病态的色彩。此外，那个为了蝇头小利而把小孩推进车轮下的郭财，为了骗取珍宝对死人也不放过的支书，以及那个嗜杀成性、几近疯狂的李义等，成为人性恶的代表，商州民间的伦理精神走向堕落和衰微，"要活着，活着下去，我们只有心里有狼了"。

总之，无论是高老庄还是商州，都已经不再是厌倦都市现代文明的子路和子明理想的精神家园，"家已不是家"的状态再也难以安妥其漂泊的灵魂。子路的尴尬而逃以及子明内心对狼的呼唤，意味着由城返乡的知识分子遭遇了回归家园和精神追寻的双重失败。在商品经济大潮和现代都市文明的冲击下，乡村文明变得如此支离破碎，礼法规范遭受挑战，道德逐渐沦丧，价值观念进一步解体，人情、人性也走向了式微和堕落。因此，逐渐被城市文明吞噬的乡村世界，以及从土地上消失进而涌入城市的农民的生存与精神状态，也成为贾平凹在此后进一步深入关注的焦点。

或许因为现实正在走向绝地，作家就更加难以舍弃对故土的眷恋和向往。于是，随后的《秦腔》再次以商州作为精神上的据点进行回望，只是在贾平凹的逼视之下，20世纪80年代的书写中那个纯美的精神家园完整地呈现出鸡零狗碎的俗世生活情形，《秦腔》也被看成是传统乡土生活的一曲绝唱。

随着城市化进程的快速推进，农村村镇急速地走向荒凉，当代人与故土的关联越来越少，成为当代中国乡村变革的基本脉象。作品中描写的清风街作为典型的农村村镇，早已不再是栖息灵魂的世外桃源，清风街的乡土文明也如秦腔一样走向了衰落和解体。贾平凹通过人物命运的演绎呈现乡村世界伦理的失序和精神的式微，昭示了乡土文明的没落结局。执著于秦腔的白雪秉承了商州女子的清纯、可爱，不仅色艺双全，而且也称得上善良贤惠，然而这样一个成长、结婚、生子等生命进程都与秦腔紧密联系在一起的女子，却因为对城市文明的抗拒，难舍秦腔而留在县城，最终在苦音慢板中黯然地与远在省城的丈夫离异；并且，白雪生下没有屁眼的畸形女儿，更是对她坚守秦腔这一乡村文化的无情嘲讽，她的人生悲剧完全消解了"商州系列"作品中乡村女儿充满诗意的境况。而作品中其他的清风街俗世妇人们则彻底地沦落到贪婪、懦弱、不义乃至淫乱中，例如夏天义家那些为打碎碗、为公公死后树碑的事而吵闹的儿媳们，生活重心永远是男人、完全沦为做饭工具的四婶，和陈星自由恋爱、却沉溺在性爱淫乱中的翠翠，与上善偷情而被要挟的金莲等，完全丧失了"商州系列"中乡村女儿身上的人情美与人性美。纯洁、优美的女性形象在作品中的缺失，极为彰显地解构了乡村文明原本诗化的生存状态和精神世界。

作为乡村文明的化身，夏天智和夏天义更是被作者赋予了死亡的结局，从而预示着商州传统文化在转型期社会中的瓦解命运。退休小学校长夏天智是乡村知识分子的典型代表，和儿媳妇白雪一样，他对秦腔的痴迷使得秦腔成为其生命的一部分，秦腔戏曲中的价值标准已经融入他的精神观念之中，既指导着他自己的人生，又指导着清风街的俗世人生。然而夏天智所代表的传统道德规范和礼法精神受到了强有力的冲击，他对清风街村人的约束力越来越小，甚至对侄儿金玉满堂兄弟也愈发难以管束，儿子夏风对他的种种教诲的背弃，以及与白雪离婚的不义之举，更是使他在道义和礼法上的约束力走向了崩溃，而他自己也在摧人心魂的秦腔中走向了生命的陨落。他的死亡不只具有生理上的意义，更是对传统精神消亡的一种象征。与之形成对照的是，作为年轻的乡村知识分子后辈，夏风完全背弃了乡村精神和传统文化，投向了都市现代文明的怀抱；庆玉作为民办教师，不仅不具备四叔夏天智在道德和礼法上的威势，反而为了情欲与黑娥偷情，最终成为丢弃伦理道德的人。

  此外，另外一位夏氏长辈夏天义的悲剧性结局，也具有同样的文化上的象征意义，成为乡村精神瓦解的恰切隐喻。作为夏家老一辈中最为年长的家长，夏天义本身就是家族精神和家族文化的象征，也是传统中国乡村精神的象征。作为清风街的老一代领导人，他曾有着一呼百应的辉煌历史。从20世纪60年代起，他就是农村兴修水利的群众运动的带头人和劳动模范，他以为公之德、惜农之心，任劳任怨地为清风街的经济发展和公众事务服务，带领乡亲们开拓共同富裕的路子。即便已经不再担任党支部书记，他却依然一如既往地以清风街的致富带头人自居，正直公平地将清风街的公众事务作为自己的生活乃至生命的重心，大公无私地将乡亲们的事务当成自己的事来办。例如他在觉察到农村劳动力过度流失的趋势后，随即正大光明地写材料，提建议，希望以自身残存的威慑力和道德力量改变这种局面，并且以自己的实际行动来感召人们。然而，处于农村社会结构的急剧变迁中，清风街已经完全走了样，逐渐地滑出了他所能驾驭和控制的范围。当他不顾地质条件、人力条件和经济实效而倔强地带领着哑巴和引生去七里沟淤地时，不仅没有感化清风街的人们，反而遭到了无情的嘲弄。或许他的助手哑巴在生理上的残疾和引生在精神上的疯癫，以及他自身的老迈和日趋衰弱，本身就是一种失败的前兆；他们的淤地行动最后被一场大雨摧垮，而他最后葬身土地的悲剧性结局，则彻底宣告了他身上曾经闪烁的乡村价值观念和家族道德精神走向了土崩瓦解。

在整体上，清风街世界已处在"礼崩乐坏"、斯文扫地的情势中，传统家族精神走向失落，仁、义、礼、智、信等传统人格精神以及忠、孝、勇、恭、廉等精神价值，也遭到了历史车轮的无情碾压，并被日益趋向实利的商品价值观念所取代。于是，经受商品意识洗礼的夏君亭、夏中星、夏风等第二代夏家人在冲突和对立中不断获得转机，而坚守传统文化精神和道德力量的夏天义和夏天智等老一辈夏家人则走向了死亡。然而，对传统文化难以割舍的情感依恋，以及作为农裔文人对乡土的执着守望，仍使得《秦腔》的基本情感向度呈现为对现代文明的排拒，以及对乡土文明的感伤喟叹，这部作品也因此成为伤悼乡土精神和传统民间文化的一曲挽歌。

在总体上，从乡村现实所带来的直接感受与心灵震颤出发，贾平凹所书写的一个个商州故事呈现了商州民间社会几十年来的生存境况与伦理图式，构成了对于乡村文化存在形态及其发展命运的较为敏锐、清晰的反映和较为系统、深入的思考。从《商州初录》中作为安妥灵魂的精神家园，到《浮躁》中精神的躁动和《高老庄》中的世风日下，以及《怀念狼》中的人性沦丧，直到《秦腔》中传统乡村精神的消亡，商州社会的巨大变迁寄托了作家对中国农村社会和传统农业文明历史命运的深切关注与严肃审视。而不同时代背景下迥异的商州精神况味与社会图式，也勾勒出三十多年来中国农民在生存方式、伦理文化以及精神意识等各个层面的嬗变。《商州初录》中商州儿女的诗意栖居和诗性精神到了《浮躁》中开始出现躁动，在《高老庄》《怀念狼》中已经变形扭曲，待到《秦腔》中更是被消解殆尽，商州乡土精神和传统文化最终走向了衰败和瓦解。而从《商州初录》时的喜悦，到《浮躁》时的焦虑与《高老庄》《怀念狼》时的失落，再到《秦腔》时的感伤诀别，历变的写作心境也昭示出贾平凹对故乡商州和自身所处时代的情感寄托和深切反思。这种自我反思因为避免了纯粹居高临下的批判，并融注了作家本身对于故乡的生命体验和情感体验，因而显得尤为真切和可贵，商州世界的伦理变迁这一维度也成为贾平凹小说中一条异常明亮的线索贯穿始终。

第二节　商州尺度下的城市生活本相

从根本上来说，商州是作家的故乡与成长之地，农裔出身以及深刻的乡土情结决定着贾平凹必然以"商州世界"的营构开启并不断延展自身的文学道路。在早期的"商州系列"中，那个大放异彩的"商州世界"不但为中国文学版图增添了一道旖旎的风景，更为重要的是，作为贾平凹的文学地理原乡，"商州世界"中所凝聚着的"商州情结"也由此成为贾平凹在乡村与城市两大地域间书写人的生命处境的一种自觉意识和内在支撑。正如作家所言："我这一辈子不可能目光老盯在商州，老写商州，但不论以后再转移到别的什么地方，转移到别的什么题材，商州永远是在我心中的，它成为审视别的地方、别的题材的参照。"① 以致"始终站在商洛这个点上，去观察和认知着中国，这就是我人生的秘密，也就是我文学的秘密"②。因此，在"商州系列"产生了较大影响之后，当贾平凹将目光转向他生活其间而愈发熟悉的西安，在商州之外开辟出这片新的文学领地，他作为"乡土作家"的身份标识或许杂糅进了都市色彩而变得不再纯粹，但他对现代都市的生存景观、生活样态以及精神境况的观照与书写，仍是以乡土商州及其文化传统为基点的。

一　"从商州看西安"：内置的乡土性视角

实际上，如同任何一个从大山里走出来的人总是不由自主地将故乡作为认识世界的起点，早在记录儿时商州生活的第一部短篇小说集《山地笔记》中，贾平凹就已坦露出进入城市之后愈发深切的故土情怀："我是山里人，山养活了我，我也懂得了山。后来，我进了城，

---

① 贾平凹：《答〈文学家〉编辑部问》，载《贾平凹文集》第14卷，陕西人民出版社2008年版，第91页。
② 贾平凹：《我的故乡是商洛——在商洛文学院文学研讨会上讲话》，《美文》2015年第1期。

在山里爱山,离开山,更想山了。"① 而在进城多年之后,贾平凹不仅依然以乡村作为打量自身城市生活的内在尺度,同时在那些描写西京的城市题材创作中,主人公或有一种逃离城市的生命冲动,或只在乡土性情景中才能有片刻心灵的安宁,或本就以进城拾荒者的目光来认知他们所生活的这座城市,可以说贾平凹的城市书写为"西京"这座城市提供了一种总体上的乡土性底色。如果说"自从去了西安,有了西安的角度,我更了解和理解了商洛"②,从而发现了那个在现代性逻辑之下独异的"商州世界",那么"从商州看西安"③ 则使得贾平凹的城市书写被放置在来自乡土的审视向度之下,并显示出在文化冲突与转型之中守望乡土的创作姿态。无论是《废都》《白夜》对都市文人生存之痛与精神危机的书写,还是《高兴》对农民工底层城市生活的关注,无论是对深受传统文化浸润的颓废文人庄之蝶、夜郎的刻画,还是对从乡村走进城市、并立志成为城里人的农民工刘高兴的塑造,都寄寓着贾平凹对于传统乡土文明及其命运的深刻忧虑。在乡土性的内在尺度之下,贾平凹毫无讳饰地展示出"这个光怪陆离的浮躁时代、晕眩时代的生活本相,尤其是世俗化、民间化的本相"④,并从农民工的"生存状态和精神状态"中触摸到"这个年代城市的不轻易能触摸到的脉搏"⑤,这些都与那个清晰、明亮的"商州世界"形成了鲜明的对照,在对现代城市文明进行批判的同时,贾平凹的城市书写也无奈地呈现了乡土文明走向没落的悲凉命运。

从社会发展和文明进步的趋势来看,相对乡村文明而言,现代城市文明是异质于乡村的另一种文明,它代表着先进文化的发展方向,也代表着文明发展的必然趋势。由乡村到城市的社会形态的转化,标

---

① 贾平凹:《山地向导——写在前面的话》,载《山地笔记》,上海文艺出版社1981年版,第1页。
② 贾平凹:《我的故乡是商洛——在商洛文学院文学研讨会上讲话》,《美文》2015年第1期。
③ 贾平凹:《寻找商州》,《收获》2008年第1期。
④ 雷达:《心灵的挣扎——〈废都〉辨析》,《当代作家评论》1993年第6期。
⑤ 贾平凹:《后记》,载《高兴》,作家出版社2007年版,第440页。

志着人类文明发展进程中质的飞跃，因而是有着划时代的意义的。然而历史总要为它的进步付出一定的代价，城市在带来巨大物质财富以及种种便利之处的同时，也造成了人们精神和心理上的病症，这在20世纪八九十年代之交的中国社会转型时期有着尤为突出的显现。由于现代化进程和社会转型进一步加快，中国社会现实发生了巨大的变化。以城市为中心，商品经济意识开始蔓延并覆盖至乡村社会，同时社会与时代转型也造成了人们精神上的断裂，人们既热切地追求现代化的生活，物质占有欲急剧膨胀，同时又在心理上对快节奏的现代生活感到不适应。农民出身并不断宣示和强化自身农民身份的贾平凹，已走进城市近20年，因此他更为强烈地感受到城市文明与乡村文明的激烈撞击，在享受现代城市文明的便利成果的同时，作家又对城市生活中道德的缺失与秩序的混乱感到失望和困惑。加之此时的贾平凹历经了个人生活中出现的种种艰难和困惑的生命体验，也推动着他转而关注都市生活中人的处境及其与自身的相互关系。借由《废都》中的庄之蝶以及《白夜》中的夜郎等都市知识分子形象的塑造，贾平凹既思考着人的心灵与肉体之间，以及人的欲求、理想、信仰与人的历史性存在、现实性存在之间的冲突与协调；同时，他对于经济和文化转型背景下乡土文明和城市文明的认识也滤去了过多的感情色彩而上升至更为深刻和复杂的理性层面。

  实际上，在早于《废都》整整十年的《商州初录》中，贾平凹已有过对现代知识分子的观照和书写，只不过在其所营构的于世默默的"商州世界"中，外来知识者是寄托着作家审美情感的充满诗意的对象。尽管商州"撵不上时代的步伐"，但它又绝不是全然闭塞的古老世界，游走于商州山野之间的外来知识分子为这里带来现代文明的讯息，并且更为重要的是，他们在气质风度上与商州乡间朴素的土地、自然的人性以及淳朴的民风保持了高度的一致。这些外来知识者以旅人和过客的身份进入商州，又成为商州乡土社会空间中道义、智慧、文明的化身。《黑龙口》中那个"学过习"的旅人，得到了主人亲人一般的招待，《石头沟里一位复退军人》中那个被称为"同志"的外来知识者成为了替复员军人和小寡妇主持公道的审判者。总之,"商州世界"的外来知识分子不仅并未遭遇与乡土民间的价值冲突,反而普遍有着健康纯正的精神人格,并以一种诗意栖居的方式生存或游走于商州大地,成为诗意商州不可或缺的组成部分,在他们身上寄托的不是贾平凹严肃的审视与批判,反而是温情的颂赞和认同。

然而时过境迁,如果说在激情洋溢的20世纪80年代,启蒙话语的重新高扬使得知识分子攀上话语格局的高地,并成为精神、正义、理性的化身而受到人们的热情崇拜,那么进入20世纪90年代,在不断上扬的商品经济大潮的裹挟之下,知识者则被排挤到了话语格局的边缘地带,并被湮没在整个社会对于物质、资本、权力的崇拜之中,知识崇拜成为一去不返的时代旧梦,而乡土价值更是在现代意识的冲击之下日渐走向破碎。尤其是当贾平凹将视野从乡土世界转向都市空间,面对他"已经住罢了二十年"(《废都·后记》)的文化名城西安,在内置的乡土性视角之下,贾平凹毫无讳饰地展示出这座现代都市触目惊心的糜烂和颓废;而如果说对"商州世界"中那些远离都市文明的知识者的诗意书写是贾平凹对知识崇拜神话的温情构筑,那么在庄之蝶这一深受传统文化浸染却失魂落魄、沉溺声色的西京文人身上,则寄托着他对现代都市文明的质疑与批判,以及面对走向没落的乡土文化的沉痛而无奈的忧虑。

二 城市知识者的生存之痛与精神迷遁

关于《废都》的创作意图,贾平凹曾说:"只想写出自己的一段心迹,写出生命之轮运转时出现的破缺和破缺在运转中生命得以修复的过程。"[①] 因此,从自身深刻的都市体验出发,贾平凹并不着意于描写都市的市井风气以及琐碎平庸的日常生活,而是选取作为典型性文化产品的都市知识分子,侧重于对其在都市生活中的生存之痛与精神

[①] 田爱兰整理:《贾平凹、肖云儒谈〈废都〉》,载先知、先实选编《废都啊废都》,甘肃人民出版社1993年版,第30页。

困境进行叙写，并且这种叙写是在乡土性和民间化的视野之中展开的。无论是那头来自终南山的历经沧桑的奶牛，还是那个洞明世事的说谣儿的拾荒老头，以及隐伏在故事中又不时飘来的沉缓悠长的埙声，都成为故事场之外乡土性视角的某种象征。作家赋予了这些形象以一种观察城市生活的主体性地位，既借此表达对于卑俗、病态的都市生活与现代文明的否定，更以一种萦绕着这些形象的悲剧性氛围的营造，暗示着乡土文化岌岌可危的没落命运。

在有着"人的思维"和"哲学家的目光"的奶牛审视下，"正是人建造了城市，而城市却将他们的种族退化，心胸自私，度量窄小"，"人退化得只剩下个机灵的脑袋，正是这脑袋使人越来越退化"，因此"社会的文明毕竟会要使人机关算尽，聪明反被聪明误，走向毁灭"。这头每日在西京城里走街串巷的奶牛也愈发难以适应城市，"城市的空气使它窒息"，它对进城充满了悔意，"到这个城市来并不是它的荣幸和福分，而简直是一种悲惨的遭遇和残酷的惩罚了"。最终，这头得了肝病的奶牛被残忍地宰杀，也意味着它所代表的农耕文明在现代都市中被扼杀的文化际遇。

与奶牛主要是在"种"的意义上反思城市文明的种种弊病不同，那个说谣儿的拾荒老头则在一段段通俗的歌谣中道出了这个城市道德沦丧、人心失序的一面。官场、商界、文人圈子，以及各个社会阶层、各色人等的生活，都充斥着急速膨胀的物欲、情欲以及堕落、淫乱和颓废的气息，因此，与其说这个沿街穿巷收拾破烂的老头那一声声"破烂喽—承包破烂—喽"的吼叫是在招揽生意，不如说那是他以民间代言人的身份对这座城市走向糜烂的哀嚎，他口中所唱出的一段段谣儿也成为城市颓废精神的一种符号化表达。而如果说拾荒老头那又高又长的吼叫如"狼嚎"，那么时常飘荡在城墙上头的埙声则"呜呜如夜风临窗，古墓鬼哭"，二者相互呼应，既衬托出西京的喧哗与躁动，又为这座城市涂抹上悲凉、森寒的底色，因而也成为对这座城市难以慰藉人心的文化宿命的哀叹。正如唐宛儿的情人周敏，"从破烂的县城迁到了繁华的城市"，但他在西京城里"寻遍了每一个地方"，却无法找到安顿灵魂之所，因而时常用古埙吹奏出如泣如诉的悲凉调子。

与周敏相似，主人公庄之蝶一听到埙声就心醉神迷，正是因为埙声的凄凉和哀婉切合了他寂寥、孤独乃至虚无的心境。如果说周敏"遇到的全是些老头们，听到的全是在讲'老古今'"，因而落寞于无法获得现代文明所带来的生命新质，那么庄之蝶恰恰只能在代表着乡土精神的埙声中才能获得内心的暂时安宁。尽管身处都市，但从文化人格来看，庄之蝶却是深受乡土中国文化浸染的传统文人，正如孟云房所说："别看庄之蝶在这个城市几十年了，但他并没有城市现代思维，还整个价的乡下人意识！"因而陶醉于埙声之中，以及对奶牛的赏识和同情，实则是他对乡土文化精神深情追怀的表征，或者说他并未全然泯灭对于文化理想的坚守，依然沉浸在对于传统文化与乡土精神的幻梦之中，也因此能对自身在城市中的生存之痛有所觉悟和自省，在这一点上，庄之蝶显然不同于他身边的几位文人朋友。书法家龚靖元沉迷于赌博，逐渐将创作视为儿戏，难以再有得意之作；嗜赌成性的他多次身陷困境却毫无收手之念，他多次靠着笔下的字逢凶化吉，但终因赌博而锒铛入狱。而当他在出狱后得知儿子将自己珍藏的安身立命之作全部变卖，现实的绝望、后代的无望、世人的压力以及文人的脆弱本性最终压倒了他，在一系列疯狂的举动之后吞金自杀。艺术家阮知非擅长多项传统绝活，但他不搞文人创作，为了评职称，头脑灵光的他竟让人代笔作文；在"下海"办起歌舞厅之后，他更成为纯粹的追名逐利的商界中人。画家汪希眠画艺高超，但他并不致力于艺术境界的提升，而是一味模仿名画进行造假，甚至一度南下经营假画生意。此外，作为文史馆研究员的孟云房，偏偏不相信现代科学，反而执着于封建迷信，把自己的精力用于研究奇门遁甲，以打卜问卦为能事。与庄之蝶相比，这些西京文化圈的名人们身上本也有着饱受传统文化熏陶的深刻印记，但在躁动不安而又令人眩晕的市场化变革之中，在金钱、名利的诱惑之下，他们放逐了自身的文人操守与文化理想，彻底地迷失于世俗化的经济浪潮之中。"龚、阮、汪只是生存的状态，他们是觉悟的庄之蝶的环境，他们促成了庄的堕落，也帮助了庄的觉悟，而他们更走不出废都，他们在废都中活得自如，也因此烂掉在废都。"① 所谓"烂掉在废都"，显然并非指向肉体的死亡，而是毫无觉悟地放逐了自身的精神领地，陷入到名利场的沉沦与颓废之中，原本长在他们骨子里的传统文化精神也因此彻底地走向消亡。

在与这些文人朋友的聚会之中，带着期待而来的庄之蝶却时有一种难以适应的尴尬与清醒，这实际上意味着他仍在坚守自身的精神领地，他对自身处于传统文化与都市文化夹缝之中的困境是觉悟的，因而也是不甘沉沦的。然而庄之蝶终究难以逃脱城市境遇中的种种无名、虚空、颓废，因而他的挣扎也只是无谓的困兽犹斗。"他活得最自在，恰恰又最累，又最尴尬，他一直想有作为，但最后却无作为，一直想适应，却无法适应。"② 如果说龚、阮、汪等人是在追名逐利之中走向人格堕落，与之相比，庄之蝶在名利上还有着文人的矜持因而也"活得最自在"，那么他沉溺于声色之中的自我救赎，则成为一种更为病态、畸形因而也更为触目惊心的沉沦。较之其他人物形象而言，在庄之蝶的身上更为集中地、也更为幻灭地昭示着传统文化走向没落的命运。

作为西京城里的著名作家，庄之蝶受到人们的敬重和羡慕，市长看重他，朋友抬举他，世人仰视他，女人爱慕他，但他却失去了真正意义上的自我价值和作为生命实体的存在。正如他所感慨的，"我常想，这么大个西京城，与我有什么关系呢？这里的什么真正是属于我的？只有庄之蝶这三个字吧？可名字是我的，用得最多的却是别人"。他被众多琐屑之事缠身，陷入与景雪荫的文字官司，也耽溺于与唐宛儿、柳月、阿灿等几个女人的情感纠葛；他终日周旋于各种无聊的场合，卷入官场的权力斗争，被声名、情欲、官场的勾心斗角所累，更

---

① 贾平凹：《与田珍颖的通信（一）》，载《贾平凹文集》第 14 卷，陕西人民出版社 2008 年版，第 224 页。

② 贾平凹、王新民：《〈废都〉创作问答》，载先知、先实选编《废都啊废都》，甘肃人民出版社 1993 年版，第 7 页。

逐渐荒芜了写作的本职；他总在构想着要写一部满意的作品，却至死未曾真正动笔，反而给出售假农药的工厂写起宣传广告。就其人生历程的总体路向来看，在获得了声名之后，庄之蝶却逐渐丧失了自我，他的阳痿症状所意味着的不只是男人尊严的丧失，更是其文化人格的堕落与文人精神的坍塌。因此在沉沦中挣扎的庄之蝶，只能通过与唐宛儿、柳月、阿灿等女人的苟合来寻求一丝生命的慰藉，以性行为的放纵来缓解自身的精神焦虑，求证自身的现实存在。但他的肉体的感性欲望被无限放纵，滥交使他得到了短暂的感官愉悦和满足，却进一步加剧了他的心灵的幻灭与生命意义的丧失，在陷入淋漓尽致的性爱享乐和糜烂境地之后，他依然无法摆脱深沉而强烈的挫折感与失败感，并最终走向精神上的崩溃和生命的终结。小说结尾处，在庄之蝶在即将离开车站的一刹那，他"双目翻白，嘴歪在一边了"。对此，贾平凹曾做过如此释说："他是一心要走出废都，但他走不出去，所以让他人已到了火车站而倒下了（并未点明死。我有个预感，不能让他死）。原写去海南，后更动。像他这样的人，去了或许比废都更觉得糟糕。"① 因此，无论是否走出"废都"，作为已丧失文化人格、放逐文化理想的传统文人，庄之蝶注定难以获得重生。

通过庄之蝶这一人物的塑造，贾平凹在作品中深刻地揭示了特定时代知识分子的生存状态和更深层的精神状态，庄之蝶的挣扎与沉沦反映了当代知识分子人文精神的式微，他充满失败感的人生际遇成为20世纪90年代精神历史的生动写照，这一形象也成为处于社会转型期的当代文人的恰切影像。"无名"和"泼烦"既是庄之蝶个体的精神面貌和本质特征，也成为对中国当代知识分子精神生态的高度概括。在20世纪90年代商品经济的大潮中挣扎浮沉的知识分子，尤其是具有传统文化人格的文人，所面临的是文学日益边缘化和知识分子精神导师的地位不断塌陷的尴尬处境，随之而来的是他们精神的沉沦和灵

---

① 贾平凹：《与田珍颖的通信（二）》，载《贾平凹文集》第14卷，陕西人民出版社2008年版，第226页。

魂的无所归依，最终无可奈何地走向了自恋与无地的彷徨。纷繁浮华的现实生活，文化的转型与失范，以及价值和道德意义的缺失，给那些处于开放社会而又具有传统情怀的当代文人带来的，是精神的浮躁、心态的失落，以及深刻的虚无感；丧失理性的节制，伦理的规范以及精神信仰的导引，知识分子们在现代大潮中的焦虑和自我迷失似乎就成为一种既定的宿命。庄之蝶"是废都里一个奋斗者、追求者、觉悟者、牺牲者"[1]，他试图逃离"废都"，实现精神的突围和灵魂的自我救赎，却不免最终走向失败。

如果从文化救赎的角度来看，庄之蝶这一形象的意义还在于，在他身上寄寓着贾平凹对于20世纪90年代文化颓势病根的思考。"庄之蝶唤起了古典时代的文化回忆，这是古典时代的文化英雄，贾平凹力图让我们回想古典时代的文化，也试图让我们去思考当下文化颓败的根源——古典时代的文化已经颓败，庄之蝶无法成为挽救文化的英雄，相反，他的失败本身表明传统拯救现代的失败。"[2] 庄之蝶的文化人格，他对文化的情感态度，他的文化选择，以及他在传统和现代的夹缝中所面临的困境，都显示着他对民间文人传统以及文化旧梦的守望。他深受传统文化的浸润，有着较高的自我期待，内心深处有着导引精神的道义责任，但这样一位传统文人在物欲横流、道德失范的现实社会同样迷失了自我。他迷恋古典的文化情调，倾心于美好、淳朴的道德风尚，也不甘于被现代经济和城市文化所湮没，但当他将自身的身体障碍、精神困境与文化焦虑的救赎，全然地寄托于情色的放纵，本身也就意味着他所构筑的只是虚假的幻梦，他沉溺其间，却不断感受着自身的生命和价值之轻，最终只能走向自恋，以及自恋后的沉沦，而这也预示着他所试图延续的传统文化精神不仅难以阻挡时代的文化颓势，并且最终难以摆脱在当代文化境遇中走向没落的宿命。

---

[1] 贾平凹、王新民：《〈废都〉创作问答》，先知、先实选编《废都啊废都》，甘肃人民出版社1993年版，第7页。

[2] 陈晓明：《穿过本土，越过"废都"——贾平凹创作的历史语义学》（代序二），载贾平凹《废都》，作家出版社2009年版，第18页。

第五章　贾平凹与商州民间世界

在《废都》之后，贾平凹在第二部反映城市生活的长篇小说《白夜》中，延续了对城市人生存境遇和精神处境的叙写。小说的题名就很有意味，"白夜"作为一种既非白日也非黑夜、抹去了白天和黑夜界限的混乱状态，本身就是一种悖论的、病态的存在，可以看作是城市生存的一种寓言。在西京城里，芸芸众生似乎都在历经生命的悖论，譬如警察身份的宽哥生性正直善良，工作上也尽职尽责，然而他对古城秩序的维护却显得不合时宜，最终落得职务被撤销、妻子闹离婚、老家人也鄙夷他的凄惶境地。譬如气质高贵、才气逼人的虞白，她的近乎不食人间烟火的孤傲心性本是最令人心动之处，然而在充满欲望的混沌现实中，除了来自夜郎的仰慕，她只能陷于精神的孤寂和空虚之中，她的贵族气质也成为一种末世气质。又譬如整容后光彩照人的颜铭，无数男人为她的人工美貌倾倒，但她却遭到丈夫夜郎的不断怀疑，并因生下丑陋的女儿而与丈夫离婚。他们的生存样态本身就构成了对当代都市的巨大讽刺，加上作品中出现的诸如再生人、魔方、面具、霓虹灯和化妆术等世俗生活中的神秘意象，共同构建了对失去了历史的庄重与秩序、人鬼不分、真假难辨的古都西京的描绘。"城市就是抹去了白天和黑夜的界线的颠倒混乱的白夜"[①]，作品中《目连血河》的唱词——"两岸雾瘴愁云锁，腥风四起鬼唱歌"成为当代都市生活的曲折隐喻。如果说《废都》侧重于勾勒出传统文化与乡土精神在当代走向颓败的历史命运，那么《白夜》在题意上即已指向了对城市现代文明的批判，而这种批判同样是在乡土性价值尺度的参照下完成的，因而作为《废都》的姊妹篇，尽管主人公从城市知识分子转向了普通的市民阶层，但这部小说在情感立场与价值选择上与《废都》有着一脉相承的内在统一性。

在《白夜》中，西京同样是一个令人惆怅、在整体精神上走向残败的"废都"，贾平凹一开始就追怀："如果是两千年前，城墙上……"这一方面表明了作者对现代文化情感上的疏离甚至反感，另一方面也反

[①] 旷新年：《从〈废都〉到〈白夜〉》，《小说评论》1996年第1期。

衬了现代城市文明威严与秩序的缺失，带给人的只是一种颓废气息和荒芜之感，欲望丛生的现代文明使得"夜郎想到这里，一时万念俱空，感觉到了头发，眉毛，胡须，身上的汗茸都变成了荒草"，传统文化和秩序在废都中走向颓败乃至消逝，而生存其间的人们也走向了精神的退化、空虚乃至沉沦。主人公夜郎正历经了这一内在的心灵遭际。人如其名，夜郎有着"夜"的性格，有着自我无法回避的精神追求，从某种意义上说，夜郎在西京城里的游荡是一种灵魂的游荡，他的梦游正是灵魂渴望回家的一种隐喻。再生人的出现，以及女友颜铭的假装处女和化妆易容，使得夜郎对真实存在的感受走向了虚无，也由此引发了他更深层的精神上的荒芜感、无意义感以及对他人的疏离感。单就夜郎的情爱选择来看，用忠贞或者背叛做标准来评价难免降低了作品的精神内蕴，与其说夜郎对颜铭的疏离和对虞白的亲近是颜铭的不真实和虞白的爱情使然，不如说是他在精神疲惫之后对"家"的渴望使然。再生人的钥匙所能开启的只是夜郎和虞白的灵魂，夜郎与虞白的交流是二者在灵魂最深处的心心相印，是一种精神上的倾诉和倾听，然而白昼与黑夜自然交替却无法并行的事实也象征着二人纵有一番情感纠结，却难以真正相守，夜郎也因此无法真正找寻到灵魂的栖息之地。在"废都"中情感世界的苍白与精神家园的丢失，可以看作是庄之蝶与夜郎共同的精神特征，而如果说庄之蝶遭遇的主要是传统文人的失落、失意，并诉诸于沉溺声色的病态挣扎，那么对灵魂的无助守望则成为夜郎精神困境的重要表征，在他们身上所寄寓的是作家对现代城市生活的悲观与失望，以及对即将消失殆尽的传统乡土文明的哀叹。

三 底层拾荒者的生存困厄与心灵蜕变

进入 21 世纪，随着农村传统文化和精神价值的进一步土崩瓦解，转身投向现代都市文明怀抱的，不仅有夏风这样在受教育过程中就饱受现代文明浸润的年轻一代农裔文人，即便是文化层次较低的普通农民也开始大量地离开农村，进入到城市中寻求生存。因此，贾平凹的城市书写拓展了观照的视野，继关注城市文人与普通市民阶层的生命样态之后，他在《高兴》中承接《秦腔》所展示的"农民从土地上消失"的情状，开始追寻那些离开土地到城里谋生的农民的心灵之旅。小说主人公刘高兴、五富和黄八等拾荒者，以及沦落风尘的妓女孟夷纯等，正是来自农村而流落都市的底层人群的典型代表，在关于他们的辛酸故事的讲述中，贾平凹以追寻精神家园为价值取向，捕捉都市底层群体的精神世界，对他们的日常精神况味与心灵变迁进行表现。尽管在这部反映农民工城市生活的作品中，几乎看不到明显的关于商州社会的记述，但刘高兴、五富来自商州，因此作家对城市的观照不仅是"从商州看西安"，而且也是"从西安看商州"，通过刘高兴等的城市遭际以及他们对故乡的情感变化，也能在一定程度上窥见商州农村的巨大变迁。

从小说题材上来说，《高兴》并没有体现出敏感性，农民工现象早已成为颇受人们关注的话题。随着大量的农民被商品经济大潮卷入城市，农民工数量急剧增加，形成一个全社会不可忽略的社会群体，文坛也随之兴起一股农民工题材热潮。农民工进城后的艰难生存和不幸遭遇也在知识精英的书写中不断地变形和渲染，演变为一种深刻的苦难叙事，对农民工精神世界的关注也被对外在生活困境的书写严重地遮蔽着。《高兴》则在一定程度上突破了农民工题材这种视域狭小的局面。小说题名"高兴"，既是以主人公的名字来命名作品，更是对其心理世界和情感活动的描述；作品不仅叙写了刘高兴等人在物质生活层面的艰难生存，更对他们的理想、追求和爱情进行了展现，从而较为完整地呈现盛世景象中农民工的别样人生。

在社会转型期的阵痛中，刘高兴等农民义无反顾地离开土地，告别乡村进城打工，也开始了自己的城市生活。然而生存地域的转变，并不意味着其身份的本质性转变，也并不意味着他们真正融入了城市，成为了城市生活的主体，相反地，他们只是在城市的边缘苦苦挣扎。就其精神和情感而言，他们向往城市，渴望亲近城市，甚至把"成为城里人"确定为人生的奋斗目标，然而，他们却又无法找到城里人的感觉，无法过上城里人的生活。如果说庄之蝶、夜郎、高子路等在都市生活中失却了安妥灵魂的精神家园，但他们至少在生存的质量上处于较高层面，享受着现代文明带来的种种便利之处，那么刘高兴、五富等农民工则不仅在生存的质量上远低于前者，而且在精神层面上，他们同样成为都市中的落魄者。这也就难怪当代农民工题材的作品大多书写他们的不幸遭遇和落魄生活，即便涉及农民工的精神归宿问题，作家们也大多停留于抒写他们对土地的深情眷恋，并以返乡作为解决其精神困境的方式。实际上，当今农民工的真实心态已经发生了极大的变化，或许他们依然有着对城市文明的诸多反感和排拒，然而另一种情形则是他们对城市生活的认同甚至迷恋。刘高兴正是异常执着地投入城市生活中，并且希冀从无根状态中解脱出来，最终在城市扎根。

主人公刘高兴在农村经历了婚姻的失败之后，带着同乡五富来到西安挣钱，以捡破烂开始了他们的城市生活，作为城市农民工中最底层的人群，他们通过走街串巷接触到各色人等，经历了种种城市生活带来的窘迫和世态炎凉，也使他们逐渐地了解了城市。拾荒生活充满了艰辛和失败，并且隐藏着深深的悲凉，但刘高兴等人却能苦中作乐，会为微不足道的所得而高兴，一天下来赚了20元钱便有着无限的满足，要用牙签戳点豆腐乳放在嘴里，聊作精神上的享受。在艰辛的拾荒生活中，刘高兴依然有着自己的爱情追求，其情感空白因为孟夷纯的出现而被填补。小孟是一名妓女，但她的不幸遭遇得到了刘高兴的同情，两人真诚地相爱。为了早日帮助小孟凑足办案经费，高兴不仅把辛苦挣来的钱送给她，还带着五富去咸阳工地上做苦力，最终高兴与孟夷纯的爱情无疾而终，五富却惨死在工地，于是故事重新回到小说开头刘高兴背五富尸体还乡的场景中。

在这个底层故事的讲述中，作者着力描画了主人公刘高兴丰富的精神世界，和传统农民的代表五富相比，刘高兴的精神追求更靠近城市。他读过《红楼梦》，还有吹箫的闲情逸致；他能识文断字，甚至能读懂锁骨塔上的碑文，所以自诩为"鸟中凤凰，鱼中鲸"，其精神世界既有着孤傲的成分，却又异常的饱满。并且，刘高兴的精神领域尤其浓重的一点是，他有着强烈的尊严感，他的衣着、思维方式和言谈举止都不同于传统农民，虽然对城市也有着本能的不满和反感，但他却梦想着做城里人，他把自己卖掉的一只肾看作自己与这个城市亲近的资本，有时甚至比城里人还城里人，比如他一次次教训五富"吃饭要像个城里人，走路也要像个城里人"。这种身份的追逐和认同使得高兴在精神上得到了极大的满足，当他受到乞丐石热闹的讥讽时，他感到极大的侮辱，他难以接受拾破烂的竟比乞丐更穷。同时，与强烈的自尊共存于其精神世界的是刘高兴对爱情的追求，无奈他心仪的女子孟夷纯是妓女，为了宽慰自己，他把后者比作肉体超度和接济男人的锁骨菩萨。然而他最终所寻找到的爱情是苦楚的，这份感情的艰辛和无疾而终，似乎意味着社会底层的人们只能用同情和怜惜换来浅薄的情感，他们的情感渴求真实地存在着，但却无法拥有真正的归宿。

显然，刘高兴已经区别于传统意义上的农民形象，其精神心态已经发生了巨大的变化。他在琐碎庸常的底层生活中表现出对城市的渴盼、亲近，并且，他对城市文明的认可还彰显着一种生命的尊严与高贵。在小说的结尾，刘高兴说道："去不去韦达的公司，我也会呆在这个城里"，尽管小说的诸多细节都暗示着刘高兴似乎无法真正融入这个城市，但这种执着和自信却是社会转型期愈发饱受现代文明洗礼的新一代农民工心态的真实写照，也正是在这个意义上，贾平凹表现出对当下现实的真实把握和更为冷静理性的写作姿态。在此前的城市书写中，作家表露出在情感上对现代文化的疏离和反感，以及对乡土精神与传统文化的深情眷恋与追怀，在《高兴》中的其他人物形象身上，这种情感价值取向依然颇为清晰。譬如尽管五富憨厚老实，黄八爱发牢骚，杏胡夫妇粗俗不堪，但当得知妓女孟夷纯的不幸遭遇后，他们都显示出极大的同情心，按时给孟夷纯捐钱，这无疑是作家对来自乡土世界的善良人性的一次温情抒写。而城市人的代表——韦达对孟夷纯肉体的玩弄，对孟夷纯不幸遭遇的冷漠，则寄托了贾平凹对良知丧失、人性扭曲的现代都市的批判。然而，《秦腔》等作品已彻底宣示了故乡活泼而又和谐的精神生态早已成为一曲远逝的牧歌，在整体精神上走向残败的商州世界再也不能为都市人提供疗伤的诗意空间，并且也不再是在城市生活中心灵无所归依的农民工的精神归宿。因此，贾平凹在逼视刘高兴等拾荒者的悲凉生存之后，并没有为其安排返乡的结局，以解决其精神归宿问题。故乡已被放逐，取代对故土的深刻迷恋的，是刘高兴执着的城市生活信念，正是在这一点上，恰恰意味着"商州世界"和乡土精神的一去不返，因此无论是"从商州看西安"还是"从西安看商州"，都无限地带有失落、无奈而悲凉的意味。

第三节　村镇历史叙事中的民间意识形态

随着年龄的增长，贾平凹开始在命运的回望中追问自身的来路，在艺术观照的视域上，他逐渐从关注故乡商州的现实生存、"关怀时下的中国"的情结中跳脱出来，转而在对故乡过往年月的记忆中，去追寻那些散落在秦岭山川河壑间的人事与世事。在《老生》中，面对百多十年来"沧海桑田，沉浮无定"中许许多多"不愿想不愿讲"、却在花甲之年"怎能不想不讲"的事，"苦恼的仍是历史如何归于文学"的贾平凹，最终以一种"说公道话"的、"真正地面对真实"的态度，呈现了"过去的国情、世情、民情"，既写出生命的"极其伟大"，也写出生命的"极其卑贱"（《老生·后记》）。与此相似，在《山本》中，面对记录着"秦岭二三十年代的许许多多传奇"的"庞杂混乱的素材"，贾平凹也同样纠结于"这些素材如何进入小说，历史又怎样成为文学"（《山本·后记》），并同样真实地写出了秦岭深处村镇历史中的是非功过、悲欢离合。并且，如果说在《老生》中，"往事如行车的路边树"，贾平凹是在烟的弥漫中"熏出了闪过去的其中的几棵树"（《老生·后记》），那么在《山本》中，他所着眼的也只是那个年代里的"林中一花、河中一沙"（《山本·后记》）。贾平凹在两本小说后记中的声明与感悟，实际上意味着面对故乡的历史和曾经的革命，无论是在写作姿态上还是在写作思维上，《老生》和

《山本》都并不构成对历史正义与革命理想的宏大叙事,贾平凹站在民间的立场上回望故乡的过往,将自身独特的个人体验与个人记忆融入其中,并以单个的人作为历史主体,运用民间思维方式来呈现民间世界中小人物的个体生命,并在非现实的语境中寄托着自身原先难以表述的对时代的认识。无论是《老生》以秦岭倒流河畔村镇在不同时代的四个故事所构筑而成的一百余年的历史记忆,还是《山本》所聚焦的 20 世纪二三十年代"城头变幻大王旗"的乱世里秦岭深处涡镇的草莽英雄传奇,都显示着贾平凹对宏大历史叙事的消解,以及对作为知识分子主体的自我意识的隐藏。他以民间的视角审视在历史中隐没的个人或群体的生活,以"历史的后人"身份去书写历史的荣光与龌龊,以及生命的伟大与卑贱,因而这两部作品中的历史叙事也成为贾平凹创作的民间立场以及民间意识形态的集中体现。

一 《老生》其一: 唱师民间话语地位的确立

《老生》全书共 22 万余字,在篇幅上显然无法与贾平凹新世纪以来以商州村镇世界为基本视点的《秦腔》(44 万字)、《古炉》(64 万字)以及《山本》(50 万字)等作品相提并论,就是在整个贾平凹的长篇小说序列之中,《老生》也属于篇幅较为轻薄之作。但是从故事的容量上来看,相比起《秦腔》对改革开放年代清风街村庄变迁历史的叙写,《古炉》对"文化大革命"初期古炉村生活历史的描画,以及《山本》对 20 世纪二三十年代涡镇动乱历史的书写,《老生》却以极富传奇色彩的人物唱师的生命轨迹为线索,勾连起了一百余年里秦岭倒流河畔四个村子的故事。因此,在故事时间的跨度以及故事空间的广度上,《老生》对于故乡商州历史的回溯无疑是更为完整和宏阔的,同时它也完成了贾平凹对于自身命运来路的一种回归民间的追寻。"时代风云激荡,社会几经转型,战争,动乱,灾荒,革命,运动,改革,在为了活得温饱,活得安生,活出人样,我的爷爷做了什么,我的父亲做了什么,故乡人都做了什么,我和我的儿孙又做了什么,哪些是荣光体面,哪些是龌龊罪过?"在唱师的见证与讲述中,作家的这一系列追问得以解答,既带来"一番释然","同时又是一番痛楚"(《老生·后记》),而这种释然和痛楚之感恰恰意味着贾平凹既执着于毫无伪饰地呈现百年来商州民间的悲剧性生存状态,同时又对故土上的一切生存苦难予以了深刻理解,因而他是以农民的身份并站在民间的立场上,真实、真诚地面对了自身的同时也是故乡商州的历史与命运,在叙事情感上有着亲近民间的深厚意味。

尽管篇幅有限,贾平凹却在《老生》中建构起了两个叙事层面,而这种"讲故事"的方式也赋予文本以鲜明的民间色彩。在第一层叙事中,作为倒流河畔近二百年来历史的见证者和亲历者,唱师的生命即将走到尽头,他躺在棒槌山上的土窑里,静听守候他的一对师生讲读《山海经》,回忆自己一百余年里游走于倒流河畔的所见所闻所历,四天之后死去。在作为小说主体的第二层叙事中,唱师成为故事的第一人称叙述者,他将正阳镇、老城村、过风楼镇、当归村四个村镇的故事娓娓道来,由此串联起秦岭"闹红"、土改、"大跃进"、人民公社、"文化大革命"、改革开放等重大历史事件,唱师对近百年来倒流河畔历史故事的回忆也成为现代中国的成长缩影。在两层叙事的关系处理上,作家将第一层叙事中师生间的《山海经》讲授穿插于第二层叙事中唱师的往事回忆间歇,在间隔开四个不同时代、不同故事的同时,也形成了《山海经》古典文本与民间历史叙述的相互参照。"严格讲,《山海经》的引文与唱师的记忆并不直接联系,只是时空的深层次互动"[①],"《山海经》是一个山一条水的写,《老生》是一个村一个时代的写。《山海经》只写山水,《老生》只写人事"(《老生·后记》)。在有关当归村的故事结尾,给备受瘟疫肆虐的这个村子唱完阴歌也是唱完自己人生的最后一次阴歌后,唱师回到了自己的土窑里,由此叙事时间接续上了小说的开头,小说的第二层叙事和第一层叙事也在时间上实现了交汇。当老师给学生讲完《山海经》中的《北山

---

① 刘心印:《贾平凹谈新作〈老生〉——写苦难是为了告别苦难》,《国家人文历史》2015年第1期。

经》二山系，唱师死在了炕上。无论是第一层叙事中有关唱师的传奇人生，以及对于志怪古籍《山海经》的引入，还是第二层叙事中由唱师所讲述的倒流河畔的村镇传奇故事，都使得这部作品中由奇人、奇事、奇书共同营造而成的叙事氛围在整体上具有了浓郁的民间情味。

不过，最能在价值立场的意义上彰显《老生》的民间性的，无疑是第二层的主体故事叙事中唱师叙述视角的设置。唱师是游走于民间世界、为死者往生唱开路歌的神职，他往来于阳阴两界之间，和死人活人打交道，知晓生死两界的一切人事、鬼事。"单就说尘世，他能讲秦岭里的驿站栈道，响马土匪，也懂得各处婚嫁丧葬衣食住行以及方言土语，各种飞禽走兽树木花草的形状、习性、声音和颜色，甚至能详细说出秦岭里最大人物匡三的家族史。"因此，唱师"有些妖"的特质不仅是指其长相模样百余年来毫无变化，而且更指向他超越时空、超越生死的带有神秘色彩的存在方式。以唱师的个人回忆作为历史叙事的视点和尺度，既实现了对于那些原本"不愿想不愿讲"的故乡历史的呈现，也使得此前被宏大历史叙事所湮没的个人声音与民间记忆重新浮出地表，并反过来构成对于主流历史话语的强有力的冲击和挑战。

实际上，除了唱师以外，同时出现在小说的两层叙事之中的人物还有匡三，他是"从县兵役局长到军分区参谋长到省军区政委再到大军区司令，真正的西北王"。并且，作为隐伏于第二层主体故事中的一个线索式的人物，其生存轨迹同样贯穿于近百年的倒流河畔的历史之中。在唱师与匡三的并置之中，如果说唱师因其底层和边缘化的身份而代表着来自民间的声音，那么匡三则成为正统历史叙事的化身，但显而易见的是，在正阳镇等四个村镇的历史叙事中，这二者所具有的话语地位并非对等的。在作品后记中，贾平凹曾在追问自身的历史和命运时打比方说，"当我从一个山头去到另一个山头，身后都是有着一条路的"，因而他把命运看作"一条无影的路"。由此推演开来，他颇有意味地描述了给他印象最深最不可思议的故乡的路："路那么地多，很瘦很白，在乱山之中如绳如索，有时你觉得那是谁在撒下了网,有时又觉得在扯着绳头,正牵拽了群山走过。"如果说如无数条绳索般交错连接而成的路网,所象征的是故乡原本斑驳陆离的民间生存的历史本相,那么"扯起绳头,正牵拽了群山走过"则构成了对于统摄、牵制并遮蔽着这种本相的正统历史叙事的隐喻,也正因此,"路的启示,《老生》中就有了那个匡三司令"。然而,在贾平凹的笔下,"匡三司令是高寿的,他的晚年荣华富贵,但比匡三司令活得更长更久的是那个唱师"。这意味着在小说的叙事话语格局中,唱师所代表的民间话语是更为有力、更为突出的,或者说民间由此获得了对倒流河畔百年来的历史进行言说的主体性话语地位。

小说的第一层叙事即已交代,唱师对匡三的过往根底一清二楚,对其家族故事"如数家珍";在第二层叙事之中,以"活得更长更久"的唱师作为"故事中讲故事的人",则匡三的故事始终被呈现于唱师的讲述之中,从而将匡三的人生故事纳入到了民间的视野中,构成了对主流意识形态话语中匡三个人革命史的解构乃至颠覆。"现在秦岭里到处流传着关于匡三司令的革命故事,但谁还能知道匡三小时候的事呢?"在唱师的讲述中,少年匡三嘴大能吃,曾和父亲四方要饭,他性情乖戾,粗俗鲁莽,在父亲死后草草将其埋在倒流河边,以致坟头被大水冲走。此后他四处流窜,混吃混喝,偷鸡摸狗,直到为了吃饱饭而跟着老黑加入了游击队。然而在正统的革命历史叙事中,"匡三的光荣和骄傲便从跟着老黑钻山开始的",此前的这段泼皮无赖的经历则是被抹去的,"实际上,一到解放后就没人再说,现在能知道的人都死了,那就全当那些事从来没有过。"所以唱师又感慨道:"是不能多说匡三少年时期的那些事了。"于是,唱师对匡三少年生活史的如实讲述,以及这番全知视角的交代,不仅意味着民间叙事从原本被遮蔽和压抑的状态之中浮出历史地表,而且在与正史叙事的对话之中构成了对于后者的质疑与匡正。

不仅如此,唱师对于秦岭游击队故事的讲述始终是以老黑、雷布等人为主,匡三并未居于故事的核心位置。并且,尽管老黑、雷布等人参加游击队同样充满偶然性和个人的欲望诉求,但他们至少具有民间草莽英雄性情粗豪、胆量过人、勇猛威武的特质，与之相比，加入游击队的匡三仍是以吃喝为根本目的，"游击队干的是革命，但匡三不晓得，只知道革命了就可以吃饱饭"，因此他一贯的好吃懒做，贪生怕死，甚至一度恢复了流浪乞讨的老行当，在偶然的机遇之下才被收编，跟随部队去了延安。此后，在唱师对于老城村等村镇历史的叙述中，匡三作为一条隐伏的线索贯穿其中，但围绕他所展开的回忆与故事无不充满了反讽和解构的意味。尤其是在过风楼镇的故事中，秦岭地委为编写秦岭革命斗争史，组织游击队的后人撰写回忆录，但这些人"只写他们各自前辈的英雄事迹而不提和少提别人"，只是"篇幅极少地提及了匡三司令"，以致匡三读后大发雷霆，下令重新组织编写。在这里，匡三作为权力话语的象征宰制了历史的书写，他以历史叙事的最终裁决者的身份否定和摧毁了来自民间的声音，历史亲历者的个人回忆与叙述被抹杀，而权力控制下的历史叙事必然地以自我为中心进行历史图景的重新建构。

　　于是，作为匡三眼中"了解历史"的人，唱师成为革命史编写组的组长，进驻过风楼镇，进行重新调查和编写。如果说唱师对于自身从县文工团后勤杂工成为编写组组长的个人经历的回忆，在无意间表达了对于意识形态权力话语的质疑，那么关于"英雄杏树"的故事讲述，则构成了对于正史叙事的极大反讽。在游击队故事的采编中，棋盘村的一棵杏树被认定为匡三当年所种，并被极具政治敏感的公社干部刘学仁、老皮等指定为革命历史教育点，以借此将棋盘村打造为"继承发扬壮大秦岭游击队的光荣"的红色村庄，而老皮等人也借此寻求政治上、经济上的特殊关照。除了各村寨分批前来参观外，听闻此事的匡三司令也打来电话问候棋盘村的父老乡亲，而被评上省劳模的老皮还谋划着进一步大做文章，要给杏树过生日，并将其办成全公社的固定节日。"英雄杏树"的闹剧既是对"文化大革命"中人人讲政治而言语被钳制、思想被禁锢的荒诞现实的映射，也是权力话语对民间视角的历史叙述的遮蔽和覆盖，正如唱师在离开过风楼镇时唱的阴歌所讽喻的，"开天辟地胡乱唱，许多事情都忘光"。唱师以入乎其内的个人性经验以及出乎其外的超越性视角讲述整个事件的来龙去脉，既是对历史多义性的恢复，同时也因此实现了对于正统历史叙事的消解。在整体上，尽管匡三与唱师在话语结构中处于并置地位，民间与官方的历史言说时有冲突，譬如唱师对于不能再讲匡三少年故事的声明，以及被撤掉编写组组长的职务等，但唱师叙事视角的设置，不仅将在正统历史叙事中居于主导地位的匡三的故事纳入到了民间的视野之中，使得营造在匡三身上的"光荣与骄傲"黯淡下来，而历史的真相得以依稀可见，并且，唱师对于二者冲突本身的交代也暗含着民间历史对于正统历史的质疑与解构，以及一种在民间视角下寻求历史事实的努力。

二 《老生》其二："燕处超然"的叙述声音

不仅如此，主体故事中唱师叙事视角的设置对于民间性的彰显，还体现在他对四个村镇历史的讲述持以一种超越性的立场和态度，"唱师像幽灵一样飘荡在秦岭，百多十年里，世事'解衣磅礴'，他独自'燕处超然'，最后也是死了"（《老生·后记》），而他当完成对于倒流河畔历史的回忆而老死之际，"眉眼是悲苦也是欣喜"，这种既悲又喜的情态恰恰是一种超然于世事之外的境界，他既真实又真诚地面对了自己的回忆，从而以一种"没有私心偏见"的立场，讲述着秦岭深处的村镇历史故事。

在正阳镇秦岭游击队的故事中，唱师在其个人记忆中呈现了游击队与镇公所、保安团之间的尖锐斗争，以及穷人与财主之间的势不两立，但他并不偏袒于其中任何一方，而是站在超越阶级和党派的立场，既真实地讲述了县保安团残酷镇压游击队的暴行，也客观地再现了游击队主干成员李得胜、老黑、三海、雷布以及匡三等人滥杀无辜、凶残无度的行径，及其充满个人欲望的革命动机和不堪回首的革命前史。在老城村的土改故事中，唱师不仅见证了穷人在金圆券和保甲制度废除后翻身解放的躁动不安，以及在土改中分得土地后的欣喜，而且也如实地叙述了马生、拴劳等混混摇身一变成为农会领导后捞取好处、

第五章　贾平凹与商州民间世界

横行霸道、胡作非为、欺辱妇女的恶行，同时也呈现了王财东、张高桂、李长夏等原本勤劳致富且不失善良的地主在土改中被批斗、被搜刮以至被迫害致死的悲惨遭遇。其中颇有意味的一个细节是，当马生用自家门框上的镜子偷窥邢轱辘夫妇而导致邢家失火后，他又以农会的名义凭空捏造"这是阶级敌人在破坏"，继而无端地认定王财东为纵火犯，将其硬拉到农会院子里进行批斗，在县里的调查组弄清缘由后，马生等人又按照徐副县长的分析判断，开始了"严防地主分子反攻"的更为残酷的阶级斗争。在他们眼里，"分了地主的土地房屋和家产，地主肯定怀恨在心，伺机要破坏土改的"，但王财东等地主的悲惨遭际显然使得徐副县长等人的权力话语逻辑遭到了充满讽刺意味的解构。实际上唱师所见证的老城村的土改故事呈现出与官方视角的土改叙事的极大龃龉，唱师的讲述看似不动声色，极为平静，但却展示出一种挑战和冲击官方叙事的潜在力量。同样地，在最后一个改革开放年代的故事中，尽管唱师与当归村村民戏生父子两代均颇为熟识，与戏生妻子荞荞也有过交际，但他对戏生人生浮沉的回忆仍然是异常冷静、淡然的。从戏生夫妇勤苦挖当归过自己的小日子，到戏生当上村长后带领全村发展农副产品增收致富，以及被撤职后在鸡冠山矿场看守矿石时与拉矿司机非法交易，再到戏生荒唐地用假照片编造秦岭里有老虎，直到他再次靠种植当归翻身成回龙镇首富，并在瘟疫中死去，唱师的讲述既不动声色也不置臧否。

　　因此，正如秦岭深处那条从容倒流的河，在自身生命时光的回溯中，唱师对四个时代四个村镇的故事言说，既不带阶级与党派的立场，又超越了人事、人情的羁绊，他极少将个人情感带入到对往事的回忆之中，而是依凭自身对"二百年来秦岭的天上地下，天地之间的任何事情"尽然知晓的权威性、神秘性、超越性视野，客观、平静地将倒流河畔百余年来的历史娓娓道来，还原了历史的真实面相。所以"《老生》中，人和社会的关系，人和物的关系，人和人的关系，是那样的紧张而错综复杂，它是有着清白和温暖，有着混乱和凄苦，更有着残酷，血腥，丑恶，荒唐"（《老生·后记》）。相比起正统历史叙事，民间奇人唱师的历史言说既依托于个人的生命经验，又呈现出一种在历史之外洞悉一切、见证一切的"燕处超然"的姿态，而借由唱师超越性姿态下的言说，贾平凹在《老生》中实现了对于历史的清醒认识以及真诚反思。"人的秉性是过上了好光景就容易忘却以前的穷日子，我们发了财便不再提当年的偷鸡摸狗，但百多十年来，我们就是这样过来的"；而尽管历史终将渐渐远去，就如唱师"最后也是死了"，但历史不仅不应被忘却，而且其本相不应被修饰和装点。贾平凹以唱师的记忆言说书写不仅达成了"老老实实地去呈现过去的国情、世情、民情"（《老生·后记》），以及在历史中认识自身来路的叙事目标，并且展现出一种深刻理解民间生存及其苦难的民间本位情怀。

三 《山本》其一：民间本位的革命历史叙述

如果说秦岭和巫术、魔法、传说等民间资源异常丰富的秦楚文化，使得贾平凹的故乡历史叙事总是氤氲在一种自然而然的神秘氛围之中，《老生》就是在极具传奇性的唱师的个人回忆中，勾连起倒流河畔百年来的历史故事，那么《山本》则是以非同一般的民间奇女子陆菊人为一面镜子，映照出了20世纪二三十年代秦岭涡镇的纷乱世事。面对战乱所致的"一地瓷的碎片年代"，贾平凹有意地偏离主流的革命历史叙述，跳出先入为主的观念性结论的窠臼，在涡镇十多年间琐碎庞杂而又惊心动魄的个体生存故事的讲述中，既呈现以往历史叙述未曾顾及的涡镇社会丰富复杂的民间本相以及民性意识，又以苍苍莽莽、山高水长的秦岭为参照对历史和人事进行观照，以更为宏阔的天地视野对个体的生存，以及人与时代、人与社会、人与万物的关系予以思索和叩问，从而实现"从那一堆历史中翻出另一个历史来"（《山本·后记》）。

在《山本》的题记中，贾平凹写道："一条龙脉，横亘在那里，提携了黄河长江，统领着北方南方。这就是秦岭，中国最伟大的山。山本的故事，正是我的一本秦岭之志。"显然，从作家的创作旨意与

第五章　贾平凹与商州民间世界

雄心来看,这样一部为秦岭立传的小说,在叙事角度、叙事手段与文本内容,以及最终所形成的艺术格局与精神境界上,无疑追求与秦岭高远雄壮、苍莽浑厚而又绵密柔韧的气象相融合,因此《山本》并非一般意义上的革命历史叙事,作家并非着意于对20世纪二三十年代发生于秦岭的革命历史予以展示。仅从人物关系的设置以及故事情节的演进来看,尽管投身革命的井宗丞与领导涡镇预备团(旅)的弟弟井宗秀构成相互对照的关系,但显然后者才是小说着墨最多的核心人物。小说的情节主要是围绕井宗秀如何从名不见经传的寺庙画师成长为主宰涡镇的枭雄来展开的,因而他所领导的地方武装势力从建立到壮大再到毁灭的过程也成为故事的主要线索,而以井宗丞为代表的秦岭游击队只是多方武装力量中的一支,并且在故事中处于较为边缘的位置。更为重要的是,在各方武装力量的角逐与纷争之外,小说实际上容纳着有关自然、社会以及人性的更为丰富、庞杂、多元的内容,尤其包容着大量细节性的日常生活信息与个人经验的表达,如果说秦岭是作家眼中的"人间烟火所在"[①],那么作为"秦岭志"的《山本》则裸呈着民间世界荣辱兴衰的生存本相以及翻腾其间的复杂人性。因此,假使仅仅拘囿于既定的历史视域去解读小说,则无疑忽略了小说在历史人事之外的深厚意蕴,或者说未能触摸到小说所展示的"山的本来"。

然而,涡镇的故事与传说发生于战乱频仍的20世纪二三十年代,"大的战争在秦岭之北之南错综复杂地爆发,各种硝烟都吹进了秦岭"(《山本·后记》),因此《山本》必然又无法绕开对于革命历史的书写,作家既将对生存与人性的观照置于永恒的自然的参照之下,又为涡镇人的生存与人性表演设定了具体的风云激荡的历史舞台。不过,《山本》以20世纪二三十年代的历史事件为基础,而又并未将其视为已成"定论"的历史,因而并未在某种特定的既有历史观念中去演绎历史。"一般正史叙事里,时间是最重要的线索,也是叙述统治者走

[①] 贾平凹、杨辉:《究天人之际:历史、自然和人——关于〈山本〉答杨辉问》,《扬子江评论》2018年第3期。

向权力顶端的重要节点。可以说没有时间就没有历史，没有准确时间的历史就是靠不住的历史；但在民间说史的传统里，时间永远是模糊的，就是要避免清理历史故事的精准性。"① 在《山本》中，当叙事和"大的历史"结合起来而不便处理时，作家正是对其进行了"模糊处理"，"比如说模糊了时间和各种番号"。实际上在历史如何归于文学的问题上，贾平凹从根本上即是将历史视为了写作小说的材料，只有在小说完成之时，历史才成其为历史。"我面对的是秦岭二三十年代的一堆历史，那一堆历史不也是面对了我吗，我与历史神遇而迹化"（《山本·后记》），这意味着"那一堆历史"只是作家面对的一堆庞杂混乱的素材，并不存在中心与边缘的差异或是正面与反面的分别，它们不带任何观念属性地进入到作家的视野之中，经由作家主体性的审美选择之后，才被纳入到文学的逻辑之中。而在《山本》中，作家意欲实现的不是作为大事件、大构架的革命历史书写，而是对原初状态的"一地瓷"的历史现场的回归与呈现，尽管这种混沌、模糊的言说在呈现历史复杂性的同时未能对历史发展的脉络以及动因进行梳理和释说，但却因此避免了"襟怀鄙陋，境界逼仄"，并包容着远比战争本身更为丰富、深邃的历史内容。

由于小说叙事的重心旨在照亮秦岭民间世界的个体生存本相，从而对怎样活人的道理予以探寻，因此来自民间世界的声音自然成为观照革命历史的重要尺度，或者说小说中的革命历史书写在置于秦岭所代表的永恒的天地自然的背景下的同时，又是建立在涡镇民间的个体经验之上的。个体经验叙事尽管并不必然地与历史主义、集体意识等宏大叙事相反，但却能有效地缓解后者因其强势地位而带有的强迫性，并提供更具原生质感的价值视野。从涡镇底层百姓的生存经验出发，小说中的革命历史叙述充满了明显的民间意味。

在小说开篇，作家即以涡镇的自然水文描写隐喻涡镇百姓的生存世相：

---

① 陈思和：《民间说野史——读贾平凹新著〈山本〉》，《收获》2018年第1期。

第五章 贾平凹与商州民间世界

> 涡镇之所以叫涡镇,是黑河与白河在镇子南头外交汇了,那段褐色的岩岸下就有了一个涡潭。涡潭平常看上去平平静静,水波不兴,如果丢个东西下去,涡潭就动起来,先还是像太极图中的双鱼状,如磨盘在推动,旋转得越来越急,呼呼地响,能把什么都吸进去翻腾搅拌似的。

涡镇百姓的日常生活原本水波不兴、自在闲适,然而在各方武装势力的拉锯与较量下,平静的日子一去不返,涡镇成为纷争不断、世事翻腾之地。各方武装势力在搅动世事上或许具有力量上的高下之别,但在本质上却并无正义与非正义之别,正是他们之间因个人矛盾和仇怨而起的相互厮杀威胁着涡镇百姓的生存,使得涡镇从平稳安宁的烟火人间变为充满血腥气息的一方乱世。各方势力的逞能与争斗搅得世道无法安宁太平,涡镇普通百姓则如被卷入涡潭的一草一木,无法掌握自己的命运,他们只能在无能为力之中希冀于神灵的护佑。同时,在民间的视野之中,给涡镇带来灾难的各方势力虽然属于不同的阵营,但在生命与生存的本质意义上又并无分别。面对井宗秀和阮天保的惨烈对杀所造成的无数伤亡,杨掌柜不禁痛心地感慨道:"不管是预备旅的兵,还是红军的兵,那些人都是父母生的,都是血肉身子,还都有媳妇和孩子!"其充满悲悯意味的感怀既彰显了来自底层民间的温情,又显示着一种天然而然的跨越政治、阶级和阵营壁垒的对个体生命以及生存本身的敬意。

除了借涡镇底层小人物之口直接对正与邪进行消解和反思之外,井宗秀、井宗丞以及阮天保等主要人物生存与发展的个体生命故事的浓重的暴力和欲望色彩,也构成了对于历史进步性与革命正义性的质疑与解构,民间的意味进一步得到凸显。从一介寺庙小画师成长为雄霸一方的预备旅旅长,井宗秀生命轨迹的延展始终伴随着个人欲望的膨胀与个人恩怨的纠缠。由于阴差阳错地将父亲安埋在了附有龙脉的三分胭脂地中,井宗秀的日子渐有起色,在陆菊人的提点下,他开始不满足于发财做个财东,而是怀着穴地应验的侥幸心理立志当官显贵,因此从发迹伊始,基于个人私利的抱负就支配着井宗秀的行动。而在此后几个重要的命运转折点上,井宗秀的决断与选择也与个人恩怨纠缠在一起。与土匪五雷及王魁的较量既是为了保涡镇一方平安,也缘于自己的妻子与五雷的奸情;在预备团成立后,由于军备分配不均,他与保安队长阮天保势不两立,以致他杀害阮天保爹娘而激化了二人的矛盾;在阮天保蓄意杀害井宗丞后,井宗秀声称"冤有头,债有主,谁要了我哥的命,我就要谁的命",并以极其残忍的方式给哥哥报仇雪恨,也因此引来了红15团对涡镇的炮轰,最终导致了涡镇的毁灭。如果说铲除五雷、王魁并成立预备团,使得井宗秀在涡镇树立了威信,以不说硬话、不办软事的智慧、果敢以及隐忍而受到涡镇百姓的拥戴,那么随着他与阮天保基于私人恩怨的争斗深化,以及个人权势的进一步强化,他则逐渐变得残忍、暴戾、劳民伤财,他治下的预备旅则横征暴敛、心狠手辣、无恶不作。尽管预备旅旅长的身份以及对县长的挟持意味着他仍然统领一方,但膨胀的权力欲望使他在涡镇失去了人心,从涡镇的守卫者变为加害者。

四 《山本》其二:"一地瓷"的民间生存世相

在永是山高水长、峰峦叠嶂的秦岭的映衬下,井宗秀等立于潮头搅动世事的乱世枭雄不断地遭遇着既随意又偶然的种种意外,其生命进程中的悲欢离合与荣辱兴衰甚至带有某种荒诞色彩和闹剧意味。与之相比,处于兵荒马乱之中的涡镇普通乡民则更加无法掌握自身的命运,他们被战乱中翻腾而起的惊涛骇浪所席卷,掩埋,生如飘蓬,命如草芥,并最终随涡镇一同毁灭于炮火之中。"时代、社会、世事都是漩涡,任何人都不可避免地被搅进去。这就是人生的无常和生活的悲凉。但是在这种无常和悲凉中,人怎样活着,活得饱满而有意义,是一直的叩问。"①尽管贾平凹面对的是秦岭20世纪二三十年代的一堆历史,但写历史人事的初衷仍在于关注人的生存本身,并在其间找寻人

---

① 贾平凹、王雪瑛:《声音在崖上撞响才回荡于峡谷》,《当代作家评论》2018年第4期。

第五章 贾平凹与商州民间世界

生的智慧。因此,相比起围绕井宗秀、井宗丞等人的革命历史叙述,乱世之中涡镇芸芸众生的生存世相得到了更为浓墨重彩、扎实细密的书写,尤其当作家将涡镇的人间烟火置于永恒的自然天地的背景之下,便由此生成和拓展了作品更为丰富细腻的历史内容,以及更为宏阔的生命视野,并寄寓着作家面对历史人事以及民间世界的悲悯情怀。

在作家的视域中,秦岭是中国最伟大的山,而涡镇则是秦岭中最大的镇子,以乱世之中涡镇的民间生存来书写"山的本来",将生生死死的生存故事框定在特定的地域性背景来呈现,使得乱世中的秦岭一隅浮出历史的地表,本身已从整体上照亮了民间。在波诡云谲的战乱纷争中,无论是涡镇乡民生存层面的悲欢离合与爱恨善恶,还是他们日常琐碎、平淡无奇的生活情态,以及神秘、迷离的风俗信仰,都在文本中得以更为充分的凸显。其意义不仅在于提供审视革命的别一视角,实现对于革命叙述紧张、压抑氛围的舒缓与调和,实际上烛照民间世界本身即是目的,"《山本》里虽然到处是枪声和死人,但它并不是写战争的书,只是我关注一个木头一块石头,我就进入这木头石头中去了"(《山本·后记》)。作家以着眼于民间的悲悯情怀,在涡镇人的生存世相中既展示着生命在卑微中散发出的韧性,又窥见命运的无常与悲凉,从而对怎样活人的道理予以探寻。

在作家从容不迫、平平淡淡的讲述中,涡镇的日子按部就班地延绵开来,细密琐碎而又生生不息。小说开篇在布设了"使涡镇的世事全变了"的三分胭脂地所引起的叙事张力后,随即不紧不慢地回溯女主人公陆菊人在 13 年前如何接受命运的安排嫁到涡镇,从而自然而然地展开了对涡镇的自然环境、人际交往、亲情关系等的描写。然而,涡镇泼烦琐碎的日常生活始终是文本的核心内容。井宗秀安埋父亲、偷学画艺、办酱货坊、组建预备旅、改造涡镇,陆菊人相夫教子、侍奉公爹、教导花生、经营寿材铺和茶行,杨钟四处游荡、练功喝酒、寻找井宗丞,麻县长研究草木、吟诗作文,宽展师父吹奏尺八、超度亡人,陈先生坐诊安仁堂,等等;镇子上各店各坊的日常营生与邻里往来，以及涡镇的婚丧嫁娶、日常饮食、耍铁礼花、看风水、看戏的风俗，等等，不一而足地得到了详细的铺陈和描写。对涡镇日常生活的细节性呈现不仅是对历史原初现场重要层面的还原，也是探寻人生智慧的重要途径。正如贾平凹所说："人生就是日子的堆集，所谓的大事件也是日常生活的一种。写日常生活就看人是怎么活着的，人与人的关系，人与万物的关系。"①

同时，从叙事的功能来看，"让看起来琐琐碎碎的人和事'自动'蔓延开来"②，本身就驱动着情节的发展。在根本上，井宗秀的传奇人生就是由作为陆菊人陪嫁的三分胭脂地而开启的，这块带有神秘色彩而又阴差阳错地落到井家的龙穴之地，激发并一直牵引着井宗秀当官显贵的欲望与雄心。并且，小说纷繁复杂的故事网络也是以涡镇人的日常生活为由头而向外展开的，譬如由茶行的日常经营自然而然地带出泾阳河畔以及各分店所在市镇的故事。而最为典型的延展无疑是井宗丞与阮天保在队伍中的互不相容，与其说他们之间的矛盾是革命阵营内部的纷争，不如说是出自井宗秀与阮天保最初"一山难容二虎"以及由此导致的家族仇怨。总之，涡镇乡民的生息劳作平淡琐碎，却氤氲着浓郁的世俗味道和烟火气息，如同天地的自然运行与四季的自然交替，无论城头怎样变换大王旗，涡镇包罗万象的日常生活与人伦关系自然而然地发生着、展开着、延绵着，似乎可以沿着天地自然的轨迹天长地久地运行下去。

然而，涡镇日常万象的自然运行并不意味着日子本身永是从容自如、安稳平顺的。在各方势力的盘踞与争斗下，处于乱世中的涡镇就如同汹涌湍急的涡潭，而涡镇的芸芸众生则在密集的枪声与无数的死亡中历经着命运的无常与悲凉。实际上即便是涡镇这个秦岭里最大的镇子本身，也只在一天之内便被密集的炮弹化为一堆尘土。就主人公

---

① 贾平凹、杨辉：《究天人之际：历史、自然和人——关于〈山本〉答杨辉问》，《扬子江评论》2018 年第 3 期。

② 宋炳辉：《最具"中国性"的个人写作如何同时面对两个世界》，《探索与争鸣》2018 年第 7 期。

第五章 贾平凹与商州民间世界

井宗秀来说，陆菊人带来的三分胭脂地改变了他的人生路向，推动着他从一介小画师成长为手握生杀大权的井旅长，然而在与主要对手阮天保的较量和对杀中，他并未成为最后的赢家，独踞涡镇称霸一时也算不得真正实现胭脂地所激起的当官显贵的雄心，他极为突然地、令人猝不及防地死于对手的暗杀，以生命的黯然陨落凸显着无常乃至荒唐的人生意味。在井宗秀之外，乱世之中的普通乡民更是上演了种种平淡无奇乃至显得过于仓促草率的死亡，他们的生命渺小而卑微，也因此更难以阻挡并被迫地领受着世事的无常与悲凉。据研究者统计，"《山本》中有名有姓出场的人物大约有198个，……超过半数的人物以死亡而告终"①。既有井宗丞、杨钟、周一山、夜线子、苟发明、张双河、马岱、陆林、邢瞎子等死于纷争之中、行伍之中，也有五雷、王魁、孙举、井宗秀之妻等死于谋杀，更有手无寸铁的底层小人物死于各种意外，如井掌柜不慎跌入粪尿窖而死，吴掌柜气急攻心吐血而死，杜英刚刚和井宗丞相恋就中蛇毒而死，莫郎中被阮双全误会而开枪打死，杨掌柜因躲雨而被大柏树压死，陈来祥拆钟楼时被跌下来的大钟压死，花生和吴妈被炮火轰倒的院墙砸死，等等。而在最后红15团对涡镇的毁灭性炮轰中，安然无恙的只剩下陆菊人与眼盲的陈先生以及瘸腿的剩剩。

从叙事的逻辑来看，涡镇频繁的战乱与杀戮打破了日常生活的平稳安宁，给底层百姓带来巨大的灾难和浩劫，他们无处栖身，发生在他们身上的各种死亡更是司空见惯，不仅无悲壮之感，甚至显得毫无意义。但贾平凹曾解释道："之所以人死得那么不壮烈，毫无意义，包括英雄井宗秀和井宗丞，就是要呈现生命的脆弱，审视人性中的黑暗和残酷。越是写得平淡，写得无所谓，我心里也越是战栗、悲号和诅咒。"② 因此，在怎样活的根本性追问之下，作家要揭示的是人的欲望所致的相互倾轧以及人性的冷酷、残忍改变了涡镇的命运，使其成

---

① 鲁太光、杨少伟等：《有山无本　一地鸡毛——关于贾平凹长篇小说〈山本〉的讨论》，《长江文艺评论》2018年第4期。
② 贾平凹、王雪瑛：《声音在崖上撞响才回荡于峡谷》，《当代作家评论》2018年第4期。

为仇恨与罪恶的渊薮,最终造就了无数卑微生命的荒唐与无常。并且,乱世之中命运的无常与生命空间的逼仄,在激发涡镇乡民本能的求生欲望的同时,也使他们在生存困境的挣扎中释放出人性深处的恶与残酷。吴掌柜因家中遭土匪抢劫怒急攻心而死,涡镇的人却极少有去吊唁者,人们忙着观看耍铁礼花,并嘲笑他是聪明反被聪明误。陈来祥替预备团借来的十二头骡子被保安队抢了去,那十二户人便在陈家的皮货店赖吃赖喝,直到分得阮家的地作为赔偿。当预备团以瓜分阮家家产为名,把八百个大洋分给各家各户以笼络全镇共同对抗保安队,他们分得大洋还心有不足,只叹"镇上咋只有一个阮天保啊";而当保安队纵火烧了涡镇的麦田,他们又怨恨井宗秀与阮天保作对为敌让他们跟着遭了殃。更有甚者,当涡镇在县城营生的人被保安队当成了攻镇的人质,他们的家属央求井宗秀不成便把怒气撒到陆菊人身上,对其极尽辱骂和殴打。凡此种种,在作家不动声色、平平淡淡的叙写中,人性的黯淡、冷酷以及龌龊渗透于字里行间,展示着涡镇民间藏污纳垢的民性意识。然而无论涡镇的人们如何为活命而挣扎,如何为自身利益而相互倾轧,却终究难以摆脱命运的无情捉弄,在弥漫的烟雾与火光之中,他们当中的许多人注定将与涡镇一同化作秦岭中的一堆尘土。而当作家将涡镇的这番世事置于亘古不变、颜色不改的秦岭山川的参照之下,天地之间的个体生存与生命的无常便更带有一种令人浩叹的荒诞意味。

世事无常既打乱了原本逻辑井然的生命程序,给涡镇带来种种无法预知的死亡,也给涡镇的日常生活增添着理性所无法把握的神秘色彩,当生命陷入脆弱无力的困境,人们总是倾向于将命运寄托于超验的神秘力量,在宽慰自我的同时,更祈求于冥冥之中受到某种摆脱困境的指引与暗示,神秘征兆与无常命运得以相互连结。同时,氤氲在涡镇日常生活中的这种神秘色彩又具有某种与生俱来的天然性,"《山本》的故事发生在20世纪二三十年代的动乱期,又是秦岭之中,种种现代人所谓的神秘、甚至迷信的事件,在那时是普遍存在,成为生活状态的一种。正是有那样的思维,有那样的意识,有那样的社会环境,

第五章 贾平凹与商州民间世界

一切动乱的事情才有了土壤"①。如果说"大得如神"的秦岭本就是一个承纳着万物有灵的先民信仰,并且混沌完整的生命空间,那么秦岭深处的涡镇民间世界则天然地遵循着这种朴素的自然信仰,生存其间的人们与自然万物建立起了某种相互感应的微妙联系,在相互参照与交融之中,自然万物具有预兆吉凶福祸的神秘力量,并由此助推着涡镇的世事变换。因此小说开篇交代"陆菊人怎么能想得到啊,十三年前,就是她带来的那三分胭脂地,竟然使涡镇的世事全变了",即是将涡镇的整个世事纳入到了自然的运转规则之中,在情节的推进中又不时腾出笔墨详细叙写秦岭中各种极具灵性的草木山石与动物,从而使得涡镇的人事、世事与自然万物的神秘预兆交融于一体。

从整体上来看,三分地的吉穴改变了涡镇的世事,与涡镇气脉相通的老皂角树被焚毁,以及竹子开花、柏树倒地、老鼠骤增等怪异事象,则预示着涡镇最后的毁灭。即便是代表着知识分子传统的麻县长也寄托于神秘预兆,窗外吹进来的风翻动了桌上的公文,他便以之为结案的天意;在释放井宗秀、杜鲁成时,他又以他们各自说出的三种动物以及相应的形容词为依据,让杜鲁成在县政府当差,而认定井宗秀不宜留下。此后他愈是醉心于秦岭的草木,便愈领受着自然的性灵,并最终以投身涡潭的壮举归于自然。而在对天地自然抱有敬畏之心的陆菊人那里,人与自然万物的相互感应和沟通得到了更为明显和集中的展现。除了三分胭脂地,陆菊人从娘家带到涡镇的那只黑猫,如同秦岭里的动植物一般,也具有自然的灵性。这只猫"长得奇怪,头是身子的一半,眼睛是头的一半,尤其目光冷得像星子",它时常"睁着眼一动不动",静观涡镇的世事变换,却又多次给人以某种暗示和预兆。在杨掌柜被五雷要挟而犯病时,陆菊人想要找井宗秀帮忙而又犹豫不决,她便在心里向黑猫讨主意,并得到黑猫暗示,前去找井宗秀化解了危机。在剩剩要跟着陆菊人和花生去往虎山湾之前,黑猫预

---

① 贾平凹、杨辉:《究天人之际:历史、自然和人——关于〈山本〉答杨辉问》,《扬子江评论》2018年第3期。

见到剩剩会出事，便不停地抓挠剩剩，又拨玩老鼠吸引剩剩，试图阻止他，最终执意前去的剩剩从马上跌落下来摔断了腿。此外，在井宗秀请陆菊人做茶行的总领掌柜时，举棋不定的陆菊人再次将是否应承寄托于几次神秘预兆的指引。在给剩剩摊糊塌饼时，她自忖若能把饼摊得完整，就答应去经营茶叶，结果她难得地摊出了完整的糊塌饼；她再次给自己设置了新的预兆，心想若是院门口要能走过什么兽，就去茶行，结果她很快便看见了猎人卖给陈皮匠的三只死兽；在130庙的院子里她又两次看见蟾，应验了周一山认为她是金蟾的说法，在这些预兆的启示下，她最终同意了做茶行的总领掌柜。

  总之，在涡镇的日常生活情境之中有着大量的诡异征兆和怪诞事件，这些征兆与事件超越了人类理性的边界，是现代观念难以揭示和把握的神秘规则，因而构成了涡镇民间世界灵异的一面；它们既展示着自然万物的神奇与神秘，又表征着乱世之中生命的脆弱无力，也因此与人的无常命运错综交织、相互映衬，成为涡镇民间生存本相的重要层面。

  如果说对种种神秘现象和诡异事件的描写，蕴含着作家对乱世之中涡镇民间无常命运与人情物理的悲悯，那么在有着理想化色彩的陆菊人、陈先生以及宽展师父身上，则寄托着作家对于化解黑暗与苦难、拯救世道人心的民间理想的找寻，在他们身上有着作家所认可和张扬的苦难人间中的一种大爱。简言之，陆菊人是闪烁着人性光辉与大爱大善的理想形象，她近乎完美地体现着儒家仁义礼智信的要义和美德；陈先生身上既融汇着各种民间智慧，更有着道家的超脱与豁达，相比起在身体层面治病救人，他更擅长开启人的心灵天窗；而虔心礼佛的宽展师父则充分地展示着佛家的慈悲情怀，包容并超度着涡镇的一切是非善恶。相比起搅动涡镇世事又陷入仇恨循环的井宗秀、阮天保来说，陆菊人、陈先生以及宽展师父代表着有神有爱的民间理想世界，尽管陆菊人只是并未走出过涡镇的一名寡妇，目盲的陈先生和失聪的宽展师父也只是旁观着涡镇的世事变换，但他们却共同展示着对于涡镇人间苦厄的救赎意义。

然而，无论是陆菊人的博大仁爱和精进入世，还是陈先生和宽展师父的淡然出世与慈悲情怀，实际上又都难以拯救涡镇的世道人心，难以扭转涡镇最终的毁灭命运，因而他们作为贾平凹所找寻的民间理想的化身，同样是脆弱的、渺小的。在涡镇的生存故事中，陈先生和宽展师父虽然参透一切，却始终处于边缘化的位置，无法真正对涡镇现实世界产生影响；并且，宽展师父始终如一的安静、稳实，陈先生对于"啥时候没有英雄就好了"的世事评说，以及最后对于涡镇化作尘土的命运的感慨，所显示出的对一切是非善恶的消弭，也带有某种价值虚无色彩。同样地，作为作家民间理想的化身，陆菊人的身上汇聚着传统女性的诸多美德与品质。身为杨家的儿媳妇，她既深明大义、恪守妇道，又能坚韧果敢地应对种种苦难；作为涡镇的能人，她知晓睦邻之道，能辨是非，又勤勉严谨、深谙生财之道，并且能以仁爱之心对待涡镇乡民的生死。正如井宗秀所说，陆菊人身上散发着人性的光辉，"有一圈光晕，像庙里地藏菩萨的背光"，她也因此成为井宗秀的一面铜镜，总是在重要时刻提点着他的成长和发展，同时又以一种"发乎情，止于礼"的大爱扶持着他成为独踞一方的枭雄，从而造就了涡镇的辉煌一时。但是，面对井宗秀在权力巅峰所释放出的欲望与人性之恶，陆菊人已无力实现对其心灵层面的引领，她与井宗秀走向相互背离意味着她对井宗秀所掌控的涡镇现实的影响力愈来愈小，她最终无法阻止井宗秀以及涡镇走向覆灭，而只能在陈先生那里寻得心安和慰藉，在幸存于炮火中的同时看着涡镇化为尘土。

　　实际上，陆菊人的人格高度与精神厚度都具有相当的有限性。从根本上来说，作家在赋予陆菊人杰出的品质、非凡的气度，以及种种为人称道的才能的同时，却未能展示出这一带有传奇色彩的民间女子在人格上的独立性以及带有挑战意味的精神力量。在整体上，陆菊人以她所带来的胭脂地以及她与井宗秀的相互守望，对涡镇的世事变换产生着重要的推动作用，但其女性的光彩始终拘囿在男性逻辑的引导之下，其言行在根本上是为男性角色服务的。未嫁之时她遵从父亲的意愿，为还棺材钱而答应下与杨家的婚事；出嫁后她忠于丈夫，孝敬公公，疼爱儿子，虽与井宗秀心灵相通、精神相契，却始终恪守妇道，遵守礼节；在成为茶行总领掌柜后，她带领五个分行掌柜一手推动涡镇经济，为井宗秀的预备旅提供财力支持，并为井宗秀悉心照料和培植着未来的夫人花生。可以说，在男权话语的规训下，陆菊人并不具备独立的自我意识，她不仅从未挑战过来自男权文化的禁锢，而且自觉地认同和奉行着对女性的禁锢以及规训，因此其自我的生命逻辑旨在成全男性世界，这在她对作为自己"化身"的花生的教导和培植上尤其显露无遗。从走路的姿势到自我形象的全面管理，从人情世故的礼仪到待人接物的技巧，从做饭、染布、炸果子等日常家务到敬神畏鬼的内心信仰，陆菊人事无巨细地按照男权文化中完美的女性形象打造花生，尤其明显的是，她特地详细周全地给花生讲述了井宗秀的种种"嗜好"，并传授给花生各种具体情境之下的应对方法，完全是以取悦井宗秀为目的来塑造花生的形象。实际上在长达三页多的包含着种种细枝末节的长篇大论中，陆菊人对花生的教导不仅并未增添其自身的形象光彩，反而在看似对极美极善的品性的渲染中，揭示着其独立人格的缺失以及始终服从于男性的角色意识。因此，尽管陆菊人曾是井宗秀的一面铜镜，但以男性逻辑为自身行动的旨归，则意味着这一人物终究缺少应有的人格高度和精神厚度，因而她与陈先生以及宽展师父一样，都难以在救赎的意义上承载贾平凹的悲悯情怀与民间理想。

第六章 红柯：西部骑手的民间理想主义

在当代陕西文坛上，如果说与扎根陕西且在精神层面执着"守土"的柳青、路遥、陈忠实、贾平凹等第一、二代作家相比，走出陕西本土的杨争光、红柯、张浩文、叶广芩等第三代文学"陕军"在整体上显示出更为开阔的文化视野、更为突出的现代意识，以及更为鲜明的个人风格，那么曾在少壮之年远赴新疆的红柯，可以说又是第三代作家中最为独特、奇诡的"异数"。无论是性情与气质风度，还是更为内里的文化意识与精神向度，无论是创作的题材领域，还是叙写的手法与笔致，以及最终所形成的文学景观与艺术风格，红柯都显示出一种极其强烈的个人性，这不仅使他和其他陕西作家区别开来，成为文学"陕军"中"非典型性"的一员，即便是在整个当代中国文坛上，其创作也是独树一帜的，而这一切主要归功于红柯在长达十年的新疆岁月里对于多维度的"绝域大美"和西域大地民间精神的折服、认同乃至迷醉。

第一节 驰骋于大漠瀚海的西部骑手

同样是土生土长的黄土地的儿子，不同于其他农裔陕西作家在获得城籍后依旧执守着农民的身份认同，以致在外形上也总是一身农民打扮，在游历于天山脚下的十年青春时光里，西域民间独特的日常生活方式带给红柯的首先是身体层面的显著变化，"定居西域，喝奶茶食牛羊肉,饮食结构改变了,胡须黑中带红,头发鬈了,声带粗了也沙哑了,总是热血沸腾,"①,红柯由一个"内向腼腆的关中弟子"变成了"头发卷曲、满脸大胡子"的"草原哈萨克"②。与身体及外形上的直观改变相比,大漠风对红柯更为深刻的、脱胎换骨的重塑在于,"沐浴在完全不同于中原文化的西域瀚海",他开始接受并最终全然地折服于"不同于中原文明的另一种草原文明"③。大漠雄风、马背民族神奇的文化和英雄史诗,使其作品流溢着充沛的诗意、飞扬的神采以及别样的情调,而这也成为其创作在当代陕西作家群中呈现出大异其趣的审美异质性的根本原因。

一 与西域大漠审美关系的缔结

在文化意识上,如果说在数代文学"陕军"之间贯穿着一条鲜明的黄土地精神史线,使得他们无论是执着于守土创作还是身处都市进行写作,都始终是将观照视野集中于黄土地的历史与现实生存,都是在对与其血脉相连的秦地本土文化进行开掘,并流露出迷恋、守望故土家园的深度心理情结,那么从新疆返回关中故土的红柯则表现出对于黄土地文化乃至整个中原文明的逃离与反叛,他并不着力于对本土母体文化精神的开掘,也并非以现代性眼光打量和反思黄土地上的生命存在方式,而是一次次地回望他曾以十年青春年华行走其间的西域大地,致力于对西部风情与新的生命样式的内在表现,以期在西域异质性的民间文化中追溯和找寻生命之根。并且,如果说在其他陕西作家那里,对黄土地民间历史与现实生存的审视与反思,或多或少地存在着知识分子话语与民间话语相互纠缠、较量的复杂关系,那么红柯对西域民间大地生命存在方式的观照,则并不在现代性眼光与民间态

---

① 王德领、红柯:《日常生活的诗意表达——关于红柯近期小说的对话》,《小说界》2008年第4期。
② 红柯:《敬畏苍天》,上海人民出版社2002年版,第325页。
③ 王德领、红柯:《日常生活的诗意表达——关于红柯近期小说的对话》,《小说界》2008年第4期。

第六章 红柯：西部骑手的民间理想主义

度之间构成对立或对话关系，尽管他曾表示在创作时并不刻意考量民间与知识分子立场，而是从心灵的内在需要出发，以全部的智慧与力量"写活一个人物"[①]，但其作品中所闪耀着的民间理想主义精神，则表明他对知识分子身份和传统的搁置，以及对于西域民间大地生命意识及生命形式的认同与追逐。因此在审美的精神向度上，红柯同样表现出自觉的对人的生命处境的关切，但西域已经给他"换了一双内在的眼"[②]，或者说他已由黄土地所生养的关中子弟变为驰骋于大漠瀚海与丝绸古道的西部骑手，这种文化身份的转变促使他始终以一种生长于西域文化体内的审美精神，统摄着自我的生命关怀与生命寻根。正是这一根本性维度上的差异，使得红柯成为当代陕西文坛上"非典型性"的本土作家，并在文本层面造就了他独特的生命叙事。

两相比较而言，如果说其他陕西作家是以社会历史为本体，着力于观照稳态性质的黄土地文化空间，红柯则是以生命意志为本体、倾心于对开放辽阔的西部边地风土人情与荒野传奇人生的吟唱；如果说其他陕西作家是以坚实深沉的笔致扎根现实，红柯则是以浪漫脱俗的想象飞翔于现实之上；如果说其他陕西作家的创作在审美形态上大多呈现出黄土地般深邃厚重的史诗风范，那么红柯则以汪洋恣肆、奔流回转的笔致，创造出一个充满神性与诗性的西域民间审美空间。一言以蔽之，较之其他陕西作家大多是以现实主义的写实讲述关中故事，红柯则是以浪漫主义的抒情表现绝域大美。无论是在陕西文坛上，还是放眼整个中国文坛，红柯的创作正是以浓郁的西部风情、浪漫的文学诗性以及瑰丽神秘的笔致横空出世，成为极其鲜明的特异存在。

就作家与其对象世界之间的关系来看，如果说路遥与陕北、陈忠实与关中，以及贾平凹与商州之间，都存在着各自或隐或现的情感矛盾，因而呈现出一种既紧密而又纠缠不清的复杂关系，那么红柯与他的西域大漠之间所结成的审美关系则是自然单纯的，是易于描述的。

[①] 李勇、红柯：《完美生活，不完美的写作——红柯访谈录》，《小说评论》2009 年第 6 期。
[②] 红柯、杨梦瑶：《西域给我换了一双内在的眼》，《时代文学》2014 年第 5 期。

在有意识地与过去断开之后，他心悦诚服地投入到了以大地精神为核心的西域异质文化的怀抱之中，并经由独属于个人的西域形象的创造形成并完成了自身的艺术个性。这其中似乎有着冥冥之中的某种神秘机缘。在关于何以热衷于表现新疆大地的访谈中，红柯曾追忆道，其祖父"抗战时期在内蒙傅作义部队，对蒙古族比较了解"，父亲则是"二野"的一个侦察兵，"解放初曾在康巴藏区待过许多年"，"讲述的都是藏民的生活"，因此"冥冥当中有一种看不见的神秘力量驱动着我在西域待了十年"。① 在《幻影的背后有神灵》一文中，红柯再次在回望自身创作道路时指出其生命抉择背后的某种神秘性。不仅尚在小城宝鸡立志于文学之时，将"平庸""世俗""势利"的本名"宏科"改为"耸入云天"的笔名"红柯"，就已"预先完成了一个关中农家子弟向西域大漠兀立荒原的树的转变"，并且，在1985年大学毕业并留校工作一年后，"一股神秘的力量把我带到天山、带到大漠"。② 如果说放弃安稳生活远赴大漠是初入文学殿堂的红柯在冥冥之中寻觅那个属于他的"世界"，那么西域大漠作为对象世界，似乎也在等待着被发现、提取和揭示，并召唤着那个能楔入其怀抱、并与之融合无间的心灵的到来，而敏于感应的红柯似乎听到了这种召唤，并最终发现、提取、揭示出那个属于自己的西域世界。

然而，仅以神秘机缘来解释红柯与西域之间紧密的精神联系又是不够的，红柯的远赴西域更是作为创作主体的红柯与其对象世界之间的相互遇合。或许谈不上精神气脉上的贯通一体，但红柯天性的浪漫洒脱却与西域大漠的自由、辽阔、诗意彼此投合，并实现了自然而然的缔结。早在大学时代，正当与他一样被寄予殷切厚望的家乡子弟都热衷于做学生干部之时，红柯却偏偏丝毫不关心"官衔"以及以之为铺垫的锦绣前程，而是立志于文学，开始了诗歌创作。尽管这一选择与其时文学居于中心、诗歌正值大热不无关系，但红柯仍由此展露出

---

① 王德领、红柯：《日常生活的诗意表达——关于红柯近期小说的对话》，《小说界》2008年第4期。
② 红柯：《幻影的背后有神灵》，《文艺报》2017年12月18日第2版。

自己诗性生活的冲动与浪漫,以及对于关中土地上"学而优则仕"这一深厚的生存传统的本能反抗。红柯曾说:"我是个顺应自然的人,我从不刻意去干一件什么事,一切任其自然,做不到至人真人,做一个达人吧。"① 天性的旷达洒脱以及大学校园无法满足的青春冲动,成为他留校一年后远走西域的又一重超越理性和逻辑的内在驱动力。实际上在关中故乡古老的周原上,这个天性洒脱而又腼腆敏感的农家子弟感受到的,是积淀日久、沉稳厚重的儒家传统对于个体生命的规范和束缚,"在黄土高原的渭河谷地生活了二十多年",他所体验到的,是"松散的黄土和狭窄的谷地"带来的压抑和"窒息"。② 因此在那股将其带往大漠旷野的"神秘的力量"背后,是红柯对于其所置身的关中儒家文化的疏离,以及扩展自我个体生命空间的心灵欲求。相比起"土地—村庄—家族是封闭的、静态的","草原大漠旷野是辽阔的、开放的、动态的"。③ 于是在天山脚下这片开阔无垠而又充满诗性的地域,红柯的天性、诗意、生命冲动既得以自由地焕发,又得到了直抵灵魂深处的某种应合。

二 对西域民间生命大美的认同

红柯曾描述道:"我很幸运二十四岁那年来到大漠,我一下子感受到婴儿般的喜悦。"④ 这种纯净的喜悦首先便来自对于西域独特的地理风貌与自然景观的感应和体认。西域大地上辽阔的草原、雄奇的群山、无边无际的戈壁滩,既有雷霆万钧之势,让人感到自身的渺小和局限,又"都带上了点浪漫气息"⑤,激荡着令人震撼的生命精神;而当"傲然迎击沙暴冰雪烈日的树出现在我眼前时,就有一种找到了自己的感觉"⑥。但是,红柯对西域大漠的领受绝不止于自然风物外在的

---

① 李勇、红柯:《完美生活,不完美的写作——红柯访谈录》,《小说评论》2009 年第 6 期。
② 红柯:《敬畏苍天》,上海人民出版社 2002 年版,第 12 页。
③ 红柯:《幻影的背后有神灵》,《文艺报》2017 年 12 月 18 日第 2 版。
④ 红柯:《敬畏苍天》,上海人民出版社 2002 年版,第 269 页。
⑤ 李勇、红柯:《完美生活,不完美的写作——红柯访谈录》,《小说评论》2009 年第 6 期。
⑥ 红柯:《幻影的背后有神灵》,《文艺报》2017 年 12 月 18 日第 2 版。

形态与气韵之美,换句话说,西域对红柯脱胎换骨的重塑也绝不只是发生和完成于自然风物带给其心灵震撼的层面。与关中土地迥然不同的西域风情使他开始重新思索生命应有的理想形态,正如他所感应到的那样:"大戈壁、大沙漠、大草原必然产生生命的大气象,绝域产生大美",① 而这种生命的"大气象"与"大美"只有在不断的融入和体认之后,才能得以最终抵达和把握,这也就意味着红柯的西域之行将是一次漫长且曲折的心灵重塑之旅。

如果说大自然的冲击给初到大漠的红柯带来的主要是自我生命的唤醒,以及大自然与生命关系的启悟,那么在此后历经十载的大漠长行之中,他既深刻地体验着西域游牧民族散发着诗性光辉的生命意识与生命方式,又在西域各民族的民间传说古歌史诗中感受到至善至美的民俗民情。在他眼里,草原上的生命有一种打动人心的神性。对于西域各民族劳动者来说,由于戈壁荒漠的自然条件异常恶劣,生存本是充满艰难和不易的,但恰恰是世世代代所居处的生存环境的荒蛮、贫瘠造就了他们强悍、坚韧的生命基质,以及开阔、豁达、沉静的生命信念,"生活再悲惨,遭遇再坎坷,骨子里是乐观的、浪漫主义的"。他们住地窝子、啃洋芋,但却"不是为苦难而苦难","而是把苦难超越了"②,无论是其日常生活还是心灵世界,都反而更为壮阔和纯粹,闪耀着一种诗性与神性的光彩。另一方面,这些徜徉于天山南北的少数民族多为逐水草而居的游牧民族,其生存本身特别强调对自然环境的依赖,在辽阔且充满生命伟力的大自然中,他们既感受到自身的渺小,因而呈现出敬畏自然、顺应自然并与自然相通的生命形态,同时又更热爱生命、尊重生命,形成了敬仰万物、与之和谐共处的生命意识。"大漠人的习惯:斩草不除根。对生命有一种神圣的敬畏……大漠绝域,一棵草都不易存活,双方有天大的血仇,对弱小生命的呵护几乎出自天然。"③ 总之,借着带学生在新疆各地实习的机会,红柯打

---

① 李建彪、红柯:《绝域产生大美——访著名作家红柯》,《回族文学》2006年第3期。
② 李建彪、红柯:《绝域产生大美——访著名作家红柯》,《回族文学》2006年第3期。
③ 红柯:《敬畏苍天》,上海人民出版社2002年版,第38页。

第六章 红柯：西部骑手的民间理想主义

开了一个新的生命世界，他不仅感受着西域大地独特而神奇的风物，更充分地进入到西域民族的生存与生活情境之中，感受着他们身上所展示出的神性与诗意，并倾心于他们与沃野之上的汉人所不同的生命方式与生命意识。

与此同时，红柯的西域体验也在阅读的层面逐渐展开，在伊犁州技工学校的图书馆里，他发现并阅读了阿拜的诗、《福乐智慧》《突厥语大辞典》《蒙古秘史》以及新疆大量的文史资料，并开始在创作中有意识地学习英雄史诗的风格。红柯曾表示："我放弃诗歌选择小说原因之一就是那些中亚各民族民间传说古歌史诗吸引了我，改造了我"①；"我的许多中短篇都是借鉴了少数民族英雄史诗的结构方式，我是有意要与其他作家区别开来，这也是我的小说独特的地方"②。实际上，少数民族英雄史诗对于红柯的意义，不仅在于促成其创作路向在文体上的转变，也不仅在于赋予其创作以独特的结构方式，并为其作品增添民间故事、民间传说以及古歌史诗的因素，其更为深刻的意义在于，这些少数民族文化典籍带领红柯走进了一个崭新的民族文化领域，这些"珍贵的宝藏"推动着他的文化观念的彻底转变。

在读过《玛纳斯》《江格尔》《格萨尔王传》等少数民族的英雄史诗后，那种原以为汉族文化最为优秀的文化观念被红柯所摒弃，他在原生态的西域民间文化中感受着蒙古族人、哈萨克族人、维吾尔族人等众多民族民俗民情的"美与善"，体认着"大地上所有的民族都是伟大的"。③ 这种源自阅读的文化认知与来自实际生活情境的心灵体验相互叠加、印证，强化着红柯在文化观念上对于西域民族生命"大气象"与"大美"的深层次认同。尽管书写家乡岐山的《百鸟朝凤》一度显示着身在西域的红柯基于本土母体文化的自尊自信，同时他对

---

① 王德领、红柯：《日常生活的诗意表达——关于红柯近期小说的对话》，《小说界》2008年第4期。
② 李建彪、红柯：《绝域产生大美——访著名作家红柯》，《回族文学》2006年第3期。
③ 王德领、红柯：《日常生活的诗意表达——关于红柯近期小说的对话》，《小说界》2008年第4期。

西域文化的汲取与接受有一个过程，但经过不断的磨合和体认，他最终心悦诚服地被西域少数民族文化所征服，《百鸟朝凤》也成为他向关中古老周原的挥别之作。可以说，无论是在生命体验还是艺术体验的层面，红柯与西域大地之间的情感沟通与生命勾连已万难更移，西域给红柯换了一双"内在的眼"，以致他全然沉迷和陶醉于西域大地的精神文化之中，"不管新疆这个名称的原初意义是什么，对我而言，就是生命的彼岸，就是新大陆，代表着一种极其人性化的诗意的生活方式"①。

第二节 "天山系列"中的诗性生命形式

自20世纪90年代中期以来，在《奔马》《美丽奴羊》《鹰影》《阿里麻里》《吹牛》《金色的阿尔泰》《复活的玛纳斯》等一系列的中短篇小说中，红柯开始以诗性叙事表现维吾尔、哈萨克、柯尔克孜、塔吉克、汉、回、蒙古、乌孜别克等西域民族强悍壮美的生命世界、诗意的生命样式，以及内蕴着神性的生命精神，"我来到一泻千里的砾石滩，我触摸到大地最坚硬的骨头。我用这些骨头做大梁，给生命构筑大地上最宽敞、最清静的家园"②。这些作品以西域作为文本故事空间，闪耀着诗性光辉与浪漫情怀，既全然不同于他在此前书写陕西以及校园生活的现实主义创作，也成为其开始自身独特的生命叙事，并真正在文坛声名鹊起的标识。

一 草原与大漠生命世界的丰饶神性

在中篇小说《奔马》中，驰骋原野的奔马成为令人景仰和敬畏的草原生命精神的象征，展示着草原上自由奔放、高扬激越、高贵脱俗的生命样态。疾驰如飞的"大灰马"以惊人的力量和速度驰骋于草原之上，令与之竞赛的汽车司机感受到人的局限和渺小；漂亮的"红

---

① 红柯：《敬畏苍天》，上海人民出版社2002年版，第326页。
② 红柯：《敬畏苍天》，上海人民出版社2002年版，第12页。

马"令原本文静秀气的城里女子心潮澎湃,她骑上没有鞍子的光溜马,成为丈夫眼里"辉煌的老婆";而那匹从大地深处窜出的"神骏"则激发了男人和女人创造新生命的欲望和冲动,在由马所唤醒的激情与自信之中,他们创造出如"儿马"般"雄壮、飘逸而高贵"的新生命。在《美丽奴羊》的三则小短篇中,羊同样成为充满神性光辉的草原生命意识的象征,展示着草原民族追求万物平等、物我共融的生命态度,以及高贵、自足、具有美感的生命景观。在《屠夫》中,在美丽奴羊"清纯的泉水般的目光"的凝视下,娴熟自得的屠夫却"膝盖着地",栽倒在羊的脚下,"感到自己也成了草"。美丽奴羊面对屠刀时的坦然、高贵与庄严,令这个曾经彪悍、冷酷的"狠汉子"迷醉于这种内蕴着大美的生命形式与生命力量之中。在《牧人》中,人与羊的"主客移位"再次出现,牧人在圣湖赛里木丢了羊,但实际上却是羊放了一回牧人,是"羊的灵魂牵着牧人在旷野上走圈圈",牧人和羊之间的对立关系因此被消解,在大自然的怀抱之中,人与羊以及万物之间呈现出平等相融的生命本相。在《紫泥泉》中,为了培育新的种羊,文弱的大学生从江南来到紫泥泉,在老场长和牧工的启示下,他投入草原的怀抱之中,感受着草原巨大的生命能量与气场,"呼吸着一种英武豪迈的王者之气",最终历练成为一名真正的骑手,征服了上海姑娘的同时,也创造了美丽奴羊的奇迹。

此外,《鹰影》中孩子对鹰的感应,以及对生命自由飞翔的渴望,《阿里麻里》中少男少女在爱的觉醒过程中与自然万物相应相融的生命律动,《吹牛》中草原汉子敏锐而丰盈的生命感觉,以及粗粝豪迈而又悲悯柔情的生命情态,《金色的阿尔泰》中营长以虔诚信仰在阿勒泰垦荒、创建家园的壮丽生命图景,以及成吉思汗成长为征服世界的一代天骄的生命史诗,《复活的玛纳斯》中团长伟大坚韧的生命意志,以及平息骚乱、重建"真境花园"的生命传奇,无不展示着西域世界强烈的生命意识与丰饶的神性内蕴。尽管由于篇幅有限,加之红柯更多地是将自身的感性体验和激情直接诉诸笔端,更多地是在用"心"而非用"脑"写作,因而其中短篇创作并非以巧妙新奇的故事情节取胜，其笔下的人物形象并无跌宕起伏的人生故事，甚至大多没有具体的姓名，但正是这些与大漠的尘土以及飞禽走兽一样卑微的男人、女人、老人、孩子，却散发出原始的生命伟力，闪耀着生命的光辉，成为茫茫大漠神性之大美最本分的承载和表征。

与几乎全然依赖直觉和灵感的中短篇创作相比，在被称作"天山系列"的《西去的骑手》《乌尔禾》《生命树》《喀拉布风暴》等长篇力作中，大漠生命世界诗性氛围与神性光彩的抒写，则既依赖于红柯一如既往的感性思维与元气淋漓的抒情笔致，同时也更为突出地呈现于他所钟爱的人物波澜起伏的生命故事之中，这意味着红柯取得了叙事上的突破，在汪洋恣肆的故事讲述中，故事的主人公也成为凝聚着绝域大美的更为典型的表现对象。在《西去的骑手》中，大漠英雄马仲英纵横驰骋的辉煌人生体现的正是血性、壮烈的"大西北的大生命"，是"对生命瞬间辉煌的渴望，对死的平坦看待和对生的极端重视"。① 在《乌尔禾》中，红柯在很大程度上将草原神性的书写寄寓在海力布叔叔的塑造中，在王卫疆、朱瑞和燕子之间感情纠葛的背后，原名刘大壮的军垦战士海力布成为"草原民族刚烈的外壳下""温暖的善"②的化身，充满传奇色彩的人生，以及与动物心心相通的神力，使他与神话传说中的英雄海力布融为一体，成为沟通人性与神性的象征。在《生命树》中，从马来新到马燕红再到王星火，马家三代人与充满神性的公牛以及公牛所化身的生命树发生着内在的生命关联，他们沐浴在神性的光华之下，为自我的现实生命注入活力，在完成自我生命救赎的同时也实现了人性的升华。在《喀拉布风暴》中，张子鱼和叶海亚演绎着跌宕起伏的爱情故事，他们在骆驼、燕子、地精等汲取着天地精华与大漠神性的自然生命的引领下拯救世俗之爱，在沙漠风暴中洗涤灵魂中的世俗性，寻找到纯粹美好的生命激情与强悍坚韧的血性力量，展示出人性向往并不断接近神性的

---

① 红柯：《后记》，载《西去的骑手》，云南人民出版社2002年版，第294页。
② 红柯、杨梦瑶：《西域给我换了一双内在的眼》，《时代文学》2014年第5期。

精神成长历程。

总的来说,"天山系列"作品既氤氲着浓郁的西部风情与诗性的生命气息,又呈现了大漠中一个个波澜壮阔、跌宕起伏的生命故事,而红柯也经由完成雄浑厚重的西域形象而进一步走向自我艺术形象的重塑和再生。红柯曾表示"对主义不是太感兴趣","现实主义、浪漫主义和现代主义什么的,我觉得这都不是我的事",① 在根本上,其写作感觉与写作思维是由其深切体验和感悟到的美学意义上的西域民间世界所决定的。在抒情与叙事的交织之中,红柯"随物赋形",以自由奔腾的叙述与遒劲热烈的笔致对应着他所创造的生命世界,在与表现对象的和谐共振中形成并完成了自身卓然挺立的艺术风姿。在此,我们可以借用学者赵园在论及"北京与写北京者"的关系时的一段话,来总结西域之于红柯的意义,赵园曾指出:"倘若你由写北京的作品——尤其是京味小说——中发现了北京以其文化力量对于作家创作思维的组织,对于他们的文化选择、审美选择的干预、引导,以至对于从事创造者个人的人格塑造,你不应感到困惑。"② 对于西域和红柯来说,这样的关系描述同样是适用且恰切的,在文化选择、审美选择、人格塑造以及创作思维等方面,西域大漠全面而深刻地改造了土生土长于关中并以汉族作家身份写作的红柯。

二 西域诗性生命背后的陕西影子

颇有意味的是,红柯以独特的文学景观刮起一场气势磅礴的西域风暴,却开始于 20 世纪 90 年代中期重返关中故土之后,"我离开新疆,回到小城宝鸡,才开始写大漠往事"③。除了"距离产生美"的创作规律使然,更主要的原因在于,重返关中为红柯的西域视野提供了极为迫近而真切的参照。"内地的成人世界差不多也是动物世界。回内地一年以后,那个遥远的大漠世界一下子清晰起来,群山戈壁草原

---

① 姜广平、红柯:《我抓住了两个世界——与红柯对话》,《文学教育》2010 年第 7 期。
② 赵园:《北京:城与人》,北京大学出版社 2002 年版,第 6 页。
③ 红柯:《从故乡出发》,《文艺报》2011 年 5 月 9 日第 2 版。

以及悠扬的马嘶一次一次把我从梦中唤醒。"① 西域之行打开了红柯的文化视野，也极为深刻地改变了他的文化观念，当他再次身处与西域大为不同的关中故土之时，两种互为异质的文化形态与生命处境便在其视野之中形成了鲜明的对比，"居于沙漠的草原人其心灵与躯体是一致的，灵魂是虔敬的。而居于沃野的汉人却那么浮躁狂妄散乱，心灵荒凉而干旱"②。对于此时"精神气质已经是个新疆人"③的红柯来说，回到内地就像回到"人间的世俗"中，而身在辽阔无边的大戈壁、大沙漠、大草原之上，则"好像人是在天上生活"。④ 这种生命感觉与文化感受进一步强化了红柯的文化及审美选择，推动着他不断地在文本世界中回望他的精神再生之地。

实际上，关中的母体文化是红柯想要剥离的，却又渗透于血液深处，是他难以完全剔除的，红柯"虽然离开了母体文化的氛围进入到异质文化中生活，但无论他对异质文化的理解和认同多么深切，与生俱来的母体文化却烙印般地消解不掉"⑤。同时，故乡的生命处境是令他所不适的，却又成为当下的现实，是置身其间的他所不得不面对的。在西域的十年长行之中，红柯深刻地体认着"西部游牧民族非理性文化中那种生命意识"⑥，然而重返关中则让他再次置身于实用理性发达的汉族世俗文化之中，这种反差及其所造成的文化上的不适感，也使红柯进一步意识到西域边地文化对于平衡和丰富汉民族文化的重要意义。如果说远走西域是他对母体文化的质疑与反叛，并最终实现了个人文化身份的重塑与精神的再生，那么在文本世界中重返西域，则是红柯试图以他所认同的异质文化实现对母体文化及其所塑造的生命形态的救赎。红柯曾表示"新疆是我的写作资源，新疆我可以写

---

① 红柯：《敬畏苍天》，上海人民出版社2002年版，第326页。
② 红柯：《敬畏苍天》，上海人民出版社2002年版，第10页。
③ 红柯：《敬畏苍天》，上海人民出版社2002年版，第269页。
④ 李建彪、红柯：《绝域产生大美——访著名作家红柯》，《回族文学》2006年第3期。
⑤ 韦建国、李继凯、畅广元等：《陕西当代作家与世界文学》，中国社会科学出版社2004年版，第375页。
⑥ 红柯：《敬畏苍天》，上海人民出版社2002年版，第301页。

一辈子"①，但同时他也确认，"我所有的新疆小说背后，全是陕西的影子"②。这也就意味着无论是文化建构还是生命寻根，红柯的出发点和目的地始终都是自己所身在的关中故土。从关中到天山，红柯完成的是自我个体生命的更新；从天山回到关中，其生命关怀则凸显着文化自省的意味，以及对整个黄土地上的生命处境进行观照的阔大气象。

在谈及《西去的骑手》的创作初衷时，红柯曾说："我当时想写西北地区很血性的东西……新疆有中原文化没有的刚烈，有从古到今知识分子文化漠视的东西。"③ 因此，尽管小说显在的旨意是要以马仲英这一英雄形象的塑造，呈现西域大地上充盈着血性和激情的生命气象，但"痛恨阴谋诡计，即封建传统文化中的'权术''阴着'是这部书的最隐秘的主题"④。这无疑表示着作家的文化关怀与生命关怀实际上指向了中原土地，后者在具体的故事情境中虽不在场，但却作为盛世才人格中的文化发源地而构成一种隐形的参照。在此后的创作中，虽然红柯仍是从心灵的内在需要出发，一次次地将我们带回承载其审美理想的大漠、戈壁和草原，但以闪耀着生命本真光辉的西域文化弥补母体文化虚脱内质的创作向度愈发明显。如果说《西去的骑手》是对逝去的英雄的召唤，是要以英雄骑手的血性力量和强悍气质驱逐中原文化的阴毒之气，那么《乌尔禾》则是要揭示在北疆平民的普通生活中，同样蕴含着中原土地上的人们可资镜鉴的生命态度，乌尔禾人对生命的敬畏与悲悯，他们的坚韧和顽强，同样足以使得中原土地上疲软、脆弱的生命重获生长。

及至此后的《生命树》与《喀拉布风暴》中，天山与关中、大地与土地、他乡与故乡开始在同一时空构架下相互交织、缠绕。在《生命树》中，如果说红柯将围绕马燕红一家的现实叙事与有关生命树的神话叙事交织进行，使得世俗生活与神话传说相互感应，其用意旨在

---

① 姜广平、红柯：《我抓住了两个世界——与红柯对话》，《文学教育》2010 年第 7 期。
② 红柯：《与大地的联系》，《人民文学》2002 年第 5 期。
③ 红柯：《后记》，载《西去的骑手》，云南人民出版社 2002 年版，第 294 页。
④ 李建彪、红柯：《绝域产生大美——访著名作家红柯》，《回族文学》2006 年第 3 期。

表现西域大地上的现实生命向往神性并最终重获神性的基本向度，那么马来新的战友牛禄喜从新疆到陕西天壤之别的遭遇，则向人们展示着两地之间迥然相异的生命形态。身处辽阔而纯净的新疆大地，牛禄喜既善良正直，又仁爱孝顺，然而当他回到充满世故与心机的内地，却被唯利是图、鄙俗不堪的弟弟与弟媳利用、压制，最终被逼进精神病院；而作为牛禄喜的妻子，李爱琴成全了丈夫的孝心却并未等来幸福的生活。红柯在小说结尾处以沉重忧郁之笔写李爱琴独守大漠家园的孤苦生活，表现出对于关中世俗生命形态及其文化观念的忧虑与批判，而作品在整体上也彰显出红柯欲以西域大地的神性光芒照亮内地人黑暗人性的创作意向。

在《喀拉布风暴》中，红柯再次将新疆与陕西并置于同一时间维度下，并试图在相互的碰撞中实现西域与关中两大文化地理空间的交融与对话。陕西农民的后代张子鱼经历了与校花李芸的失败爱情，并感受到家族网络对自身生命力的束缚和压抑，因而在大学毕业后远走新疆，"想在西域辽阔的天地间透一口气"。在纯净的沙漠戈壁之中，他领悟到爱的真谛在于"毫无保留"，在于"一点不剩的把自己最真实的东西交出去"，而其爱情创伤与心灵创伤也在飞沙走石的喀拉布黑风暴的洗礼之下得以疗愈。而在新疆长大的精河中学老师孟凯，同样经历了与相恋十年的女友叶海亚的失败爱情，当他抱着调查情敌张子鱼情爱历史的初衷来到陕西，却爱上了特立独行的关中姑娘陶亚玲，后者以一颗灵性而柔软的心，以及在爱情追求中全力以赴的投入，使他明白"爱就是一种疯狂"，并因此扫除了自身精神气质中的平庸安分，重获了生命的激情与活力。需要指出的是，尽管在红柯的叙写之下，来到陕西的孟凯开启了自身的精神重塑之旅，他和陶亚玲的爱情最终获得了激扬的生命力，以及与天地万物接通的灵性，关中的眉户曲调与中亚情歌《燕子》之间，眉户戏文中的梁秋燕及其演唱者陶亚玲与中亚腹地阿拉山口暴雨般的燕子之间，也有着相通相融之处，但在以孟凯的新疆眼光发现并开掘关中土地所蕴含的生命元气的同时，红柯更通过对张子鱼与武明生家族历史的追溯，揭示着关中土地上更为普遍而深刻的生存观念，以及更为真实而凸显的生命状态。在关中土地上世代繁衍的张子鱼和武明生家族的生存与发展，虽然延绵着历史的纵深感，却也使得生命在复杂的社会关系与家族关系中走向萎缩，他们的"城府深藏"使其失却了单纯与真诚，展示的是人性的坚硬与黑暗。因此就作品基本的精神向度而言，红柯对强大的生命力以及飞扬的生命意识的呼唤，更主要地仍是借由有关西域大漠神性内涵的书写完成的。小说以西域大地上的神话、传奇为精神背景，又以西域大地上气势磅礴的喀拉布风暴、奇异的地精以及野骆驼和燕子等作为贯穿小说的基本意象，正是在戈壁瀚海的自然磨砺中，爱情故事的男女主人公们抵达了生命的本质，彰显了原始强悍的生命伟力与真实美好的自然神性。

第三节 "太阳深处的火焰"煅烧下的生命救赎

如果从叙述笔法的角度来梳理上述几部"天山系列"中的长篇力作，大致可以说，《西去的骑手》是以较为纯粹的浪漫笔调呈现西域刚烈壮美的生命世界，《乌尔禾》对兵团生活与边地爱情故事的书写明显地出现了写实性的倾向，而《生命树》与《喀拉布风暴》则进一步增强了讲故事的日常叙述成分以及对现代世俗生活的叙写，尤其是有关关中农村与西安的世俗生活叙事愈发彰显，这实际上意味着红柯表现出更为明确的对母体文化中的现实生命处境予以观照的意向，以及执着于文化建构与生命寻根的意志，及至其生命中最后一部长篇小说《太阳深处的火焰》，尽管依然散发出浪漫的抒情气息，但却更主要地呈现出厚重的写实风格，在这个意义上，长于书写氛围与神韵的红柯实现了叙述的突破。正如其成名作《美丽奴羊》小说集的选编者当初所期待的那样，"小说文体的主要功能终究在于叙事，红柯还需要在抒情与叙事更好地结合上再下功夫"[①]，《太阳深处的火焰》较好

[①] 崔道怡：《序言——飞奔的黑马》，载红柯《美丽奴羊》，百花文艺出版社版1998年版，第4页。

地结合了"心"的感觉与"脑"的思索，展示出红柯在浪漫脱俗之外理性深刻的一面。同时，红柯依然在试图打通西域与关中，土地与大地再次相互交织。从作品的结构格局来看，关中子弟徐济云与大漠女儿吴丽梅各自不同的生命故事相互穿插，关中土地上的皮影与西域大地上的红柳所代表的两种异质性文化精神相互交错激荡，形成对话与复调的结构，小说在整体上也呈现出一种充满张力的叙述氛围。

一 "大漠红柳" 映照下关中民间的晦暗生命

《太阳深处的火焰》原名《皮影》，是以渭北大学教授徐济云带领其博士生王勇进行皮影研究的故事作为小说的主体部分，并且又是以皮影来联结民间艺人与高校学者，关中乡村与城镇，以及青年男女之间的爱情故事等多条线索。因此，在红柯向着现实回归的生命叙事中，其表现的重心已十分明显地从西域大地回转至关中土地，关中世界已成为故事的主要发生地，关中的现实生存及其文化土壤中种种触目惊心的病症，成为作家关注和思虑的直接对象，而徐济云的初恋女友——来自大漠深处罗布荒原的吴丽梅的成长及爱情故事则隐退至背景处，成为红柯直面土地之上的残酷现实并对黑暗人性进行沉痛拷问的一面镜子，小说也因此彰显出更为厚重的文化批判意识与生命寻根意识。

被渭北大学的同学们誉为"西域活菩萨"的吴丽梅，来自塔里木盆地最低洼部位的罗布荒原。与《乌尔禾》中燕子的乌尔禾、《生命树》中马燕红的乌苏县四棵树河上游，以及《喀拉布风暴》中张子鱼和叶海亚的精河相比，罗布荒原是更加封闭、原始、僻远的极西之地，是更为纯粹的浴火重生之地。这里不仅在空间上更为远离中原主流文明，而且其所孕育的原始诗性文明展示出更为突出的非理性生命意识以及更为浪漫神奇的特质，人的生存也因此呈现出更为淳朴自然、自由自在而又热烈旺盛的样态。在无限开阔壮美的荒原之上，"绿洲戈壁沙漠群山草原互相交错连成一体，天地连成一体，人畜连成一体，人与万物连成一体"，在如此大美之境中，牧羊女吴丽梅领略着天地万物生而有灵生而有翼的神奇特性，其成长历程呈现出自然而自由的

第六章 红柯：西部骑手的民间理想主义

状态，其日常性的放牧生活涂抹上一层与自然万物相通相融因而灿烂无比的神性色彩。童年的吴丽梅骑在大公羊上，"大公羊就像驮了一轮红日，天空和大地都被照亮了"；长成少女的她骑上高头大马奔向太阳升起的地平线，她和红鬃烈马"就成了大地的火焰，就地燃烧，不再狂奔，速度完全消失"。总之，融入自然的吴丽梅身上散发出太阳的气息，生长出饱满的生命元气以及刚烈炽热、光明磊落的性格，并获得了与天地万物同在、尊重并呵护任何生命的诗性启悟。

同时，虽然身处砂砾成片、荒漠遍野的苦寒之地，又遭受着飞沙走石的塔里木风暴的肆虐，但生活在这里的人们总能在苦难中释放出巨大的生命能量，创造出一幅幅奇异的生命景观，总能"在灵魂的恍惚狂喜状态和日常世俗生活之间自由转换"。吴丽梅的父亲建造结实牢固的地窝子，母亲用新鲜的湿牛粪将房屋打理得鲜活洁净，展示着荒原上的人们吃苦耐劳而又高贵尊严的生存智慧。而当"白天如同黑夜"的塔里木风暴来临，他们却与各民族的人们一道，在热情似火的载歌载舞中"燃烧如太阳"。这样的生命方式在潜移默化中锻造着吴丽梅，除了能歌善舞之外，她身上有着一种原始的动物性的天真与淳朴，以及一种洒脱、勇敢、高贵的生命姿态。可以说，吴丽梅正如大漠红柳，正如太阳深处的火焰，是红柯以浪漫诗意的笔致所刻画出的生命力最为丰沛充盈、生命意志最为纯粹炽热、生命精神最为自由明亮的大漠精灵，在她身上尽情地绽放着生命的神性光彩，最为典型和完满地展示着红柯所向往和笃信的西域终极大美和大地上的理想生命样式。

当吴丽梅从极西之地来到作为龙兴之地的关中平原求学，她坚信黄土高原来自潜行万里、呼啸而下的大漠风与土的构建，坚信伟大的祖先周人来自塔里木盆地，在时间和空间的源头上打通西域与中原的诗性感悟，使她极其推崇关中土地所孕育的正大刚直的浩然正气，并迷醉于一个个磅礴灿烂的历史时刻。"吴丽梅沉浸在老子出关入秦的那一刻，沉浸在张载带领学生齐声朗诵《西铭》的那一刻，沉浸在顾炎武凭吊周镐京秦咸阳唐长安的那一刻，沉浸在鲁迅登上西安破败城墙的那一刻",正是在那些"黎明之光清水洗尘一样飘洒天地的时刻",她真正爱上了这块土地,并爱屋及乌地爱上了土生土长的关中弟子徐济云。然而,历史书写中一个个辉煌的瞬间早已化作尘埃,寥落并埋没于时光的深处,吴丽梅对于积淀深厚的关中文化的想象,遭到了残酷现实的沉重打击。正如热烈之火与冰寒之水在根本上难以相容,吴丽梅敏锐地感受到徐济云身上潜伏了二十余年的阴寒之气,她与对方在灵魂层面难以相通,尤其是经过在徐济云老家所在的山区偏僻小镇的田野调查,她更在徐父身上痛彻地体会到关中周原上人心的晦暗、人性的薏坏、精神的平庸猥琐以及生命力的孱弱。对徐济云生命根底以及关中生命本相的震惊、愤怒以及无法忍受,最终促使她舍弃了初恋情人,决然地放弃了留校执教的机会,并义无反顾地重返西域、扎根荒漠,直至最终在有关太阳墓地的野地考察中殒命大漠。正如吴丽梅在走向太阳墓地时所说的:"羊消失在云里,水消失在土里,鸟儿消失在风里,火消失在太阳里",听从太阳召唤的她最终化作大漠红柳,成为照亮万物生命的太阳深处的火焰,其充满无限光与热的生命之火永不熄灭。

与吴丽梅自然纯净而又超凡入圣的诗性人生以及元气饱满、旺盛激昂的生命力相比,徐济云的生命火焰是微弱的,其成长历程与现实生命弥漫着阴暗气息、功利色彩以及丑陋的"平庸之恶"。徐济云生长于渭北市边缘甘陕交界处一个偏僻的山区小镇,其父老徐是镇供销社大名鼎鼎的元老级人物,为人处世充满心机,极为阴沉老辣。因家境贫寒无书可读,老徐自小无法走上"学而优则仕"的晋身之路,从12岁起他便处心积虑地谋算要弄出个"读书种子"以改门换户;为了改变自己在小药铺当小伙计的命运,他隐藏私心随解放大军南下,复员返回关中后成为小镇供销社年纪轻轻的元老,并以他人无法知晓的手段娶到镇上唯一的小学教师,给老徐家生养出"读书种子"。"文化大革命"期间,他将那些下放小镇的知识分子奉为上宾,以便请他们给儿子开小灶补功课,最终帮助徐济云考入百年老校渭北大学。在镇供销社,他能力一般,业务平平,却凭借着精于算计、圆滑世故,成为掌握实权的股长,

第六章 红柯:西部骑手的民间理想主义

混得如鱼得水、根深蒂固,成为江湖地位异常稳固的不倒翁、常青树;他极为擅长招摇做戏,敢跟领导公开叫板,名义上是为大家说公道话,实则是为了巩固自身权力。与此同时,他却对那些埋头苦干、能力超群的业务骨干极尽打压之能事,一旦他们被有关部门当成选用对象,他便以超常的洞察力和卑劣手段对其痛下杀手,以至这些人永远处于边缘状态,在他面前也总是诚惶诚恐、卑微如芥。

在父亲老徐潜移默化的熏染之下,徐济云于浑然不察中养成了极深的韬略城府,在成长、学业以及事业上同样阴沉晦暗,乃至伴随着死亡的气息。早在15岁那年,高中生徐济云便施展出与年龄不相符的深沉心机和阴晦手段。由于"渴望能进入文化馆能进入市文工团,能参军去当文艺兵",已成为学校故事员的徐济云投入全部身心准备《一块银元》的故事,力求在全县的文艺会演中拔得头筹,从而达到其最终目的。为了能将这个故事讲述得声情并茂,尤其是将地主给陪葬的童男童女灌水银的死亡片段讲到出神入化的境界,他不仅做了充分的素材准备,反复磨炼自己的演讲能力,而且更为重要而隐秘的是,他甚至偷偷喝下温度计里的水银,亲身体验死亡的感觉,最终如愿在会演中脱颖而出、名声大噪,被借调到文工团,并到全县各地巡回演出。当他成为小镇两百年来第一个状元,成为渭北大学出类拔萃的学习尖子,他的忧郁阴柔的气质下所隐藏着的狡猾、蔫坏、工于心计也逐渐显现。"徐济云的过人之处就在于他比其他高才生更懂人情世故",他既关注名师,并凭借着优秀的学习能力成功地进入他们的视野,同时他也"赞助性"地关注那些科研教学能力都极为平庸的普通教师,为的是"拿学问当幌子,为仕途做准备"。终于,在全省高教系统首次由学生推选优秀教师的座谈会上,徐济云在推选出五位公认的名师之外,还特意挤出时间介绍了两名年过五旬却极其平凡普通的老讲师,在他们身上挖掘出所谓的"坚忍不拔锲而不舍的奋斗精神"。尔后,这两名讲师很快受到重用和提拔,既以庸人手段将许多学术能力强的教授边缘化,也反过来助力徐济云在日后的留校执教与职称晋升上一路飙升。此后,热衷名利的徐济云不断利用各种老辣圆滑、无懈可击的手段，将自己打造成为渭北大学冉冉升起的学术明星。他利用自己在外形体貌上与学术权威佟林教授的酷似，以及曾师从佟林做访问学者的经历，成功越过那些正宗的弟子门生，以佟林的衣钵传人自居，不断积攒并扩大自己的学术影响力。他跻身博导之列便带头招收官员博士，借机扩张自己在教育系统的势力，又顺势借助弟子之力成为学校最早的学科带头人。在博士点学科带头人公示期间，他更是利用佟林教授的意外死亡，在媒体采访以及学术讲座中大肆为自己造势，既打击竞争对手，又捞取利益和名誉。当他终于在末流皮影艺人周猴身上发现自身灵魂中的阴暗猥琐和死亡气息，便带领对他心怀崇拜的博士生王勇等组建起研究皮影的学术团队，以巡讲、专题片、写传记、媒体宣传采访等诸种低劣手段，一手将周猴这一关中皮影界丝毫不起眼的小角色包装成了"大师""巨人"，而他的"创新和眼光"既为渭北大学博得关注，为领导赢得荣誉，又让自己坐收名利。

显然，红柯对主人公徐济云成长历程和现实境遇中所表现出的种种阴暗"智慧"予以披露，对由皮影研究牵扯出来的萎靡、平庸、猥琐、奸诈的众生群像予以曝光，彰显出冷峻而犀利的现实批判锋芒。然而，让阴暗、蔫坏之人在太阳底下现行并非红柯的最终意图，他的不留情面的披露与淋漓尽致的曝光，呈现了关中土地上现实生命的病症，表明了他的深沉的现实忧虑和痛苦，更推动着他进一步挖掘土地上的生命走向晦暗与阴沉的文化精神病源。

二 关中民间文化土壤中的生命寻根及其向度

实际上无论是对徐济云父亲生存方式的叙写，还是对周猴爷爷生存哲学的描述，都带有着某种反顾性的、反叛性的"审父"意识，"父亲"与"爷爷"成为连通历史的具象，成为沿历史长河逆流而上的起点，而作品中出现的徐济云家壮观的祖坟和墓碑旁的大槐树，以及周猴家村头根深叶茂的土槐树，更成为一种带有寻根意味的隐喻，所指向的是根深蒂固、如血脉般难以割断的传统文化根脉。红柯溯源而上，要追溯的是在传统的幽深之处，在文化土壤的根基之处，使得

第六章 红柯:西部骑手的民间理想主义

生命之火熄灭的根本症结。正是在这个意义上,红柯既是在西域异质文化的参照下追寻土地上的文化之根,也是在从根本上进行生命寻根,从关注现实生命困境出发,他要从源头处探寻汉民族的精神信仰、价值观念、思维方式,以及人性特质得以浇灌和形塑的文化根脉。

在作品中,以皮影研究为核心情节所勾连起来的几个主要人物,其精神质地都是阴沉晦暗的,因此在外在形象上,这些人物都显得暗淡无光,萎靡不振。徐济云拥有的是一张"苍白的脸"和一双"失神的眼睛",只能在吴丽梅赠送的羊毛衫的掩饰下才显露出一点点生机;老徐的神情目光里面浸透的是"从阴沉蔓延开的阴暗阴柔阴险";研究皮影仅半年的王勇也从此前的阳光健康帅气"变得萎靡不振甚至还有点猥琐";而作为徐济云所操纵的一个活皮影,周猴更如同毫无生命的傀儡,如同行走着的活死人,有着的是一张"白煞煞跟白石灰一样"的"死人脸"。不仅如此,由这几个主要人物铺排开来,无论是在渭北大学和皮影研究院这样的城市科研院所,还是在徐济云的家乡小镇,抑或周猴的肘户村,以及王勇家族所在的村庄,等等,关中土地上到处充斥着吴丽梅无比厌恶的"阴柔阴暗阴沉阴险阴谋权术阴谋诡计"。与阳刚相对的阴寒成为关中生命图景的基本内质,红柯最终也将批判的锋芒指向了汉民族文化丧失掉血性的阴性本质。

借助吴丽梅火热的心灵与光明的眼睛,作品揭开了汉文化由内而外、从心理到行为压制阳刚之气的阴柔本质。秦始皇陵里"比水更阴柔"的水银成为一种隐喻,"凝聚着先秦那个时代中所有法家的思想",而法家思想的大作《商君书》和《韩非子》,将老子的阴柔观和弱民术发挥得淋漓尽致,创造出"一套完整有效的帝王术和奴才哲学"。法家思想缔造了秦始皇,为秦始皇建构起庞大的权谋体系,也灌注和形塑着两千年来的历史文化。在这条绵长的生命线索上,从后羿射下九个太阳所幻化的万物起源的火,到周镐京秦咸阳唐长安的西部的火,再到陈后主陈叔宝南唐后主李煜之流,以及《红楼梦》中长于妇人之手的宝二爷,再到清代昆曲阴柔之风的大盛,阳刚之秦腔的败落,再到清末阉人李莲英等擅长权谋的"碎善狗子客"的得势当道,以及末代皇帝溥仪性能力的丧失，汉民族的生命之火从至明之势逐渐黯淡以至油尽灯枯，即便尚存一息，也不再是思想之火、智慧之火，而是被深入骨髓的实用理性强行收进鲁班灶里的"做饭的火"。直至徐父的世故老辣与平庸之恶，徐济云蔫坏、狡黠的处事之道，周猴爷孙为了名利甘愿丢弃血性的自我作践、自我阉割，以及向徐济云看齐的年轻弟子王勇半年之内的"蔫化"，当代关中土地上生命之火的孱弱与消泯，进一步展示着阴柔的文化血脉所具有的生生不息的旺盛生命力，正如周猴家村口那棵山岳般的大槐树，无论是熊熊大火，还是用硫酸硝酸盐勾兑而成的"王水"，都无法将其毁灭，即便已轰然倒塌，依然能很快长出新叶，甚至将根系蔓延至整个高原。

正是对阴柔文化血脉的自觉传承，使得以徐济云为代表的当代知识分子的生命之火逐渐黯淡乃至泯灭，其灵魂不可阻挡地滑向黑暗的深渊，即便他们表面上看上去春风得意、才华出众，但精神内里却一副失魂落魄、不堪入目的状态。如果说徐济云通过周猴看见自己，表明着二者在精神特质上的一致，那么徐济云在他者身上的自我发现也意味着他对自身精神境界的审视与审问，并因此潜伏着深沉的精神痛苦，这是他不同于周猴之处。不过，与周猴相比，吴丽梅的"他者"意义显然更为彰著，正是在初恋情人吴丽梅的对照之下，徐济云自惭形秽地感到自己成为侏儒，也使其一生都备受折磨和痛苦。吴丽梅已魂归大漠，然而如她一样热烈温暖、纯净透明的"羊""云""羊毛衫"等附着上西域色彩的事物，却成为其生命之火的延续，反复出现在徐济云身边，尤其是吴丽梅在分手之时赠送给他的那件来自罗布荒原的羊毛衫，既时刻守护着其微弱的生命之光，也时刻提示着他自我生命之光的黯淡和缺失。他既无法逃离皮影的强大阴影，也难以摆脱吴丽梅在其心灵上留下的投影，于是精神上的难以自足使徐济云陷入痛苦，并推动着他不断找寻自我，以实现自我灵魂的救赎。在将周猴打造成大师、借他人酒杯浇自己的块垒之后，其找寻的方向最终指向了浴火重生的西部高地。

如果说此前红柯新疆小说的背后是陕西的影子，那么这部小说则正面描写陕西，西域大漠成为作家观照本土历史与生存境遇的背景性存在。不过故事前景的改换并不妨碍红柯延续着与此前的创作相贯通、相一致的文化价值判断与审美选择。在作品中，吴丽梅听从太阳的召唤重返西域，并在追寻生命光热的征途中化作照亮万物的太阳深处的火焰，实现了生命的自足圆满以及生命精神的复活再生；徐济云则在吴丽梅生命火焰的温暖下最终完成了心灵的自我救赎，在小说结尾处，他登上飞机融入蓝天，显然象征着原本"向下"沉沦的生命向度的逆转。并且，红柯又辟出专章以"故事新编"的方式对于"老子出关西行"进行了重新演绎，让其在西行入流沙的过程中沐浴着西部太阳的灿烂光芒，不仅开阔了视野，彻底摆脱了死亡的恐惧，忏悔《道德经》中"那些阴暗阴险的阴招损招"，并且唤醒了纯净的童心，最终在罗布泊发掘整理太阳墓地的过程中，彻悟到"火才是世界的本原和始基"，当老子完全沉浸在太阳和火焰里，化身为太阳的使者，"太阳深处的火焰最终熔化人心的黑暗"。这些情节设计无疑表示着红柯依然延续着对西域大地精神的仰望和笃信，诚如他自己所言："我要在古老的皮影后边注入太阳的力量，以旷野的地火与苍天之上的烈日烧毁一切邪恶与污秽！"而"太阳深处的火焰有如此强大的生命力，是因为这股神力来自大地，来自人迹罕至的沙漠戈壁"[①]。因此，太阳墓地所象征的非理性的西域文化精神，依然作为理想高悬在文本叙事的最高处，既映照出关中理性文化所铸就的生命形态的萎缩与阴毒，又推动着红柯不断地尝试从关中母体文化的源流处接通西域极烈之地，并在其间找寻到与西域大地相通相融的生命暗道，最终在本土文化中筑起精神家园的归途，实现生命的救赎以及生命基质的重铸。

三 "一路向西"与母体文化因子的重新码放

实际上，早在 2000 年从青藏高原一路而下的"走马黄河"行动

[①] 红柯：《我要在古老的皮影后边注入太阳的力量》，《中华读书报》2017 年 11 月 29 日第 11 版。

中，通过对西部以及黄河中上游各民族民间艺术的实地考察，红柯已在地理空间与民间艺术层面发现西域与关中的一脉贯通，这种发现和觉醒在此后创作的《生命树》《喀拉布风暴》等作品中被不断地申说和强调。在自然地理的纬度上，红柯以来自西域大地的诗意想象建构起从天山到祁连山再到秦岭的一脉相承的巨大空间，并将其视为中华民族精神与人类文明的龙脉；在如此巨大的空间背景下，关中平原成为瀚海伸向中原的一块天然绿洲，成为古代游牧民族与汉族融合的大熔炉。在民间艺术的纬度上，"从陕西往西，陕北的信天游、关中的秦腔、甘宁青的'花儿'、新疆的十二木卡姆，民间文化的纽带像一条大河一样延续到中亚，其中有着许多共同的东西"，[1] 进而将汉族的民间文化与回、维吾尔、哈萨克、蒙古等西域少数民族的文化贯通相连。不仅如此，在地理空间与民间艺术之外，红柯更通过历史时间的回溯，试图在中华文明起源的初始阶段打通关中和西域。他在文本内外反复地言说夸父逐日的故事，以及周穆王巡游昆仑相会西王母的故事，旨在揭示"先秦那个大时代，也就是《穆天子传》与《山海经》的世界，西域与中原是一体化的，共同的想象力直达宇宙的本源"（《〈生命树〉创作手记》）。总之，红柯以超拔的时空想象以及对两处生活地域民间艺术的真切体验，试图多维度地连通西域和关中，确证二者在文化根脉上的同出一源，从而确证土地文明在其原初时代同样有着太阳般的阳刚激越与光明磊落。不过，在红柯的历史文化视野中，自周平王东迁洛阳，周人便开始远离太阳，秦朝以降，传统文化中的阴柔一面更弥散开来，关中土地逐渐遗失掉元阳之气与血性精神，原本大放异彩的土地上的生命也逐渐走向阴暗、衰竭、萎靡不振。因此在《生命树》以及《喀拉布风暴》中，尽管关中与西域已开始在同一时空构架相互交织，但土地与大地之上的生命意识与生命形态呈现为迥然不同、对照鲜明的两极，红柯对血性精神的渴求，对神性时代的向往，只能一如既往地走向由胡风、黄土、大漠

---

[1] 李建彪、红柯：《绝域产生大美——访著名作家红柯》，《回族文学》2006 年第 3 期。

第六章 红柯：西部骑手的民间理想主义

所建构起来的西域高地。

及至《太阳深处的火焰》中，红柯力求在更根本的文化精神的基质上打通西域与关中，他对大地精神的渴求与找寻在一路向西的同时，也开启了另一个重要向度，开始回转至自身念兹在兹的土地之上。借助吴丽梅在学术研究中浪漫诗意的想象与深邃的历史眼光，红柯再次从远古自然变迁的角度重申了西域与关中的同根同源，"你就想想几万年前几十万年前大风掀起一座座黄土山脉，鲲鹏展翅九万里，扶摇直上，沿塔里木河潜行万里从巴颜克拉山再次起飞，沿黄河呼啸而下，构建起中国北方的黄土高原黄土平原"。同时，他也再次呈示了西域与关中民间艺术的源出一脉，"从陕西关中传来的秦腔和秦腔中最抒情最委婉细腻的眉户腔，传到兰州、西宁、银川融入花儿，传到河西走廊传到敦煌又融入敦煌曲子，出玉门关在哈密又形成哈密曲子，一下子流传到整个西域"。这些诗意的想象与勾连无疑昭示出红柯再次试图沟通、融合西域与关中两种地域文化的宏伟抱负。并且，在与历史的对话中，红柯更为其抱负找到了具体的历史形象。他无限景仰潜入大漠、凿通西域的张骞，在他看来，正是张骞"为人强力，宽大信人"，才以自身的豪迈血性、光明磊落打动蛮夷，赢得他们的尊重和友爱；也正是张骞走出城墙、以"从土地到大地"的精神和豪气打通西域，构建起欧亚大陆这条龙骨大梁，丝路起点古长安才得以长治久安。[①] 因此在文本内外对于张骞通西域的故事的不断言说，既是红柯对他所心仪的周秦汉唐尚存的生命之火的发掘和激赏，也是其对土地上的人们重新点燃生命之火的一种召唤。

如果说红柯是要以张骞通西域的故事为土地上的委顿生命提供一个西行的范例，"西去"依然是他寻求精神家园的重要路向，那么在他笔下，当吴丽梅在关中的土地上发现北宋大儒张载，并沟通了张载《西铭》中"民胞物与"的思想与维吾尔族古代诗人玉素甫·哈斯·

---

① 红柯：《我要在古老的皮影后边注入太阳的力量》，《中华读书报》2017年11月29日第11版。

哈吉甫《福乐智慧》中保证民众幸福生活的大智慧,当她发现在20世纪初神州陆沉、国破家亡之际出关西行考察盛唐古都的鲁迅,洞察到向往盛唐气象的鲁迅生命中潜藏的无限激情与活力,如同巨大无比的火山,如同在地下运行、一旦喷出便将烧尽一切的地火,当她在追求光明、心怀苍生的爱国诗人艾青写于抗战烽火中的诗行间读出"浓烈的太阳的芳香与太阳的活力",不仅红柯沟通两地的信念因此获得了更为坚定的内在支撑,更为重要的是,这意味着他在汉民族自身的文化源流之中,尤其是在他所反感的血性被扼杀、正大光明力量极度稀缺的宋代之后的历史文化之中,找到了与他所推崇的西域文化相契相通之处,找到了在母体文化内部重建精神家园的重要资源。尽管"塔里木不但是人类文明的摇篮,也是人类文明的曙光",以及"中国西北的黄土源于大漠长风""周人源自塔里木"等文本中的直接性表述,以及"没有天山、祁连山的秦岭就是一道土墙,没有西域的长安、西安就是一个村庄"① 等文本之外的进一步释说,毫不掩饰地表露出红柯一如既往的对西域文化的笃信与倚重,他依然以西域为精神高地观照故乡关中的生命存在,但是,以西域为参照而在关中自身的文化土壤之中挖掘生命重塑的精神资源与源头活水,则意味着红柯的生命寻根展示出更为阔大、也更为坚实的视野。通过徐济云与吴丽梅的爱情故事,红柯在关中周原与罗布荒原的深层交织与碰撞中,实现了对自身所属的关中母体文化的自省与批判,而借助吴丽梅对延续在张载、鲁迅、艾青身上的火热、激越、富有活力的文化根脉的发现与向往,他建立在自省与批判之上的生命之根的找寻,则不再以"西行"为唯一的路径。在关中与西域相互交汇的基础上,红柯激活、唤醒了郁结在成熟、朽腐、阴暗的母体文化中的生命活力,他期冀关中文化土壤中潜藏的至刚至阳、充满血性的生命种子能生根发芽,能焕发出驱散一切人心阴暗的勃勃生机,成长为可以安放和守护灵魂的生命大树。

毕竟,正如李敬泽所指出的:"新疆对红柯而言不是地理概念,

---

① 红柯:《幻影的背后有神灵》,《文艺报》2017年12月18日第2版。

第六章 红柯：西部骑手的民间理想主义

而是一种状态，一个梦想，如诗如歌如酒浑莽博大纵逸癫狂"[1]，无论是古之西域还是今之西部，其实都打上了独属于红柯自己的印记，并被他推向极远处、极高处，成为太阳深处的极烈之地，成为一种带有神性色彩的生命奇观，一种悬挂在精神至高位置的象征性存在。然而对于西域大漠精神高度的不断拔高，或许隐藏着某种悲凉的意味，来自红柯面对阴晦现实与幽暗人性的无力之感。红柯曾说过："故乡对一个男人并不重要，重要的是他的再生之地"[2]，长行于浴火重生的西部高地，在漠漠黄沙与猎猎西风中，实现心灵自由升腾的红柯或许已树起自己的生命热旗，已取得灵魂重塑和再生的"真经"，然而对于世世代代扎根于土地上的人们来说，无论是在物理的距离上还是在心灵的距离上，西域大漠只是遥远的异域所在，是难以进入他们生命系统的异质性所在。因此，面对关中土地的深厚积淀与文化血脉的根深叶茂，来自西域的大地精神到底能在多大的程度上进入并影响当下土地上的生命存在，从而使得走向萎缩与荒凉的个体生命以及滑入阴晦黑暗之地的灵魂得以救赎？实际上并不令人乐观。"西去的骑手"红柯乐此不疲地言说着他的发现与觉醒——"荒野有神灵"，但土地上的人们却难以将灵魂安放在偏远的西部大地，从胡杨到比胡杨更有生命力的红柳，红柯追寻的坚韧与执着正成为某种无奈的反证，尤其是在人们已被世俗理性与苟安心性全然裹挟的今天，在诗意已几乎全然消泯于庸常现实的当下，对于生命之根深植于土地中的人们来说，西域大地上以非理性意识为核心的民间诗性智慧，更呈现出异常遥远的"彼岸"色彩，作为红柯高举的反照现实的一面"天空上的镜子"，即便西域沉浸在太阳的万丈光芒之中，似乎也难以真正烛照乃至改变土地上的污秽与人心深处的幽暗。正如在作品中，吴丽梅自西而来却又悄然西去，或许她所留下的光与热给予了魂不守舍的徐济云以温暖，

---

[1] 李敬泽：《飞翔的红柯》，载刘侠编《红柯评论集》，陕西师范大学出版总社2018年版，第1页。

[2] 王德领、红柯：《日常生活的诗意表达——关于红柯近期小说的对话》，《小说界》2008年第4期。

推动着后者煅烧隐藏在生命皱褶中的阴暗，最终实现了自我救赎，然而自历史深处堆积而来且弥散于整个中原大地的阴柔阴暗与污秽丑陋，最终驱走了太阳的温暖热烈，"刀子的寒光彻底击垮了太阳"，吴丽梅在火热的爱情中感受到的是彻骨的冰寒，而她所留下的光与热远不足以熔化世事人心，更难以撼动土地上的生命之基。密密麻麻、无处不在的"碎善狗子客"已原形毕露，暴露在光天化日之下，但却依然在那里肆意招摇、横行无阻。

于是我们欣然于红柯对汉民族母体文化因子的重新码放，在一如从前的反省与批判之外，他开掘出潜行其间的生命地火，即便这股生命之火依然与极西之地的太阳之火相对接，却因为潜藏于本民族文化的肌体之中，运行于中原土地的生命场域之中，因而相比起根植于西部空间、令人血脉偾张的生命诗性与神性来说，它点燃了土地上的人们共同的情感记忆，展示出更为坚韧而亲近的召唤力。或许这只是红柯在反复的西行之后朝向自身生命来处的一次回望，却由此找寻到深埋于母体文化土壤中的生命种子。如果说隐匿于大漠深处并殒命大漠的吴丽梅最终只是活在徐济云的记忆之中，她所象征的西域大地精神与生命之火已与土地渐行渐远，那么红柯在近乎绝望的沉痛时刻回望关中，则不仅昭示出他对故乡的一往情深，对土地上的人们的生存与生活一如既往的赤子情怀，更显示着他的决心与勇气，在一层层的剥蚀之后，他终于在地表之下汲取到生命的热度。令人遗憾和唏嘘的是，红柯的追寻和探索之路还很长，他尚不确定自己的"西行"何时才会结束，自己的新疆题材什么时候才会写完，同时他于故土关中的土壤之中开掘生命火种、呼唤旷野精神的写作向度也仍在路上，他的浪漫情怀与理想主义正欲在故乡的土地上开出绚烂花朵，他却在生命华彩再次绽放乃至呈现出涅槃之象时云游而去，留下浪漫的生命梦想难以为继。然而寄寓于文本之中的生命火种终究是来自红柯心里的火焰，流溢在字里行间的是红柯依然熠熠生辉的生命火焰，更可温暖每一个走近他的人。

第七章　其他陕西作家的民间叙事范式

在新时期以来文学"陕军"的庞大阵容中，如果说英年早逝的路遥以及领衔"东征"的陈忠实与贾平凹，以其具有强烈史诗意识和深厚人文精神的长篇创作当之无愧地居于第一梯队，他们以勇夺"茅奖"的实绩造就了当代陕西文学的辉煌时刻，那么叶广芩、红柯、杨争光、冯积岐等秉承当代陕西文学传统并在创作手法、题材及视野等方面取得突破性拓展的作家，则成为第二梯队中的佼佼者，他们在艺术才华、文学素养以及语言能力等方面也达到了极高的水准，因而同样是陕西文坛极具分量，并且在全国也有着重要影响力的作家。大体上来看，这批被称为第三代文学"陕军"的作家起步稍晚于第二代作家，其创作大多开始于20世纪八九十年代之交，成熟于20世纪90年代到21世纪。与路遥、陈忠实、贾平凹等第二代进行守土创作的作家相比，除冯积岐坚守在关中西府外，叶广芩、红柯、杨争光、张浩文等大多走出了陕西本土。叶广芩的记忆和经历穿梭于京陕两地之间并常年旅居日本，红柯曾远走新疆，杨争光南下深圳，张浩文前往海南。同时，在正规的高等教育阶段，他们接受过较多的西方现代文化思想的影响，并置身于更具开放性和多元化的文化空间中，因此在文学观念、眼界、思维和表达方式上，又显示出一种强烈的超越意识和拓展精神。他们的文化视野更为开阔，文化心态更为从容，艺术透视的焦点更为多元，现代意识更为突出，创作个性也更为鲜明，因而在整体上形成了更为驳杂、丰富和广阔的创作面貌。然而，当代陕西强大深厚的文学传统又是第三代作家所无法绕开的,他们天然地延续着发端于延安时期、流淌于文学"陕军"代际之间的内在血脉,并将其转化为创作中的一种固有的优势资源。他们高度重视生活体验,积极投身现实生活,以严肃而勤勉的态度书写脚下的土地,同时他们也将目光投向中国农民的历史命运,在乡土历史与时代变迁的回溯中,探寻历史真实、生命真实以及人与土地的关系,因而在乡土和历史题材领域不断取得突破。无论是其创作所蕴含的强烈的现实感知力、深厚的文化精神与浓烈的乡土情结,还是所形成的深沉、厚重、大气的艺术风格,都表征着他们与当代陕西文学传统之间难以割断的血脉联系。由于承续了当代陕西文学关注现实与历史尤其关注乡土社会变迁的传统,第三代作家以贴近大地、贴近底层生存与心灵的方式创作,其作品充分地呈现了民间社会既张扬生命力又充满苦难的生存本相与生命悲剧,显示出在叙事立场上较为明显的民间化向度,并在各自不同的维度上呈现出深厚的民间意味。在与民间历史及现实的平等对话中,第三代陕西作家以更为开放的心灵面对民间话语与自身现代意识之间的碰撞,他们对民间的自在状态、生活逻辑以及精神品格进行了较为完整、独立的展现,并显示出对民间价值与民间理想精神的宽容、理解乃至极大程度上的认同,因而他们的创作也构成了新时期以来陕西文学突出的民间叙事的重要组成部分,其文本中民间叙事所带来的丰富而独特的表现意义理应得到充分的观照。

第一节　叶广芩对陕南乡镇历史的探寻

一　皇亲贵胄与陕南民间的关系建构

在新时期以来以农裔作家为主体力量的陕西文坛上,叶广芩无疑是一个独异的存在。叶广芩祖姓叶赫那拉,出身清廷皇室宗亲,是正宗的京城皇族后裔。她生长于家教严格的贵族大家庭之中,既经历了个人家族被批判的惨痛场景所带来的心灵创伤,也承接着贵族生活与贵族文化传统产生的深远影响,其精神气质、人格理想和文化情结都

第七章 其他陕西作家的民间叙事范式

内蕴着纯正贵族的生命底色。因此，尽管少年时代亲历了家庭的巨大变故，但叶广芩对于满族文化以及自身的满族身份有着强烈的认同，同时她与底层平民的生活世界与精神世界也保持着一定的距离。不过，由于镌刻着深沉的心灵痛楚，加之时代文化环境的限制，自身的家族生活记忆在其创作早期反而成为作家刻意回避和小心翼翼地保存着的题材禁区。随着改革开放以后文化与文学的开放性和多元化向前推进，叶广芩才逐渐排除各种心理隐患和情感障碍，开始书写自身的生活记忆和家族故事，尤其是20世纪90年代初东渡日本留学使她得以在"完全陌生的领域"中，"与中国文化彻底拉开了距离，从另一个角度来审视我们的民族与文化"，从而"开辟了一个更为广阔的视野"(《采桑子·后记》)，并进一步推动她打开记忆的闸门，将笔触伸向那些融注着自身生命体验的满族贵胄后裔生活。凭借《本是同根生》《风也萧萧雨也萧萧》《采桑子》《琢玉记》《梦也何曾到谢桥》等家族小说创作，叶广芩在世纪之交大放异彩、享誉文坛，收获了真正意义上的全国性的影响力。

然而，依托身世背景和童年体验书写满族贵族的生活和命运，或许是叶广芩最为出色和独特的创作，但又只构成其小说艺术世界的重要一隅，整体上来看，其小说创作的题材领域跨越京陕，但她纯熟自如地写出了两地之间几无相交的历史与现实故事。在怀旧式的家族小说之外，从京城下放至陕西几十年间的独特生命经历，推动着叶广芩开拓出新的创作领地，并表现出与皇亲贵胄的贵族化视角全然不同的平民意识和民间情怀。

中学毕业后，不满20岁的叶广芩来到陕西插队，从农场调回西安后，她先是在基层医院当护士，后调至《陕西工人报》当记者，在成为专业作家后又前往周至县挂职深入生活，长期蹲点于秦岭腹地的老县城村。虽然并非土生土长的陕西作家，但由于数十年来牢牢扎根乡村基层，"贴着地面行走"，叶广芩不仅熟识三秦厚土的自然地理与人文历史，而且也领受着陕西地域文化传统的浸染和影响，并且与脚下这片土地上无数的普通乡民建立了深切的情感联系，甚至可以说置身于烟火缭绕、泥沙俱下的乡镇民间日常生活,她对基层干部以及普通百姓的丰富人性有了更为深刻的体察和理解。因此,无论是在情感上还是在题材的意义上,她都无法不在意这片她生活了数十年的热土。在初登文坛之时,叶广芩就在一个个基于自身所见所闻的陕西故事的书写中,"把自我情感体验与社会大众的情感融为一体,以参与者与体验者的姿态潜入生活底层民众,摹写出他们的生存状态与喜怒哀乐,并给以充分的理解与体恤"①。并且,在以一系列京韵十足的家族小说蜚声文坛之后,叶广芩偏离了与之血脉相连的"正轨",而再次将视野转向了陕西农村。她不仅在《熊猫碎货》《山鬼木客》《老虎大福》《猴子村长》等取材于秦岭山地以及关中风情的小说中,关注自然与人、自然与生命的关系,显示出对于民间思维方式与言说方式的宽容和理解,以及对于民间智慧和山野文明的认可;并且,对于民间的亲近以及对于底层现实生活的深入,使得叶广芩开始在关注现实的同时探寻埋藏于秦岭深处的乡镇民间历史。

在对陕南山区的相关文化考察中,地处川陕甘三省交界处、融汇着多重历史文化积淀的小镇青木川进入到作家的视野之中,秦岭深处僻远之地的小镇与京城的皇亲后裔由此结缘,《青木川》也成为作家穿梭于青木川历史与现实之间并试图在多声部的历史叙述中辨识真相的文学文本。在叶广芩以"现代人的立场"和"今天的眼光"审视之下,②在多重历史眼光的交织和纠缠中,原本被遮蔽的民间维度得以呈现,来自民间的声音得以穿越历史的地表而浮现出来,在展示历史本身的丰富性和复杂性的同时,也昭示着叶广芩尊重民间话语并与之平等对话的叙事态度。相比起陈忠实等纯正的本土农裔作家与民间的天然的血脉联系,以及对民间不自觉的迷恋和自我归属,由于身世背景以及文化视野所带来的审美距离,叶广芩对陕西民间的深刻理解以及浓厚的民间情怀更多了一份冷静和从容,尤其在对秦岭乡镇历史真

---

① 李春燕、周燕芬:《行走与超越——叶广芩创作论》,《小说评论》2008年第5期。
② 叶广芩:《一言难尽〈青木川〉》,《长篇小说选刊》2007年第3期。

实面目的探寻中,她既十分看重民间的立场与价值向度,同时又能以知识者的理性意识和一种"宁静的姿态"呈现内心的感动以及由此引发的言说冲动。同时,与本土男性农裔作家相比,叶广芩对民间世界的观照又多了一份贵族女性作家的优雅、沉静以及诗意。在对青木川历史的追忆与还原中,叶广芩以既凸显民间人性维度而又不失现代意识的独异目光,不仅触摸到历史本身的复杂状貌,而且也实现了对于复杂人性的呈现与思索。

二 对青木川历史的多声部叙述

在《青木川》中,面对"一个一言难以说清的人物,一段一言难以说尽的历史"①,叶广芩以史料为背景,采用多维视角进行追忆和还原,以期实现对于历史真相的探究。小说开篇巧妙地设置悬念,摆出解放初期处决土匪恶霸魏富堂的公审大会这一充满诸多争议的青木川"永久的话题",继而又以冯明父女及留日学者钟一山的游历和寻访为引线,串接起青木川的历史和现实,在对50多年前青木川民间生死浮沉、爱恨情仇的多声部讲述中,逐渐还原了当地亦绅亦匪的著名人物魏富堂血肉丰满的形象,并最终拨开了时间的迷雾,呈现出青木川历史丰富复杂的状貌。

在三条相互交织的故事线索中,离休干部冯明曾是当年在青木川剿匪的三营教导员,也是处决魏富堂的工作队长,重回故地的他意欲寻访过去的战斗足迹以及与初恋情人林岚的旧日故事。冯明的女儿冯小羽是个写小说的作家,一则60年前报纸上的报道吸引着她来到青木川寻访神秘女人程立雪的真相,并牵连出对当地大土匪魏富堂功过难辨、毁誉参半的生命历程的探寻。从日本留学归来的博士钟一山则是冯小羽的大学同学,他致力于蜀道研究,来青木川考察与杨贵妃有关的太真坪,以考证贵妃东逃日本的真伪。然而,抱着不同目的来到青木川的一行三人,却纷纷感受和遭遇到了历史和现实之间的错位以及

---

① 叶广芩:《一言难尽〈青木川〉》,《长篇小说选刊》2007年第3期。

由此带来的无奈与尴尬。其中最带有荒诞色彩的是，"要弄清杨贵妃怎么从马嵬坡到达海边"的钟一山，不仅未能真正寻访到贵妃遗迹，反而被佘鸿雁和"红头发"售卖赝品文物，他想要通过文物与历史对话的执着愈发显得可笑。而通过他的寻访故事，呈示出青木川民间的鱼龙混杂，这里既有老一辈人对青木川好名声的爱护，也有年轻一代在经济利益面前的弄虚作假、坑蒙拐骗。相比于钟一山的寻访故事将青木川的历史渊源延伸到一千多年前，冯明父女的寻访虽各有目的，却共同牵连出魏富堂这一50多年前青木川的核心人物，他们二人的探访同样领略着历史与现实之间的落差与错位，并从不同的维度使青木川的历史形象变得饱满而丰富。

在前往青木川的路途上，一行人所遇到的青木川后生拒人于千里之外的态度，让冯明内心颇为失落，他意识到"他们那轰轰烈烈的一页被漫不经心地翻过去"，"他不再是挥舞着手枪，指挥部队穿越林莽的年轻教导员，不是在反霸动员会上叱咤风云的工作队长，现在他是青木川一个普通的、陌生的来访者"。不仅如此，尽管镇上的领导为借助外来力量开发青木川，告诉他"青木川人们想念您哪"，但实际上徐忠德、魏元林、三老汉、魏漱孝等当年的故人对他的到来并没有多少期盼，也无过多的谈论，比起日日议论的魏老爷来，他们对冯明"没什么可谈"，"这个使青木川改天换地的重要人物在青木川人的印象中竟然是连缀不起来的，飘荡在半空的"。实际上，冯明不被看重乃至被遗忘，正是由于他们与冯明在看待魏富堂的态度上存在根本分歧。因此，重回青木川缅怀光荣历史与青春理想的冯明，必然地与徐忠德等魏富堂当年的旧部发生话语的交锋。

总之，随着冯明的寻访不断展开，他试图捍卫历史进步性和合理性的种种追忆，却遭到了来自民间的质疑和抗衡，他强烈地意识到"现在已经不是历史的一页被轻轻翻过去的问题，现在的问题是翻过去的那页被抹得乌七八糟，又被撕掉揉烂，掷于地上"。在两种不同话语的相互碰撞之中，魏富堂的形象连同青木川的历史都变得模糊起来，充满了不确定性和歧义性，而这实际上意味着冯明所代表的对历

第七章　其他陕西作家的民间叙事范式

史的权威叙述，面临着来自原本被遮蔽的民间视野的挑战。并且，冯明坚定的阶级立场也在现实中处处遭遇着解构，当看到连那些解放以后才出生的后生也沿袭着长辈对"魏老爷"的称呼，从而"在情感上保留着对红军对立面的认同"，他感到反感和愤懑，"五十年了，魏富堂的阴魂竟然没散，还在青木川当老爷！"让冯明更为伤感的是，在青木川的老一辈中，"魏富堂这边的可一个个活得都挺旺，而且活得有滋有味"，而当年的积极分子要么已亡故，要么贫穷如初。尽管他依然坚持"工作队当年的成绩是不能磨灭的"，但却难以改变这些成绩实际上对改善青木川乡民的生活境况并无多大意义的事实，同时他也难以阻挡历史最终为魏富堂正名。在林岚的坟墓被修葺一新的同时，魏富堂的建树前功也被镌刻在其坟冢前的碑石之上，而这块做工精美的碑石成为了"青木川令牌碑之最"。

同样地，冯小羽有着作家的执着和女人的敏锐，但她对于神秘女人程立雪来龙去脉的寻访也充满着一种错位感，她试图挖掘出围绕程立雪的那段尘封旧事的真相，却在众人的谎言与遗忘中遭遇着时间迷雾的包裹。在不断的寻访中，冯小羽并未能逐渐逼近真相，反而愈发地迷茫和疑惑，"她到青木川来找程立雪，这个谜一样的女人反而离她越来越远，烟一样地抓不住了"。然而恰恰就是在众人存在着重合、错位以及对立的不同记忆的讲述中，不断追问、对峙和抗拒的冯小羽最终抵达了历史的真相，揭开了程立雪的真实身份以及来路去处。程立雪原本是国民政府教育督察霍大成的夫人，1945年陪丈夫视察陕南教育时在回龙驿路遇土匪，大难临头之时丈夫的绝情抛弃令她痛彻心扉，遂在被李树敏劫持至青木川后化名为谢静仪。她被魏富堂聘为富堂中学校长，以"一种对教育近乎殉道的虔诚奉献"在深山办学，"改变了青木川一帮穷苦农家子弟的命运"，"开拓了深山老林土豹子们的视野"，尤其是深刻地影响着魏富堂的人生，后因绝症缠身，她为了最后的尊严而吞食鸦片自杀。"对绝症的病人来说这是一个完美的结局，但是魏富堂和徐忠德们不能接受这'完美'，他们不能接受敬爱的校长'吞烟自杀'这一残酷事实。"因此为尊者讳，他们约定只说校长离开了青木川,而对其自杀的旧事绝口不提。正是在冯小羽执着的寻访之下,这一集体性谎言所营造的扑朔迷离的历史景象,最终露出了真实的面目,而在程立雪的形象清晰地浮现出来的同时,与之有着密切关联的魏富堂的形象也变得更加丰富和饱满。

三 现代意识与倚重民间话语资源

如果说冯明与郑培然、徐忠德等人围绕魏富堂的话语交锋与抗衡,构成了对原有传统革命叙述的质疑,那么冯小羽的不断追问与寻访,则不仅实现了对神秘女子程立雪(谢静仪)来龙去脉的呈现,并且也从侧面构成了对于魏富堂形象的弥补和还原。"要搞清程立雪首先要搞清楚魏富堂是个怎么样的人",因此对程立雪的寻访实际上只是走进围绕着魏富堂的复杂历史的路径和方式,而魏富堂的形象也由此纳入到了冯小羽这一知识分子的现代视野之中。"冯小羽说,魏富堂是陕南惯匪,杀人放火,无恶不作。1945年以后,却一改性情,放下屠刀,立地成佛,跟以前判若两人,这个改变是程立雪也就是谢静仪的感召",透过程立雪对魏富堂所产生的巨大影响,小说不仅追溯了发生在魏富堂身上的个人"文明进化史",而且开掘出了魏富堂人性中向善的重要层面,从而还原了其丰富复杂而真实的传奇人生。

冯小羽对魏富堂的最初认知有两个来源。在父亲冯明立场坚定的政治判决中,"魏富堂的罪状很多,有关女人的也不少";而在她已烂熟于心的相关史料记载中,"国民党、共产党对他的评价都不佳",并且"资料中,魏富堂对几位太太,用的词汇是'霸占''强娶',或许是恶霸本人对内眷的一种开脱"。然而,作为有着现代人格的知识分子作家,冯小羽尊重父辈的革命事业,但又能自觉冷静地意识到她的父亲"太传统","父亲那一套套革命理论常常让人无法理解"。当她以敏锐的艺术感觉以及爱刨根问底的性情来到青木川,随着走访的逐渐深入,她不断地感受到青木川人在情感上对魏富堂的认同,父亲所言以及史料所载与人们对历史的追忆存在诸多错位之处。借助冯小羽现代意识的烛照,一段段的史料记载与来自青木川民间的记忆

第七章 其他陕西作家的民间叙事范式

碎片叠合起来，使得魏富堂亦匪亦绅的复杂形象得以较为完整真实地呈现出来。

在以往有关土匪的革命历史叙述与伦理判断中，杀人越货、作恶多端、强掳妻女等，往往是其最为凸显的"匪性"体现，尽管在叶广芩现代人的眼光打量之下，青木川的土匪头子在受到现代文明的熏染之后，激活了自身人性中的善以及对自我精神的追求，但在魏富堂形象的勾勒中，她又并未回避其性格中狡黠、残忍、凶狠的一面，因而也就并非以那些由魏富堂旧部的回忆碎片拼接而成的另一种单一叙述，全然地覆盖和否定原有革命历史叙述中的魏富堂形象。正如青女所说的，对于魏富堂土匪恶霸的身份，"不是全面推翻，是部分平反"，因此魏富堂在新中国成立初被人民政府处决，并非只是一起简单的冤案。

作为一个"一言难尽"的人物，在从青木川一个不起眼的穷小子摇身一变成为陕南九县联防办事处处长的过程中，如果说入赘青木川首富刘家进而为自己的发迹积累了原始资本，是魏富堂基于原始性生存意志的狡黠和顽强使然，那么跟随王三春数年间腥风血雨的土匪生涯则彰显着其凶残、暴虐的一面，其早期的土匪生涯的确有着不能推卸的血案。由于势单力薄，魏富堂在拉起一支土匪队伍后很快便投奔当时臭名昭著、恶贯满盈的大土匪王三春，"着着实实跟着王三春干了几年"，他成为"王三春祸害老百姓一杆得力的快枪"——铁血营营长，尽管有些血案与其并无直接关系，但"铁血营是匪帮中最凶残的一股势力"，作为营长的魏富堂显然难辞其咎，而这也成为他日后被枪毙的重要罪证之一。然而，在那些记载着魏富堂早期残暴土匪生涯的史料文字中，一条推动着魏富堂逐渐走向新的人生形式的线索已隐伏其间。打劫辘轳把教堂是魏富堂与王三春彼此分歧的开始，神父面对匪徒时的优雅闲适、从容友好，神父的西式早餐、餐具、冰箱等所散发出的陌生气氛，以及"恢宏而广远"的风琴音符，汽车、电话等"厉害"而新奇的事物，令魏富堂着迷、好奇、难以忘怀。相比起王三春一如既往的暴戾、凶残，"现代文明的冲击以及文化细节产生的魅力，使土匪魏富堂对自己的追求，甚至对自己的生存方式产生了怀疑"，他的人生思路也因此"渐渐游离于土匪队伍"。如果说辘轳把教堂对于魏富堂的无声感化激发着他对现代文明的向往，那么与颇有侠女风范的朱美人的邂逅，则启悟着他对传统文化的推崇，并使其生活道路彻底发生了改变。朱美人约束铁血营"不杀穷人，不杀无辜"，规定铁血营以"杀富济贫""替天行道"为宗旨，从根本上推动着魏富堂与王三春分道扬镳，并在极大程度上改造着魏富堂的蛮性与匪气。回到青木川的魏富堂大力提升青木川的经济与军事实力，成为三省交界处首屈一指的人物，他始终"以绅士自居"，这种绅士意识的确立以及自我身份的认同，实际上是其文化意识走向觉醒的表现，并且反过来构成了对于自身行为举止的一种自觉的内在规范。因此，尽管魏富堂的政治轴心是"围着自己转，围着青木川转"，但他保境安民、推行善政的实绩也赢得了青木川民间社会的认同。

此后，如果说迎娶世家出身的大小姐显示了魏富堂对知识文化传统的看重和推崇，但又更主要地是为了改换门风，跳出自身"卖油的出身和草寇的经历"，那么随着谢静仪的到来，他在这位毕业于北平女子师范大学西语系的女性知识分子面前表现出的"十分的绅士和极大的耐心"，他对这位清雅绝俗、秀慧博学的女子关于"积德累功，慈心于物"的言听计从，以及对其留在深山办学的奉献精神的敬仰，意味着粗糙孔武的魏富堂真正地因现代文化的浸染而开启了自我精神追求的历程，他日渐成为了一个"没有文化却又被文化文化得一塌糊涂的人物"[①]。他把谢静仪当作自己的红颜知己敬重倾慕而不占有，却在谢静仪那种知识女性特有的意态风神、言谈举止的感染下，改换着原本刚愎狠戾的性情，渴求着自身精神境界的提升。在谢静仪及其所代表的现代文明的感召下，魏富堂超越了大造美屋、广蓄良田的本能性生存诉求，他倾力建造富堂中学，为青木川提供一所神圣的精神殿堂，同时其人性之中的善也进一步被激活，一系列造福于青木川的善

---

① 叶广芩：《一言难尽〈青木川〉》，《长篇小说选刊》2007年第3期。

第七章 其他陕西作家的民间叙事范式

政也使得他真正得到了人心,最终成为青木川民间世界几十年间一如既往的"魏老爷"。

显然地,在叶广芩笔下,与冯明所代表的正统革命历史叙述中否定性的魏富堂形象相比,冯小羽现代知识分子视野之中的魏富堂形象更为立体和复杂,二者之间存在着某种难以调和的悖谬性,所显示的是知识分子话语对于官方意识形态话语的质疑和挑战,是对历史进步性和合法性追求中反人性因素的揭示。而无论是质疑、挑战还是揭示,除了知识分子自身为探究历史真相而迸发出的话语力量之外,来自民间的声音成为其开掘并十分倚重的话语资源,可以说对于青木川以及魏富堂历史面目的还原,正是借助民间的话语力量得以实现的。

在多声部的历史叙述中,青木川民间的声音原本是被压抑和遮蔽的,围绕魏富堂的那些带有人性温度的历史回忆,是魏富堂时代的老人们之间永恒的话题,但其话语影响力十分有限,只囿于青木川民间世界。随着冯明父女一行人的到来,多种历史话语都被纳入冯小羽的视野之中,并形成了相互的错位、抗衡以及交锋。面对冯明所代表的正统革命历史叙述,原本被掩埋在历史地表之下的人和事得以被照亮,原本微弱沉寂的民间的声音显示出冲击中心的力量,并得到了冯小羽知识分子话语的宽容、理解乃至认同。小说结尾颇有意味的一处细节是,当从美国回到青木川为父亲修建令牌碑的魏富堂女儿魏金玉与冯明相见,"冯明的手插在腰上,魏金玉的手抱在胸前,两个人的手自始至终也没有碰一下",这显示着两种不同话语之间的相互对峙和难以和解。面对昔日的阶级敌人的后人,冯明仍以真诚的政治情感维护着历史的合法性;与之相对的是,面对当初处决父亲的工作队长,魏金玉则不失尊严地表达着对阶级斗争思维及其残酷性的质疑和叩问。而另一处同样意味深长的细节则是,当安葬谢苗子时,冯小羽在徐忠德和青女之后也铲了一锹土扔了下去,但"那土没撒在谢苗子的棺材上倒铺散在魏富堂的棺壁上,大伙谁也没有在意冯小羽的举动,只有徐忠德,看了冯小羽一眼,眼眶有些湿润"。如果说此前冯小羽对于徐忠德等人刨根问底的追问,使得民间的伦理维度得以参与到对历史的言说之中，因而意味着知识分子话语与民间话语建立了平等对话的关系，那么这一不起眼的细节，则显示着民间的声音得到了知识分子话语的尊重和认同。冯明所代表的正统革命历史叙述并未被全然颠覆和否定，但冯小羽对民间话语的理解和认同，则意味着对传统意识形态定势的突破以及对于单一历史叙述的质疑。

实际上，这种尊重、理解和认同不仅是叶广芩作为现代知识女性所具有的精神气度所致，同时显示出亲近民间、看重民间的平民意识。"小说出版后，青木川是我必定要去的地方，我可以不在乎文学界的评论，但是我不能忽略这里，也不敢忽略这里，如同一个圆，从这里出发，无论绕多远，终将还得回来。"① 在文本中，代表叶广芩探寻的冯小羽挖掘出宝贵的民间历史记忆，使得以魏富堂为中心的青木川历史得以在政治裁判以及史料记载之外添补、延伸，从而获得了对于人性以及历史本身的更为全面、立体的认知，叶广芩从容而理性的书写因而得到了民间的认可："谈及小说内容，83 岁的徐种德说我对青木川的历史做了最公允的评价。"② 不同侧面和维度的叙述使得魏富堂的形象以及青木川的历史呈现出混沌感和不确定性，但这恰恰更为逼近历史以及人性极具复杂性和丰富性的本来面目。在小说的末尾处，魏富堂、林岚以及谢静仪的三座墓冢都被修整一新，三座石碑同时而立，魏富堂的碑文低调而含蓄，谢静仪的墓碑上并无碑文，林岚的碑文彰显着革命斗争的正义性，它们承载着来自不同维度的声音，共同构成了对青木川沧桑历史的言说，而这一颇有意味的现实场景也蕴含着叶广芩在激活历史并逼近真相之后的深沉叹息。

第二节 冯积岐对裂变时代民间生活的录记

从 1983 年在《延河》杂志上发表第一部短篇小说《续绳》算起，

---

① 叶广芩：《一言难尽〈青木川〉》，《长篇小说选刊》2007 年第 3 期。
② 叶广芩：《一言难尽〈青木川〉》，《长篇小说选刊》2007 年第 3 期。

第七章 其他陕西作家的民间叙事范式

冯积岐 30 多年来笔耕不辍，至今已创作中短篇小说近 300 篇，散文 500 多篇，出版长篇小说 10 余部，在陕西文坛乃至整个当代中国文坛上都是当之无愧的高产作家。冯积岐不像路遥、陈忠实那样，与柳青、王汶石等老一辈陕西作家有着较为直接、密切的文学交往，但在第三代文学"陕军"的阵营中，他却最为坚实地承传着当代陕西文学的守土意识与写实传统。尽管也有部分作品专注于对城市的深刻反思，然而，对于特定时代乡村社会历史变迁以及农民命运前途的关注与书写，才是其创作最有分量也最有实绩的部分，从根本上来说，这仍是由作家天然的农裔身份与乡土情结，以及深刻的生命体验所决定的。

一 "地主娃"的创伤性体验及叙述视角

冯积岐曾在农村切切实实地生活了二三十年，"我当过十几年的'地主娃'，做了二十年的农民。三十五岁之前生活在农村"，在 1988 年进城后，直到 1994 年正式办理干部转正手续后的第二年，他"依旧耕种着几亩责任田"[①]。因此他无须体验生活的步骤，却自然而然地十分熟悉农民生活，他不仅以"我本身就是农民一个"宣示着自我的身份认同，而且其乡土书写的"孜孜矻矻，笔耕不止"，也正如农民作务农活一般既肯吃苦，又有着一股韧劲与狠劲。[②] 同时，由于其家庭在土改中被划成了地主，冯积岐在少年和青年时期历尽家庭成分所带来的坎坷与创伤，这种成长之痛既是难以忘却的生命印记，更是其无法绕开且借以不断直面故乡、讲述乡土生存故事的情感动力。因此，虽然已迁居城市，然而一种内在的使命意识驱动着他关注和书写曾赐予其生命以及创痛的故乡大地，"我写作的背靠点是我的故乡，是我在小说中虚构的凤山县南堡乡松陵村。我在那里度过了美好的童年伤感的少年和青年中最艰难的岁月，感受和体验了我以后未曾感受和体验的人生的多汁多味。我只能在这个背靠点上开掘，它是我精神扎根的土壤，是我写作的

---

① 吴妍妍、冯积岐：《写作是一种生存方式——冯积岐访谈录》，《小说评论》2012 年第 4 期。
② 李继凯、冯积岐：《复杂人性的探询和文学生命的建构——关于冯积岐小说创作的对话》，《文艺研究》2012 年第 12 期。

源泉。"① 在《沉默的季节》《大树底下》《敲门》《村子》《粉碎》等颇具声誉的长篇小说中，无论是回望记忆中的故乡往事，还是观照现实中的故乡生存景观，冯积岐都将故事的发生地设置在以其故乡岐山县陵头村为原型的一个叫做"松陵村"的地方，并融入自身个体生命中的创伤性体验以及由此积压的心灵痛楚，颇为沉重地凝视和思索故乡农村的社会现象与历史变迁，以及农民的生存命运与道德状况。

与以"松陵村"为自己较为固定的素材仓库不同，在艺术表现上，冯积岐从不固定自己，而是不断挑战和突破自我，找寻具有创新色彩的题材处理方式。在2007年出版的长篇小说《村子》的后记中，他曾总结道："我发表了将近200篇（部）中短篇小说，每写几篇，就要变一变，不断实验和尝试，变来变去，在现实主义那里我不'现实'，在先锋那里我不'先锋'。"② 他既充分借鉴传统小说的写法，又广泛尝试和探索各种现代小说的表达方式，其作品往往在结构、手法、语言等方面，有着对古今中外文学资源的借鉴、融会，以及个人的创造性发挥，因而显示出变化多端的绚丽色彩，并以较为突出的个性化特征独立于任何一个写作流派之外。然而就整体而言，试图给虚构的松陵村"构建一部历史，把松陵村的各色人等用笔固定在纸上"③ 的写史意识，从根本上规定着冯积岐的创作即便夹杂着许多现代主义的手法，呈现出一定的"现代"气息，但却始终是沿着现实主义的路子发展的，尤其是到了以《村子》为代表的较为成熟的创作阶段，冯积岐更是较为彻底地回归到写实上来，以一种质朴而又坚实的态度，以及直面社会和生活的姿态，毫不回避和伪饰乡间社会在生存、人性、伦理以及两性关系上的复杂面目，从而呈现了特定历史时期松陵村民间真实的生存景象以及农民的心灵历程。

作为展示"自公社体制解体到农民个体经营20多年来，中国乡村

---

① 冯积岐：《自序》，载《我的农民父亲和母亲》，北京燕山出版社1999年版，第66页。
② 冯积岐：《后记》，载《村子》，太白文艺出版社2007年版，第329页。
③ 李继凯、冯积岐：《复杂人性的探询和文学生命的建构——关于冯积岐小说创作的对话》，《文艺研究》2012年第12期。

社会生活演变的一部深刻而又真实的小说读本",《村子》显示着"丝毫不见矫饰的巨大的真实感"。① 这种令人感到心理震撼的真实是与冯积岐的人生历程分不开的。"《村子》从1979年写到了1999年。这二十年间,我大部分时间生活在农村。……这二十年间农村发生的许多事,我都参与过,经历过。"② 正是基于直接而深刻的生活经验,冯积岐以"执拗的个性和已具备的强大的思想",勇敢地直面乡村社会"裂变和变迁的深层脉动"③。由于在冯积岐独特的个体生命历程中,有着十几年"狗崽子"的艰难人生,"我的生活状态如同卡夫卡的短篇小说《地洞》中的老鼠,即使在地洞中也是惴惴不安。在以后的青年和中年的前半期,我左冲右突,总是冲不出心理上的囹圄"④。因此到了在中年的后半期所创作的《村子》中,勇敢地直面故乡世界,实际上也意味着冯积岐以同样的姿态面对着曾经的苦难,以及内心所积压的创伤性情感体验与焦虑性的身份记忆,这使得他选取"地主娃"的视角观照"松陵村"的现实生存,带着强烈的感情色彩呈现被压抑的充满苦难的"松陵村世界"。

有论者在评价冯积岐20世纪90年代中期之前的中短篇创作时曾总结道:"冯积岐的小说常常取一个被疏离、被放逐、被压抑者的角度来展开叙述,这是他在非人的时代被打入'另册'的屈抑心理的一种化释策略。"⑤ 实际上,在此后以《村子》为代表的围绕松陵村的几乎所有创作中,他依然延续着这种带有自我情感印记的切入生活的角度,对悲苦和抑郁的生活本质进行揭示。由于有着切身的体悟,冯积岐对于《村子》所录记的20世纪最后二十年间的时代变迁,及其所

---

① 陈忠实:《村子,乡村的浓缩和解构》,载《陈忠实文集》第9卷,人民文学出版社2015年版,第163页。
② 吴妍妍、冯积岐:《写作是一种生存方式——冯积岐访谈录》,《小说评论》2012年第4期。
③ 陈忠实:《村子,乡村的浓缩和解构》,载《陈忠实文集》第9卷,人民文学出版社2015年版,第166页。
④ 吴妍妍、冯积岐:《写作是一种生存方式——冯积岐访谈录》,《小说评论》2012年第4期。
⑤ 李建军:《压迫与解放:冯积岐小说论》,《小说评论》1996年第5期。

造成的乡土人事、生活方式以及伦理精神的巨大变动有着异常清醒的认知。在《村子》中,冯积岐所着力书写和叩询的,正是在时代的变迁中松陵村人在生存、人性以及道德等层面所呈现出的压抑性与悲剧实质。农民在政治身份上解除了历史和时代给个体生命带来的苦难和重负,同时分田到户也开启了新的生产生活方式,但在基层强权的压迫下以及自身传统观念的束缚下,松陵村人的日常生活却依然内蕴着巨大的悲剧性。充满苦难的生存,异化而卑劣的人性,畸形而压抑的两性关系,以金钱为中心的新的伦理秩序,以及对自我生存价值的无意识等等,都意味着尽管改革开放给乡村世界带来了诸多新的变化,但农民却并未迎来富足的、优美的、有尊严的日子,而是依然面临着惨淡而卑微的人生,并在传统与现代之间陷于精神的困惑与迷茫之中。因此在整体上,冯积岐对松陵村生存图景、人性景观以及道德状况的描画,显然照亮了此前被压抑和遮蔽的农民生活中的真实角落,他既以知识分子的理性精神表达对于农民现实生活的批判以及对于复杂人性的探索,又以强烈的底层意识表现出对于乡土民间生存以及农民命运前途的关怀与忧思,并在人性与道德的纠结中显示着对于民间价值立场的认同。

二 苦难而压抑的 "松陵村" 及其裂变

冯积岐坚信 "文学的规律是只能写自己体验最深刻的东西,好作家要能表达边缘的东西",① 对于他来说,苦难或许就是体验最深刻的东西。由于 "地主娃" 的出身,他曾有十几年 "不是人" 的艰难人生历程,以致形成了一种始终挥之不去的悲观心结,即便近年来创作颇丰,他却愈发强化着宿命般的认识,并不着意于世俗意义上的成功。因此,当他在《村子》中以直面社会和生活的姿态将目光投向故乡,以成熟的理性意识和真挚的笔触营构 "松陵村世界",其心灵深处真

---

① 邰科祥、冯积岐:《"好作家要能表达边缘的东西"——冯积岐访谈录》,《宝鸡文理学院学报》(社会科学版) 2011 年第 4 期。

第七章 其他陕西作家的民间叙事范式

实的苦难感受便宣叙而出,其笔下独特的艺术世界因此弥漫着一种苦难气息和悲悯情怀。尽管历史翻开了崭新的一页,但松陵村的人们依然担负着生存的灾难与生活的重负,"他们猛然发觉,有了土地并不等于活着就滋润了,并不等于可以人模人样了,生活的双刃剑向他们砍过来的是沉重的那一面"。无论是种地、收割,还是卖粮、卖猪,无论是上学、看病,还是打工、上诉,他们在日常生活的各个环节依然任人宰割、受尽屈辱,成为毫无生命尊严感的最弱势的群体。

为了给自家添一头牛犊,祝永达的父亲祝义和去公社卖猪。为了顺利把猪换成钞票,他试图以香烟贿赂收购站蛮横势利的生猪验收员,却因香烟过于廉价而遭致侮辱,绝望和无助之中,他当众下跪,而即便"他的哀求和着血和泪",验收员却依然无动于衷,并对其厉声呵斥。乡政府干部到松陵村收提留款,却全然不顾贫病交加的农民的死活,他们一进村里便耀武扬威,土匪一般地牵牛、吆猪、搬粮食,稍有阻挡者便拳脚相向,即使将人打伤,也能全身而退。而当村支书祝永达带头组织被打伤者去县政府告状时,他们却慑于权势,害怕"告不赢,而且会劳民伤财"。对于这些无权无势的庄稼人来说,"不是他们的腰杆软,挺不住,而是他们一旦挺直就要挨打"。为了土地问题上访告状的农民马润绪正是想要挺直腰杆却落得疯傻的例子。他的一亩六分一等地被村支书田广荣强行骗去,并分给了5户关系户,马润绪讨要不成,先是去乡政府告状,后又到凤山县信访局上访,却反复遭到县乡干部的相互推诿,他只能再次低声下气地去央求田广荣,却被田广荣骂作"死狗",走投无路之下,他只能喝下农药以死相逼,最终自杀未遂而导致精神分裂。此外,祝永达在西水市打工时的工友们被工头扣下工钱却忍气吞声;罹患脑肿瘤的赵烈梅无法负担三万元的手术费而割腕自杀;马志敬的儿子在外乡被人打死却讨不来公道……总之,在新的历史时期到来之后,松陵村人却并未迎来物质生活的极大改善以及精神层面的尊严,他们依然未能过上体面的生活,无法硬气地做人,反而承受着宿命般的生存悲剧。

强权的压制无疑是造成松陵村底层农民依然屈辱地弯着腰杆过日

子的重要原因，各类权力拥有者的压榨不仅桎梏着他们在物质生存层面的发展，并且使他们被迫乃至自愿地放弃了反抗，失去了活人的尊严。村支书田广荣和生产队长田六儿合伙骗去马润绪的一等地，并将他逼疯；强收提留款的乡政府干部肆意打人却逍遥法外，让时任村支书祝永达感受到"强烈的惨败感"；拖欠农民工工资的建筑工地老板不但毫发无损，反而受到工人的维护；乃至收猪的屠夫、粮店的管理员以及县政府的保安，都将自己手中的权力发挥到极致，以各种方式在农民面前施展淫威，并因此造成了一幕幕毁灭人的尊严、同时也彰显人性卑劣的悲剧性生活场景。

在各级各类欺压农民的权势者之中，作为松陵村的核心人物，前后两次担任村支书的田广荣虽然也主持过公道，为村里办过实事，然而在长期执掌政权的过程中，他对权力的迷恋和追逐已经达到一种变态的程度，他在捞取无数好处的同时，也在很大程度上钳制着村民合理的生存和发展诉求，肆意践踏着他们做人的尊严，他成为松陵村基层政治权力和宗族权力的象征。自土地改革时期开始，田广荣就走上了松陵村的政治舞台，成为松陵村基层政权的核心，因此他年岁不是太老，但"资格老，根子稳"。由于已在松陵村经营了近30年，他"摸透了共产党政策的脾气"，总能跟上形势，并擅长借村里的舞台唱自己的戏，既大肆捞取经济利益，又不断强化自己在村子里的至高地位。随着为地主、富农分子摘帽的政策出台，田广荣敏锐地觉察到世事的变化，他及时起用个性温和、乖觉的祝永达，将其调到大队任职，又主动给马子凯祝寿，为的是将这些他曾苛刻对待过的地主、富农出身的人拢在身边，以实现对自身权力的维护和巩固。对于那些老实本分的普通村民的大小事务，他则完全按自己的意志和手段为所欲为，以权压人，滥施淫威，无所顾忌地欺压弱势群体。当他再次当上村支书并第一个在村里盖起楼房时，他大摆宴席，借机敛财，村民们吃不上酒席，却不敢不随礼；当赵烈果表弟的孩子掉进他为盖房挖的石灰坑里，他不仅毫不关心孩子的死活，反而抱怨这件事情搅乱了宴席。在得知孩子淹死后，面对闹事索赔的农民，他毫无愧疚和安慰，反而

第七章 其他陕西作家的民间叙事范式

强词夺理,以保护自己免于承担责任,进而免于失去刚刚重获的权力。同样地,当他因玩弄并霸占了养女马秀萍而被后者用剪刀刺伤后,他首先想到的"不是自己的伤痛,不是马秀萍的死活",而是"要把这龌龊而残酷的一幕关在院子里边",以免对自己的声望和权力造成负面影响。

由于精于权术,工于心计,在松陵村的政治舞台和经济活动中,田广荣既善于利用田水祥这类在恶人面前百依百顺、在好人面前耍威风施手腕的"二杆子货",也善于在和水泥厂厂长田兴国狼狈为奸的勾当中捞取好处,即便是和上级领导打交道,他也敢于阳奉阴违,见风使舵,以确保自己获取权力和利益。当公社党委要求各村解散生产队,实行分田到户的生产责任制,他意识到自己的权力将会因此被削弱,因此他一面在公社领导面前表示坚决拥护党委决议,背地里却又撺掇一些不理解政策的人去公社示威,在这些人大闹公社之时,他又出面予以呵斥。而在他的两面派手法被公社书记江涛识破并因此被免去村支书的职务后,他又充分利用他在田氏家族中的高辈分,发动家族中的党员联名向凤山县委状告江涛打击老干部。在新的乡党委书记李同舟上任后,为了迎合新任上级发展乡镇企业的意图,他不顾松陵村客观条件的限制办起水泥厂,既为乡、村两级捞取政绩,更从中获取了大量私利,而获得李同舟大力支持的他再次利用"田家党"的"民主"选举,冠冕堂皇地重新出任村支书。此后,仅仅由于第三任乡党委书记杨明轩作风粗暴地在大会上痛批了他,他便利用农民对乡政府乱摊乱派的不满情绪,策动他们向县政府"缴农",在因此事被撤掉村支书的职务后,他又转而依靠家族势力以及副书记田水祥向再次上任的祝永达发难,他倡议并出资修建田家祠堂,企图以族长的身份继续控制松陵村。

正是在以田广荣为代表的强权的欺压之下,松陵村人在承受着生存重负的同时,也逐渐在精神层面走向深刻的裂变。实际上并非由于天性懦弱,而是在一次次来自强权的沉重打压之后,农民才失去了胆量和尊严,为了生存下去只能屈从和忍受。在自身利益受损时,权力所具有的巨大威慑使得他们敢怒不敢言，只能在权势者面前低头，甚至走向对权力的畸形崇拜和迎合。祝义和、马润绪等老实本分的农民甘心为了权力而下跪，被拖欠工资的农民工反而帮着黑心工头说话，就连与祝永达曾同命相怜的文化人马子凯也未能摆脱强权政治文化的桎梏。当他获得"平反"大摆寿宴时，他看重田广荣是否来拜寿，并非只是与昔日的对手较劲，而是希冀借重田广荣的威望使自己重获尊严和地位。他反感田广荣以手中的权势作威作福，但依然在田广荣庆祝新房上楼板的宴席上念起了曲子。受过现代教育的马子凯尚且如此，那些老实本分的普通村民显然更缺乏对权力的反抗意识，即便偶有反抗也最终败下阵来。

至于田水祥以及田氏家族的成员更是因为牵涉宗族利益而心甘情愿地受田广荣的掌控和利用，甚至因此重新复活了松陵村的宗族势力，走向了精神上的封闭自守。正如雷达所指出的，"当村子中的一个个人都面临着这样那样的问题时，他们的内心深处竟然产生一个共同的想法，那就是修祠堂。社会在发展变化，人心需要依靠，问题需要'族长'解决。这样的结局令我悲哀，而松陵村却又不会出现别的结局"①。由于传统家族文化包蕴着与现代化发展的巨大冲突，从根本上来说，家族与现代化进程中的政治性和社会性目标是不相容的，更何况田广荣撺掇田姓人家建祠堂的直接性目的，就是要和祝永达争夺松陵村，重新做回松陵村的领头人，因此可以想象的是，当第二次出任松陵村党支部书记的祝永达在领导村民治穷致富、挺直腰杆做人的过程中，必将会遭致族长田广荣所领导的家族势力的种种对抗。祝永达所希冀的是"松陵村人一心挣钱过日子，也就没有人去跪拜祠堂了"，然而冯积岐以冷峻的笔调所呈现出的松陵村人精神病症的重要层面则是，在宗族制度早已解体、21世纪即将到来之际，松陵村人至少是田姓家族的一千多口人，依然将精神寄托在以血缘为根基的祠堂之内，田广荣组织的拜祖仪式依然使其他姓氏的农民感到震慑，这些都意味

---

① 雷达：《〈村子〉——一份沉重的笔录》，《文艺报》2013年7月3日第3版。

着松陵村人的宗族观念不仅并未消除，反而得到了一定程度上的强化。虽然就像祝永达所选择的，发展经济是带领松陵村实现宏伟蓝图的必经之路，然而物质的进步并不必然带来精神世界的同步发展，宗族观念的复苏与强化无疑反映出松陵村人在新的发展路途中心态的封闭、矛盾与茫然，在新的时代变化中，他们的心灵依然无处安放，而作为现代人对个体生存价值的觉醒在他们身上也依然是缺失的。

除了家族势力的复活极有可能妨害农村基层政权的建设以及伦理生态的构建外，市场经济浪潮所带来的金钱伦理观念，也成为松陵村乡土世界中出现的新的负面性精神因素，金钱至上的价值观同样在很大程度上构成了对于松陵村原本不乏温馨、和谐的伦理秩序的冲击。在生产队解散的过程中，松陵村村民就为分地、分农具而产生的利益不均闹起了纠纷。尽管有祝义和这样一向厚道善良的农民持守着邻里之间的守望相助，但实行生产责任制后，松陵村人开始各自顾各自，甚至为小小的利益而恶脸相向。田玉常使唤亲妹妹家的牛也要掏钱，而从未红过脸的赵烈果和赵烈梅姐妹俩为两块责任田之间的界畔也反目为仇……总之，在松陵村实施包产到户一二年以来，人情便变得比纸还薄，农村人常说的"亲顾亲顾，亲戚就要相互照顾"的俗理已被全然抛弃，松陵村人人性中的恶的因素渐渐占了上风，推动着他们做出个人利益最大化的选择。

三 民间道德价值的陨落与乡村命运隐忧

正是在权力的压制以及实利主义的驱动下，捍卫传统道义的理想主义者祝永达的抗争，注定会遭遇巨大的阻力。与田广荣相似，祝永达也是松陵村能思考、有眼光、有魄力的能人，他在被起用后很快便在几件事务中表现出较强的能力。但不同于田广荣"把松陵村当成了自己的财产，在手里紧攥着"，祝永达"把松陵村看做一个家"，他继承了父亲祝义和的善良以及利他主义的处世原则，试图切切实实地带领松陵村人谋求体面、幸福、有尊严的生活，同时也通过村民对自己的认可来证明自己是"优秀的人"。然而令他不解和痛苦的事实却是，尽管田广荣假公济私、蛮横无理、霸道强硬，但这个劣迹斑斑的实利主义者反而受到了不少人的拥戴，即便被免去村支书的职务，也依然有着巨大的声威。相反，他在担任村支书期间坚持正义、主持公道，却得不到村民们的理解和支持，也得不到上级领导的认可。他目睹村民被收缴提留款的乡干部殴打致伤，积极组织他们联名告状，讨要说法，但那些挨打的村民却并不买他的账，而他也因为在关键时刻未能和乡党委保持一致而被撤了职。

如果说离开松陵村是因为祝永达不愿意昧着良心去做亏心事，不愿意和田广荣、李同舟他们走一条道儿，从而坚守着自身对于道德至上主义的追求，那么当他进城以后，这种执着追求却再次遭到打击，城乡之间的价值碰撞与分歧，以及现代生活与传统观念之间的冲突，都意味着祝永达的进城之路必然失败。面对被金钱拜物教统治且强权泛滥的城市，祝永达内心的道德理想与道义意识受到极大的挑战，加之他始终难以卸下传统浸染下的心灵重负，他与城市之间的疏离与隔阂也注定难以消除。初到西水市，密集开过的汽车，鳞次栉比的楼房，匆匆忙忙的行人，就让祝永达无法对这座城市产生亲切感，而接下来的遭遇更让他深感他与城市之间无法接纳彼此。在建筑工地上，当他带领工友们向工头讨要拖欠了半年之久的工资时，工友们却因为担心丢了工作而齐声反对他；在一家餐馆门口，他看到端盘子的年轻人因为将菜汤撒到客人身上而被老板用木凳狠狠地揍打，而围观者中竟无人出手相助；此后，他又在市信访局门口目睹了许多人含冤申诉却连号也领不上的可悲处境，并且遭遇了半夜三更被收容所强行收容、罚款的荒唐经历。总之，"来到西水市还不到一个月，历经了几件使他痛心疾首或愤愤不平的事情。他深深感到，庄稼人要在这个城市吃苦卖力也不是一件容易的事"。而他终于在干送煤球的活儿时，因为沉重的体力劳动和低劣的生活条件而累倒了。在被马秀萍搭救后，尽管两人在内心深爱着对方，并且也顺利地将多年来压抑的情感付诸现实的层面，在领证结婚后过起了城里人的生活，但他们之间却横亘着多层面的难以消除的分歧与冲突。

第七章 其他陕西作家的民间叙事范式

由于根深蒂固的贞节观念作祟，他始终无法改变自己暗地里对马秀萍的嫌弃，而对此心知肚明的马秀萍既失望又伤心，两人之间因此弥散着"一股难以透气的困窘"和一种"实际上很虚伪的关爱"。并且，在祝永达传统而狭隘的思想意识中，"女人是最经不住诱惑的，女人的天性就是贪欢，马秀萍不会是个例外"，因此妻子的开朗、开通、敢作敢为，"在祝永达眼里已经成为不检点甚至放荡不羁了"，他对马秀萍的怀疑也日渐加重。由于受"男主外、女主内"的传统观念影响，祝永达要求的不仅是女人绝对忠贞于他，而且"他要求马秀萍做贤妻良母"，因此在马秀萍担任厂长后，帮着她管理鞋厂的祝永达更滋生出一种身份意识上的不平衡感，这种感受无疑使他作为男人的自尊心愈发脆弱。此外，在生活方式上，"马秀萍已经有了城里人的生活习惯，在细节处很注意很讲究，而他依旧是农村人的做派"。更为重要的是，在为人处世的价值理念上，祝永达和马秀萍也存在着根本性的冲突。"马秀萍只想把企业搞红火，让利润年年增加"，工厂要效益，"这是管理，是制度，是企业文明"；而祝永达却认为"从工人身上榨取利润"谈不上什么文明，而是"心黑"，两人也因此常常闹矛盾。

冯积岐曾说道："《村子》的结尾是一种暗示：祝永达和马秀萍的心理冲突在加深，不是减弱。"[①] 因此，作为传统道德以及道义意识的固守者，祝永达与已经"很城市"的马秀萍的婚姻的失败，实际上也正是其所面对的文化心理冲突的现实结果，与马秀萍的结合不仅未能使他获得新生，反而昭示出他在意识深处陈腐而狭隘的传统因素，以及他对现代城市生活的难以适应和对现代价值理念的难以接受。尽管"祝永达的形象是梁生宝式的农村新人形象在改革开放以来的继续，他是村子的未来和希望"，[②] 但实际上无论是他自身的成长还是重新由

[①] 吴妍妍、冯积岐：《写作是一种生存方式——冯积岐访谈录》，《小说评论》2012年第4期。

[②] 邢小利：《乡村人物和乡村命运——读冯积岐的长篇小说〈村子〉》，《扬子江评论》2008年第1期。

他所领导的松陵村的命运，似乎都难以走向一个光明的前景。在2012年初问世的长篇小说《粉碎》中，松陵村的故事还在继续着，如果说"《村子》中的祝永达、马秀萍面临着被生活粉碎的危机"，那么到了可以看成是《村子》续篇的《粉碎》中，"解放、叶小娟已被生活粉碎了"。① 冯积岐是以一种直面人生的态度逼视农民身上发生的悲剧，书写他们在翻天覆地的时代巨变之中所遭遇的心理冲突与道德困惑，在对松陵村的一次又一次的书写中，他照亮了那些被遮蔽的角落。

需要指出的是，冯积岐对农民生存境况、生活前景以及乡村命运前途的无奈、理解与隐忧，不仅包蕴着灵魂的温度与关注底层民间的悲悯情怀，而且也彰显出来自民间的道德立场。在对松陵村历史、现状以及发展走向的思考中，相比起对社会层面的各种现实问题的呈现，他更着力于对人物微妙的内心世界以及复杂人性的探询。而由于农裔身份的根本性囹圄和天然地倾斜于民间的价值立场，当他力求充分地展示人性的复杂微妙时，总是与一种无意识的民间道德意识形成相互的纠缠，并最终扬起民间化的道德旗帜。

除了对核心人物形象祝永达的充分道德化以外，仅以作品中两性关系的描写来看，作家在人性与道德的矛盾中最终显示出对于民间道德立场的认同。在作为知识分子作家的现代视野之下，冯积岐以两性关系的书写为重要切入口，将笔触伸向人性深处，以实现对复杂、深奥人性的深刻审视和思考。因此在《村子》中，通过对祝永达与赵烈梅、祝永达与马秀萍、田广荣与薛翠芳、田广荣与马秀萍等复杂微妙的两性关系的表现，作家揭示出人物内心隐秘的真实以及人性的复杂性，从而超越从道德意义上简单地评判人物的层次。譬如在描写田广荣与马秀萍之间的继父与养女之恋时，为了表达人的最复杂的心理和情感，冯积岐悬置了对于这一变异的畸恋关系的道德评判，"像田广荣那样的村支书是不能用'好'和'坏'的道德标准来评价的；而马

---

① 李继凯、冯积岐：《复杂人性的探询和文学生命的建构——关于冯积岐小说创作的对话》，《文艺研究》2012年第12期。

秀萍的性心理更复杂",当田广荣诱骗她的身子时,她实际上有着某种程度上的主动迎合。① 因此,在这二人身上表现出的复杂的心理和情感并不能简单地用道德去廓清。

然而,随着故事的推进,作家不由自主地站在民间的立场上强化了作品的道德因素。当马秀萍的人生故事不断展开,她愈发受到由当初的人性迷失所带来的自我道德惩罚,因而始终处于痛苦的煎熬之中,尤其是当她和祝永达结合后,后者狭隘的贞节观进一步强化了她在道德上的耻辱感,跌入精神深渊的她不仅难以自我拯救,同时也无法通过对祝永达加倍关爱和奉献等方式获得救赎,而她在道德上的自我罚责似乎成为了一种难以逃脱的因果报应和宿命。作品中写道,每当她因受到强烈刺激而无法自控地回忆起少年时受辱的场景时,她"最不能原谅自己的"正是她在失贞时对田广荣的主动迎合,"这个镜头一闪上来,马秀萍就在自己的头发上揪,在自己的身上捶。甚至用头在墙上撞。"对于她来说,即便最终和祝永达离婚而获得某种解脱,但"少年时的不幸和灾难仿佛是流淌在血管里的一种物质,她恐怕到死也剔除不掉了",她在道德上的罪恶感会背负终身而难以消除。在马秀萍身上,冯积岐既呈现了人性的复杂,也在其生活故事的延展中表明着较为明显的民间道德观念与伦理立场。

因此,着力于展示人性的复杂微妙虽然被较为普遍地视作冯积岐创作的重要特色,但实际上在对人性以及人的心灵世界的开掘与探询中,作家又不由自主地表现出对乡村世界的伦理生态以及人的道德状况的极大关注,伦理道德观念的变迁实际上是乡村社会变迁的持久动力和重要层面。冯积岐既直面并指斥那些在强权压制与利欲诱惑下丧失道德态度的生活现场,又在世事与人事的处理和评判中显示出对民间道德价值的亲近与认同,这在一定程度上与他作为知识分子的现代意识产生某种冲突,但他对时代变迁之中人性的裂变与道德本质问题

---

① 李继凯、冯积岐:《复杂人性的探询和文学生命的建构——关于冯积岐小说创作的对话》,《文艺研究》2012年第12期。

的思考显然有着强烈的现实意义。也正因此,《村子》虽然没有获得与其成就相称的评价和声誉,但却在网络上获得了六千多万的点击,而他对带有理想化色彩的道德文化力量的坚守与求索也成为作品最为动人之处。

第三节　杨争光对民间生存本相的裸呈

在新时期以来陕西文坛乡土写实小说的创作阵营上,杨争光立于其间却又显示出独异的个人性特征。单就写作的题材及地域性而言,杨争光的大部分小说同样呈现黄土地以及渭河平原上乡村世界的生存景观,其笔下的"符驮村"与路遥的"双水村"、陈忠实的"白鹿原",以及冯积岐的"松陵村"一样,都涂抹着浓郁而鲜明的秦地色彩。在这个意义上,书写故土的杨争光延续着当代陕西文学的乡土传统,他曾表示:"中国的小说,我喜欢《红楼梦》和《创业史》"[①],如果说在中国文学史上具有崇高地位的《红楼梦》对后世作家所产生的是具有普泛性的深远影响,那么将《创业史》与之相提并论,则表明杨争光对柳青及其所选择的文学道路的钟爱和认可。然而,不同于柳青及沿着柳青传统前行的路遥、陈忠实等新时期陕西作家将浓烈的乡土情结与故土情怀洒落于字里行间,熔铸于叙事中,杨争光对故土民间生存本相的呈现是冷峻和不动声色的。

一　与黄土地故乡人事之间的情感距离

相比起柳青一代饱满的政治热情与坚定的政治信念,路遥企盼走出黄土地的生命热望以及充满悖论的对黄土地的无限依恋,陈忠实鞭挞与挽悼并举的文化价值分裂所带来的艰难剥离的尴尬和痛苦,贾平凹执着的农民身份认同以及在城乡价值碰撞中面对乡土文化没落命运的沉痛和忧思,以及冯积岐因创伤性情感体验与焦虑性身份记忆所致

[①] 杨争光:《我的简历及其他》,《文艺争鸣》1992年第6期。

第七章 其他陕西作家的民间叙事范式

的巨大的悲苦和抑郁情绪，杨争光的笔触具有洞穿人性、裸呈生命悲剧的深刻力度，但却将自我的情感涤荡殆尽，以致深藏着自我的批判向度。实际上杨争光的生命体验中也不乏痛楚与忧伤，"青少年时当干部的父亲为尽孝悌而入狱，而他入狱后受他恩惠的家族成员的冷酷、薄情，村社环境中炎凉的世态，殷实户出身的祖母性格的乖戾，她对杨争光父母的仇恨与无端折磨，都在杨争光心灵上造成了永难平复的伤痛"①。然而，杨争光在创作中却绝不胶着于此，而是较为洒脱地超越了个人经历中的伤痛，这使得他能较为超然地旁观笔下人物的生存故事及其命运。他曾在总结早期创作时说道："我有意和我所写的东西保持着距离，我以为这样做，我就可以平静一些，尽量避免受自己的欺骗。"② 这种刻意保持的与叙述对象之间的距离感，是杨争光创作的重要独异处。

究其原因，这种精神距离的产生除了受到"特别注重现实生活原生形态的还原，真诚直面现实、直面人生"③ 的新写实小说思潮的影响以外，也与杨争光带有异类色彩的、不安分的创作经历不无关系。在陕西乾县农村过了 20 年农民生活后，杨争光于高考恢复的第二年考入山东大学，大学学习开拓了其文学视野，毕业后他被分配至天津市政协工作，数年间充分地体验着城乡生活的巨大差异。在调回陕西省政协工作之后，因参加扶贫工作，他在陕北的一个小村里住了整整一年，这一年的经历使得原本迷恋诗歌创作的杨争光与小说结下不解之缘。此后他被调至西安电影制片厂担任专业编剧，《双旗镇刀客》《水浒传》等影视剧本创作的成功为他带来较大的声誉。20 世纪 90 年代末期，杨争光南下深圳继续文学创作，与故土之间较为遥远的现实物理距离，以及跨界影视剧本创作所带来的差异化体验，似乎推动着杨争光建立起了与他所讲述的故乡故事之间的情感距离。黄土地上的生存景象与农民命运始终是他无法走出的牵挂，是他最熟悉也最感兴趣

---

① 李星：《杨争光其人其文》，《文学评论》1993 年第 4 期。
② 杨争光：《我的简历及其他》，《文艺争鸣》1992 年第 6 期。
③ 《钟山》编辑部：《"新写实小说大联展"栏目"卷首语"》，《钟山》1989 年第 3 期。

的题材,"他们遇到了一些事情,他们按他们的方式做了。我就这么写。这也是我最感兴趣的。当然,我得按我的方式和语言去说,去讲述"①。因此当故土民间世界成为其笔下最为凸显的审美空间,他总是尽力从故事的具体情境之中跳脱出来,以一种游离的旁观者的姿态去呈现人物的生存故事,从而实现对乡土民间生活原生形态的还原,其叙述话语本身几乎抹去了任何主观的色彩,整体上是平静和超然的。

同时,尽管杨争光曾自述道:"我没有文思泉涌的时候,我写得很苦"②,但他所谓的"写得很苦"只纯粹地指向艺术构思本身,而不同于陕西作家普遍的创作与生活双重的"苦做"与"活得很累",正如熟谙陕西当代文坛的评论家李星所指出的,"与路遥、邹志安,甚至同陈忠实、赵熙们相比,杨争光代表了另一种生活方式","其人,其文,皆可以潇洒二字贯之",正是这种"水到渠成、顺其自然,不在一棵树上吊死"的"潇洒",③ 以及影视剧本创作所带来的生活境遇的极大改善,使得杨争光在创作心态上更为从容不迫、收放自如。他在创作过程中也有"挫败和沮丧",但绝无他所深恶痛绝的"强迫""绑架"以及"背叛",④ 他将文学之根深扎于黄土地之中,然而面对故乡的人和事,他却并无难以摆脱的情感包袱与心理障碍,因此其创作状态比之路遥、陈忠实、冯积岐等人更为轻松和愉悦,从而也更能在剥离自身情感之后,冷静、犀利地观照和揭示乡村生活的原生状态,甚至以一种调侃和戏谑的语调呈现乡村世界的生存欲求及其生存哲学。对于他所讲述的生存故事,他极少做出价值意义上的议论和判断,而是以一种与故事本身拉开距离的叙述方式,"不动声色地刻剥着生活和人们精神的痼疾,不动声色地欣赏着他们自己参与制造的自己的痛苦"⑤,并按照生活本身的逻辑来完成故事的叙述。

---

① 杨争光:《我的简历及其他》,《文艺争鸣》1992年第6期。
② 杨争光:《我的话》,《文艺争鸣》2011年第3期。
③ 李星:《杨争光其人其文》,《文学评论》1993年第4期。
④ 杨争光:《我的话》,《文艺争鸣》2011年第3期。
⑤ 李星:《杨争光论——对精神太阳的渴望》,载《老旦是一棵树——杨争光小说近作集》,中国社会科学出版社1993年版,第3页。

第七章 其他陕西作家的民间叙事范式

并且，较之柳青及路遥、陈忠实等人较为沉重而自觉的史诗意识，深受威廉·福克纳、加西亚·马尔克斯、巴尔加斯·略萨等现代派作家影响的杨争光，以更为先锋的观念和更为开阔的现代视野直抵人类生存的终极问题。他曾表示："现代的知识分子最重要的责任是对人类群体的终极关怀，还要永远跟现存的不完善体系形成对抗。人类的生存体系永远不会完整，人类要前进必须找出自己的问题所在。"① 在谈及寻根文学时，他也曾尖锐地指出："中国的'寻根文学'，最本质的弱点就是缺乏对生存的体验，洋玩意儿的移植（很生硬）。"基于此，他摒弃了对于形式的一味逐新，而致力从根本上转变自身的文学观念，以人类生存的终极问题为要旨来领受西方现代派文学的滋养，"福克纳，马尔克斯对我的启发是，他们的东西恰恰是立足于本土，表现了他们那个地域中人的生存状态"②。因此，如果从历史变迁与时代变革的角度去解读杨争光的小说，可以洞察到他对历史本体的思考与认识，从而触摸到历史深处的脉动，在这个意义上，杨争光观照乡土生存与农民命运的小说与其他当代陕西作家的乡土小说一道，构筑起了自 20 世纪初以来中国农村社会发展和变迁的历史形象。但不同的是，杨争光是以个人的方式作为进入历史的一个有效的途径，是要通过特定地域文化中的个体的命运透视人类生存的困境，这意味着历史实际上是作为人的生存背景而存在的，位于小说前台的则是作为历史主体的人，而杨争光所执着探寻和叩问的则是人之所以为人的本体问题。在早期的中短篇创作中，这种以人为本体的写作向度已使他在有着自觉史诗意识的一干作家中具有了较为鲜明的辨识度。"至少与陕西许多小说家相比，杨争光的小说属于以人为本体的一类，如海明威、契诃夫，而不属于以社会事件、社会思考为本体的小说。"③ 在《黑风景》《鬼地上的月光》《老旦是一棵树》等早期代表作中，一方面，他并非以居高临下的启蒙者姿态对农民身上所展现的文化精神与思维方

---

① 杨争光、张英：《杨争光：从两个蛋开始，越活越明白》，《南方周末》2004 年 4 月 1 日。
② 杨争光：《从刘兰英到马尔克斯》，《当代青年》1986 年第 6 期。
③ 李星：《杨争光其人其文》，《文学评论》1993 年第 4 期。

式进行批判,另一方面,他所讲述的生存故事涉及诸多社会重大事件,但他尤其拒绝站在主流话语的立场上进行宏大叙事,"他的瞳孔里失去了具体的历史年代的印记,只放大了黄土地上生命的挣扎、生命的萎弱的灰色视像"①。杨争光是以透彻、诡谲的目光撷取那些颇有意味的历史片断,并将其隐退为某种非常态的生存背景,放置在小说前景的是他以客观、超然的笔触着力凸显的农民苦焦而恶劣的生存境况与生命形态,他忠实地记录他们的生存欲求与抗争,生存意志与哲学,在杂糅着凡人琐事、野史村言的日常生活的叙述中,黄土地上的民间生存本相得以还原和呈现。当然,虽然杨争光并未做出观念意义上的议论和价值判断,但这并不意味着他对知识分子立场的全然放逐,在对民间生存悲剧性内涵不动声色的揭示中,深藏着的是指向文化的批判力量,以及一种沉寂的悲哀和怜悯。

二 "生存为大" 的民间逻辑及其解构意义

在创作于2003年的长篇小说《从两个蛋开始》中,尽管所展现的生活的时间跨度长达半个世纪,几乎涵盖了20世纪40年代末期以来符驮村所经历的一系列重大社会事件,小说也因此被视为是"一个村庄的编年史",然而杨争光"从两个蛋开始"讲故事的目的,旨在笔录符驮村的日常生活之流,而非进行历史进程的阐释与历史本质的揭示,因此置于小说前景的是以"食""性"为中心、包容着大量细节和个人体验的日常生活图景。正是在这个意义上,有论者通过对《从两个蛋开始》与《创业史》的比较阅读发现,杨争光从土地改革写起,也写到了柳青着力呈现和阐释的农业合作化运动,并且一直写到人民公社、"大跃进""文化大革命",直至改革开放,然而不同于《创业史》的根本特征是日常生活的政治化,《从两个蛋开始》的根本美学特征是政治的日常生活化。②当然,这种比较的逻辑起点仍是将

---

① 李继凯:《论秦地小说作家的废土废都心态》,《文艺争鸣》1999年第2期。
② 王春林:《在政治与日常生活之间——〈创业史〉与〈从两个蛋开始〉的对读比较研究》,《山西大学学报》(哲学社会科学版)2006年第2期。

政治历史阐释视为《从两个蛋开始》的文本叙事目的，实际上这并非作家的根本意图所在。作为一种对民众生活产生着重要影响的强大力量，半个多世纪以来一系列的社会政治事件是作家无法绕开的问题，但在文本的话语格局中，政治远非与日常生活处于同等重要的位置，占据着叙述最高处的是符驮村各色人等的日常生活故事，围绕"食""性"而展开的形形色色的生存景象成为了文本的最高叙述对象，个体的人不仅并未湮没于政治浪潮之中，反而在隐退为背景的政治运动的映衬下，彰显着自身的欲求与抗争，而作家也得以在对生存困境的终极性关怀中，实现了对人性、对生命的探寻与思考。

著名学者李泽厚在谈到中国的智慧时曾指出："如果说血缘基础是中国传统思想在根基方面的本源，那么，实用理性便是中国传统思想在自身性格上所具有的特色。先秦各家为寻求当时社会大变动的前景出路而授徒立说，使得从商周巫史文化中解放出来的理性，没有走向闲暇从容的抽象思辨之路（如希腊），也没有沉入厌弃人世的追求解脱之途（如印度），而是执着人间世道的实用探求。"① 因此中国传统文化在其根源处所关注的就是现实人生，它并未形成其他民族文化所具备的宗教性道统。就其中居于主流地位的儒家文化来说，更是一种在本质上侧重于"人间道"而非"天道"的思想学说，所谓"道者，非天之道，人之所以道者"（《荀子·儒效》）。因此，以儒家为中心的传统文化一方面"轻鬼神，重人事"，与之相应的另一方面则宣扬"百姓日用即道"，孔、孟以及后世儒家都将关注视野投向了现实人生。经过不断的向着世俗社会的渗透，文化精英阶层的这种人本思想向度也对传统社会中的个人产生了决定性的影响。在思维方式上，传统社会中的中国人形成了关注日常生活的形而下的世俗精神取向，在各方面流露出浓重的人本倾向和道德气息。

就儒家文化根脉深厚的关中地区来说，"重实际而黜玄想"成为

---

① 李泽厚：《试谈中国的智慧》，载《中国思想史论》（上），安徽文艺出版社1999年版，第307页。

一种带有普泛化色彩的文化背景，无论是在文化思想上、精神意识上还是风俗习惯上，人们普遍地推崇务实避虚，尤其讲求"生存为大"。在《创业史》中，梁三老汉对于创业道路的选择及其转变，就是以关中庄稼人的务实心理为底色的，他从讲究实际的角度观察互助组的成长及其命运。在《白鹿原》中，代表着儒家传统文化人格的朱先生就曾立于民间的价值立场之上，从关怀百姓疾苦的角度指出，无论是共产党所领导的农民运动，还是国民党卷土重来的血腥报复，都使得白鹿原成为了翻烤烧饼的鏊子。在《村子》中，田广荣以权压人、滥施淫威，但由于"资格老，根子稳"，他凭借自己的脸面为松陵村带来一些实利，哪怕只是带来眼前的小小恩惠，他便受到不少人的拥戴。在《山本》中，各方武装势力的相互厮杀威胁着涡镇百姓的生存，从最实在的生存经验出发，在涡镇人眼里，这些势力并无本质上的正义与非正义之别。

与白鹿原、松陵村、涡镇以及青木川相似，《从两个蛋开始》中符驮村村民同样以生存为第一要义，"生存为大"成为统摄、支配一切思想和行为的基本价值诉求。小说以极具民间性的语言概括了符驮村的日常生活图景与生存境况。"在他们看来，人生在世，有两样事是经常的，也很重要的。一个是吃吃喝喝，一个是日日戳戳。后者指的是男女性事。""日日戳戳，吃吃喝喝，是人生在世的两大美事。听起来有些低俗，但低俗的东西往往也是实惠的。符驮村的人要的是实惠。"显然，不同于宏大叙事或知识分子话语中的价值立场，在民间文化空间中，形而下的生存才是最基本的人生欲求。在符驮村村民所认可的"人生在世的两大美事"中，前者是个体生命得以存在和维持的基础，后者则事关个体生命的繁衍以及种族的延续，二者虽则建立在与生俱来的原始生理本能的基础之上，但却共同构成了底层民间世界所坚守的基本生命信念。在符驮村村民的日常言语中，这种信念的表达是自然、质朴的，甚至是粗鄙的、低俗的，但其信念本身却又不失某种坚韧与庄严，尤其是在极为苦焦、压抑的生存环境中，对于这两桩人生实惠的欲求更彰显着民间社会对于生存的执着与热望。

第七章 其他陕西作家的民间叙事范式

因此，杨争光站在民间的立场上对符驮村日常生活图景的描画，实际上蕴含着对于农民基本的、合理的生存欲求的理解和认可。在对符驮村长达半个世纪的生活史的回顾与录记中，作家的笔触所无法绕开的土地改革、统购统销、互助组、合作社、人民公社、"大跃进"、公共食堂、大炼钢铁、"文化大革命"以及新时期以来的改革开放、计划生育等重大的政治事件，统统都被纳入到了民间的视野之中，成为符驮村以"食""性"为基本欲求的日常生活中的背景性事件。在杨争光对于民间的尊重、宽容以及理解之下，围绕生存而建立的民间价值理念被充分地凸显于文本的话语高地之上，成为符驮村村民打量自身日常生活以及他们所历经的这些重大事件的根本性尺度。

小说一开始，作家就彻底地摈弃了政治视角，将前往符驮村组织土地改革工作的白工作和雷工作的革命故事置于民间的话语逻辑之中，运用关中民间独特的语汇开始了对符驮村生活故事的讲述。而当作家超越政治视界、以民间的视角切入符驮村的历史生活，一切就都紧紧围绕寄托着民间基本关怀的"食""性"的生存欲求而演绎开来，并因此蕴含着某种解构和嘲讽的意味。初来乍到的雷工作被革职处理、离开符驮村，并不是因为阶级阵线问题，而是因为男女关系问题和"吃糖事件"，他受白工作引诱而与之发生性关系，又为了感受糖的甜味与性爱的甜蜜有何不同而吃了地主杨柏寿家的糖。对于雷工作因为与白工作的性关系而栽了跟头，符驮村人并未从阶级阵线的角度予以置评，而是依据自身带有性别偏见的性观念而在道德情感上对其颇为同情。并且，在符驮村人看来，"雷工作只是一个匆匆的过客，和吹糖人的，弹棉花的，补锅的，收破烂的外乡人似乎没多大区别"，因此他的那桩桃色事件"只是给符驮村人留下了一段饭后闲话时的谈资而已，说一说也就过去了"。雷工作来去匆匆的短暂故事郑重地拉开了符驮村此后长达半个世纪的生存历史的序幕，但其革命工作却被消解和覆盖于符驮村民间的道德视野之中，这无疑显示着民间逻辑所具有的强大功能。然而，雷工作的到来又给他们的生活带来了复杂、深远的影响，"以雷工作进村为标志，符驮村的人就开始按照他们从来没有过的方式经营他们的日子了，包括种地、处理人事、生儿育女等等等等。笼而统之地说，他们走进了新社会、新生活"。由此，杨争光站在民间的立场上，按照民间的生存逻辑以及价值观念，开始了对于符驮村进入新社会以后增添了政治新元素的"新生活"的录记，在对土改时期、合作社时期、"文化大革命"时期、改革开放时期四个历史时期符驮村众生故事的讲述中，作家对民间的生存本相以及民间世界对于历史和世界的感受、解释，充分地予以了呈现和展示，从而赋予了文本浓重的民间意味。

在具体的表现视域中，历次政治运动只是天高皇帝远的符驮村生活故事的遥远背景，对于符驮村人来说，政治运动和阶级斗争与他们眼前实实在在的日常生活并无多少关系，甚至只是一种虚无缥缈的存在。然而，作为一种强大的难以抗拒的力量，这些政治运动却又极为荒诞而笃定地对符驮村人的物质生存以及精神世界产生着重要影响，在符驮村人的"新生活"中，政治以一种潜隐的方式渗透进来，与他们原本追求的"吃吃喝喝"以及"日日戳戳"的"两大美事"纠缠在了一处。由于这"两大美事"都是基于个体原始的生命本能，本质上是个体生存和发展的需要，因此符驮村对于声势浩大的政治运动不由自主的领受，并非以整体的形式发生的，而是自然而然地在个体生命的层面展开的。因此，杨争光对符驮村的生存景象并未做全景式的描绘，而是着眼于个体，着手于小处，他所意欲呈现的是在各个急剧动荡变化的历史时期，个体生命在轰轰烈烈的政治运动所造就的生存困境中极富个性的应对。

并且，不同于柳青以探索新英雄人物的精神品质，因而他对蛤蟆滩农业合作化运动的描绘始终是以互助组的领袖人物梁生宝为中心，杨争光着意要呈现的是符驮村人在历次政治运动中的各式生存样态和各类生存故事，以最终还原符驮村驳杂丰富的生存景观，因此，虽然符驮村村支书赵北存在结构功能上是小说中贯穿情节始终的一个线索性人物，但作家的叙述视点并不以其为中心，而是分散于符驮村的各色人等，他们共同构成了作家所讲述的生存故事的主人公，因而当每一次政治运动最终波及至僻远的符驮村，对村民的"两大美事"的影响便发生于不同的个体身上，符驮村人种种琐碎庸常事件所组成的生存本相及其性格与心理特征，也由此得到了完整而逼真的呈现。

三 以"食""性"为中心的灰暗生命视像

如果说在旧的时代里，符驮村人所面临的生存威胁主要来自苦焦的自然环境以及兵荒马乱所致的灾难，那么在解放后每一次波澜壮阔的运动冲击下，与中国乡村数以万计的底层民间村落一样，符驮村人对"食""性"的追寻还承领着重大的负向性影响。个体生命遭受着难以躲避的压制与戕害，加之原本极其匮乏的生存条件以及村社文化和伦理道德的桎梏，符驮村人不由自主地陷入一种非常态的生存境遇中，并演绎着欲望的挣扎浮沉以及人性的异化。

作为符驮村自土地改革时期起前后长达三十年的村支书，赵北存以其把持的权力成为了符驮村威风凛凛的"土皇帝"，国家权力对于符驮村日常生活细微领域的渗透，以及对于符驮村人生存的威慑与控制，正是通过其一言一行得以实施的。在历次政治运动中，凭借着农民式的狡黠与智慧，以及对政治风向的善于捕捉与把握，赵北存驾轻就熟地运用政治权力管制、压迫、驯服着符驮村人的基本生存欲求，从中获取了许多政治实惠，也满足了自身膨胀的欲望。"从土改到互助组人民公社，再到公共食堂，北存逐步确立了他在符驮村的绝对权威。"到了大炼钢铁时期，他组织全村的精壮劳力进山炼钢，不仅炼出的铁疙瘩根本不能用，还耽误了收割庄稼，也错过了种麦的时节，然而由于他能及时地顺应政治风向而动，反而赢得了"郭丰县长以至于地区和省上领导同志的喜爱"。"文化大革命"时期，赵北存已俨然成为一手遮天的"土皇帝"，能对符驮村人施展生杀予夺的大权。二贵想要在符驮村造反夺权，反而被他抓住当初贩卖女人的把柄而被发配到羊毛湾修水库；高选因用符驮村人常用的脏话向毛主席诉苦，被他打成了"现行反革命"；年仅11岁的小孩马来因用绳子套住毛主席像，被他硬性认定为是要勒死或用绳子另一端的砖头砸死毛主席，以致马来以吞吃毛主席像章的自戕之举证明自己的无辜。在毛主席逝世后，他将停止娱乐的号召擅自从三天延长为一个月，禁止村民的房事活动，并要手腕诱骗了单纯幼稚的待嫁姑娘微微。

  总之，做村支书三十多年来，赵北存并未为符驮村人营造过真正的福利，并未带来村民生存境遇的改善，正如儿子互助在分田到户之前所质问的："你看你把村子弄成啥了，有人连称酱油的钱都没有你知道不？""有人夏天穿冬天的裤子精打炕边的过活你知道不？"然而执掌符驮村三十多年来，赵北存作为村支书的权威与地位却从未动摇过，通过手中把持的政治权力，他恣意地扼制着符驮村人的生存，并捞取了种种好处。在妻子招娣死后，凭借着头上那顶支部书记的帽子所带来的权力，他用半瓶菜油的小小恩惠就可以"和村上形形色色的媳妇睡过觉"。而他对符驮村女人身体的占有也成为其政治生命的一种隐喻，在失去手中的权力之后，当他偷偷灌了几回家里的菜油以图继续操纵和压迫她们的身体时，却再也没有女人为他脱裤子；而在去卖淫的晓霞家嫖娼失败后，性能力的丧失意味着他彻底地退出了符驮村的历史舞台，并很快走向了身体的死亡。

  由于受到赵北存所代表的政治权力极为荒诞的压制和损害，加之原本极其恶劣的生存环境，"食"与"性"既是符驮村人生命存在的基本欲求，也成为他们生活的全部。而即便他们是以全部的精力追求最低层次的生存需求，却往往陷于极度窘困的境地。贫农高选在16岁的小女儿高兰因为偷邻村的苜蓿而被人强奸后，为得到150块钱便不再闹事讨要公道；"分得户"茂升因无力为三个儿子娶媳妇、为两个女儿置办嫁妆而上吊自杀；三年困难时期，符驮村人"吃树叶树皮和深埋在地里的草根"；即使包产到户之后，符驮村人依然没能过上好日子，为了摆脱贫困、发家致富，符驮村人走起歪门邪道来。亮子拖家带口外出乞讨，盖起了一座二层小楼；粘子外出行窃，给家里盖起了一座三层小楼，而且出资给村里修路，当上了乡人民代表；而小婷、爱美、晓霞等年轻女子则干起了卖淫的营生。爱美丈夫所说的"有钱才有脸"成为改革开放以后符驮村人追逐的生活目标，他们对物质财富的追求与攫取有着基于生存欲求的合理性，但也因欲望的不断膨胀以及不择手段的恣意妄为而逾越了法律以及道德的底线，其精神世界也走向了粗鄙、荒芜之中。

实际上，在长达半个多世纪的生存史中，符驮村人对生命存在基本欲求的追寻处处受到宰制和驯服，其心灵世界也长期地处于被捆绑、束缚的状态中，人格早已日渐被扭曲，呈现出明显的病态色彩。合作社时期，饲养员杨乐善因未婚娶，便被符驮村人认为有失体统，当杨乐善在他们带有窥私意味的追问下对符驮村女人的姿色表示不屑，他们感到极大的耻辱，随即以下流污秽之语中伤杨乐善，并污蔑他偷盗粮食，最终导致杨乐善溺水自杀。"文化大革命"时期，赵北存在哀悼毛主席逝世期间禁止符驮村男女的房事活动，赵光夫妇因违反禁令而遭到批判和惩处，而符驮村人"怀着气愤的心情参加了赵光和兰英的批判会"，津津有味地咂摸着赵光夫妇在被逼问之下所交代的性事细节，以得到生理上的满足和刺激，而其内心阴暗、猥琐、狭隘也令人惊愕地暴露无遗。到了改革开放年代，符驮村人从政治权力的枷锁之中挣脱出来，但在商品经济大潮的冲击下，村子里卖淫、偷盗、赌博等不正之风大行其道，他们在释放自身灵魂深处深埋的对物质的饥渴的同时，也肆意践踏着传统的礼义廉耻，在躁动不安之后，最终迷失在对金钱狂热、激进的追逐之中，符驮村原本"蛮有诗情画意的乡村景色"被"悦耳的麻将声"所取代。

如果说政治权力宰制的恶果之一是激发了符驮村人意识深处的狭隘、卑琐以及仇恨等因素，并使之成为一种病态的群体心理现象，那么那些受到病态的集体无意识压迫和戕害的个体，则不仅未能摆脱"食"和"性"的枷锁，而且在麻木、愚昧的顺从与自我奴役中泯灭了最基本的人格。高选因辱骂毛主席的罪名被强行打成现行反革命，在被赵北存和民兵吊打拷问之后，他放弃了抵抗。此后，在每次被捆绑时他既不再尖叫，也不再龇牙咧嘴，"甚至也没有了痛苦的表情"，好长时间没有挨绑，"他的胳膊就会有一种胀痒的感受"。与之相似，被强行打成右派分子的三娃在挨过无数次的批斗后，也已经"看开了，无所谓了"。他甚至和批斗者一样，对于自己不断地复述那几段右派言论感到乏味，因此"三娃别出心裁，想给大家提点精神，在他们喊'打倒三娃'的时候，就学着做了一个电影《平原游击队》里日本鬼子松井大队长挨枪子的动作，呲着瘦嘴抽身向上，然后向后倒"。在残酷的肉体折磨和精神戕害之下，高选和三娃都泯灭了自我的尊严和人格，主动、顺从地配合着权力的宰制和压迫。

如果说高选、三娃在受权力戕害之初还略有本能的抗争，那么招娣、香香等符驮村女人则自始至终匍匐在权力的脚下，愚昧地顺从着符驮村的绝对权威赵北存。招娣在嫁给赵北存后，便将"一世的富贵和光荣"寄托在丈夫身上，温顺地听从丈夫的一切安排。当赵北存将那只让他成为了全省劳动英雄的大玉米棒子郑重其事地交给招娣保管时，无疑也给招娣施加了巨大的心理压力，她整日提心吊胆地守护着大玉米棒子，却因过度胆怯、紧张、谨慎而适得其反地失手将之跌落摔坏，最终惊恐而愧疚地死去。显然，招娣对丈夫的"温柔的情感"，实际上是将自我完全地依附于对方而产生的一种扭曲的心理情感，她的听话、顺从在于她认同并驯服于丈夫及其所代表的政治权力。

与招娣相比，香香对权力的依附有过之而无不及。香香是二贵从甘肃买办来的女人，她既能泼辣地袒护偷吃"野食"的丈夫，更能为了自家过上好光景而"识时务"地主动将自己献给村支书赵北存。当二贵在"文化大革命"中受人煽动想要夺赵北存的权，香香竟主动向赵北存通风报信，使得二贵在措手不及中轻易地被赵北存挫败。尽管香香对丈夫毫不怜惜，甚至充满了奚落之情，但无论是给赵北存暖被窝还是向其通风报信，她与赵北存之间也很难说有情感的成分，她的主动"献身"以及偏袒于赵北存，在根本上是出于对政治权力的崇拜与攀附，"性"成为其可资利用的最便捷有效的资源，以实现自身与政治权力之间的某种联结。因此香香与赵北存的性关系的建立与维持，既是后者凭借手中的权力对女性身体的驯服与玩弄，也是精明而泼辣的香香主动接纳、依附权力的手段及结果。此外，面对赵北存手握的权力及其颇费心机的诱骗，无论是温和不露的秀云还是单纯幼稚的微微，也并无愤怒和抗争之举，她们同样主动而顺从地满足着赵北存贪婪的欲望。

四　困厄中的生存意志与生命韧性

在一个个琐碎的个体生存故事的讲述中，卑微、窘困的生存境遇，扭曲、阴暗乃至残忍的心灵世界，愚昧、顺从的奴性意识，以及弥漫在整个村子中的粗鄙、荒芜的精神氛围，共同构成了符驮村极为灰暗的生命视像，围绕"食""性"的基本欲求所衍生出的真实而又不乏荒诞意味的民间生存逻辑和价值观念也得以呈现出来。如若将符驮村的生存本相置于现代性的视野之中，无疑可以从中发现杨争光对符驮村人强大的、不可抗拒的本能欲望的艺术表现，蕴含着对宰制人性的现实政治以及传统伦理文化的批判和反省。但杨争光的用意又似乎并不在此，正如他所认为的，中国农民的"品性和方式"，"愚昧还是文明？低劣还是优秀？这只是一种简单的概括。它是靠不住的"[①]。因此，他所采取的基本叙事策略是客观地讲述和忠实地记录。而透过他对符驮村人萎弱、灰暗的生存故事的裸呈，还可以在农民的愚昧、狡黠、狭隘乃至残忍之外，发现他们身上所展现出的生命韧性与抗争意志，人类生存欲求的意义也因此得以凸显于文本之中。

对于地主杨柏寿来说，尽管他的聪明绝顶和识时务的顺从使他免去了"坐土飞机"的肉体摧残，也使得符驮村的土地改革"一开始就失去了应有的声色"，但这场运动对他的打击实际上是致命的，在工作队和农会的组织下，轰轰烈烈的分地、分房、分浮财运动迅速开展起来，杨柏寿很快便从一个自我感觉良好的"富贵的男人"变得失去了"气和势"，"到底没能挺住"的他犯了"跑操症"，开始在屋里跑起了圈圈。如果说土地改革运动中杨柏寿表面上的礼貌、顺从、平静

[①]　杨争光：《我的简历及其他》，《文艺争鸣》1992 年第 6 期。

实际上是一种不露声色的对抗，其中隐含着他带有心理优势的对于土地改革的不满和抵触，那么他在心理崩塌之后并未走向自杀，则显示着他充满韧性的生存意志。他犯下"跑操症"的怪病实则成为其不满和对抗情绪的一种出口，在一圈又一圈的奔跑中，他的憋屈、发急以及愤怒都被倾泻而出，而在消磨和泯灭了对于物的欲望后，他以无欲无求、了无执念的方式度过余生，"他坐在他家院子里的磨盘上晒了半辈子太阳"，仍是不动声色，但却展示着一种无所畏惧的活着的姿态。

与杨柏寿以生命的韧性对抗政治权力不同，段文锦则是以出乎意料的乱伦表示着人的原始欲望的不可抗拒，以及对传统伦理道德的反叛。在符驮村人的眼目中，识文断字的段先生是村里活得最滋润、最正气的人，他既无生活上的劳碌、穷困之苦，也坚守着自己的做人原则，他所讲的许多道理甚至会让符驮村人记一辈子，他的身上有着令符驮村人仰望而估摸不透的传统修养和人格魅力。但在道德伦常的钳制之下，鳏居多年的段先生也长久地压抑着自己本能的身体欲望，对于道德的恪守最终败给了内在的原始欲望对于身体的支配，他在65岁时强奸了一向对他恭敬、孝顺的儿媳小芹。在符驮村人看来，这一"邪乎"的乱伦行为只是段先生"鬼使神差"之下并不打紧的一时失足，但实质上则是他被强制压抑的情欲对于道德枷锁的冲决而出，是来自身体内部的本能欲望对于束缚其大半生的道德力量的挣脱与抗争，欲望的不可抗拒的巨大能量推动着他以毁掉一世美名的决绝的方式突破着自我的道德防线，最终导致了这场颇具反讽意味的乱伦事件。尽管符驮村人在男女性事上的自在、随意以及"凡事不必认真"的处世态度，让他们对世上常有的"扒灰的事情"并不感到稀奇，因而他们十分理解和宽容段先生一时的"邪乎"之举，但无须面对道德他律惩戒的段文锦，却难以摆脱自身在道德上的耻辱感和罪恶感，不堪精神重负的他最终以惨烈的自宫在道德和情欲之间做出了不同于符驮村普通男女的选择。

的确，相比起有着传统知识分子人格魅力的段先生来说，符驮村普通男女围绕人生在世的"两大美事"而建立的生存哲学更为简单、质朴，乃至更为粗鄙，但面对严酷的现实境遇，他们在粗粝、鄙陋之中又显示出更为坚定的生存信念，以及更为强悍和坚韧的生存意志。

相比起在"食"的层面的生存渴望，符驮村人对"性"的自然欲望的追逐以及接续香火的愿望同样强烈、执着，甚至因理性的匮乏而具有一种执迷不悟的色彩。光棍汉兄弟大贵和二贵在土地改革中分得土地并解决了温饱问题，但却无钱同时娶下本地媳妇。头脑活络的二贵先到黑市上卖粮，再用换来的钱远赴甘肃买下女人。当他把一个大个子女人领回家中，老实本分的大贵却央求他把女人让给自己，对此他并无难堪与不舍，他可以以同样的方式再为自己找下女人，因此他极其自然、平和地告知大贵如何应对女人在得知更换丈夫之后的愤怒，大贵也并不嫌弃女人已被二贵占有了身子，而不明就里的女人在得知丈夫换成了大贵后也格外平静地接受了命运的安排，她没抓没咬大贵，反而"朝他笑了一下"，此后便安分守己地跟大贵过起了日子，"给大贵生了六个娃"。在知识分子的启蒙话语之下，大贵与二贵兄弟二人的买妻与换夫显然是愚昧无知的，还带有着对女性尊严的漠视与侮辱，而女人平静、和顺的应对则是一种麻木、迟钝的屈从，表示着自我生命意识的丧失。然而在民间的话语逻辑中，"性"的匮乏所带来的痛苦与煎熬，以及"食"的匮乏所带来的生存的沉重与艰难，无疑是需要面对和克服的首要困境，因而在这起看似荒诞的事件中并无任何的对抗与冲突，他们以一种极具韧性的态度面对生存的苦涩与无奈，彰显着强韧而执着的生命欲求。

改革开放以后，随着计划生育工作的实施，符驮村人迎来了"不愿意经历又不得不经历"的前所未有的"生娃问题"，以往自然、随意的生育方式开始受到严格的管控。然而由于符驮村人随性、自在而又热烈的性事态度，政府所组织的戴避孕套、上环以及结扎等工作遭遇到极大的阻力，尤其是由于重男轻女的传统观念作祟，像上官太平那样生了多胎却没生下男娃的一类人，更成为计生工作的难点和死角。为了生下男娃延续香火，上官太平不惜倾家荡产，但"心强命不强"

的他接连生下四个女儿；在女人被强行上环之后他竟然试图私自摘取，险些闹出人命；为了躲避计划生育工作队的突袭，他让女人外逃过活；此后女人又接连生下两个女娃，都被他直接溺死、药死，直到终于生下了男娃。上官太平一类人对于生养男娃的追求因理性的失却而显示出愚昧和残忍，但在他们充满辛酸和无奈的坚持中，也透露出人性深处的沉重与悲怆，以及在男性主导生育行为的传统观念之下延续生命之根的愚昧而又强悍的使命意识。

  杨争光曾说过："写作的过程可以是苦涩的，但阅读的过程必须愉悦——事实上，在我写《从两个蛋开始》的时候，我就给自己这么说了，也尽了我的努力。"① 虽然小说在结构形式上的片段化，以及人物和情节上的相对独立性，减弱了一贯到底的故事吸引力，但这部小说"专门记叙凡人琐事、野史村言"，书写众多"民间人物的志异传奇"，因而它对一个个原生形态的生存故事的呈现，同样带给我们阅读上的愉悦感。杨争光的"苦涩"或许在于他总能以深邃而犀利的目光揭示世事的更替，捕捉人心的变幻，但却又始终深藏着自己的批判指向，以及对于人性、历史和现实鞭辟入里的发现与发掘。对于半个多世纪以来符驮村民间围绕"食""性"而发生的林林总总的生存故事，杨争光并未予以道德层面的谴责或是人性层面的丑化，他只是如实地裸呈着民间的生存本相，而将评判的权利交到读者手中，他的现代知识者话语所具有的苦涩与悲悯却深埋在"众生喧哗"的故事表象之下。

  同时，由于杨争光是从最本真的人性出发还原民间生活的原生形态，并运用本土民间的价值尺度来重估历史及现实，因此小说对斑驳、琐碎的历史片断以及卑小、粗鄙的生存故事的裸呈，自然而然地消解了官方意识形态视野之中波澜起伏、大气磅礴的历史内容及其进程，民间话语在凸显自身话语地位的同时也显示出某种冲击中心的力量。如果从对历史本体的认识这一角度来看，杨争光或许未能呈现出历史

---

① 杨争光：《我的话》，《文艺争鸣》2011年第3期。

的畅通与明晰，但他恰恰在对历史深处细微脉动的触摸中展示出历史原本驳杂、丰富的面貌，在一个个颇有意味的背景性历史片断之中，同样斑驳、繁芜的以生存为内核的民间风景被逼真地描绘出来，杨争光也由此完成了对民间世界不失悲怆的守望，对农民生存本相与命运变迁的冷峻观照，以及对于丰富人性清醒而沉重的叩询。

第八章　当代陕西文学民间叙事的成就、局限与前景

纵观中国当代文学 70 年来的发展历程，文学"陕军"不仅从未缺席，而且以厚重高远的气象与鲜明的地域文化色彩成为引人注目的重镇之一。他们立足于三秦故地深厚博大、承传久远的文化土层，秉承延安文艺与农民文化紧密结合、扎根于农民生活的民间传统，以自身与农民血脉上、情感上的天然联系为纽带，在以现实主义为主体的兼及现代主义、浪漫主义等的多元化创作中拓展出民间性的向度，民间叙事也因此成为当代陕西文学的重要基本面之一。从表现形态上来看，数代文学"陕军"的民间叙事或隐匿或彰显或奔涌，但都散发出泥土的芬芳与民间的气味，并在当代文学的不同历史阶段收获了丰硕的成果。当代陕西文坛民间流脉的代际承传，尤其是新时期以来文学"陕军"朝着民间的进发，不仅创造了独特的秦风浓郁的文化审美空间，而且在深化、超越现实主义传统的同时，参与、推进了当代中国文学话语的转换与重塑，使得民间话语在多元化的话语格局中尽显风流，彰显出对于全球化语境下建构新型民族文学的重要意义，而其自身也成为当代中国文坛的一支劲旅。

不过，文学"陕军"的民间叙事在取得突出成就的同时也显示出明显的局限与缺失。姑且不论作家个人在写作技法与艺术处理上的欠缺之处，从话语本身的角度来考虑，尽管走向民间为文学的现代转型提供了除西方话语之外的另一种资源，然而置身于中国文学的现代性

被几度撞出正常行进轨道因而依然并未完成的语境之中，文学"陕军"乃至整个当代中国文坛向着由本土文化土壤所滋养的前现代的民间进发，则进一步使得文学的现代性追求在很大程度上再度被悬置，作家以民间作为反思现代性的去处，以重返前现代作为在现代化语境中自我解放的路径，无疑是充满悖论意味的，何况在民间话语与作家现代意识的对话与碰撞中，民间还往往以其藏污纳垢的一面使得作家在下沉自身话语立场、向着民间撤退的同时，又遭遇自身精神的困惑与混乱。而在当下文化全球化的大背景下，面向本土化生存的民间叙事可以为现代性话语建构带来极高的民族辨识度，从而为中国新型民族文学提供应有的身份，但其本身所蕴含的前现代的价值理念也可能导致文学视野与文学交融上的阻隔，从而使得当下文学的现代性理路走向封闭。因此，如何实现现代意识与民间立场的整合、交融，如何走出在话语交锋中挣扎浮沉的困境，如何摆脱自身的精神困惑与混乱，如何在坚守民间传统与文学民族性的同时，又以开阔的人类性视野审视自身民间文化形态与民族历史生活，是走向民间的文学"陕军"乃至整个当代中国文坛要面对的共同课题。基于已取得的丰硕成果和已形成的深厚传统，我们有理由期待作家的民间叙事开拓出光明前景。但就文学"陕军"而言，面对第二代、第三代作家或相继死亡或跨界转行或转移视点的残酷现实，加之对民间文化资源的重复性利用、写作的模式化倾向乃至精神进程的停滞等问题，在一定程度上构成了作家突破自我、超越自我的桎梏。再加上在当下更具开放性的文化空间中，文学"陕军"的后继力量在呈现出更为多元的文化视野与价值判断的同时，也走向了极具个人性的突围；在去除过分的"同质化"的同时，似乎也失却了深厚丰沛的文化精神。因此，当代陕西文学的民间叙事在不断的探索和实践中能否迎来又一个高峰状态，还要接受文学时空的考验。

一 文学"陕军"民间叙事的功能意义及成就

21世纪之初，陕西文坛的挚友、已故著名评论家雷达曾在概览20

世纪 90 年代长篇小说创作整体情况时，首先回溯了 1949 年以来当代长篇小说的发展历程，他大体将 1956 年至 1964 年、1980 年至 1988 年、1993 年至 2000 年界定为这一发展历程中的三次高潮，又在浩繁庞杂、良莠杂陈的众多作品中遴选出分别代表着三个高潮时期最高创作水准的一系列重要作品。如果从地域流派的角度来审视雷达的扫视与梳理，我们很容易注意到，在当代长篇小说发展三个高潮时期最为重要的代表性作家中，均有陕西作家跻身其间，柳青的《创业史》、路遥的《平凡的世界》与贾平凹的《浮躁》分别成为成就长篇小说前两次高潮的重要作品之一，而第三次高潮则更是始于引人注目的"陕军东征"，并继之以《废都》《白鹿原》等作品的热销。[①] 可以说，在 20 世纪后半期大陆长篇小说的发展历程中，数代文学"陕军"显示出极为强劲的创作实力，而他们在现实主义路向上的不断掘进与拓展也为新世纪以来陕西文坛的持续发力奠定了坚实的基础。如果我们延续雷达开阔的视野以及对于作家刷新观念、丰富风格样式的期待，进一步梳理和考察新世纪以来 20 年间的小说创作，那么将贾平凹的《秦腔》《山本》、叶广芩的《青木川》、杨争光的《从两个蛋开始》、冯积岐的《村子》、红柯的《西去的骑手》《太阳深处的火焰》等作品纳入这一时期极具代表性的重要创作之列，大概并不会引起多少的争议，这也意味着新世纪以来文学"陕军"的创作延续着良好的态势，并不断巩固着陕西作为中国当代文学重镇的重要地位。而如果从作家叙事立场以及作品审美意蕴的角度来纵览文学"陕军"的这些厚重文本，民间叙事则成为贯穿其中的或隐或现的重要脉络。尽管置身于不同的历史文化语境之中，作家的自由意志有着程度上的差异，但他们都显示出共同的底层立场与民间情怀，其创作在民间文化形态与民族历史生活的观照与书写中建构起独特的民间审美空间，呈现出秦地（西北）色彩鲜明的地域风貌，并因此展示出深刻的美学意义、重要的话语功能以及突出的文学成就。

---

① 雷达：《第三次高潮——90 年代长篇小说述要》，《小说评论》2001 年第 3 期。

第八章 当代陕西文学民间叙事的成就、局限与前景

对于柳青、王汶石等从延安成长起来的第一代文学"陕军"来说，由于他们在长期的与工农兵相结合的过程中进行了深刻的思想改造，主动地迎合着时代的要求，担负着时代所赋予的描写新社会、塑造新的英雄人物形象的使命，因而他们在创作中显示出极为自觉的政治站位与高度的政治觉悟，《创业史》以及王汶石的短篇小说《风雪之夜》《严重的时刻》《新结识的伙伴》等作品，也因此成为密切配合政治、表达时代精神的主流话语文本，这在小说的主题思想、情节结构、人物塑造、叙述视角与声音等方面均有着充分而明确的体现。然而，在坚定的政治信仰与赤诚的集体主义理想之外，基于深厚的生活基础以及对于农民的深刻情感，柳青、王汶石等作家在以阶级性的视角观照农村现实生活的同时，又不自觉地在叙事语态上隐匿着超越政治视界的民间性向度，来自民间的声音不仅在一定程度上调适和反拨了作品的政治视角，而且也往往成为作品在历经时代变迁之后依然具有可读性的艺术上的重要保证。以最具典型性的主流文本《创业史》为例。从小说的叙事话语本身来看，实际上作品在发表之后便引起的关于梁生宝与梁三老汉孰优孰劣的争论，在很大程度上正是由于显在、突出的政治意识形态与隐匿的民间性向度并存于文本之中而导致的。邵荃麟、严家炎等人认为"梁三老汉比梁生宝写得好"，认可梁三老汉"是很高的典型人物"，[1] "具有巨大的社会意义和特有的艺术价值"[2]，正揭示了柳青深沉的民间情怀与不自觉的民间立场。除了艺术修养的深厚及创作技法、描写能力的高超之外，不得不说梁三老汉艺术形象的成功在根本上是与柳青对农民生存意志与生活方式的理解、对农民复杂微妙心理的体察、对民间价值立场的尊重、对民间生活逻辑及情感逻辑的遵循密切关联的。加之基于柳青常年守土的真切生活体验，《创业史》中淳朴、厚重的关中乡土景色，惟妙惟肖的民间日常生活故事，自然、生动而富于韵味的民间语言，浓郁的关中民间风

---

[1] 《文艺报》编辑部：《关于"写中间人物"的材料》，《文艺报》1964年第8、9期合刊。
[2] 严家炎：《谈〈创业史〉中梁三老汉的形象》，《文学评论》1961年第3期。

俗色彩等，这些富于乡土气和民间味的要素也同样成为作品蕴含深刻的艺术内容，它们与梁三老汉这一成功的人物典型一同，作为"硬核"的艺术品质，在相当程度上确保《创业史》成为一部经得起大浪淘沙的红色经典。

进入新时期，在文坛复苏抽芽并很快热闹纷呈的大背景之下，当以"复出作家"为代表的知识精英重新高扬启蒙话语，深沉而又激越地展开现实批判与社会理想抒写，偏居秦地的路遥、陈忠实及贾平凹等土生土长的陕西作家却在本土地域色彩浓郁的创作中呈现民间生活图景与民情风俗，开掘出秦地民间世界的精神蕴涵与生命能量。并且，与韩少功、郑义等在乡土民间文化之中进行文学寻根、但最终又普遍地落脚于启蒙与文化批判的作家相比，他们的农裔出身以及始终确认着的"农民""山里人"抑或"农民的儿子"的身份意识，使得他们在民间文化空间的开拓中纷纷建构起自我的精神原乡，并呈示出更为深刻的民间情怀以及更为坚定的民间立场。在《人生》《四妹子》《商州初录》等20世纪80年代初中期的创作中，陕北高原温情、宽厚的民间道德伦理，关中平原"不失其伟大"（《四妹子·后记》）的民间生存意志，以及陕南山地诗性、神秘的乡野风情，开始绽放出三秦民间大地的独异神采，也使得秦地成为当代中国文学乡土想象的重要一隅。而在此后，当"新写实"作家对于传统现实主义文学观念的解构在文坛产生巨大震动，当先锋作家纷纷热衷于在小说的形式层面尝试种种现代主义和后现代主义的花样翻新，路遥、陈忠实及贾平凹则在现实主义道路的坚守与深化中，也在民间文化空间与民间历史生活的文学性塑造中，对乡土中国的现代转型予以了切实的观照和探讨。相比起余华、苏童、格非等先锋作家在形式实验的疲惫之后，在叙事意义本身的找寻中所呈示出的异常鲜明的民间转向，第二代文学"陕军"在叙述视野、价值立场以及审美精神等层面则从未远离其精神血脉深植其间的乡土民间世界。他们秉承着守土创作的传统，以活跃的民间叙事创造出秦地色彩浓郁的审美文化空间，显示出较为明显的倾向于民间的价值立场与精神信仰，并与向着民间回归的先锋作家一道，推动着民间在话语格局中的地位得以极大提升，使得延绵于百年文学史中的民间叙事在20世纪90年代以来收获了显赫的话语地位以及最为突出的文学成就。

总体来看，不仅作家们的民间话语以其放弃寓言、关切基本生存与生命的价值面向规避了与政治的默契配合，解构了有关"大写的人"与现代民族国家的宏大叙事，而且民间也以其广阔和深邃为退守边缘的知识分子重建精神信仰提供了丰富的精神文化资源。同时，民间叙事还解构了新时期以来"西化"的现代化方案。路遥、陈忠实、贾平凹以及莫言、张承志、张炜等一大批作家自觉地以乡土民间为叙事视域，不断挖掘和体认民间生命能量与民间信仰价值，为本民族文化结构的重新塑造和乡土中国的现代转型提供了丰富的本土内容与文化价值。由此，作家们的民间叙事推动着当代文学的现代性价值诉求与演进理路实现了根本性转换。

如果以文学奖项、作品发行量等外在的具体表征来总结这一时期文学"陕军"民间叙事所达到的高度及其所产生的影响力，作为"陕西三大家"的路遥、陈忠实以及贾平凹斩获了诸多高层次、高质量的文学奖项，尤其是先后问鼎了象征着当代中国文坛最高荣誉的"茅盾文学奖"，这意味着其创作获得了来自业界的专业性认可，也进入到史家的学术视野之中，并在当代中国文学史上占有重要席位；同时，他们的作品又往往以丰厚深刻的意蕴、独特隽永的艺术构思以及鲜明的地域色彩跻身大卖热卖的畅销书之列，更成为长时间被读者所追捧和热爱的"长销书"，展示出常读常新、百读不厌的艺术魅力。《人生》《鸡洼窝人家》《腊月·正月》《平凡的世界》《白鹿原》等作品在被改编成影视剧后或深受好评，或引起热议，又反过来进一步拓展了作品的阅读群体，扩大了作品的影响力。再加上由陈忠实、贾平凹以及同样扎根民间的高建群、京夫、程海等"五虎将"所引领的"陕军东征"在其时的中国文学界引起巨大轰动，地域色彩浓郁、明朗的西北风一时间席卷文坛，可谓造就了陕西文学前所未有的辉煌成绩。

21世纪以来，随着改革开放持续不断的深入推进，中国社会全面步入商品经济时代，整个社会生活发生了更为巨大而深刻的变化，在业已形成的更为宽广、包容、多元的生活界面中，社会成员的精神文化生活进一步丰富，思想向度与价值取向也更为多元化，在对时代命题与社会现象的理解与判断上，意识形态中心与主流价值立场不断被削弱并不断走向消解，原本统一性的观念与认识趋于分化，共识性结论也被差异性极大的个人化观点所取代，这也就意味着在以往带有主流色彩的"广场"和"庙堂"话语已呈现为极度收缩的情势，因而绝对居于主流地位的话语已不复存在。在人文知识分子内部，实际上早在20世纪90年代前期关于"人文精神"的讨论中，多种声音竞相争鸣的局面以及最终的"共识破裂"，已较为典型地表明学者和作家们在身份认同和价值立场上的多元化选择。另外，在全球化思想浪潮不断涌动的大背景下，随着人们的日常生活视野与思维视野进一步扩大，人文知识分子试图整合或主导多元化价值向度的企望可以说已全然破灭，价值立场与价值观念的高度多元化已成为时代的一种标杆。当这种时代精神风貌反映到文学创作中，则体现为与价值系统紧密相关的叙事立场也相应地出现了多种取向。弘扬国家意识形态的"主旋律"，坚守传统的精英意识，与商业"合谋"迎合大众文化与市民读者，转向广阔而深邃的民间社会生活，以及表达纯粹私人化的生活经验等，共同建构起了众声喧哗的文学创作图景。对于此时的作家来说，处于社会文化空间边缘位置的他们已无须再以文学创作承担统一性观念的表达，以及对现实社会进程的默契配合。并且，文学创作因其边缘位置而获得的极强的开放性也使得作家们进一步将多元化的叙事立场推向了个人化的极致，无论是哪一种叙事立场，都显示了和作家自身体验的密切关系，甚至可以说作家的体验成为了他自己的写作对象，而在充分个人化的叙事立场上显然已经不存在真正意义上的主流文学价值观与主流话语言说，反过来也就再无所谓主流叙事立场的存在，作家为我们呈现的只是独特的个人性风格的不断生长。

　　不过，在这样一种无主流、多元化的文学话语格局中，作为建构

第八章　当代陕西文学民间叙事的成就、局限与前景

部分之一的民间叙事却成为了最为彰显和突出的话语力量，民间文化空间得到作家们进一步的开掘和表现，他们贴近民间基本生存与生命层面的创作也取得了丰硕成果，因而创造了民间叙事较为显赫的话语地位。在朝着民间继续进发的路向上，新世纪的文学"陕军"同样收获了不俗的创作实绩，甚至可以说在相当程度上引领着对于民间的持续探索与掘进。除了创作力依然旺盛的贾平凹之外，叶广芩、冯积岐、杨争光、红柯等一批文学起步略晚的陕西作家，同样立于文化底蕴与历史积淀深厚的陕西厚土高原之上，沿着当代以来扎根民间的文学"陕军"已辟出的坚实道路，既以更为开阔的文化视野以及强烈的超越精神致力于自身文学个性的建构，又显示出共同的关注民间历史与现实生存的创作视域，以及理解、认同民间价值与民间精神信仰的创作倾向。在他们所创作出的一系列颇具人性深度、精神高度和历史容量的佳作中，叶广芩的《青木川》对秦岭山地深处被遮蔽的民间历史的执着探寻，红柯的《西去的骑手》对大漠荒原充满生命野性和传奇色彩的民间英雄的浪漫礼赞，《太阳深处的火焰》对西域民间大地精神的高扬以及对关中民间生存境遇和历史文化土壤的观照，冯积岐的《村子》对改革开放以来关中农民心灵变迁的深度思考，杨争光的《从两个蛋开始》对一系列重要历史片断中乡村生活原生状态以及民间生存基本欲求的透彻揭示，以及张浩文的《绝秦书》在灾难叙事与家族书写中对关中民间风俗世情的诗意展示，都在各自不同的维度上显示着他们较为成功地驾驭和把握住了自身的民间写作。

当然，因为个人体验的多样化，作家们共同的民间叙事又呈现为多种复杂的情形，这里仅从作家个人立场与民间立场的关系建构来看：叶广芩在《青木川》既不失女性知识分子作家的优雅、沉静以及诗意，又搁置了传统知识精英居高临下的话语姿态，走向了对民间的宽容和尊重以及对权威历史叙述的审视和质疑，因而作品的不同声部之间形成了平等审视、相互言说的话语关系。冯积岐在《村子》中勇敢地直面乡村社会价值裂变和心灵变迁的深层脉动，他带着内心所积压的成长之痛对松陵村民间生存图景的描画，在相当程度上解构了有关

农村改革开放之路的宏大叙事,他既以知识分子的现代意识指斥那些被强权和利欲捆绑的民间生活现场,又在人性与道德的纠结中表示出对于传统的民间道德价值的认同。杨争光在《从两个蛋开始》中彻底地摒弃了政治视角之下对于历史崇高和英雄神话的书写,而是从民间视角切入符驮村围绕"食""性"而展开的形形色色的生存景象,他既以一种调侃和戏谑的语调观照和揭示乡村民间生活的原生形态,以犀利的现代视野直抵人类生存的终极问题,又通过揭示民间生存的悲剧性内涵,对民间社会的生存热望和基本欲求予以理解和认同。红柯在《太阳深处的火焰》中则一如既往地迷醉于作为其精神再生之地的西域大漠的民间生命意识,因此他对关中民间生存病相及其文化根脉的披露,既显示出作为知识精英充满忧虑和痛苦的自省与批判意识,但其生命救赎和文化寻根最终又毫不保留地统摄于对西域大地精神的笃信和仰望之中,作品也因此激荡着浓烈的民间理想主义情怀。总之,作家个人立场与民间立场之间是和谐交织,还是自我放逐,抑或潜藏反思,可以说在这一梯队的文学"陕军"笔下构成了不一而足的多样性关系,而这种差异恰恰呈示出他们更为开阔的文化视野以及强烈的突破意识。可以说对于民间世界以及民间文化精神的深刻体认与自觉探索,不仅确立了他们鲜明的艺术个性,并以此获得了来自学界与读者的好评,从而产生了较为广泛的影响力。并且,其创作突出的民间意味和西部色彩展示着他们对当代陕西文学深厚的民间传统的承继与深化,除了天然的地域共性之外,正是在民间的纬度上这些作家显示出相同相通的发力点和着力处,从而拧成一股整体性的创作势力,续写着陕西作为文学重镇的新篇章。

以上对于文学"陕军"民间叙事功能意义以及文学成就的考察,是回到当代不同阶段的创作语境中来展开的,如果将其整合至更高的文学民族化的层面上来看,那么从柳青、王汶石到新时期"陕西三大家"、再到红柯、杨争光等第三代"陕军",尤其是新时期以来,文学"陕军"立足于乡土秦地以及西部大地,既揭示了特定的秦地及西部流溢着浓郁地方色彩的民间生存景观与生命形式,又从民间传说、神话、史诗等民间文化资源以及多种民俗意味浓厚的民间曲艺样式中汲取营养，并加以创造性的转化，最终创作出了一批既富于鲜明的艺术个性、又具有民族气派的经典作品。一方面，由于乡村文明是中华民族文明的主体，乡土性是中国社会的本质属性，因此，以乡土中国作为表现对象成为中国现当代文学追求民族化的基本路径之一，对乡土民间的表现也成为中国现当代文学创作中一个基本且惯常的主题。从20世纪20年代以鲁迅为首的乡土小说群体，到20世纪30年代别具一格的地域文化小说流派，再到20世纪40年代以沙汀、艾芜为代表的国统区乡土小说创作，直到解放区以及新中国成立后大量农村题材小说的出现，乡土中国成为不同时代的作家们不可回避的共同视域。乡土既是作家们命运的始发点，更是他们感情的寄托处，将"乡间的死生，泥土的气息，移在纸上"①，成为作家们共同的创作目标和自觉的文学诉求。尽管随着改革开放以来城镇化的推进以及市场观念的不断深入，中国乡村的社会结构、关系网络等已发生急剧变迁，但乡土民间的生存形态、价值观念以及精神气质依然是中华民族性最为核心的要素，同时也是最为突出的表征，可以说中国社会在整体上依然是乡土性的。而由于数代文学"陕军"天然的农裔身份与深刻的恋土情结，关注他们脚下承载着深厚乡土文化传统的三秦大地、书写乡土民间农民的历史与现实生存便成为其创作必然的基本领域。因此，他们的创作在内容上最为突出地契合了文学民族化的追求，充分地彰显了中国的民族性特征。另一方面，由于"乡土社会的生活是富于地方性的"②，因此作家对各自地域乡情民俗的纪实和描写所显示出的鲜明的地方色彩也成为文学民族特色的重要层面。从整体上而言，对特定地域自然风貌与民俗风情的描写也是中国现当代作家们一脉相承的自觉而可贵的民族化追求。进入新时期以来，在表现地域文化最引人注目、地方色彩最为浓郁的作家创作中，与李杭育的葛川江、莫言的高密东

---

① 鲁迅：《〈中国新文学大系〉小说二集序》，载《鲁迅全集》第6卷，人民文学出版社2005年版，第263页。

② 费孝通：《乡土中国》，生活·读书·新知三联书店1985年版，第4页。

北乡、郑万隆笔下的黑龙江边陲山村等相似,以路遥、陈忠实、贾平凹为代表的陕西作家基于自身对秦地民俗的深入体验以及对民间传说、故事等的熟谙,其创作也以鲜明的秦地地域色彩在文坛引起极大震动,他们对陕北高原、关中平原及陕南山地独特的人事民俗与民间文化的展示与表现,也成为其作品令人耳目一新的重要标识,显示出独特的民族气派与民族风格。因此在总体上,数代文学"陕军"立足于民族性的创作丰富和推进了中国现当代文学的民族传统,对全球化语境下新型民族文学的建构具有重要的示范性意义。

二 民间叙事的话语属性及其局限

如前所述,20世纪90年代以来,包括路遥、陈忠实、贾平凹、杨争光、红柯等文学"陕军"在内的一大批当代中国作家,以深厚的民间情怀和自觉的民间立场观照民间文化形态与民族历史生活,他们对民间的多维度开掘也因其所显示的强大功能意义和所取得的杰出成就受到人们的关注。放置在整个中国现当代文学的历史进程中来看,作家们集体性的民间叙事表明着中国文学现代性在演进过程中的自我质疑和自我调整,最终在整体上有力地调适和反拨了现代性话语建构的"西化"路径,实现了中国文学现代性发展理路与价值走向的巨大转换。一方面,对民间文化空间的激活与开掘成为乡土中国现代转型进程中"文化赋能"的重要向度,民间土壤中所蕴藏的历史文化内涵为重塑民族文化结构提供了重要的本土资源与精神价值。譬如在红柯那里,来自西域边地民间强悍、坚韧的生命基质与开阔、豁达的生命信念正是中原土地上的人们所缺乏的,因而闪耀着原始野性和诗性光辉的"大西北的大生命"正可以为疗治当下汉民族"种的退化"输入鲜活血液,在文化生态上,对于"缺乏一种更高意义上的彼岸世界的参照物"的汉族文化来说,西域边地文化无疑是一种非常有益的平衡和丰富。[①] 另一方面,作家们对地域民间文化与乡土传统文化所进行的

---

① 李建彪、红柯:《绝域产生大美——访著名作家红柯》,《回族文学》2006年第3期。

充分的艺术表现，尤其是对民间生命精神和文化理想的认同和张扬，也意味着中国文学走出了长期以来对于现代性的绝对崇拜。他们从民间的视角对于现代性历史进程中人和自然的异化作出了乡土式的批判，通过对带有诗意的生活方式的展示抵御和反思现代性所带来的困扰人们的种种危机和弊端。在改革开放以来中国社会和文化转型的历史进程中，现代化的实施在带来物质生活极大改善的同时，也不断表露出负面的作用和后果，社会异化、精神异化等现代性困境随之产生。面对文化失范、价值无序、信仰失落、道德沦丧等思想精神危机，知识界的文化想象遭遇困惑和打击，这促使他们在反思原有文化立场、策略及实践的同时，开始对传统文化资源进行价值重估，作为传统资源重要载体的民间文化空间得到了多维度的观照和表现，并构成质疑现代性的重要去处。因此，如果说进入20世纪90年代，"对现代性的追问和祛魅，成为文学的新趋向"[①]，那么作家们集体性地朝着民间进发则成为显示着这种趋向的最为典型的创作现象，并很快以出色的艺术表现代表了这一时期文学的最高成就。然而，包括文学"陕军"在内的当代中国作家的民间叙事在取得重大成就、彰显重大意义的同时，也有着明显的局限性，并可能对中国文学与文化的现代转型及其话语体系的建构路向与前景产生一定的影响。

就作家作为叙事主体的话语意识而言，中国现代当文学话语中的民间叙事首先是知识分子作家的民间叙事，而自"五四"新文化运动以来，现代性精神就一直贯注在新文学的进程之中，成为中国现当代文学话语建构的基本追求和本质内涵。因此，对民间视角的自觉选择并不意味着作家对于自身启蒙立场和现代意识的全然抛弃，作为叙事主体的作家必然带有表达自身知识分子现代性追求的话语意识，尽管这种表达可能是非常隐匿的。也正是在这个意义上，向着民间撤退的莫言才认为自己撤退得不够彻底，"没有赵树理的小说那样纯粹"。[②]

[①] 张志忠：《现代性理论与中国现当代文学研究转型》，《文艺争鸣》2009年第1期。
[②] 莫言：《是什么支撑着〈檀香刑〉——答张慧敏》，载《小说的气味》，春风文艺出版社2003年版，第110页。

实际上，作家叙事立场的撤退与转换主要是指放弃在话语权上居高临下的霸权态度与"今夫天下"的话语方式，反思自身在话语格局中的权威意识与身份认同，同时重新审视对于民间的排斥与批判，最终走向宽容与尊重民间，并在知识分子立场与民间立场之间建立平等互动的话语关系。我们可以在叶广芩的《青木川》中看到作家对这种话语关系十分典型而形象的设置。小说在整体上超越了传统意识形态的定势，在由多条线索构成的复调式叙述中，作家冯小羽实际上代表着叶广芩着意要表达的"现代人的立场"和"今天的眼光"①，冯小羽的父亲、当年的解放军教导员冯明代表着捍卫历史进步性和合理性的正统革命历史叙述，而身为当年魏富堂旧部的徐忠德等青木川老人则代表着关注人的生存本身的民间性思维。在众人存在着重合、错位以及对立的多声部的讲述中，正是在冯小羽所代表的知识分子话语的宽容和理解之下，原本微弱沉寂的民间的声音才得以迸发出冲击宏大历史叙事的话语力量，冯明对于历史的权威而单一的叙述不仅遭到了冯小羽的现代眼光的质疑，而且受到了原本被遮蔽的民间话语的挑战，民间话语也被纳入到了冯小羽的现代视野之中，成为其在拨开历史迷雾、探究历史真相的过程中十分倚重的话语资源。因此，如果说冯明与冯小羽以及冯明与徐忠德等人之间的话语交锋与抗衡，显示的是正统革命历史叙述与知识分子话语以及民间话语之间存在的难以调和的悖谬性，那么冯小羽对徐忠德等人刨根问底的追问以及对话，则意味着民间的伦理维度得以参与到对历史的言说之中，并与现代知识分子之间建立起了相互审视、平等互动的话语关系。正是在对于50多年前青木川民间生死浮沉、爱恨情仇的多声部讲述中，小说呈现了充满混沌感的、更为立体的魏富堂形象，也因此更为逼近历史以及人性本身的复杂性和丰富性。

然而，话语地位的平等绝不表示知识分子话语与民间话语之间冲突的全然化解和二者在价值上的完全契合，只不过由于民间长期以来

---

① 叶广芩：《一言难尽〈青木川〉》，《长篇小说选刊》2007年第3期。

处于被遮蔽和压抑的弱势地位，一旦得以明确、自在的文学表现，它在话语格局中地位的提升比起知识分子话语姿态的下沉就更为瞩目，书写民间、表达民间也就容易被解读为对民间的张扬与歌颂。实际上，"说话，或更严格些说发出话语，这并非像人们经常强调的那样是去交流，而是使人屈服：全部语言结构是一种普遍化的支配力量"①。因此，作家民间立场的选择本身已经构成对自身立场的解构意义，在与民间的平等对话中，作家无不感受到民间话语的支配力量与自身现代意识表达之间的碰撞，因此一方面是基于在价值原点上对于现代立场的坚守，另一方面则是对民间立场的着意倾斜以及对民间文化精神的价值认同，加之他们显然无法真正回避民间社会藏污纳垢的形态特征，因此也就纷纷陷入到自身精神理念与价值立场的困惑、混乱与迷茫。

仅以文学"陕军"为例。柳青的《创业史》在民间的视野之中挖掘梁生宝的草根英雄气度与世俗特质，使其呈现出契合民间社会英雄崇拜心理的传奇性和种种光辉品格，但同时，梁生宝加之于素芳身上的深重的道德歧视，也意味着作家对这一新式农民英雄的塑造受到了民间残酷的贞洁观念和落后的伦理道德的制约，因此，柳青的不自觉的民间性立场既使其在一定程度上超越政治视界，但同时又使其囿于民间伦理的精神高度，失却了知识分子应有的现代意识。如果说柳青的特殊性在于在"庙堂"宏大叙事的统摄之下，其知识分子视野与民间性话语都被压抑而极度收缩，因而并不构成明显的对立和冲突，那么进入新时期以后，文学"陕军"在现代意识与民间立场之间的价值困惑与混乱则有着更为突出的体现。在路遥的《人生》《平凡的世界》中，高加林、孙少平由于现代性教育的熏陶以及对城市生活的初步体验，业已形成不同于父辈农民的文化人格，他们征服城市的意志和对现代生活的热望表明着他们已摆脱生存理性的束缚，进入到追求自我

---

① ［法］罗兰·巴特：《符号学原理》，李幼蒸译，生活·读书·新知三联书店1988年版，第5页。

发展和完善的更高阶段，对于他们应和着时代呼声、从农村走向城市的现代性突围，直面时代变革和社会转型进行书写的路遥予以了深切的理解和肯定，并凸显和强化着他们身上资以实现其现代性价值目标的种种特质，因而彰显了清醒、冷静的历史理性精神。但同时，对民间道德理想和伦理价值的深度认同又使得进了城的农民之子路遥在情感及价值层面表现出对于现代理性的质疑和拒绝，因此他既千方百计地让高加林、孙少平们离开土地、朝着城市进发，又最终将其锁定在难以实现现代性价值目标的稳态化的、封闭性的乡土文化空间之中，从而表明着他在城乡之间的情感困惑与价值摇摆。在陈忠实那里，我们可以直接借用雷达在整体上对《白鹿原》所做出的较为准确的研判："陈忠实在《白鹿原》中的文化立场和价值观念是充满矛盾的：他既在批判，又在赞赏；既在鞭挞，又在挽悼；他既看到传统的宗法文化是现代文明的路障，又对传统文化人格的魅力依恋不舍；他既清楚地看到农业文明如日薄西山，又希望从中开出拯救和重铸民族灵魂的灵丹妙药。这一方面是文化本身的两重性决定的，另一方面也是作者文化态度的反映。如果说他的真实的、主导的、稳定的态度是对传统文化的肯定和继承，大约不算冤枉。"① 因此，在整体上倾斜于民间而又不失现代意识的立场之上，陈忠实的文化选择呈现出既认同又质疑的内在张力以及艰难剥离的尴尬和痛苦。在贾平凹那里，面对原本大放异彩的商州民间乡土传统不断趋于颓下和没落的命运，他既因知识分子的历史理性而产生价值上的认同危机，因而逐渐流露出对民间传统文化的疑虑之情，其重返商州家园的精神回乡也不断遭遇尴尬。但同时，即便贾平凹最终无法绕开商州大地上原本存在的保守、愚昧与野蛮，即便商州世界的诗意传统已走向历史的残缺，他仍表现出在精神维度上对于商州家园的守望姿态，并最终无法避免某种程度上的价值困惑与迷茫，他在《秦腔·后记》中写道："我的写作充满了矛盾和痛苦，我不知道该赞颂现实还是诅咒现实，是为棣花街的父老乡

---

① 雷达：《废墟上的精魂——〈白鹿原〉论》，《文学评论》1993年第6期。

亲庆幸还是为他们悲哀……"或许正是出于这种困惑与迷茫,在回溯乡镇民间历史的《山本》中,贾平凹既以一种悲悯情怀书写涡镇民间的无常命运与人情物理,更表现出消弭一切是非善恶的价值虚无色彩。在冯积岐那里,他的《村子》以成熟的理性意识书写乡土民间充满苦难的生存、异化的人性、畸形的两性关系、家族势力的复活以及自私自利、唯利是图等新的伦理观念的生长,呈示出农民在传统乡村的和谐局面被打破后面临的心理灾难和精神困境,在其现代视野之中,处于新的发展路途中的农民因其心灵的封闭、茫然,依然未能走向自我意识以及个体价值的觉醒。但同时,面对传统的乡土道德力量在新的时代变化中的日渐陨落,冯积岐又在对松陵村复杂世事与人事的描写与评判中彰显出来自底层民间的道德立场,尤其是在对作为小说重要切入口的农民两性关系的观照上,尽管他力求超越"从道德意义上简单地评判人物"的层次,试图将笔触伸向人性深处,但最终又在与一种扎根于民间的无意识的纠缠中,表达着对于带有理想化色彩的民间道德的深度认同。在杨争光那里,尽管他并不试图对中国农民的品性和方式做出简单的概括,也极少做出观念意义上的议论和价值判断,因而在《从两个蛋开始》中,他是以一种平静、超然的旁观者姿态裸呈乡土民间生活的原生形态,是以一种调侃和戏谑的语调展示乡村世界的生存欲求、生存逻辑以及价值观念,但在其不动声色的客观讲述和忠实记录中,依然隐藏着他对民间生存悲剧性内涵复杂而微妙的立场和态度,一方面是站在民间的立场上对于"食""性"的民间基本关怀和欲求的肯定,以及对农民在卑微、窘困的生存境遇中所展现出的生命韧性与抗争意志的认同,另一方面则是对构成符驮村生命视像灰暗底色的愚昧、顺从的奴性意识,狭隘、阴暗的人性痼疾,以及粗鄙、荒芜的精神氛围的发现和揭示,并最终流露出一种冷寂的悲悯与苦涩。

总之,尽管作家们无不显示出一种力求对自身精英立场与民间立场进行平等整合的努力,并在挣扎浮沉之间不断进行自我调适,他们既下移叙事视点,但又未全然放逐自身的价值立场,既在民间中保持了独立的精神意识，又借由民间立场实现了对自身的审视；并且，他们在二者之间的关系建构也呈现出一定的差异性和多样态特征。然而，作家们的民间叙事却又始终与其本然的现代性话语的价值诉求构成明确、强烈的对立关系，作家彻底的民间转向更会妨害文学的现代性构型。就二者根本性的话语属性来看，前现代性的民间叙事与作家自身的现代性话语之间存在的对立和冲突，实际上难以得到真正意义上的整合和调适。

通过回溯中西方的社会进程与思想进程，我们可以更为清晰地呈示民间话语与现代性话语的本质性对立，以及具有特殊性的中国话语的多元时间系统，从而进一步揭示作家民间叙事在话语本质层面的局限性。简言之，所谓前现代性，是指工业革命和文艺复兴以前西方历史独特的规定性，是西方历史在古希腊和中世纪的基本特征；而现代性则是指西方社会从文艺复兴尤其是启蒙运动以来的历史状况与文化精神。就现代性的原初意义而言，按照被普遍接受的马克斯·韦伯的"祛魅"观，西方社会在从前现代到现代的历史嬗变中，经历了一个"把魔力（magic）从世界中排除出去"，并"使世界理性化"的过程或行为运动，[①] 由此完成了从宗教社会向世俗社会的现代转型。因此，理性精神以及从神权桎梏下解放出来的个体观念，成为了现代性的思想底色和其演进最为重要的立足点，现代性的这一基本内涵在东西方并无二致。有所差异的是，西方世界已经经受过现代性的充分洗礼，摒弃了人类蒙昧、未开化的精神世界，其社会现代性经过相当长时间的发展已经达到一个很高的阶段，但它在营造无限人间福利的同时，也全面暴露出了现代性的后遗症，因此西方的审美现代性是作为社会现代性的反命题而存在的，表现为对于工业主义和理性精神的批判与超越。但是，这一情形显然并不全然符合中国社会的历史语境。

就中国社会历史的进程而言，前现代性是指从先秦到晚清数千年

[①] ［德］马克斯·韦伯：《新教伦理与资本主义精神》，于晓、陈维纲译，生活·读书·新知三联书店1987年版，第79—89页。

第八章　当代陕西文学民间叙事的成就、局限与前景

间不断绵延的封闭性循环，尽管其间历经着朝代的不断更替，但中国历史却始终趋向或保持着自身的同一而未曾中断，因此，乡土中国在数千年的历史积淀中形成了穿越时空的相对稳定的特征，始终囿于不断绵延的历史循环中，其历史走向是对过去的回归，而非向未来的敞开。并且在这一历史进程中，前现代性以身份、血缘、家族伦理、等级观念、神权崇拜等为主导性价值，从而导致了个体观念和理性精神的缺失，构成了对于"人的主体性"的极度压抑。进入19世纪中叶以后，以西方现代性为参照，中国也开启了追求现代性的道路，但一个多世纪以来，中国的现代性历程在显现为一种"他者化"过程的同时又具有鲜明的独特性。就整体性的历史状况和文化精神来看，由于乡土中国穿越时空的稳定性特质，中国的现代性发展还很不充分，中国社会全方位的现代转型还尚未完成，正如学者王富仁所论述的那样，"与其说'中国现代社会'是具有现代性质的社会，不如说'中国现代社会'是'现代性'与'古典性'交错、交织而构成的一个较之古代社会在结构上更加复杂、在变化上更加迅速的社会。……中国现代社会、中国现代文化、中国现代文学是以'现代性'的生成与发展为标志的，但却不是中国现代社会、中国现代文化、中国现代文学的普遍性质与特征，古典性、经典性、传统性仍然是中国现代社会、中国现代文化、中国现代文学存在和发展的主要基础和土壤，其中已经加入了'现代性'的某些成分，但'现代性'的成分在相当长的历史时期仍将是次要的、非主流的"[1]。在社会现实层面，有论者就指出，"就当下中国的主体状况，和年年'两会'所关注的国计民生问题而言，中国基本上还处于争取实现现代性的过程"[2]，因此中国社会的现代性仍需要进一步培育和建构。而在文化与文学层面，由于置身于巨大深重的民族危机之中，中国的现代性历程是在救亡图存的民族主义主旋律中启动和延伸的，在这种倾斜的历史语境中，中国现代文化与

---

[1] 王富仁：《"现代性"辨正》，《北京师范大学学报》（社会科学版）2013年第5期。
[2] 张志忠：《现代性理论与中国现当代文学研究转型》，《文艺争鸣》2009年第1期。

文学的建构始终饱含着浓烈的感时忧国的民族情怀，有着非常迫切的现代民族国家寓言的表达诉求，因此现代性话语建构中有关民族国家的想象构成了对于关注个人的价值面向的遮蔽、压抑乃至湮没，中国文化与文学以"个体的人"为基本面向的现代性追求同样实现得并不充分和完备。即便是在标志着中国文学现代性确立的"五四"时期，以个人主义为核心的启蒙主义成为文学主潮，但很快便在个人与民族国家之间逐渐让位于后者，而在"人的文学"的话语线索得以重新接续的20世纪80年代，受到政治意识形态话语的激烈碰撞与不断上扬的商品经济意识的强烈冲击，带有理想化色彩的启蒙话语也很快遭遇严重挫败。因此正是在上述两个层面的意义上，启蒙现代性在当下中国依然未完成而有待展开，启蒙主义依然任重而道远。尽管由于现代性的洪流在奔涌向前的同时也裹挟着一系列问题与弊害，并因此召唤出作家对于现代性所蕴含的理性原则与进步观念的反思与追问，但中国现代性文学话语的基本向度依然是对于现代性进程和理性精神的肯定和颂扬，以及对于启蒙理性所带来的人的价值、尊严的探求与张扬。

因此，在中国文学话语的多元时间系统中，由于传统农耕文明具有前现代的根本属性，受其滋养的乡土中国社会与民间文化空间也相应地呈现出前现代的种种特质，作家的民间叙事在本质上也就成为对古典的、传统的价值体系予以认同的前现代的文学话语，作家们向着民间的"撤退"的确展示了民间丰富的生命体验与文化形态，也丰富了自身作为创作主体的精神情感与审美资源，但这一话语向度在根本上并不能提供超越性的力量，因而在根本上与中国现当代文学高度弘扬理性文化精神和"人的主体性"理念的现代性诉求形成了鲜明的价值对立与冲突。作家的现代性价值诉求本来是对古典性、传统性的价值体系的超越和改造，并在与传统的决裂中、在对现实的变革中显示其批判性，然而，在中国现代社会仍然留有大片现代性的空白与大片前现代性的世袭领地、因而启蒙主义并没有在真正意义上取得成功的时空结构中，作家们放弃现代性立场下排斥和批判民间的话语霸权，固然显示了他们对于前现代的民间话语穿越历史时空的稳定性的认知，

第八章 当代陕西文学民间叙事的成就、局限与前景

对于民间文化空间中生命能量与生命意识的尊重，但是，以对民间文化形态的认可乃至张扬来进行现代性的自我反思，以重返前现代作为解决现代性历史语境中种种弊害的路径，则恰恰显示出价值取向上的悖谬性，这一路向选择不仅无法解构民间话语与现代性话语之间本质上的对立，而且也会使得作家弱化自身主体意识，从而呈现出回避现代社会的倾向。而实际上，作家们的民间叙事很难说还能对中国社会轰鸣向前的现代性历史进程构成有效的叩问与坚实的批判。

我们看到，在路遥那里，尽管高加林、孙少平曾对横亘在他们面前的坚硬的社会体制和城市秩序发起过有力的冲击，但他们所面临的现实性难题实际上并未得到真正意义上的解决，路遥让他们回转至充满诗意道德感和人情味的黄土地文化空间中寻求精神慰藉和自我救赎，显然意味着其现实批判立场的退却。在陈忠实那里，"最好的族长"白嘉轩所推行的"乡约"一度为白鹿原带来世风兴而礼仪盛的全新气象，显示着宗法制家族文化延绵不绝的向心力，而"圣人"朱先生的"鳌子说"则对现代革命运动做出民间立场上的道德审判，但由于宗法、家族与现代性进程中的政治性和社会性目标在根本上是冲突的、对立的，无论陈忠实对白鹿原怎样地深情、偏爱、骄傲，实际上都难以真正从这一古老村族中获得面向民族文化未来发展的自信，白鹿原也因此只是风云激荡的现代历史进程中一抹带有乌托邦色彩的夕阳余晖。在贾平凹那里，《秦腔》中代表着乡村价值观念和家族文化精神的夏天智、夏天义走向了死亡，而背弃乡村精神和传统文化、向着现代文明转化的夏君亭、夏中星、夏风等年轻一代则在冲突和对立中不断获得转机，在时代的车轮之下，剥离了理想色彩的"清风街"世界不可避免地走向残败与消亡。在《山本》中，暴力色彩、个人仇怨以及价值意义上的平庸和荒诞极大地消解了现代革命斗争的正义性、合法性以及崇高感，但无论是近乎完美地体现着儒家精神要义和美德的陆菊人，还是融汇着民间智慧与道家超脱、放达人格的陈先生，以及展示着佛家慈悲情怀的宽展师父，作为作家所认可的"苦难人间中的一种大爱"的理想化身，他们都难以真正对涡镇的世道人心产生实质

性的影响，更无法扭转涡镇在战争的炮火中化作尘土的命运。而在红柯那里，从《西去的骑手》试图以英雄骑手马仲英的血性力量和强悍气质驱逐中原文化的阴毒之气，到《太阳深处的火焰》要以牧羊女吴丽梅纯粹炽热、自由明亮的生命光芒照亮关中土地上的晦暗人心和阴沉人性，红柯乐此不疲地言说着他对西域大地生命精神的仰望和笃信，然而，当充满诗性光辉和神性色彩的西域生命奇观不断地被拔高，成为一面"天空上的镜子"，其实恰恰揭示出作家在现实中的无力与悲凉，在他彰显着现实批判锋芒的笔触之下，萎靡、平庸之人与阴暗、"蔫坏"之举得以曝光，但土地上根脉深厚的权术与阴着却依然在不断地上演，而吴丽梅的重返西域和殒命大漠，或许也意味着红柯对自身寄寓在西域大地之上的民间理想主义的困惑与迷茫。

如果推而广之，实际上，无论是张承志笔下被其美好愿望涂抹上理想化色彩的茫茫大西北，还是莫言笔下那个在作家个人体验装扮下充满魔幻色彩的高密"东北乡"，抑或是其他当代乡土小说所建构的带有反思现代性情感意向与思想意识的民间性地域文化家园，尽管它们所发出的叩问现代性的声音包含着某种冷峻和韧性，但在整体上又是极其微弱而渺茫的。而如果仅仅将"民间"作为摆脱精神困境的去处与安妥自身灵魂的圣洁家园，则会导致作家知识分子立场的彻底舍弃而最终妨害现代性话语体系的重建。因此在话语本身的意义上，无疑显示了民间作为作家话语资源的有效性是值得讨论的，而这也意味着作家的民间叙事能否化解自身话语内部的危机，这一叙事传统能否显示出持久的韧性并固置其突出的话语地位，仍有待作家的不断探索和实践。

三 文化全球化语境中民间叙事的前景展望

毫无疑问地，在近代以来中国社会现代化转型的历史进程中，尤其是改革开放以来全面推进并不断加速的社会转型过程中，正如作家们笔下所呈现的那样，乡土民间世界早已不是昔日农耕时代那个迷人的、诗意的生存空间，在奔涌向前的现代性洪流的席卷之下，它已被

第八章 当代陕西文学民间叙事的成就、局限与前景

冲刷得面目全非、支离破碎。在当下的现实层面，随着农村城市化、城镇化进程的快速推进，农民正在不断地走出土地、远离土地，同时也失去土地，而即便留守于土地之上，也已经在商品化时代潮流裹挟之下弃置了诸多古典性的、传统性的价值观念。然而在情感领域，乡土民间世界却愈发成为人们不断重返、追忆和眷恋的文化空间，这固然是由于我们民族自古以来根深蒂固的守望家园、叶落归根的乡愁意识，乡土记忆成为一种基因性质的文化传承和基本的情感寄托路径，但同时，这一情感向度也呈示出乡土民间在转型进程中巨大而深刻的全方位变迁给人们的心灵造成的同样巨大而深刻的冲击。反映在文学领域，从20世纪二三十年代乡土派文学，到新时期以来的寻根小说，尤其是20世纪90年代以来作家们集体性地朝着民间的"撤退"，乡土民间始终是作家审美和抒情的主要对象，并因此成为令人瞩目的主要文学景观。在作家笔下，富于地域性色彩的乡土民间世界既是延续乡土中国传统的地方社会空间，也是寄寓作家现代性乡愁的精神场所，而作为现代性语境下的一种集体性情结，这种乡愁在当下尤其引发了人们普遍的情感共鸣。随着工业化和城市化的历史潮流在全世界铺展开来，人们既享受着中国的现代化所营造的种种人间福利，又对作为中国现代社会历史来处的传统乡土世界充满眷顾、怀念之情，即便这种情感中夹杂着矛盾和暧昧，但在总体上，遭受着结构性历史断裂的乡土民间仍在人们的情感领域中被推到了相对遥远的位置，成为人们追寻和固守的精神家园。可以说，在城市人口已超过农村人口的当代中国，随着农耕时代的渐行渐远以及乡土文明的不断式微，即便人们对乡愁意识的记录、倾诉和表达也已经依托于现代科技工具，而绝无织布裁衣、饮酒栽花，抑或对酒当歌、仗剑天涯的诗性色彩，现代性乡愁仍成为一种难以消泯的时代性情绪。因此作家对乡土民间世界的文学塑造与表现正应和着现代社会中人们的心灵律动，也宣泄着人们的集体性的时代情绪，无论他们是聚焦当代乡村生存故事还是探寻民间历史的本来面目，无论他们是批判还是眷恋，是伤悼还是希冀，抑或冷眼旁观，便都受到人们的青睐和推重，在现代性的语境中，中国

现当代文学的民间叙事传统仍将不断延续并生发出巨大的话语能量和情感能量。

如果说现代作家的民间叙事是本身具有多重性和吊诡性的现代性进行自我批判的一种表达模式，它为人们对抗现代性焦虑提供了重要的精神场所，因而这一叙事路向的出现、拓展以及延续具有不言而喻的正当性和合理性，那么，在文化全球化跟随经济全球化的步伐也全面来临的当下，民间叙事成为备受瞩目的文学景观则内蕴着某种必然性，在文化全球化趋势不断迫近的大背景下，民间叙事立足于本民族文化沃土以及对本土性地域特色的成功书写，具有十分重要的文化意义。

随着全球化程度的加剧，不仅各个国家在政治、经济、市场等领域封闭、孤立的状态被打破，在思想文化领域也出现了带有全局性、超国界、全球性的行动力量。有关文化全球化的趋势及路向，有学者曾描述道："全球化在文化上的进程中呈现出两个方向，第一个方向是随着资本由中心地带向边缘地带的扩展，原来殖民的文化价值观念和风尚也渗透到这些经济不发达的地区。但是这种运动是互动的双向运动：中心向边缘辐射，边缘也向中心缓慢地移动和抵抗、渗透。第二个方向就体现在原先被殖民的边缘文化，与主流文化的抗争和互动，也即反殖民性或非殖民化。"① 但实际上，尽管这种运动是双向的、互动性的，却又具有明显的不平等性。由于世界各地之间经济发展上的极度不平衡，各种区域文化之间也形成了中心与边缘的明显落差，依托资本上的巨大优势，以欧美文化为代表的西方文化不仅占据中心地位，并在日益密切的文化交流之中显示出相当强势的支配性力量。随着这种支配性力量的扩散，原本已极不均衡和平等的文化格局和体系不断得以强化，因此文化全球化也意味着以西方中心为标准的文化趋同化。正是在愈演愈烈的文化同质化进程中，尽管处于弱势地位的非西方文化也得以通过开放性市场在全球范围内流通，并且其"反殖民性"的抗争也显示出某种冲击中心的力量，但在整体上又充满了焦虑

---

① 王宁、黄惠：《全球化、文化研究与比较文学》，《世界文学评论》2007年第2期。

情绪和危机意识。

就中国的情形而言,早在20世纪90年代前期中国加入全球化进程之初,出于同质化历史进程中自我走向迷失与消融的文化危机意识,"去西方化与寻找中国性"①便成为一种普遍性的话语向度,有学者就在重审1840年以来"他者化"的现代性进程的基础上,提出了重塑民族身份的"中华性"这一新的话语范型,②以对抗文化全球化对本土民族文化的消融和吞没。而20世纪90年代后期的思想界,则"明显强调文化差异的政治学,重新确立民族主义本位为出发点,重新强化中西二元对立,批判并怀疑现代性的基本价值准则"③。实际上,在中国的现代性进程中,这种文化上的紧张感、焦虑情绪以及危机意识始终伴随着知识界、思想界对于中国文化和文学发展路向的思索和探寻。在中国新型民族文学建构之初的"五四"时期,以西化路径开启文学现代性历程就带来了对于文学民族性丧失的焦虑,恐惧"'中国人'这名目要消灭",因此国粹派随即兴起,而国粹派的兴起则又令新知识者忧虑中国人会被"从'世界人'中挤出"。④ 到了重新走向开放的20世纪80年代,一方面是勇敢与世界接轨、渴求被世界认可的"走向世界"的呼声,另一方面则是挖掘民族文化积淀的文学寻根,二者殊途同归,都是秉持着强烈的文化危机感焦躁地寻求新型民族文学资以重新与世界对话的应有地位和身份。而在新世纪以来,在世界文化交流空前开放、频繁的跨文化传播中,由于西方中心文化的强势扩散和干涉,以及非西方文化由边缘向中心的反向互动力量实际上极为有限和微弱,部分区域性民族文学传统在日趋同质化的世界文化图

---

① 代迅:《去西方化与寻找中国性——90年代中国文论的民族主义话语》,《文艺评论》2007年第3期。
② 张法、张颐武、王一川:《从"现代性"到"中华性"——新知识型的探寻》,《文艺争鸣》1994年第4期。
③ 陈晓明:《现代性之隐忧与多样性方案》,《海南师范学院学报》(社会科学版)2004年第6期。
④ 鲁迅:《热风·随感录三十六》,载《鲁迅全集》第1卷,人民文学出版社2005年版,第323页。

景中走向消亡和丢失，那种焦虑情绪、忧患意识、警惕心理也再次在中国知识界得到重新体认。一种引起共鸣的声音即是认为，在当今消费时代的跨文化传播中，以强势经济作后盾的西方文化已对中华民族文化生存与发展的独立性构成较大威胁，尤其是在本质上具有进攻性、反多元性的欧美流行文化的不断渗入，已对本民族自身的独特传统造成较大的制约，并在很大程度上淡化了本民族文化的认同感和自豪感。西方文化的制约力和影响力反映在文艺领域，一方面是存在主义、结构主义、女性主义、后殖民主义、后现代主义等西方理论话语不断被移植到本土语境中，当下的文学批评陷入了本土话语匮乏的危机之中，另一方面则是文学创作中出现了一个明显的倾向："逐渐远离乡村叙事和牧歌情调，远离'地域性'写作，作品中的民族性似乎在悄然消失。"① 因此，文学向本土化回归再度成为较为普遍的吁求，而塑造民族文化、讲述中国故事、彰显中国气派也成为文学被赋予的重要使命。

　　正是在这一新的文化语境中，面向本土化生存的民间叙事展示出重要的价值意义。由于民间叙事广泛吸纳和弘扬民间文化资源，在内容上呈现民族历史生活与民间文化形态、并强化民族本土文化的精神价值，在形式上彰显地方特质与民俗色彩，在语言上具有独特的本土性，从而充分地契合了文学的民族性追求，可以为尚未完成的现代性话语建构带来独一无二的民族特性以及极高的民族辨识度，为中国新型民族文学提供应有的身份，以与其他民族开展日益频繁的文化与文学对话，尤其以鲜明的差异性对抗全球性的文化趋同化进程。同时，由于民间叙事所立足的民间社会本身就是孕育并滋养民族文化的沃土，因而它对本民族的个体生命的叙述不仅保留了更多的民族文化传统，而且可以在本源的层面实现本民族民众共同的精神还乡，从而唤醒并强化人们共同的民族文化记忆和身份认同，使其在精神理念层面构建起共同的集体身份以及强大的凝聚力，以自信的姿态和清晰的面目展开与其他民族文化的竞争和对抗，并增强民族本土文化向外辐射的能

---

① 肖向明：《论全球化语境下的中国当代文学的民族性追求》，《文艺评论》2007年第5期。

第八章　当代陕西文学民间叙事的成就、局限与前景

力，最终屹立于世界文化与文学之林。因此，在世界文化图景日趋同质化的大背景下，以催生民族文化个性再觉醒为要旨的民间叙事完全可能迎来大有可为的前景。

然而同样值得注意的是，置身于全球化语境中的民间叙事在焕发生力的同时也隐藏着危机。简言之，由于民间叙事注重植根于民间文化土壤，注重保留民间文化传统，注重激活并释放民间话语的活力与能量，因此呈示出较为强烈的民族文化本位立场，而其本身的前现代性价值理念或是其所蕴含的与现代性价值诉求相左的精神意向，也可能导致理性精神和批判意识的弱化，从而导致文学视野与文化交融上的阻隔，使得当下文学在本土化的现代性理路中逐渐走向封闭。有学者就曾在新世纪之初指出，在中国现代性问题的展开过程中，"中西对立与民族本位认同始终是一个难题"，而总的来看，"很少有人在寻求建构文化中国的方案时，敢于放弃民族本位立场。即使在严密论证充分吸取现代性普适价值，建构多元现代性方案时，也不能放弃中国民族传统本位立场。最后还是回到百年前的中学为体，西学为用的老路"。因此，作为一项"未竟的事业"，"现代性在中国建构的最大困扰及难题，就在于现代性的西方身份难以摆脱，这也就使中国的民族传统认同始终构成建构现代性的巨大的屏障"[①]。这也就意味着，在现代性的价值理念逐步确立但其根基依然十分薄弱的当代中国，文化中国的方案建构对民族本位立场以及单一性、极端化的本土精神价值的选择和坚守，实际上会阻碍现代性的全面接受和认同，尤其是随着中国经济的崛起和综合实力的极大提升，在民族主义情绪和本土文化自豪感、自信心高涨的氛围中，现代性的西方身份与民族性身份认同之间潜在的冲突与对抗，则可能进一步加剧民族——文化壁垒，从而导致对西方文化采取民族主义式的抵抗和拒绝。

实际上在文学领域，中国新型民族文学的建构就曾在民族性的单

---

① 陈晓明：《现代性之隐忧与多样性方案》，《海南师范学院学报》（社会科学版）2004年第6期。

向突进中走向自我禁锢。在特定的历史文化语境中，鲁迅在致青年木刻家陈烟桥的一封信中所表示的"现在的文学也一样，有地方色彩的，倒容易成为世界的，即为别国所注意。打出世界去，则与中国之活动有利"①的观点被断章取义地简化为"越是民族的，越是世界的"，并一度成为文坛主流的价值判断和文艺导向，尽管这一理论命题在强调民族文学的身份意识和独特性方面有其部分真理性，但对民族性单一向度的强调也正显示了其片面性。在延安时期民众本位思想的进一步发挥下，这种片面性所蕴含的反现代的价值观念不断被放大，并直接导致了文学视野和交融的阻隔，加之文学创作自主空间的愈发收缩和文学规范的日益窄化，现代意识与世界眼光不断受到压抑乃至被弃置，最终在"文化大革命"中发展为一种无视其他文化体系的极端民族主义文学禁锢。而即便是到了重新开放、重启现代性的20世纪80年代，在一种偏狭的民族意识和确认民族身份的焦虑情绪支配下，这一理论模式再次在文学"走向世界"的呼声中风行开来，以致学习和借鉴外来文化被视为不正之风和文艺逆流。实际上，正如俄国杰出的文艺理论家别林斯基所指出的，"民族性"并不是文学批评的"最高标准的试金石"，"真正的艺术家用不着花费力气就是民族性的和人民性的，他首先在自身中感觉到民族性，因此，不由自主地把民族性的烙印镌刻在自己的作品上面"②。因此，过分强调文学的民族性反而会成为文学走向世界的绊脚石，在坚守文学民族性的同时更要以现代意识来观照人类共同价值观，在人类性的视野上来审视自身民族文化传统，从而实现文学民族性特质与现代普适性价值的融合。

回顾中国现当代文学的发展历程，尽管有过在民族性上单向突进的歧误，但仍有许多作家在其理论倡导与创作实践中既体现了自觉的民族意识，又具备了开放的现代意识与世界眼光，创造了大量既有着普遍的人类性蕴涵和艺术技巧、又有着独特的中国精神与风格的文学

---

① 鲁迅：《致陈烟桥》，载《鲁迅全集》第13卷，人民文学出版社2005年版，第81页。
② ［俄］别林斯基：《对民间诗歌及其意义的总的看法——兼论俄国民间诗歌》，载《别林斯基选集》第3卷，满涛译，上海译文出版社1980年版，第181页。

第八章 当代陕西文学民间叙事的成就、局限与前景

作品。鲁迅就曾在《当陶元庆的绘画展览时》一文中指出陶元庆绘画的可贵之处，是在于"内外两面"都"和世界的时代思潮合流，而又并未桎亡中国的民族性"，而且"必须用存在于现今想要参与世界上的事业的中国人的心里的尺来量，这才懂得他的艺术"，① 可见鲁迅同时注意到了陶元庆作品的民族性与现代性因素，在认同文学民族特性的同时又显示出了一种敏锐的现代意识。在国统区有关"民族形式"问题的争鸣中，胡风则指出，民族形式应该"反映民族现实的新民主主义的内容"②，同时不能排斥外来经验，尽管他对外来经验的理解仅仅局限于国际革命文艺的经验，体现了视野的某种偏窄性，但这一视角又显示了他辩证的历史的眼光。而即便是在全面走向民间、以民族性为最高价值诉求的解放区文艺中，在民族化色彩浓重的作家赵树理那里，由于《小二黑结婚》《李有才板话》等作品站在民间本位的价值立场上来观察农民的命运变迁，通过描述琐碎的日常生活及其喜怒哀乐来反映他们在现代革命中的实际生存状态与精神变革历程，因此昭示出其小说创作贴近基本的生存与生命层面的本质特征，作品也具有了共通的人类性的精神蕴涵。

进入新时期重新走向开放的文化语境中，尤其是在20世纪90年代以来文化全球化不断迫近的总体趋势下，文学发展所面对的民族性和现代性的张力得到了更为自觉和明确的观照与重视，在经过不断的理论讨论与写作实验的探索之后，众多作家对于文学的价值意蕴有了更为清晰的认识，其作品在深邃的民族性与普适性的现代价值的融合上达到了相当的文学史高度。这其中，民间叙事纬度的创作现象尤其令人瞩目，一大批朝着民间进发的作家对于民间叙事价值立场的调适与选择有了更为成功的把握，莫言在2012年获"诺贝尔文学奖"在某种程度上正成为民间叙事具有示范意义的成功例证。莫言因其创作

---

① 鲁迅：《当陶元庆的绘画展览时》，载《鲁迅全集》第3卷，人民文学出版社2005年版，第574页。
② 胡风：《论民族形式问题》，载《胡风评论集》（中），人民文学出版社1984年版，第234、258页。

"将魔幻现实主义与民间故事、历史与当代社会融合在一起"而获颁"诺贝尔文学奖",在很大程度上可以看作是对于其创作杰出的民间叙事的褒扬与激赏。他站在民间的立场观照故土"高密东北乡"所承载的民族历史与民间记忆,通过对一个个民间故事的魔幻书写探寻民族生活的独特性,也表达对人类生命与基本生存体验的真切关怀,因而其创作在思想内蕴上既突出了特异的民族性,又蕴含了人类精神的相通性要素。在艺术表达上,莫言既秉持了中国传统的叙事方式,又充分借鉴了西方文学经验,创造出独特的个人性风格。实际上,近年来以出色的艺术独创性而达到了民间叙事"莫言水平"的作家并不在少数。贾平凹、陈忠实、张炜、李锐、张承志、余华、王安忆等作家也较为成功地驾驭和把握住了自身的民间写作,他们站在民间叙事的立场上,观照乡土或都市民间世界所承载的民族历史生活与民族文化形态,在民间审美文化空间的建构中,较有力度地对人性、人的存在以及人类心灵进行探寻和追问,从而出色地完成了作家立场与民间立场的和谐交织,取得了突破性的文学成就。因此,尽管如何实现现代立场与民间立场的合理整合与交融是作家们在全球化语境下依然要面对的共同课题,但从这一良好开端出发,民间叙事如何在立足于民族文化沃土、坚守民间传统的同时又不被前现代性所拘囿和裹挟,如何在追寻民族认同的同时又避免现代意识的缺失,能否不断调适自身局限以实现现代性话语的创造性转换,能否不断创造出突破自我、超越当下的经典性文本,还需要作家不断地探索,也有理由值得我们期待。

就文学"陕军"而言,由于有着天然的农裔身份与深厚的民间文脉,加之高天厚土的三秦大地突出的乡土性和地域色彩,民间成为其创作的一种优势资源,民间叙事也成为当代陕西文学的一种优势传统,尤其是在路遥、陈忠实、贾平凹以及红柯、叶广芩、冯积岐、杨争光等第二代、第三代作家的集体性努力下,当代陕西文学的民间叙事曾以突出的创作实绩迎来备受瞩目的高峰状态。然而结合当下陕西文坛具体的创作情形来看,民间叙事这一优势传统能否不断延续并实现吐故纳新的创造性转换,成为一个值得讨论而又令人担忧的话题。

第八章 当代陕西文学民间叙事的成就、局限与前景

一方面，第二代、第三代作家自身民间向度的写作因种种原因而呈现出运势下行之相。近年来，数位坚守民间立场写作的作家相继死亡是陕西文坛不得不面对的残酷事实。从20世纪90年代前期英年早逝的路遥、邹志安，到21世纪以来先后逝世的京夫、陈忠实、红柯，这几位创作实绩彰著、有着全国性影响力的作家的相继辞世，不仅令其自身立足于民间文化土壤的创作戛然而止，也在很大程度上折损了陕西作家开掘秦地民间文化宝藏的力量。与此同时，跨界转行、创作视点转移等也是陕西文坛面向本土生存的民间叙事活跃度降低的重要原因。最为明显的例子是杨争光和叶广芩。杨争光从诗歌起步、又在小说与影视剧本之间跨界创作，近年来更着力于影视编剧工作。叶广芩的创作在穿梭于记忆中的北京与现实中的陕西之后，近年来已明显地将创作视点转移至自身的身世背景、童年记忆以及家族故事，并以此为基础创作了一系列文化底蕴深厚、艺术表现出色的京味小说。

而更为重要的是，那些始终坚守民间立场的第二代、第三代陕西作家面临着难以突破自我的创作困境。这其中或许有年龄增长所致的身心状态不济的因素，但创作模式上的自我重复、精神进程的停滞以及创作观念的老化等显然是更主要的问题所在。比如关中作家冯积岐。与柳青、路遥、陈忠实等人一样，冯积岐也将写作视为一种生存方式，将文学视为一种依然神圣的事业，因此在写作上尤其执着、勤勉、肯下苦、有韧劲和狠劲，然而就其创作的两百多篇中短篇以及十余部长篇作品来看，似乎贯穿着诸多难以逾越的囹圄和自我限定。由于"地主娃"的家庭出身使得冯积岐在"文化大革命"中经历了深刻的成长之痛，因而其创作始终沉浸在一种深厚的"文化大革命"情结之中，对于"文化大革命"创伤的反复表现不仅成为一种情绪宣泄，而且也在一定程度上限制了其描写视域的拓展。因此，其创作的背靠点始终在故乡的"松陵村"，但这个作家极为看重的"根据地"却未能被放大推广，换句话说，冯积岐以"松陵村"为据点的写作既囿于自我的直接人生经验，也未能在社会历史视野、文化思想境界等方面完成从地域性向民族性的转换，从而妨害了对象世界的丰富以及意义领域的

深拓，对于生活深度本质的揭示也就较有限度。同时，尽管冯积岐笔下的故乡"松陵村"处于周礼文化的发祥地，但这一重要的文化背景、文化传统却在很大程度上被作家搁置、忽略，无论是在人物性格的塑造上还是民间日常生活的描写上，都较为缺乏向着这一历史深度的开掘，而更多地停留于人物本身活动的历史时空之中。此外，道德化立场对于人性复杂性探询的遮蔽，语言上的过于细密絮烦、蒙络摇缀，等等，也妨碍了冯积岐在创作上收获更大的成功。再比如贾平凹。尽管其创作力更为旺盛，几乎每两年便推出一部长篇小说，同时他对艺术创新的追求，以及为写出好作品所进行的充分、深入的考察和体验，都令人起敬，也受到普遍性的认可和赞誉，但他对民间历史与民间现实的叙述仍呈现出诸多遭致广泛批评的明显缺憾和病象。其中，那种"法自然"的万象叙事中历史理性的缺失，那种趣味主义的日常生活描写中主体精神的隐退，对欲望、暴力、污秽等的大肆渲染，对怪力乱神的展示炫耀所致的巫化氛围与神秘色彩，以及徘徊、迷失于城乡之间的精神困境，等等，成为其创作不断自我重复而难以自我逾越的重要表征。尽管贾平凹的表现视域在历史与现实、城市与乡村之间来回转换，但在其业已带有惯性的言说方式中似乎难以看到一种否定和超越自我的勇气，同时无论是他在城乡之间的彷徨无依，还是近年来秉持的混沌、"齐物"的"天人合一"精神，实际上都未能真正显示出他在主体精神建构方面的突破，因而他既遭遇了挺进现实方面的困境，也未能在创造新的审美视境方面取得实质性的成功。

另一方面，被称为第四代文学"陕军"的一批中青年作家既没有，并且也似乎很难会在开拓民间叙事新篇章的纬度上拧成一股新的、较有影响力的创作势力。这主要地并不是由于城镇化的步伐使得乡村文明急剧衰退，因而他们缺乏深切的、丰富的乡土经验，实际上由于经济发展水平在总体上相对落后，并且区域间存在较大的不平衡性，三秦大地的乡土文化底蕴比之中国东部沿海区域是更为厚重的，民间传统的乡土根性也是尤其牢固的，因此在这片土地上由前现代、现代性和后现代并置而成的独特文化景观中，前现代性的乡土民间文化依然是最为彰显的文化形态，并依然对以 60 后、70 后、80 后为主的第四代文学"陕军"有着重要影响。因此，成长之中的第四代"陕军"并不着力于面向乡土民间社会进行开拓，恰恰是由于陕西文学强大的乡土传统既是前代作家留给他们的重要资源，但又是他们如若步其后尘而难以逾越的高峰，而这无疑反过来激发着他们的超越性诉求，推动着他们在创作的个性化追求方面愈发努力，在整体上呈现出不同于前代作家的文化背景和心理体验，也显示出强烈的突破已有文化类型、创建新的话语方式的崭新态势。以陈彦、周瑄璞、寇挥、宁可、杜文娟、王妹英等为代表的第四代"陕军"在对现实与历史、人性与人生的体验、思考以及表达上的多元纷呈，已逐渐打破前代作家在题材、地域性等方面存在的局限，从而一定程度上改变了陕西文学的土壤气质，开拓出陕西文学发展的新的路径和新的生长点。陈彦以他所熟悉的戏曲为切入口，致力为城市底层的小人物立传；周瑄璞以女性视角观照都市爱情、婚姻中女性的生存处境与心理命运；寇挥以极致的现代派手法创造出全然有别于现实的幻想世界，在其间展示人的灵魂的本真状态，并表达自身带有阴冷气质的对于生命和存在的终极性思考；宁可的创作直面现代经济社会中人与人之间的战争，对充满激变意味的人的心灵动态予以表现；杜文娟的西藏题材创作以诗化的笔调勾画西藏地域文化的灵魂，抒写异域生命意志的光辉，带有独特、苍劲的雪域高原的气息；王妹英的创作继承陕西文学的乡土传统，在新的时代背景下坚守乡村经验表达，并塑造了一系列展现乡村社会美好价值的女性形象。

这些第四代文学"陕军"中的中坚力量以其各自不同向度的开拓展示了陕西文坛的新动态、新气象，并在思想性和艺术性上达到一定的高度和成熟度，但就其影响力而言，除了陈彦以民间视角和世俗情怀关注都市平民生活的长篇《主角》问鼎"茅盾文学奖"以及长篇《装台》被改编为影视剧作品而逐渐走向全国外，其他作家还只能称之为地方性作家。而问题正在于，或许是那种超越性的诉求过于强烈，对于题材领域趋同化的过于排斥，因而在新的创作路径的开辟中，这些地方性作家恰恰过于弃置或者说回避了自身生活经验、生命体验中的"地方性",其创作未能深植于极具特质的陕西地域文化土壤之中,因而也失却了深厚丰沛的文化底蕴。由于并不是在立足于地域性的基础上超越地域性,因而其创作无论是生活描写还是人物塑造,在很大程度上未能展示出本土性的、民族性的文化思想与精神心理特质,未能艺术地表现秦地本土的地域文化密码和生命密码,因而其创作中的"地方"面目是模糊不清的,并显露出明显的理念化气质和符号化倾向。加之在潜入生活方面的深度不足,在社会历史视野上的不够开阔,在介入现实、表现现实方面能力有限,以及缺乏较为纯粹的精神向度和文学使命感,第四代文学"陕军"尽管已经形成具有一定竞争力的阵容,但其创作在呈现历史的厚重深邃、现实的丰富深刻以及内心世界的沉浮变化等方面仍有较大的提升空间。因此就目前的状况来看,这一代文学"陕军"的创作仍带有明显的探索痕迹,仍处于各自为营的发散状态,仍未能整体性地跃上全国文坛。而这也意味着,如果要在整体上谈论并总结他们如何面向本土民间历史和现实进行写作,如何探寻民族生活的独特性并表达普遍的人类性蕴涵,似乎还难以找到一定数量的支撑性的经典文本。

参考文献

一 经典著作

《马克思恩格斯选集》第 1 卷，人民出版社 1995 年版。

《毛泽东选集》第 3 卷，人民出版社 1991 年版。

二 中文著作

陈来：《古代宗教与伦理——儒家思想的根源》，生活·读书·新知三联书店 1998 年版。

陈思和主编：《中国当代文学史教程》，复旦大学出版社 1999 年版。

陈序经：《中国文化的出路》，中国人民大学出版社 2004 年版。

陈学昭著，朱鸿召编：《延安访问记》，广东人民出版社 2001 年版。

陈忠实：《陈忠实文集》，人民文学出版社 2015 年版。

董颖夫等编：《柳青纪念文集》，西安出版社 2016 年版。

费孝通：《乡土中国》，生活·读书·新知三联书店 1985 年版。

冯肖华：《文学气象与民族精神——20 世纪陕西地缘文学审美形态》，中国社会科学出版社 2010 年版。

高秀芹：《文学的中国城乡》，陕西人民教育出版社 2002 年版。

郜元宝等著，张曦选编：《破碎与重建：1937—1945 抗战时期的中国文学研究》，上海人民出版社 2015 年版。

格非:《小说叙事研究》,清华大学出版社2002年版。
洪子诚:《中国当代文学史》,北京大学出版社1999年版。
红柯:《敬畏苍天》,上海人民出版社2002年版。
厚夫:《路遥传》,人民文学出版社2015年版。
胡风:《胡风评论集》(中),人民文学出版社1984年版。
贾平凹:《贾平凹文集》,陕西人民出版社2008年版。
李建军:《宁静的丰收:陈忠实论》,华夏出版社2000年版。
李建军:《时代及其文学的敌人》,中国工人出版社2004年版。
李泽厚:《中国思想史论》,安徽文艺出版社1999年版。
李占昌:《陕北民俗卷》,陕西旅游出版社2004年版。
梁漱溟:《中国文化要义》,学林出版社1987年版。
刘侠编:《红柯评论集》,陕西师范大学出版总社2018年版。
鲁迅:《鲁迅全集》第1、3、6、13卷,人民文学出版社2005年版。
路遥:《路遥文集》,陕西人民出版社1993年版。
路遥:《路遥全集》,北京十月文艺出版社2012年版。
吕静:《陕北文化研究》,学林出版社2004年版。
茅盾:《茅盾全集》第21卷,人民文学出版社1991年版。
莫言:《小说的气味》,春风文艺出版社2003年版。
钱理群等:《中国现代文学三十年(修订本)》,北京大学出版社1998年版。
钱穆:《中国文化史导论》,商务印书馆1994年版。
钱穆:《钱穆先生全集:灵魂与心(新校本)》,九州出版社2011年版。
王汶石:《王汶石文集》第3卷,陕西人民出版社2004年版。
(明)王阳明著,陈明等注:《王阳明全集》第1册,华中科技大学出版社2015年版。
韦建国等:《陕西当代作家与世界文学》,中国社会科学出版社2004年版。
吴秀明主编:《中国当代文学史写真(全本)》,北京大学出版社2010年版。

吴秀明主编：《当前文化现象与文学热点》，北京大学出版社2011年版。

先知、先实选编：《废都啊废都》，甘肃人民出版社1993年版。

杨匡汉、孟繁华主编：《共和国文学50年》，中国社会科学出版社1999年版。

赵洪恩、李宝席主编：《中国传统文化通论》，人民出版社2003年版。

张寅得编选：《叙述学研究》，中国社会科学出版社1989年版。

赵园：《地之子：乡村小说与农民文化》，北京十月文艺出版社1993年版。

赵园：《北京：城与人》，北京大学出版社2002年版。

《中国当代文学研究资料》编辑委员会：《中国当代文学研究资料·柳青专集》，福建人民出版社1982年版。

朱栋霖等主编：《中国现代文学史》（下），高等教育出版社1999年版。

三　中译著作

［俄］别林斯基：《别林斯基选集》第3卷，满涛译，上海译文出版社1980年版。

［德］马克斯·韦伯：《新教伦理与资本主义精神》，于晓、陈维纲译，生活·读书·新知三联书店1987年版。

［法］罗兰·巴特：《符号学原理》，李幼蒸译，生活·读书·新知三联书店1988年版。

［法］左拉：《左拉精选集》，柳鸣九译，山东文艺出版社1997年版。

［美］阿瑟·阿萨·伯格：《通俗文化、媒介和日常生活中的叙事》，姚媛译，南京大学出版社2006年版。

［美］华莱士·马丁：《当代叙事学》，伍晓明译，北京大学出版社1990年版。

［美］勒内·韦勒克、奥斯汀·沃伦：《文学理论》，刘象愚等译，江苏教育出版社2005年版。

［美］鲁思·本尼迪克特：《文化模式》，张燕、傅铿译，浙江人民出

版社1987年版。

［美］夏志清：《中国现代小说史》，刘绍铭等译，复旦大学出版社2005年版。

［英］爱·摩·福斯特：《小说面面观》，苏炳文译，花城出版社1984年版。

四 期刊论文

陈思和：《民间的还原——"文革"后文学史某种走向的解释》，《文艺争鸣》1994年第1期。

陈思和：《民间的浮沉——从抗战到文革文学史的一个尝试性解释》，《上海文学》1994年第1期。

陈思和、何清：《理想主义与民间立场》，《中山大学学报》（社会科学版）1999年第5期。

陈思和：《民间说野史——读贾平凹新著〈山本〉》，《收获》2018年第1期。

陈晓明：《现代性之隐忧与多样性方案》，《海南师范学院学报》（社会科学版）2004年第6期。

陈晓明：《论文学的"当代性"》，《中国现代文学研究丛刊》2017年第6期。

成仿吾：《从文学革命到革命文学》，《创造月刊》1928年第9期。

代迅：《去西方化与寻找中国性——90年代中国文论的民族主义话语》，《文艺评论》2007年第3期。

董丽敏：《知识/劳动、青年与性别政治——重读〈人生〉》，《南开学报》（哲学社会科学版）2014年第6期。

杜鹏程：《〈读风雪之夜〉——给王汶石同志的一封信》，《读书》1959年第5期。

傅迪：《试析〈白鹿原〉及其评论》，《文艺理论与批评》1993年第6期。

韩少功：《文学的"根"》，《作家》1985年第4期。

贺桂梅：《柳青的"三所学校"》，《读书》2017 年第 11 期。

红柯：《与大地的联系》，《人民文学》2002 年第 5 期。

红柯、杨梦瑶：《西域给我换了一双内在的眼》，《时代文学》2014 年第 5 期。

惠雁冰：《地域抒写的困境——从〈人生〉看路遥创作的精神资源》，《宁夏社会科学》2003 年第 4 期。

贾平凹：《寻找商州》，《收获》2008 年第 1 期。

贾平凹：《我的故乡是商洛——在商洛文学院文学研讨会上讲话》，《美文》2015 年第 1 期。

贾平凹、杨辉：《究天人之际：历史、自然和人——关于〈山本〉答杨辉问》，《扬子江评论》2018 年第 3 期。

贾平凹、王雪瑛：《声音在崖上撞响才回荡于峡谷——关于长篇小说〈山本〉的对话》，《当代作家评论》2018 年第 4 期。

姜广平、红柯：《我抓住了两个世界——与红柯对话》，《文学教育（中）》2010 年第 7 期。

柯玲：《民间叙事界定》，《上海文化》2007 年第 2 期。

旷新年：《从〈废都〉到〈白夜〉》，《小说评论》1996 年第 1 期。

雷达：《废墟上的精魂——〈白鹿原〉论》，《文学评论》1993 年第 6 期。

雷达：《心灵的挣扎——〈废都〉辨析》，《当代作家评论》1993 年第 6 期。

雷达：《第三次高潮——90 年代长篇小说述要》，《小说评论》2001 年第 3 期。

雷抒雁：《一个优质作家与他的劣质时代》，《小说评论》2007 年第 2 期。

鲁太光、杨少伟等：《有山无本 一地鸡毛——关于贾平凹长篇小说〈山本〉的讨论》，《长江文艺评论》2018 年第 4 期。

李建彪、红柯：《绝域产生大美——访著名作家红柯》，《回族文学》2006 年第 3 期。

李春燕、周燕芬：《行走与超越——叶广芩创作论》，《小说评论》2008年第5期。

李继凯、冯积岐：《复杂人性的探询和文学生命的建构——关于冯积岐小说创作的对话》，《文艺研究》2012年第12期。

李继凯：《论秦地小说作家的废土废都心态》，《文艺争鸣》1999年第2期。

李建军：《压迫与解放：冯积岐小说论》，《小说评论》1996年第5期。

李锐：《关于〈旧址〉的问答——笔答梁丽芳教授》，《当代作家评论》1993年第6期。

李星：《杨争光其人其文》，《文学评论》1993年第4期。

李星：《今日山花更烂漫——延川作家专号漫评》，《延安文学》1998年第5期。

李星：《走向〈白鹿原〉》，《文艺争鸣》2001年第6期。

李勇、红柯：《完美生活，不完美的写作——红柯访谈录》，《小说评论》2009年第6期。

梁向阳：《新近发现的路遥1980年前后致谷溪的六封信》，《新文学史料》2013年第3期。

刘心印：《贾平凹谈新作〈老生〉——写苦难是为了告别苦难》，《国家人文历史》2015年第1期。

孟繁华：《〈白鹿原〉：隐秘岁月的消闲之旅》，《文艺争鸣》1993年第6期。

南帆：《文化的尴尬——重读〈白鹿原〉》，《文艺理论研究》2005年第2期。

邵燕君：《〈平凡的世界〉不平凡——"现实主义常销书"的生产模式分析》，《小说评论》2003年第1期。

宋炳辉：《最具"中国性"的个人写作如何同时面对两个世界》，《探索与争鸣》2018年第7期。

宋剑华：《〈白鹿原〉——一部值得重新论证的文学"经典"》，《中国文学研究》2010年第1期。

郜科祥、冯积岐：《"好作家要能表达边缘的东西"——冯积岐访谈录》，《宝鸡文理学院学报》（社会科学版）2011年第4期。

王春林：《在政治与日常生活之间——〈创业史〉与〈从两个蛋开始〉的对读比较研究》，《山西大学学报》（哲学社会科学版）2006年第2期。

王德领、红柯：《日常生活的诗意表达——关于红柯近期小说的对话》，《小说界》2008年第4期。

王富仁：《"现代性"辨正》，《北京师范大学学报》（社会科学版）2013年第5期。

王克俭：《生态文艺学：为了人类"诗意地栖居"》，《浙江师范大学学报》2001年第1期。

王宁、黄惠：《全球化、文化研究与比较文学》，《世界文学评论》2007年第2期。

魏锋：《阎纲忆述中的柳青》，《文史精华》2020年第18期。

吴妍妍、冯积岐：《写作是一种生存方式——冯积岐访谈录》，《小说评论》2012年第4期。

夏明亮：《陈忠实和他的尊师王汶石》，《文史月刊》2004年第12期。

肖向明：《论全球化语境下的中国当代文学的民族性追求》，《文艺评论》2007年第5期。

肖云儒：《路遥的意识世界》，《延安文学》1993年第1期。

邢小利：《乡村人物和乡村命运——读冯积岐的长篇小说〈村子〉》，《扬子江评论》2008年第1期。

延川县工农兵文艺创作组：《山花》"创刊号"，1972年9月1日。

延川县工农兵业余创作组：《山花》第一册合订本（1—20期），1973年8月19日。

严家炎：《〈创业史〉第一部的突出成就》，《北京大学学报》（哲学社会科学版）1961年第3期。

严家炎：《谈〈创业史〉中梁三老汉的形象》，《文学评论》1961年第3期。

严家炎：《关于梁生宝形象》，《文学评论》1963 年第 3 期。

杨争光：《从刘兰英到马尔克斯》，《当代青年》1986 年第 6 期。

杨争光：《我的简历及其他》，《文艺争鸣》1992 年第 6 期。

杨争光：《我的话》，《文艺争鸣》2011 年第 3 期。

叶广芩：《一言难尽〈青木川〉》，《长篇小说选刊》2007 年第 3 期。

张法、张颐武等：《从"现代性"到"中华性"——新知识型的探寻》，《文艺争鸣》1994 年第 4 期。

张志忠：《现代性理论与中国现当代文学研究转型》，《文艺争鸣》2009 年第 1 期。

赵学勇：《再议被文学史遮蔽的路遥》，《小说评论》2013 年第 1 期。

郑万隆：《我的根》，《上海文学》1985 年第 5 期。

《钟山》编辑部：《"新写实小说大联展"栏目"卷首语"》，《钟山》1989 年第 3 期。

周燕芬等：《〈白鹿原〉：文学经典及其"未完成性"》，《西北大学学报》（哲学社会科学版）2018 年第 1 期。

周作人：《平民文学》，《每周评论》1919 年第 5 期。

朱大可：《马尔克斯的噩梦》，《中国图书评论》2007 年第 6 期。

五　报纸文章

阿城：《文化制约着人类》，《文艺报》1985 年 7 月 6 日第 3 版。

冯牧：《初读〈创业史〉》，《文艺报》1960 年第 1 期。

红柯：《我要在古老的皮影后边注入太阳的力量》，《中华读书报》2017 年 11 月 29 日第 11 版。

红柯：《幻影的背后有神灵》，《文艺报》2017 年 12 月 18 日第 2 版。

雷达：《〈村子〉——一份沉重的笔录》，《文艺报》2013 年 7 月 3 日第 3 版。

柳青：《毛泽东思想教导着我》，《人民日报》1959 年 9 月 10 日第 3 版。

《文艺报》编辑部：《关于"写中间人物"的材料》，《文艺报》1964 年第 8、9 期合刊。

杨争光、张英:《杨争光:从两个蛋开始,越活越明白》,《南方周末》2004年4月1日。

周扬:《我国社会主义文学艺术的道路》,《人民日报》1960年9月4日第5版。

后　　记

　　这本书的写作缘起于十年前的秋天，那时我刚刚进入兰州大学文学院攻读博士学位，也是在那个秋天，作家莫言获得诺贝尔文学奖，并在文坛内外掀起了热议。兰大现当代文学研究所的各位老师既有偏处一隅却心怀天下的气度，也有澄明、从容而敞开的思想境域，以及勤耕不辍、笃行不倦的治学风范。所以，远离当时公众"诺贝尔情结"所释放的巨大情绪力量，以及热闹喧嚣乃至博取眼球的话语狂欢，程金城、古世仓两位老师带领博士生开展了几次沙龙式的专题研讨，莫言获"诺奖"这样一个超出文学意义的公共事件得到我们师生回归文学本身的讨论。在研讨中，"诺奖"评审委员会的颁奖辞作为价值文本得到了较为活跃的解读。

　　其后，受业师古世仓先生的启发和鼓励，我试图以"诺奖"对于莫言民间叙事的高度激赏为契机，对当代作家乃至整个中国现当代文学中的民间叙事进行考察。近半年后，《民间叙事与中国现当代文学主流话语的建构》作为我读博期间的第一篇学术论文得以完成并发表。在这篇文章中，我梳理现当代文学研究领域已有"民间"理论的学术影响及其尚需探讨的问题，阐释自"五四"以来民间叙事参与主流话语建构的功能意义，并对某些"莫言水平"的当代作家民间叙事的独特表现意义及其话语局限进行了初步探讨。

　　此后，因为忙于以"现代评论派"为主题的博士论文，围绕民间叙事所形成的另外一些思考只得搁置下来，并且一搁就是好几年的光

后 记

景。其间,有取得学位后的身心倦怠,有屡次申报课题失利的挫败感,有爱人和我两地分居、调动工作以及适应新单位所致的忙乱失序、精力不济,还有被倾斜、浮躁的学术生态裹挟所产生的荒诞感和无意义感。总之,那是一段在专业上难以打开局面而又琐事缠身的泼烦日子。大部分时间里独自照顾孩子的艰辛不易,穿梭于厨房、课堂与书房之间的仓促匆忙,以及由此所致的心境的逼仄、颓丧,几乎使我喘不过气来。可是,终究还是告诉自己要"耐得住泼烦",内心既是不甘于辜负这些年来的训练和积淀,而且靠着专业本身所带有的诗意、理想,我才得以在一定程度上从庸常琐碎之中疏离、逃逸出来。于是疫情期间又重拾信心开始"营业",但求徐徐渐进。

或许是少了读博期间那种不失激越的学术勇气,再以"民间叙事"为题继续此前未能深入的讨论时,我把观照视域收缩至作为中国当代文学重镇之一的陕西。而着眼于当代陕西文学民间叙事,不仅是因为我已在关中生活了近20年,似乎在文本外有近水楼台的地域文化体验,以及一种关注所处地域文学的使命感,更是因为文学"陕军"的民间叙事是极具典型性的"现象级"话语形态,他们的文化身份与文化意识、所承继的文学传统、所呈现出的话语特征、所取得的成就以及所面临的挑战,等等,都显示出值得总结和进一步探讨的普遍性意义,因此我试图通过对这一"部分"的系统性考察,探讨特定历史阶段文学、文化的某些症候,并实现对中国当代文学尤其是1990年代以来文学民间叙事的整体性把握。

然而,本书仍未能很好地实现上述设想。除了某些论述在理论上有自我束缚之感、某些文本分析有较为粘滞于情节之处,主体篇章结构上的作家"连缀式"组合是我尤其不满意的。或许这一构思可以在点面结合的基础上突出标杆式作家并予以深度解读,但也因此导致在统摄性、整体性研究方面力不从心,聊以自慰的只能是本书尚未游离所设定的题旨。

在书稿出版之际,特别需要感谢的是程金城老师和责任编辑张玥老师。这本小书不够好,却得到程老师的肯定和鼓励,他能容忍我的不足，并在百忙之中赐序，提携恩谊铭记我心。张玥老师为书稿的出版付出了辛勤工作，她的宽容合度、谦抑温厚，常常令我感佩不已。

感谢我的爱人李勤力所能及的支持。还要感谢我的儿子，他今年小升初，我对他的陪伴和帮助不够，他的可爱、蓬勃的少年气却感染着我。

2022 年夏至于西安